MW01140429

TOUT ALICE

TOUT ALICE

LEWIS CARROLL

TOUT ALICE

Traduction

par

Henri PARISOT

Chronologie, préface
et bibliographie

par

Jean-Jacques MAYOUX

GF
FLAMMARION

© 1979, FLAMMARION, Paris
ISBN 2-08-070312-9

CHRONOLOGIE

1832 : Charles Lutwidge Dodgson naît, le 27 janvier, à Daresbury, village sis à une dizaine de kilomètres de la petite ville de Warrington (Lancashire). Son père est pasteur de la paroisse. Charles est le troisième de onze enfants. Tous ses frères et sœurs sont, comme lui, gauchers, et, comme lui, bégaient.

1843 : Le Révérend Dodgson est nommé recteur de Croft, dans le Yorkshire.

1844 : On envoie Charles à sa première école, à Richmond.

1846 : Charles entre à la « public school » de Rugby. Il gardera un très amer souvenir de ce sournois bagne d'enfants où les « grands » brimaient les plus jeunes en toute impunité : « Je ne saurais dire que je revois ma vie au collège avec le moindre sentiment de plaisir, ni qu'une considération terrestre quelconque pourrait me décider à repasser par trois années semblables. »
Pendant ses vacances, il s'amusait à composer des revues littéraires. Ces revues étaient, bien entendu, manuscrites, et la lecture en était réservée aux hôtes du presbytère de Croft. La première d'entre elles, *Useful and instructive Poetry* (Poésie instructive et utile), fut rédigée vers 1845. Elle mourut au bout de six mois, et fut suivie à des intervalles variables par plusieurs autres périodiques dont la vie fut également brève. Ce furent : *La Revue du presbytère*, *La Comète*, *Le Bouton de rose*, *L'Etoile*, *Le Feu follet*,

Le Parapluie du presbytère et *Micmac. Le Parapluie du presbytère* était illustré, par l'auteur-éditeur, de dessins rappelant beaucoup ceux d'Edward Lear, dont le *Book of Nonsense* (Livre d'Inepties) jouissait alors d'une très grande vogue. Edward Lear y mettait en scène, entre autres créatures singulières, le personnage invisible du Quangle Wangle, qui a pu suggérer à Carroll l'idée du *Snark*, lui aussi pratiquement invisible.

1850 : Le 23 mai, Charles s'inscrit à Christ Church, l'une des sections de l'Université d'Oxford, où il entre effectivement en janvier 1851. Quelques jours plus tard, au presbytère de Croft, sa mère meurt subitement.

En **1853,** Charles Dodgson obtient une bourse d'études ; en décembre 1854, son diplôme de licencié ès lettres. En octobre 1855, il est nommé « Master of the House » à l'occasion de la nomination du nouveau doyen, le Dr Liddell (père de la future inspiratrice d'*Alice au pays des merveilles*). Etre nommé « Master of the House » signifiait avoir tous les privilèges d'un maître ès lettres à l'intérieur des murs de Christ Church. Mais il fallait encore, pour devenir professeur à l'Université, être admis en bonne et due forme par le vice-chancelier. Charles ne devait gravir cet ultime échelon qu'en 1857.

Entre-temps, en **février 1855,** il est nommé sous-bibliothécaire.

La bibliothèque où Charles est employé communique avec le jardin où jouent les trois filles du doyen, Lorina, Alice et Edith, toutes trois remarquablement jolies. C'est ainsi, vraisemblablement, que Lewis Carroll dut faire la connaissance d'Alice Liddell, alors âgée de trois ou quatre ans. Avec les années, les relations entre le jeune professeur et les trois petites filles devinrent de plus en plus amicales, et il prit l'habitude de les emmener faire des promenades, voire des pique-niques, à pied ou en barque, aux environs d'Oxford.

1855 : Son travail professoral, cette année-là, consiste principalement à donner des leçons particulières, auxquelles s'ajoutent quotidiennement, pendant le dernier trimestre, trois heures et demie de cours à l'Université. Il n'appartint toutefois au personnel enseignant régulier que l'année suivante. Dès lors, son travail s'accroît rapidement et il doit bientôt consacrer sept heures par jour à donner ses cours, sans parler du temps nécessaire à leur préparation. C'est vers cette époque que Charles Dodgson commença à collaborer à la revue *The Comic Times*, rivale du Punch, puis à la revue *The Train* où il publia notamment l'un de ses poèmes les plus connus : *Hiawatha photographe*.

Ce fut en écrivant pour *The Train* qu'il éprouva pour la première fois le besoin de prendre un pseudonyme. Il écrivit à Edmund Yates, éditeur de la revue, pour lui proposer Dares (premières lettres de Daresbury, nom de son village natal), mais n'obtenant pas son approbation, il lui donna finalement le choix entre quatre noms : Edgar Cutwellis, Edgar U. C. Westhall, Louis Carroll et Lewis Carroll. Yates choisit le dernier et, dès lors, ce fut l'habituel « nom de plume » de Charles Dodgson.

En **juin 1856,** il assiste au « Princess's Theatre » à une représentation d'*Un conte d'hiver*, de Shakespeare, où il admire pour la première fois la grande actrice Ellen Terry, qui devait par la suite devenir l'une de ses meilleures amies. *Je ne puis imaginer plus délicieuse occupation*, écrivit-il un jour dans son journal, *que de brosser la chevelure d'Ellen Terry*. La même année, il fait la connaissance de Tennyson et de John Ruskin, et, l'année d'après, celle de Thackeray.

1856-1861 : Charles se passionne pour la photographie, prenant le plus souvent pour modèles des petites filles de ses amies.

Son esprit est préoccupé par la question de savoir s'il entrerait ou non dans les ordres comme il lui convenait pour consolider sa situation universitaire. Après mainte hésitation il finit par se décider à recevoir une ordination — le diaconat — qu'on lui présente comme anodine et sans astreinte pratique. Du reste, en partie à cause de son bégaiement, il ne devait jamais chercher d'avancement dans les ordres.

1862 : Charles Dodgson prend, vers cette époque, un grand intérêt aux phénomènes occultes. Il est, pendant quelque temps, un membre enthousiaste de la « Société Psychique ». C'est cet engouement pour les spectres qui lui fournit l'occasion de rencontrer le peintre Heaphy, lequel avait exécuté le portrait d'un fantôme qu'il prétendait avoir vu de ses yeux. On trouve l'écho de ces préoccupations « fantomales » dans le long poème intitulé *Fantasmagorie*, où Carroll relate ses rapports avec un fantôme bavard et facétieux, qui nous donne, sur la vie et les mœurs des différentes sortes de fantômes, spectres, brownies, pixies, banshees, fetches, kelpies, poltergeists, goules, gobelins, trolls, leprechauns, etc., les plus attrayantes précisions!

Nous arrivons au **4 juillet 1862,** date où se produit l'événement capital de la vie littéraire de Lewis Carroll. Il note ce jour-là dans son journal : « Remonté la rivière (l'Isis) jusqu'à Godston avec les trois petites Liddell : nous avons pris le thé au bord de l'eau et n'avons pas regagné Christ Church avant huit heures et demie. »

Sur la page opposée, il ajoutait un peu plus tard : « A cette occasion je leur ai raconté une histoire fantastique intitulée *Les Aventures d'Alice sous terre*, que j'ai entrepris d'écrire pour Alice. »

Le premier titre de l'histoire fut donc *Les Aventures d'Alice sous terre;* plus tard, cela devint *Alice passe une heure au pays des Elfes;* ce ne fut qu'en **juin 1864** qu'il opta pour le titre définitif : *Les Aventures d'Alice au Pays des Merveilles.* Ces aventures commencent par la chute d'Alice dans un terrier de lapin. Elle parvient dans une salle souterraine où un breuvage et des gâteaux magiques la font alternativement grandir et rapetisser. Puis elle tombe dans une mare formée par ses propres larmes et elle y nage avec facilité au milieu d'une foule d'animaux bizarres. Enfin, elle arrive dans une sorte de jardin enchanté où tout se métamorphose à vue d'œil et où d'étranges personnages lui tiennent des raisonnements ineptes, empreints néanmoins de la logique apparente la plus rigoureuse. L'histoire se termine par le réveil d'Alice.

1865 : La maison Macmillan accepte de publier *Alice's Adventures in Wonderland*. Mais Charles Dodgson, craignant de faire perdre de l'argent à cette firme, tient absolument à publier son livre à compte d'auteur, c'est-à-dire à ses propres dépens et non à ceux de l'éditeur. Pour d'obscures raisons, Lewis Carroll se brouille avec les parents d'Alice Liddell.

1867 : Mort de son père, archidiacre de Ripon, longtemps ressentie par Charles comme le plus grand malheur qui lui fût arrivé.

1874-1876 : Il fait paraître sous son vrai nom plusieurs ouvrages de mathématiques et, sous le nom de Lewis Carroll, son meilleur poème, *La Chasse au Snark*. Il rencontre Gertrude Chattaway qui deviendra l'une de ses amies-enfants les plus fidèles.

1880 : Il abandonne brusquement la photographie.

1881 : Il renonce à son enseignement à Christ Church, commencé vingt-six ans plus tôt.

1882 : Il est élu par ses collègues curator (administrateur responsable) du « foyer » du collège. Il occupera ce poste neuf années durant.

1885 : Il écrit une version abrégée d'*Alice* destinée aux très jeunes enfants. Il commence la rédaction d'un traité de logique.

1886 : Il publie en fac-similé le manuscrit original d'Alice, *Alice's Adventures Underground*.

1887 : Il enseigne la logique dans un établissement secondaire pour jeunes filles d'Oxford. Rencontre de son amie-enfant Isa Bowman.

1891 : Il revoit, après une très longue séparation, Alice Liddell, devenue Mrs. Hargreaves.

1894 : Il achève la rédaction de *Symbolic Logic* et en publie la première partie.

1898 : Au début de janvier, un banal refroidissement dégénère en bronchite. Lewis Carroll meurt le 14 janvier.

1977 : Un bibliophile new-yorkais, Mr. Norman Armour, découvre un épisode inédit de *De l'autre côté du miroir*, *La Guêpe emperruquée*, et autorise la Lewis Carroll Society of North America à la publier sous la forme d'une plaquette préfacée par Martin Gardner. *La Guêpe emperruquée*, traduit par Henri Parisot, paraît dans *Le Monde des livres*, le 23 décembre 1977.

PRÉFACE

C'est sans doute le sort des ouvrages de génie, mais beaucoup plus que d'autres, par suite de son ambiguïté et de sa polyvalence, *Alice* a été l'objet de récupérations et de détournements multiples, non seulement divers, mais divergents. Les générations romantiques, puis les Victoriens, eurent le culte de l'enfance, dans son idéalité plutôt que dans sa vérité. Les uns y trouvèrent un refuge et une libération — une évasion — les autres un alibi. L'innocence, la fraîcheur d'âme eurent dans la bourgeoisie dirigeante une clientèle insatiable : jouir du merveilleux, n'était-ce pas le privilège des purs qui, pour un peu, auraient ouï la musique des sphères. Presque dès la première apparition d'*Alice* en 1865 Lewis Carroll devint le grand-maître de la littérature enfantine. Après l'incertitude grotesque des premiers comptes rendus, le statut de l'œuvre ne fut plus jamais discuté. Que d'appropriations en revanche : à peine si nous manque l'opinion des roses du jardin magique! Vinrent les surréalistes, et de ces merveilles ils firent non plus un refuge mais un refus, celui du rationnel et même du raisonnable. André Breton se devait de saluer *Alice* et de revendiquer cet héritage. Vinrent les psychanalystes et ils n'eurent pas de peine à montrer que l'affaire tournait autour des traumatismes de la naissance. Vinrent alors les doctes et les scientifiques qui virent en « Lewis Carroll » l'ingénieux exploiteur des connaissances et des marottes du porteur de son patronyme légitime, le mathématicien-logicien Charles Lutwidge Dodgson, du

collège de Christ Church, qui savait bien que si Alice
tombait en chute libre et laissait aller un pot de confi-
tures il resterait à son niveau, qui, plus jeune de deux
ou trois générations, aurait vu que les changements de
taille d'Alice correspondent aux théories de l'univers
en expansion ou en contraction, que le lait d'outre-
miroir, faisant partie d'un système général d'inversions,
avait (pourquoi s'arrêter aux idées conscientes de
l'auteur?) « une signification plus importante que ne
soupçonnait Lewis Carroll », il s'agissait d'un anti-lait
qui serait, ainsi qu'Alice elle-même, annihilé par leur
contact. Ailleurs encore, aurions-nous songé à la
théorie des quanta? Un autre commentateur fait voir
que la suite des rencontres et des aventures d'Alice
reflétait les conflits politiques et les controverses reli-
gieuses à l'Université et dans le pays. Pourquoi pas,
puisque tout commence par une course « à la comitarde »? Ne retenons de ces autres merveilles que ceci,
que l'œuvre se lit avec plaisir à plusieurs niveaux, que,
comme celle de Shakespeare, elle n'a cessé d'évoluer et
de laisser derrière elle le propos conscient de son auteur.
Gardons-nous, par réaction, de simplifier. Lewis Carroll, malgré les colères où il entrait quand on confondait ses deux personnes, restait le docte et ingénieux
Charles Dodgson. Ses journaux laissent voir ses inquié-
tudes métaphysiques; mathématicien et logicien, il
s'interroge sur les structures de la réalité, et dès lors
il n'a plus qu'à être porté à l'humeur qu'il faut par sa
vie affective pour être conscient des possibilités inépui-
sables d'absurdité comique qui résulteraient de mani-
pulations, allant jusqu'à l'inversion, des relations
structurelles en cause. Un Chesterton lui a reproché
l'aspect logique et dès lors presque cohérent de ce
monde à l'envers. On rencontre au détour d'un terrier
un lapin-gentleman et tout s'ensuit. Ou s'ensuivrait?
Nous verrons ce qu'il en est, au contraire, de cette
surprise qui n'en finit pas, pour nous comme pour
Alice, notre petite représentante auprès d'une création
qui ne veut rien savoir de notre autorité acquise, et
qui remet tout en question, même et surtout le langage.

Après le passage d'Alice au delà du miroir, certes, la rigueur de la donnée l'emporte sur la diversité des manifestations et l'étonnement des rencontres, l'inversion l'emporte sur la perversion, la convention peut-être (de ce jeu d'échecs), sur l'invention. Mais à peine.

Voilà en gros ce que Dodgson offre à Carroll. Reste la part du génie : tout lui reste à faire. Et peut-être rien n'eût-il jamais été fait, sans ce puissant mobile affectif auquel j'ai fait allusion plus haut. Sous-bibliothécaire du collège, son cabinet de travail donnait sur le jardin du doyen Liddell, et sans doute, à de certaines conditions de tolérance d'un côté, de discrétion de l'autre, y avait-il même possibilité d'accès. Car nous lisons dans son journal, à la date du 25 avril 1856 : « Les trois petites filles ont été dans le jardin la plupart du temps, et nous sommes devenus d'excellents amis. *Je marque ce jour d'une pierre blanche.* » Nous aussi, car c'est ce jour-là que commence l'étrange et difficile aventure qui culminera le 4 juillet 1862 par la promenade en barque sur la rivière. Déjà Mrs. Liddell avait souvent rechigné à confier les petites à leur ami. Et en 1864 elle refusa tout net. En 1865, Carroll croise Alice « bien changée à son désavantage ». Ce sera ensuite le parcours du souvenir et du sentiment.

Carroll avait trente ans en 1862. Il était fils de pasteur, troisième d'une de ces portées victoriennes de onze enfants, et pris en sandwich entre quatre sœurs. Il semble s'être donné la responsabilité d'animer et d'amuser cette marmaille, surtout femelle, par une variété de jeux de son invention. Un bon frère, ingénieux et bizarre, qui faisait circuler dans le jardin, sous la forme d'une brouette, et selon des règlements singuliers, un train nommé Amour. Son habileté à rattacher par la suite les vêtements des petites filles avec des épingles de nourrice et à boutonner leurs bottines tient sans doute au dévouement et aux occupations de ses jeunes années.

Ni de la première école, ni du collège de Rugby, ni de l'Université d'Oxford — Christ Church qu'il ne quittera de sa vie — il ne conservera d'ami véritable. Il était mal

aimé à Oxford : un de ses collègues note que son bégaiement contribuait à le rendre peu causeur. Il en était
assez malheureux pour avoir attribué beaucoup
d'importance — voir son Journal — à une cure entre-
prise en 1872. N'ayant pas peur d'eux, pas d'anxiété
sur l'image qu'il leur présentait, il ne bégayait pas avec
les enfants. Hors leur fréquentation, une atmosphère
de solitude l'entoure et l'enveloppe. Si le Révérend
Duckworth l'accompagne lors de l'excursion du
4 juillet 1862, c'est beaucoup moins comme un vrai
camarade que parce qu'il ne serait pas convenable de
le laisser seul avec trois fillettes.

Enfant et en famille, il avait déjà le don et le goût de
conter des histoires, de saveur plus ou moins burlesque.
Rien d'insolite à ce que ce jour-là, il en ait conté une à
ses petites amies. La première singularité, ou au moins
nouveauté, de l'occasion réside en ceci, que la protago-
niste, que l'héroïne, se nomme Alice, qu'elle domine
extraordinairement son histoire, et que tout le temps
qu'il la conte Carroll la lie consciemment à l'enfant
qui est là devant lui et qui l'écoute avidement, Alice
Liddell : moment décisif de ce que Stendhal nommait
une cristallisation. Dans l'évocation de cette journée
qu'il écrivit un quart de siècle plus tard, il sépare et
distingue nécessairement « Alice enfant de mes rêves »,
« Alice de mes rêves », sublimée donc et intériorisée,
mais à partir de qui, sinon de la petite fille qui, en fin
de promenade et en fin d'histoire, lui demanda de
l'écrire ? Il avait publié de petites choses sans importance, surtout des poèmes parodiques assez amusants
sans plus, mais c'est de ce jour-là qu'il entra en littérature. Ne dit-il pas d'ailleurs que ce fut uniquement
« pour plaire à l'enfant que j'aimais » qu'il fit la première rédaction, commencée en novembre 1862,
achevée en février 1863 ? Puis vint le manuscrit calli-
graphié lettre par lettre et illustré de dessins naïfs et
charmants qu'il offrit à Alice à la fin de l'année 1864.
On l'avait vu chez lui, et il fut pressé de le publier. Ce
fut un livre augmenté du double et beaucoup plus
sophistiqué, illustré par Tenniel, caricaturiste réputé

parmi les premiers de son temps, qui parut en 1865.

Le personnage d'Alice ne doit donc pas être vu isolément mais en rapport avec son créateur. Les vertus de la petite héroïne telles qu'il les décrira dans l'évocation tardive et mélancolique d'*Alice à la scène* sont « une folle curiosité », une vigueur intrépide, l'esprit de décision. Ce n'est pas seulement parce que le premier personnage qu'elle rencontre est le Lapin Blanc qu'aussitôt après le portrait d'une Alice énergique et brave vient celui d'une créature tout à l'opposé, un être « timide, inquiet, indécis, vieillissant », par l'évocation tendancieuse duquel j'ai l'impression que Carroll, humble chevalier servant, se met en cause, comme de l'autre côté du miroir il s'était mis en cause sous les traits ridicules du Cavalier Blanc. Vieillissant ? En fait, pour le lecteur, seul le roi de cœur, un peu ganache, un peu gâteux, fait l'effet d'être vieux. Mais tandis qu'Alice, l'enfant du rêve, est restée enchâssée à la date ancienne, le lapin a vieilli de vingt ans, hors du texte, en vertu d'une relation secrète, d'un lien inavoué, révélateur, masochiste, avec Carroll. Sans rapport non seulement avec le lapin de Tenniel, mais non plus avec celui dont il a lui-même donné l'image dans le premier *Alice*, il décrit en grosse caricature celui qu'il verrait maintenant à la scène, « avec des lunettes, la voix chevrotante, les genoux qui s'entrechoquent ». Ce lapin-là est offert en sacrifice à la gloire d'Alice.

Quant à elle, elle fait face en effet, à longueur d'aventures, d'un interlocuteur à l'autre, au bluff, aux sophismes, aux pièges tendus à travers l'usage et les abus du langage, à toutes les agressions verbales. Lewis Carroll omet dans la description de ses vertus celle qui me paraît la plus haute et la plus singulière, la lucidité. C'est peut-être qu'il la savait prêtée par lui-même.

C'est bien avec le Cavalier Blanc que Lewis Carroll a réalisé la caricature inavouée tant de lui-même que de son rapport avec Alice. Lui, ce sont les petites inventions absurdes et grotesques qui sont l'écho burlesque de celles par où inlassablement il amusait ses petites amies. Leur rapport, c'est, après les perpétuelles chutes de cheval du cavalier mi-être vivant mi-pièce du jeu d'échecs, la petite fille le remettant patiemment en selle. Il faut rappeler les dates : en 1868, quand Lewis Carroll se mettait à écrire *De l'autre côté du Miroir*, Alice n'était plus Alice. Elle avait seize ans. En 1862, il n'avait eu qu'à rajeunir de trois ans l'enfant de dix ans qu'il voyait en face de lui, qui était bien là. En 1868, il refaisait une enfant avec un souvenir, c'est la même et c'est une autre. L'éclairage de neige du jour d'hiver évoqué en prologue est une brume de temps. Il suffit que Carroll se projette dans une scène, sans peut-être le savoir, pour qu'elle prenne une teinte et une distance de passé, se retrouvant contemporaine de l'autre Alice. Tel est l'aspect masochiste et mélancolique qui est de plus en plus celui de la scène entre l'enfant et le cavalier, jusqu'à ce que celui-ci s'éloigne tout seul sur sa route, comme Charlie Chaplin. Toute la scène et tout ce jeu de clown triste sont une offrande accompagnée d'un appel sentimental et conjuguée au passé : « de tous les spectacles étranges qu'elle put voir au cours de son voyage de l'autre côté du miroir, ce fut celui-là qu'Alice se rappela toujours avec le plus de netteté. Bien des années plus tard, elle pouvait encore évoquer toute la scène, comme si elle se fût déroulée la veille : les doux yeux bleus et le bon sourire du Cavalier... le soleil couchant qui embrasait sa chevelure... » Lewis Carroll avait les yeux bleus. Le temps emporte l'image attristée de ses frustrations.

Mais de quelle œuvre parlons-nous ? Qui sommes-nous par rapport à elle ? De toute façon pendant combien de temps y a-t-il parfaite coïncidence, subjectivités même à part, entre la chose écrite et son lecteur, l'un plus éloigné chaque jour de l'autre ? A moins de trois générations de distance, Gardner, de même langue anglaise que Carroll mais américain de culture et de vie quotidienne, explique aux lecteurs que le merlan (whiting) est un poisson comestible! Tout a changé, même pour un Anglais, de l'encadrement de la vie; or dans la mesure même où il s'agissait de dépayser absolument une imagination enfantine, il fallait partir de cet encadrement innombrable des us et coutumes familiers, signifiants dans toutes les variations de leur insignifiance. Partir, autrement dit, de l'Angleterre victorienne, et, par exemple, de ses structures de classe. L'Alice de Lewis Carroll ne peut être qu'une jeune bourgeoise. Quand, beaucoup plus tard, il voulut donner le livre qu'il lui avait consacré à la fille du portier, qui avait dix ans, il décida que ce devait être *Alice contée aux tout-petits* (« de 0 à 5 ans »). Car il avait observé, dit-il, un retard d'âge de plusieurs années chez les enfants des « classes inférieures » (lower orders) sur « les supérieures » (upper orders). Alice se demande si elle ne serait pas devenue Mabel qui ne sait rien et qui habite une maison minable. Pat, le jardinier du lapin, non seulement de basse classe mais en outre irlandais, parle un anglais comiquement incorrect, moins encore toutefois que le très faubourien griffon : « they never executes nobody ». Le langage des mal instruits doit être pour Alice un sujet constant d'amusement, comme leurs mauvaises manières, vues par une enfant bien élevée.

Ce qui nous sépare radicalement, Français du XXe siècle, de ce texte victorien, mais disons-le, pour le rendre plus merveilleux encore, c'est l'absence fatale de certains échafaudages de sa fable. Le Lièvre de Mars, le Chapelier fou, paraissent devant nous comme créations gratuites. Mais Alice Liddell depuis sa naissance entendait dire autour d'elle « He is mad as a hatter » « Il est fou comme un chapelier », ou « mad as a March Hare », « fou comme lièvre de mars ». Une fascinante antinomie existe entre la prétention de liberté que manifestent Humpty Dumpty, Tweedledum et Tweedledee, ou le Valet de Cœur, et leur sort réglé d'avance par les « nursery rhymes » que les enfants anglais apprennent à répéter dès qu'ils savent parler, leur prédestination, arrêtée selon un scénario qu'ils ne peuvent que répéter. Cependant notre auteur est trop ingénieux, et trop sûr de sa liberté à lui, pour se laisser lui-même commander par ces pré-données :

Notre Reine de Cœur, elle avait fait des tartes
. . . . .
Mais le valet de Cœur, a dérobé ces tartes...

Mais Lewis Carroll doit avoir en l'esprit, quatre ans
avant de les formuler, les inversions qui régneront de
l'autre côté du miroir. Le valet est condamné, ou le
serait sans la contestation radicale d'Alice, mais est-il
coupable ? Cette merveilleuse parodie de justice inique
et de procès scandaleux met en question même les
nursery rhymes. En somme, il n'est rien dont Carroll
ne fasse un usage parodique, et depuis l'adolescence il
jouait ce jeu dans lequel il enrôle naturellement sa
petite amie. Et de nouveau nous voici, en principe,
nous Français, en dehors du coup : ces déformations
parodiques ne sont reconnaissables et signifiantes que
si on connaît la forme d'où elles partent : Reboux et
Muller ne comptent pas sans le souvenir, fût-il très
déformé, de Racine.

On ne parodie, le plus souvent, que les mauvais
poèmes, et de préférence ceux qui ont une prétention à
laquelle ils sont inférieurs. Ils peuvent viser soit à
l'édification morale, qui faisait le malheur des petits
victoriens, soit à l'édification esthétique, moins pesante
mais aussi peu profitable à l'esprit ou à la sensibilité. De la première sorte sont, du siècle précédent,
les *Poèmes Pieux Pour les Enfants*, de Watts, qui chan-
tent le dévouement et la patience de « l'active petite
abeille », ou qui se dressent « Contre la paresse et la
malfaisance » « car Satan guette les oisifs ». De la
seconde, les divers « Scintille, scintille, petite étoile »,
dont également les petites têtes étaient pleines. Mais
Carroll avait des tiroirs et des fonds de tiroirs. Il avait
des parodies en réserve, comme celle de « The Old
Man's Comforts » de Southey, ou de « Resolution and
Independence » de Wordsworth, dont il n'y avait pas
la moindre chance qu'Alice sût le premier mot. Dans
ce dernier cas elle en est au même point que nous;
pour le reste si nous n'en sommes pas au même point
qu'elle, que nos regrets soient tempérés : on s'aperçoit

à l'usage qu'on jouit presque autant du petit crocodile sans avoir en l'esprit la petite abeille dont il a pris la place. Rappelons-nous seulement ceci : pour l'amour des petites filles, d'une surtout, notre digne professeur est monté sur les barricades de la contestation; il dirait le contraire, et que, si le rêve détruit proportions, rapports, valeurs admises, ce n'est pas sa faute. En fait la contestation parodique le tentait d'avance : est-ce donc un hasard si, comme je l'ai dit, ces parodies du rêve reproduisent celles qu'avait non seulement écrites mais parfois publiées un Lewis Carroll très éveillé ? Leur moquerie est critique; depuis l'adolescence, ce gentil garçon est sensible au ridicule d'un moralisme niais et de fables édifiantes. « Vous m'avez trop tôt réveillé! » proteste le paresseux de Watts. « Vous m'avez fait trop cuire », s'indigne le homard de Carroll. En outre, ayant le moins possible évolué depuis sa propre enfance, il participe toujours du sadisme enfantin, de la fascination du cannibalisme, il éprouve toujours en imagination (lui qui mangeait à peine) la joie de qui mange (« Belle étoile » devient sarcastiquement « Belle soupe ») et se livre à la contemplation réjouie de la détresse de qui va être mangé. La promenade des huîtres entre le morse et le charpentier est un morceau haut en couleur qui n'est guère modifié par la protestation d'Alice.

Si, pour le lecteur français, le pré-surréalisme de Carroll est ce qui compte le plus, je ne suis pas sûr que pour le lecteur anglais ce ne soit pas le langage, l'écriture, l'apport imprévu du poète du verbe qui a tant donné à nos générations, l'annonciateur de Joyce. Il faut rendre hommage au présent traducteur d'avoir héroïquement affronté les difficultés d'un texte par endroits aussi peu traduisible que *Finnegans Wake*, de sorte que de calembour en à-peu-près, qui se tiennent et qui s'enchaînent, il s'agit plutôt de donner, à force d'ingéniosité, un texte parallèle qu'une « traduction » proprement dite. Dans le chapitre du Griffon et de la Tortue-Fantaisie, une affaire qui concerne à la fois l'enseignant Dodgson et l'élève Alice Liddell — l'éducation — est traitée — maltraitée — de la sorte, avec une verve éblouissante. Lire et écrire, « reading and writing », tout commence par là. Qu'entendons-nous ? « Reeling and writhing »! Presque la même chose. Puisque nous sommes entrés au royaume des lapsus, un lapsus bien excusable, qui signifie, toutefois, « vaciller et se tordre ». Première trouvaille, qui met Carroll en appétit. Est-ce « sketching and painting in oils », « dessiner et peindre à l'huile », qu'on enseigne à ces jeunes ? Presque. Avec à peine une nuance suggestive, c'est « stretching and fainting in coils », « s'étirer (ou être étiré) et pâmer en anneaux ». Torsions, contorsions, anneaux comme d'un serpent, évanouissement, cet enseignement-là n'a pas, avant les lapsus, appelé à l'esprit de Lewis Carroll des images paisibles, saines et sereines. L'arithmétique, « ambition, distraction, dérision » a pour premier mérite de ne pas poser de gros problèmes au traducteur : notons toutefois que « distraction » n'est pas « distraction », mais folie : on voit que tout va dans le sens de l'agitation, de même que « Laughing and Grief », « Rire et Chagrin », pour « Latin and Greek ». Nous ne pousserons pas cette inspiration du côté de la psychanalyse. « *Mystery* ancient and modern », pour « History » avait sans connotations supplémentaires de quoi ravir Joyce. Dans l'ensemble il y a, à la fois, franchissement du réel, parce que Lewis Carroll y tend de sa nature, et satire de l'éducation, pour amuser Alice. Contre les institutions des adultes, que ce soit celle-ci, ou la justice, ou le privilège royal, on voit donc constamment Carroll prendre le parti de l'enfance, et pas seulement d'Alice. En fin de compte, il atteint un objectif double et contradictoire — ridiculiser cet « établissement » des adultes qu'on entonne aux enfants et à laquelle le rêve restitue par ses déformations toute son irréalité — et profiter de l'occasion, tout au long de l'œuvre, de transmettre une éducation sans larmes, en matière non point de géographie ou d'arithmétique mais de raisonnement. Toute la déraison qui se déchaîne dans les deux *Alice* aboutit à cela, faire réfléchir, former le raisonnement. Au centre de la déraison infligée et du raisonnement obligé mettons toujours Alice, bien élevée mais déroutée, mise en échec par l'impudence dont elle subit en vain la contagion, se trouvant reportée du paysage familier de conventions solides qui encadre et régit la vie humaine au *no man's land* où l'on se trouve au degré zéro des relations sociales.

« Je pense que ce serait d'abord à vous de me dire qui vous êtes ! » « Pourquoi ? » réplique le bombyx. Pourquoi, en effet ? Il n'y a plus de conventions tranquillisantes ; il n'y a pas non plus de vraies raisons, mais en fausses raisons tout ce qui arrive surabonde, et elles finissent par déconcerter le sens de la causalité, qui nous est précieux tant que nous ne le voyons pas perdu entre contestation et mauvaise foi. Ce chat constamment hilare, c'est *parce que* c'est un chat du Cheshire, et que tous les chats du Cheshire sont hilares. C'est évident, irréfutable.

Alice se défend vaillamment, sinon sans de brèves angoisses, contre des agressions verbales qui se relaient pour la mettre en question. Son créateur, son interprète plutôt, est fier d'elle et ne lui propose tant d'obstacles que pour la voir les franchir. La créature devenue très onirique qui traverse le miroir, la seconde Alice, est cependant, comme il convient à sa nature de gracieux fantôme, plus radicalement en proie à l'incertitude d'être. Elle sera reine, mais ce n'est peut-être que dans le rêve du roi, qui englobe Alice, et qui fait partie du rêve d'Alice — emboîtement plus redoutable qu'une simple mise en abîme. Ce second rêve abonde en frustrations, et les mets du banquet final de la jeune souveraine innocente et méritante sont escamotés tour à tour comme ceux du banquet des coupables dans *La Tempête*. Ce n'est pas assez de l'*aparte* mélancolique du narrateur dans la scène du Cavalier Blanc. Le poème qui conclut l'aventure est une dernière rêverie sur ce qui maintenant est bien le passé, sur la journée dorée comme une enluminure dont la lumière éclairait toute une vie creuse : c'est pourtant, rejoignant la neige et le silence du début, la lumière brumeuse des lointains hors d'atteinte, et c'est un aveu presque déchirant.

> « Toujours elle me hante comme un fantôme
> . . . . .
> La vie, qu'est-ce d'autre qu'un rêve ? »

La vie est irréelle comme un rêve. Mais le rêve n'est-il pas terriblement réel ? C'est la double question que posent sur tous les tons tous les écarts romantiques par rapport au « réel », au nombre desquels j'inscris *Alice :* au ton de pure détresse d'*Aurélia*, correspond à l'autre bout du registre le ton de badinage angoissé d'*Alice*. Carroll a de son propre aveu beaucoup rêvé; et il sait avec un demi-siècle d'avance comment se comporte le rêve. C'est à soi seul une marque du chef-d'œuvre que le départ sans une hésitation d'*Alice*, que le passage immédiat à cet autre monde, que la conversion à son usage des données du « réel ». Il le sait bien, que son coup de génie fut de précipiter Alice dans le terrier de lapin : une fois qu'il se fut, lui-Alice, lui-rêveur, mis lui-même en condition, tout suivit, mais pas par le fait d'un logicien. Si ce qu'il trouva en bas fut en fait retrouvé, si son inconscient lui fournit long couloir et soudaine émergence, goulot trop étroit pour être franchi, mare où l'on flotte et manque être noyé, où pourtant on reprend assurance, si tous les éléments du traumatisme de naissance sont ici par coïncidence, c'est une autre histoire, que je laisse éclaircir à la psychanalyse.

Si c'était le passage à la vie qui fût égalé à la découverte du merveilleux, ce serait une belle équivalence : mais regardons-y de plus près : ce n'est pas un tel bonheur que de se trouver devant tant de portes closes. Frustrations, anxiété et même angoisse, crainte de l'extinction finale et doute sur l'existence toujours latent, c'est la texture même de l'expérience prêtée à Alice. Il y a le plus souvent inadaptation cruelle de la situation au sujet ou du sujet à la situation, on est toujours en retard, ou en avance, d'un changement de taille. Grandir excessivement c'est ne plus être en rapport; mais rapetisser c'est cela et encore autre chose : et si on rapetissait jusqu'à *s'abolir?* Le mot ne me vient pas par hasard. Dans une lettre qu'écolier il écrivait chez lui à quelque sœur, il y a une admonestation à un petit frère : « ne braille pas de peur qu'on t'abolisse! » L'étrange menace! Et lors du procès du Valet de Cœur Carroll indique qu'Alice — mise évidemment pour Carroll — s'est toujours demandé ce que cela voulait dire, « *suppress* a witness ». Elle voit maintenant ce que c'est : mettre le témoin dans un sac — l'abolir. L'image qui vient à Alice en passe de disparaître est celle de la chandelle qu'on a soufflée : à quoi ressemblerait-on, si on était une flamme éteinte? Hantise de la mort sur laquelle nous reviendrons peut-être.

Une psychanalyste, Phyllis Greenacre, a comparé Alice à Gulliver. Gulliver ne change pas, mais tout change autour de lui, de voyage en voyage, Swift n'a pas eu l'audace de rassembler ces changements dans l'aventure d'un rêve unique, il a maintenu la fiction d'une série de pseudo-réalités, mais l'impression totale de mutabilité est la même, sinon que l'on est frappé de la raideur logique d'un Swift calculant en tous ses aspects le système quantitatif des relations tant géométriques qu'arithmétiques qui lient Gulliver à chaque nouveau milieu. Pour Lewis Carroll, dans cette œuvre, la logique, c'est le bonheur imprévu des jeux de logique, c'est la perversion de la logique dans le rêve, c'est le plaisir de faire fleurir merveilleusement l'illogisme. Ce qui est en commun — plus lourde là et ici plus légère — c'est l'inquiétude née de l'inadaptation à un milieu chaque fois insolite : Gulliver minuscule, affolé, courant entre les blés prodigieux de Brobdingnag, en proie aux singes et aux rats gigantesques du pays, comme Alice craint d'être écrasée par le chien de Wonderland et se cache derrière un chardon. La constriction, l'étouffement dont, devenue énorme, elle souffre dans la maison du Lapin ne sont pas plus tolérables et nous mettraient en plein cauchemar si Carroll n'avait soin qu'elle domine toujours toute situation par une réserve de courage.

C'est bien entendu dans l'esprit de Carroll lui-même, on le sent à lire son Journal ou les lettres écrites à ses petites amies, que se trouve le fonds d'inquiétude qu'il transmet aux rencontres du pays des rêves. N'est-il pas à vrai dire, notre semblable, notre frère dans son sentiment de l'opposition cruelle du désir de stabilité, de solidité, de permanence, qui était en lui comme en nous tous, et de la mutabilité qui tout entraîne comme le vent entraîne les nuées. Voici sur cette table une bouteille. Elle n'y était pas tout à l'heure. Voici une grande salle. On y est encore, mais il n'y a plus de salle. Un arbre. Y paraît, sans chat, puis avec chat, puis s'éclipse, la grimace hilare du chat du Cheshire. On a dit à Alice de tenir le bébé. Elle le tient. Mais sous ses yeux il se fait cochon. Ce qui rassure dans la vie courante, c'est la continuité séquentielle et causale des phénomènes. Ce qui est caractéristique du rêve d'Alice et de toute vision onirique, c'est la discontinuité, la soudaineté sans transition des apparitions, des présences non préparées, c'est la fluidité universelle qui l'entoure et qui la gagne, dont elle fait partie et qui manque la dissoudre.

De l'autre côté du miroir, Alice trouve un milieu non pas de simple mutabilité mais d'inversions qui n'atteignent pas seulement le corps dans son besoin de permanence, mais l'esprit même dans les lois de son fonctionnement. Ni l'espace ni le temps des déplacements normaux ne se retrouvent. Dieu sait si de notre temps on a abusé de l'adjectif kafkaïen. Mais enfin lorsqu'Alice s'aperçoit que plus elle s'élance vers le sommet de la colline qu'elle voit là en face d'elle, et plus elle s'en éloigne, c'est bien le Château de Kafka auquel on est conduit à penser.

Ces inversions sont frustrantes. Alice a-t-elle soif ? La reine lui offre, avec conviction, un gâteau sec. « Soif étanchée, j'espère ? » Dans la boutique de la reine brebis, les étagères, et les objets qu'elles contiennent, s'éloignent à mesure qu'on voudrait s'en rapprocher — comme la colline. Voici Alice sur l'eau, ravie des joncs fleuris et de leur parfum. Mais ici l'homme qui a supprimé en lui-même le désir nous fait franchir, dans le sens de sa philosophie, une nouvelle limite : « il y en avait toujours un plus beau qu'elle ne pouvait pas atteindre ». Et d'ailleurs « ils avaient commencé à se faner, et à perdre de leur odeur et de leur beauté du premier instant où elle les avait cueillis ;... presque comme de la neige ». Ici le conte devient symbole, et des deux côtés du miroir c'est la même condition humaine.

Le cas des livres d'Alice est singulier, presque unique, dans la littérature anglaise, dont Carroll est l'un des très rares « conteurs d'histoires ». Mais ce que fut le conte *oral* du 4 juillet 1862, il n'est pas possible de le dire. A la requête d'Alice, Lewis Carroll en rédigea une première version écrite entre novembre 1862 et février 1863, disparue, et d'où il tira la seconde, encore manuscrite mais calligraphiée et ornée de trente-sept dessins de sa plume, qu'il offrit à Alice le 26 novembre 1864. C'est, par rapport au conte parlé, cette tierce version, aujourd'hui accessible en fac-similé, qu'il intitula, *Aventures d'Alice sous terre*. Ce manuscrit est déjà très « écrit » et par là diffère certainement beaucoup plus de la parole primitive que de la rédaction finale. Il suffit de noter qu'à de rares exceptions près Carroll a recopié mot pour mot cet *Alice sous terre* dans l'*Alice au pays des Merveilles* dont c'est le fondement. Une telle exception est le conte-calligramme en forme de queue de la souris. La première version commémorait l'aplatissement accidentel des souris invisibles par le chat et le chien. Le sens critique, exigeant, de Carroll a rejeté cette — c'est le cas de le dire — platitude et lui a substitué, fût-ce avec beaucoup moins de perfection visuelle l'apologue vif et cruel du chien Fury qui informe la souris qu'il va la traîner en justice où, plaignant et juge, il la condamnera à mort.

Seulement après les premières scènes, le joli manuscrit tournait court. On se dispenserait de la Duchesse et de sa cuisinière, et de l'enfant-cochon. Mais comment se passer du Lièvre de Mars et du Chapelier fou, dont le Thé constitue l'une des créations les plus libres et les plus triomphales de la logique malicieuse de Carroll, qui n'a pour appuyer sa verve que la donnée initiale des deux appellations des protagonistes. Tout est trouvaille dans cet épisode, où l'heure qu'il est, ou qu'il n'est pas, joue un tel rôle. La montre du chapelier ne marche pas. C'est qu'on y a mis du beurre. *Pourtant* c'était du beurre de première qualité. *Mais* il ne fallait pas l'appliquer avec le couteau à pain : il y avait des miettes...

Et comment se passer du Chat ? On remarquera simplement qu'*Alice sous terre* s'est comporté comme un livre (ou livret) valise, qu'il a ouvert comme il ouvrait les mots pour y insérer plus de substantifique moelle. Quelle structure, contraignante d'ailleurs, déceler dans l'un ou l'autre des ouvrages publiés, quel progrès dans le rêve ? Certes, *Through the Looking-glass* a reçu, comme l'*Ulysse* de James Joyce, une pseudo-structure, celle d'une partie d'échecs. Chez Carroll l'intention didactique est perceptible : rappeler à des enfants les possibilités de mouvement d'une reine, d'un roi, d'un cavalier, d'un simple pion. Mais qu'en reste-t-il, non plus que des parallèles homériques de Joyce ? On s'empresse d'oublier ces haies et ces ruisseaux qui font du paysage un échiquier. Et ce sont les arrêts et les rencontres des « pièces », si peu des pièces et tellement des personnages, qui intéressent, et où la fantaisie ressort intacte. On voit bien que les effets d'inversion inspirés du miroir ont été autrement efficaces. Seul le mouvement de la reine comme d'un objet aérien et ses arrivées soudaines tirent profit poétique du jeu d'échecs; en fait, ils ont conquis un charme de gratuité. Mais dans *Alice au pays des merveilles* Charles Dodgson a vraiment laissé à Lewis Carroll la bride sur le cou. A défaut de structure dans le parcours du rêve entre l'ensommeillement et l'éveil, peut-on déceler quelques constantes ? Peut-être, assez curieusement, assez contradictoirement, donc assez significativement, serait-ce le temps, symbolisé par les montres. La première, c'est celle du Lapin qui par deux fois la tire et gémit qu'il va être en retard, et qui court à toutes pattes à son rendez-vous. La seconde, c'est justement celle du Chapelier fou, qui retarde de deux jours. Ce n'est pas seulement une affaire de beurre. Il a maille à partir, décidément, avec le temps car en chantant il a massacré, mettons, le *tempo*, puisque le français préfère dire *mesure* plutôt que *temps*. Bref le temps brouillé avec lui ne marche plus et il est toujours six heures du soir, d'où le thé perpétuel. La table est devenue cadran, et les participants tournent autour. A ce stade Lewis Carroll se prépare peut-être, de loin, à l'inversion temporelle qui se manifestera de l'autre côté du miroir, (« c'est arrivé la semaine prochaine »), à la mémoire du futur et à la course furieuse qui contre la marche-arrière du milieu ne peut faire mieux que maintenir les coureuses en place.

Dans un espace et un temps diversement insolites, l'œuvre tourne autour d'une crise d'identité — qui êtes-vous ? — qui suis-je ? — suis-je ? D'un changement à l'autre, et à force de n'être pas reconnue, Alice finit par ne pas se reconnaître. Est-elle Mary-Anne ? un serpent ? un prodige haut d'un kilomètre ? une fleur décatie ? Que voit-on en la regardant au télescope ? au microscope ? Un pur objet, semble-t-il, un paquet peut-être, à envoyer par la poste. Quel sens intérieur subsiste-t-il pour répondre à cette chosification ? Ne serait-elle après tout qu' « un monstre fabuleux ». L'une des plus étranges inventions de ce monde outre-miroir, et des plus angoissantes, est celle du Bois des Choses sans Nom, où on se trouve, vivant à peine, réduit à la condition des limbes, avec d'autres créatures aussi vagues, aussi perdues, loin du réel, des conditions de l'existence et donc de l'existence même, si bien que (et ici l'ironie de Carroll est-elle consciente?) le faon ne se connaît plus pour faon, ne connaît plus Alice pour humaine, et devient du coup familier.

Il y a une continuité significative dans cette partie de l'œuvre, comme s'il s'y reflétait une préoccupation pour ne pas dire une obsession de l'auteur. Car Alice passe de ce lieu et de ce temps d'oubli au séjour de Tweedledum et Tweedledee où elle entend (on se croirait dans une saga nordique) un grondement redoutable : le ronflement du roi rouge. Il rêve, annonce Tweedledee. Il rêve d'Alice. Et s'il s'arrêtait de rêver d'elle ? — « Vous ne seriez nulle part. Vous n'êtes qu'une espèce de chose dans son rêve ! » Et son compère Tweedledum ajoute : « Vous vous éteindriez, pan ! tout comme une chandelle. » En fait implicitement tout ici est rêve, à partir du rêve créateur de Lewis Carroll, qui n'est pas — voir son Journal — sans se poser des questions, entre Berkeley et Schopenhauer, sur sa propre réalité. Alice en pleurs se débat héroïquement : « si je n'étais pas réelle, je ne pourrais pas pleurer » : raisonnement qui précède de près d'un siècle le constat de Hamm dans *Fin de Partie* :

> (Parlant de Nagg)
> Qu'est-ce qu'il fait ?
> CLOV — Il pleure
> HAMM — Donc il vit

Mais Tweedledum est plus impitoyable dans la négation : « J'espère que vous ne croyez pas que ce sont de vraies larmes ? »

Cependant, et c'est une idée qu'a fortement soulignée Jean Gattégno, le besoin de permanence, si fort chez l'adulte, est chez l'enfant complété par le désir d'au moins un changement — grandir — qui résiste à la confusion du rêve et aux remontrances égocentriques du Bombyx. A vrai dire, qui, dans ce Pays des Merveilles où Lewis Carroll permet à chaque espèce d'exprimer son point de vue, n'est pas égocentrique ? Protagoras, une fois pour toutes, formule le nôtre : « L'homme est la mesure de toutes choses. » Mais, pour le Bombyx, c'est le Bombyx. Et pour l'œuf Humpty Dumpty qui n'a peut-être pas tellement tort que le pense Alice, la plus belle forme est celle de l'œuf. Voici qu'en conséquence, de sujet conscient de soi et de son importance, Alice humiliée devient objet, sans cesse remise à sa place d'objet, au point d'avoir, en tant que monstre fabuleux, à conclure un marché avec la Licorne. C'est bien le principe du « Monde à l'envers » de notre Grandville que n'ont ignoré ni Carroll ni Tenniel — voir le laquais-grenouille et le laquais-poisson. C'est le principe qui dans *Sylvie et Bruno* aboutira à la question posée aux petits humains : à quel chien appartenez-vous? Alice se voit faisant les courses du Lapin. C'est au début, et elle en est encore étonnée. Par la suite, il lui paraîtra naturel de dire poliment « Monsieur » au Bombyx ou à Humpty Dumpty, qui n'ont pas tant d'égards. Elle est dans la série de ses rencontres prise sans cesse dans un dialogue absurde dont le principe, le logicien ayant enfanté une portée diabolique de sophistes variés, est généralement celui-ci : faire accepter quelque prémisse arbitraire puis par bluff et effronterie en tirer la conséquence. Tel le chat du Cheshire : « Un chien n'est pas fou. Vous l'admettez? » Il ne lui laisse pas le temps de se retourner avant d'enchaîner, de conclure qu'il est, lui, fou, et qu'elle l'est aussi. Le procédé comme dans le « patter » du music-hall anglais traditionnel consiste à aller trop vite pour laisser se former la réflexion critique. Des variations sur ce principe se retrouvent partout, et par exemple dans le procès du Valet de Cœur : si la lettre suspecte n'est pas de la main de l'accusé, c'est pire; c'est qu'il a imité l'écriture de quelqu'un d'autre. Si elle n'est pas signée c'est qu'il a écrit une lettre anonyme : de plus en plus grave. Si le contenu n'a rien à faire avec l'affaire en cause, il n'y a plus de doute.

C'est ici le plus salutaire des didactismes : l'invitation à raisonner juste en face de tous les paralogismes, à faire front aux plus impudentes provocations. Ne s'y mêle-t-il pas une satire quasi-swiftienne de la justice comme elle parle et comme elle agit ? Certes, elle ne va pas loin. Le satiriste doit être en position de force antagoniste, c'est-à-dire de contradiction énergique. Le doux Carroll ne l'est guère. Le satiriste ne doit pas avoir horreur du poivre. (De quoi fait-on les tartes, demande-t-on à la cuisinière de la duchesse, témoin au procès ? De poivre, répond-elle.) Carroll a également horreur du rouge. La Reine Rouge est un personnage détestable, atteste-t-il, dans *Alice à la scène*, embrouillant un peu le personnage, d'ailleurs, dans celui de la Reine de Cœur qui est incomparablement plus violente. Ce rouge est en effet la couleur de la colère; plus généralement, de l'agression. Et il semble bien que depuis l'enfance (scènes domestiques, même chez un pasteur ?) Lewis Carroll identifie l'agression violente et l'agression sexuelle dans la même aversion; vaguement conscient cependant que le blanc auquel il s'identifie, (s'il est vrai que le Cavalier Blanc est son effigie symbolique poussée à la caricature), avec lequel il sympathise sous la forme de cette brave sotte de reine blanche, est la couleur de la faiblesse et de la pusillanimité.

Dans ce grand jeu cérébral, cette vaste confrontation logique qui est l'infrastructure à laquelle la plupart des lecteurs préfèrent la superstructure poétique, fantaisiste et vivante des rencontres et des surprises de la multiple aventure, on notera encore un rapport essentiel entre Alice et Gulliver qui, bien entendu, concerne Carroll et Swift : c'est la solitude. Il y a, nombreux, les simples duos, qui ne sont pourtant pas à armes égales parce qu'Alice est désorientée, incertaine d'avance, face à des êtres installés dans une identité essentielle, sans parler de la mauvaise foi. Et puis, il y a les *tutti*, depuis le début et la mare de larmes, jusqu'au voyage en chemin de fer, jusqu'au banquet final; et partout elle est comme est dans le tableau de Bosch le Christ tourné en dérision; dans une pression typiquement onirique tous l'assaillent, la contraignent, obscurément la menacent. C'est ce qu'il faut pour faire ressortir sa vaillance.

L'auteur est attentif : Alice n'est pas seulement, au milieu des accidents redoutables qu'elle surmonte, montrée libre. Elle est guidée vers la liberté. Les *Alice* forment un ouvrage ironique au sens premier du terme : une interrogation perpétuelle, radicale, des conditions existentielles et d'abord, peut-être surtout, du langage, de ce machouillis d'abus et d'impropriétés que recèle et que transmet paisiblement, comme Sterne l'avait bien vu déjà, la langue habituelle : que de tissu conjonctif et de remplissage, de « vous savez », « vous voyez », auxquels la réponse critique est — devrait être — « je ne sais pas », « je ne vois pas ». Comme chez Sterne la communication verbale va irrésistiblement vers un malentendu que c'est un plaisir de rendre drôle. Alice demande au Roi d'arrêter une minute, et il répond modestement qu'il n'est pas assez fort. Etrange rêve qui façonne impitoyablement, d'échange en échange qui réussissent à être comiques, une parfaite apprentie logicienne.

A peine sortie des mains de son maître, elle eut sa revanche. Elle vécut sa vie, diversement. Dès 1876, elle était mise « à la scène », en effet, sous forme d'une série de tableaux. Lewis Carroll déclina toujours implicitement la responsabilité des textes adaptés. Il parla de « la pièce de Mr. Savile Clarke ». Mais il écrivit à Isa Bowman qui fut à la fois une très chère petite amie et Alice à la scène une longue lettre qui constitue une véritable direction d'actrice touchant, en grand détail, l'entente du rôle.

Dans une direction qu'on dirait presque inverse il se remit à la tâche, et de 1885 jusqu'à la publication en 1890 il est question de cette « nursery Alice », de cette *Alice contée aux tout-petits*. Il est difficile de penser que s'il mit tout son cœur à cette Alice-là, il y mit aussi toute sa tête. On y trouverait plus aisément par contraste la preuve du caractère intellectuel et sophistiqué des deux *Alice* précédentes. On devinerait d'avance que les subtilités des intellectuels de la bande, Chat du Cheshire, Humpty Dumpty, que l'embarras où les absurdités des plus délirantes, Reine de Cœur ou Reine Rouge à l'origine, mettent Alice, n'y trouveraient pas place. On n'est pas surpris que des morceaux qui ne sont pas des mieux venus et qui sont de plus un peu inquiétants, comme celui du pigeon affrontant une Alice-serpent démesurée, n'y figurent pas ; mais

pourquoi pas le lapin culbuté dans la couche à
concombres qui semble propre à faire rire « de 0 à
5 ans » ? et pourquoi avoir conservé la course « à la
comitarde » qui n'était pas dans « les aventures d'Alice
sous terre », et qui, symbolisme à part, doit paraître aux
petits trop naturelle pour être intéressante ? Pourquoi
diable Carroll a-t-il ajouté l'invention du porridge
offert au chien Pompon par ses petits maîtres pour son
anniversaire ? A mon jugement la nouvelle moûture
est donc, pour ce qui est du contenu, maigre et incertaine. L'auteur a toujours eu ses idées sur les besoins
du jeune âge. Alice, avant de plonger dans le rêve,
s'était détournée du livre de sa sœur : à quoi bon un
livre *sans conversations* et sans images ? La conversation, c'est le dialogue, et il n'y a pas de dialogues
dans la *Nursery Alice*. En somme l'auteur a décidé que
jusqu'à cinq ans, c'était l'âge des images, du visuel,
et cette *Alice*-ci, ce sont des images commentées. Mais
— et c'est ici que nous reconnaissons l'ami inépui-
sable des petites filles — il s'agit de soutenir leur
attention, comme le fait tout montreur, de les faire
participantes et actives : le Lapin tremble d'inquiétude
— vous n'avez qu'à agiter le livre, vous le verrez
trembler. Regardez Alice prise pour Mary Anne :
a-t-elle l'air d'une servante ? (on a beau être tout petit,
on doit distinguer les classes sociales). En fait il y a
bien un dialogue mais il n'est pas écrit d'avance, il
est construit, complété par les réactions et les réponses
demandées aux enfants, de page en page.

Faut-il revenir aux deux grands ouvrages pour dire
quelques mots de l'humour de Carroll dont il n'a pas
été spécialement question, qui est diffus comme l'atmosphère, comme une nuée légère dans un ciel clair,
éclairée par-derrière ? On sait que l'humour anglais
use beaucoup de la fausse innocence, d'une écriture
qui fait semblant de ne pas s'apercevoir de ce qu'elle
dit. Lewis Carroll a des trésors de fausse innocence à
mettre au service de l'humour. Il lui arrive au pire
d'être un peu lourd, en direction de l'humour noir,
comme lorsqu'au début il nous informe qu'Alice avait

lu « plusieurs gentilles petites histoires d'enfants brûlés vifs ou mangés par les fauves ou autres aventures déplaisantes survenues parce qu'ils n'avaient pas voulu se rappeler les simples préceptes, etc. ».

La fausse innocence dont je parlais plus haut libère de toute responsabilité éthique et laisse le jugement se déployer hors du réel avec un air de considérer gravement les faits, avec un parfait détachement. La Reine, pour ce qui est de l'intention et du commandement, fait décapiter tout le monde, sans problèmes jusqu'à ce qu'on arrive au chat du Cheshire qui n'est le plus souvent qu'une tête hilare : « Le point de vue du bourreau, c'était qu'on ne pouvait trancher une tête en l'absence d'un corps d'où l'on pût la détacher. »

« Le point de vue du Roi, c'était que tout être possédant une tête pouvait être décapité. »

Cet animal imperturbable dont on peut être sûr qu'il se tirera toujours d'affaire est lui-même un humoriste qui manie avec bonheur l'un des instruments de l'humour, un bon sens paradoxal. Lorsqu'il a amené Alice à convenir qu'elle ne se soucie pas trop de l'endroit, ici ou là, où se rendre, « pourvu que j'arrive quelque part », il se fait Descartes sans perdre son sourire, pour répliquer, « vous pouvez être certaine d'y arriver, pourvu seulement que vous marchiez assez longtemps. »

Dans une humeur entre inadvertance et indifférence, le roi accueille le lion et la licorne qui se sont étripés tout au long du combat féroce qu'ils ont poursuivi autour de la ville. Il s'enquiert gravement, « êtes-vous passés par le vieux pont ou par la place du marché ? Par le vieux pont la vue est bien plus belle. »

Il reste à dire quelques mots des illustrations d'*Alice*, et ce n'est pas seulement parce qu'au départ et dans le principe ce fut un livre pour enfants. C'est surtout que depuis un siècle, de 1865 à ce jour, pour le monde anglo-saxon tout entier, *Alice*, c'est deux hommes, deux noms inséparables, l'auteur et l'illustrateur, Lewis Carroll et John Tenniel. C'est un fait. Pour tous ceux qui depuis l'enfance, en édition de luxe ou en Penguin, lisent le texte anglais d'*Alice*, il s'est produit une association indissoluble : il n'y a qu'une façon de voir l'enfant avec sa robe qui s'évase et son tablier et ses cheveux tirés en arrière et son petit visage sérieux ; ou le Lapin avec sa jaquette à carreaux et son col cassé, ou l'affreuse Duchesse empruntée sans façon à Quentin Metsys et qui n'a pas le menton pointu que lui veut Carroll ; ou le Chapelier avec son haut de forme à vaste étiquette ; ou le Morse et le Charpentier ou Tweedledum et Tweedledee. Cependant il avait fallu insister auprès de Tenniel qui sans doute s'était fait une raison en regardant Grandville, mais qui plus d'une fois n'était pas d'accord. Quand il fut question de passer de l'autre côté du miroir, il dit non, et ne se laissa qu'à grand-peine persuader. En position de force, quand il reçut le chapitre concernant « la Guêpe emperruquée », il le rejeta purement et simplement, comme inintéressant et non illustrable. Carroll s'inclina et ce n'est que maintenant que le chapitre réhabilité a été édité, en anglais puis en français.

Ce désaccord est-il aussi partiel, et aussi accidentel, qu'il semble ? Y avait-il entre les deux hommes une affinité véritable, ou y a-t-il eu après entente et à la longue la pseudo-affinité mimétique des vieux ménages ? On peut poser la question maintenant qu'il est facile, en édition courante, d'examiner les dessins dont Carroll, protestant qu'il ne savait pas dessiner, orna pourtant son manuscrit d'*Alice's Adventures Underground*. Ces images, naïves plutôt que gauches, complètent d'unique façon la vision de l'écrivain : dans la figure d'Alice se lit une réalité intense qui correspond aux moments forts de l'œuvre et aussi à la solitude d'*Alice*. Carroll n'est pas un glorieux animalier, mais les têtes des créatures qui nagent toutes derrière Alice s'imposent par la vitalité du regard. Ceux, et particulièrement les deux cochons d'Inde, qui s'empressent autour de Bill, le petit lézard victime d'Alice, montrent leur souci avec beaucoup de force expressive. L'unité d'un mouvement de groupe a toute sa force redoutable. Les ratages décisifs, l'inégalité due à l'insuffisance technique, ne sont pas moins évidents. Un point important est la force de l'influence de Lear, le prophète du *nonsense* que Lewis Carroll a toujours feint d'ignorer. Les illustrations significativement nombreuses de « You are old, Father William », parodie de « The Old Man's Comforts » de Southey, en sont un suffisant témoignage. Les attitudes physiques du valeureux vieillard qui se tient volontiers sur la tête, ses prouesses d'équilibriste, sont déjà un rappel, auquel le rendu graphique convient à merveille : corps en boules et cylindres, ou en tiges d'asperges, petits bras sans pliure, jambes lancées droit devant elles, on croirait s'être trompé d'illustrateur, mais c'est un plaisir, en un dernier geste, de les réunir.

Jean-Jacques MAYOUX.

BIBLIOGRAPHIE SOMMAIRE

1865 : *Alice's Adventures in Wonderland.* Macmillan, Londres.

1869 : *Phantasmagoria and other poems.* Macmillan, Londres.

1872 : *Through the Looking-Glass, and what Alice found there.* Macmillan, Londres.

1874 : *Notes by an Oxford Chiel* (pamphlets anonymes), Oxford.

1876 : *The Hunting of the Snark.* Macmillan, Londres.

1879 : *Euclid and his modern rivals,* Londres (publié sous le nom de C. L. Dodgson).

1885 : *A tangled Tale.* Macmillan, Londres.

1886 : *Alice's Adventures Underground.* Macmillan, Londres.

1887 : *The Game of Logic,* Macmillan, Londres.

1889 : *The Nursery « Alice ».* Macmillan, Londres.

1889 : *Sylvie and Bruno.* Macmillan, Londres.

1896 : *Symbolic Logic, Part I. Elementary,* Macmillan, Londres.

1898 : Collingwood, Stuart, Dodgson : *The Life and Letters of Lewis Carroll.* Unwin, Londres.

1933 : *Selection from his letters to his child-friends.* Macmillan, Londres.

OUVRAGES OU ARTICLES CONSACRÉS A LEWIS CARROLL

1949 : Green Roger L. : *The Story of L.C.*, Methuen, Londres.

1952 : Parisot Henri : *Lewis Carroll*, Poètes d'aujourd'hui, Seghers.

1954 : Hudson Derek : *L. C.*, Macmillan, New York.

1955 : Greenacre Phyllis : *Swift and Carroll*, International University Press, New York.

1966 : Coumet Ernest : « Lewis Carroll logicien », dans Lewis Carroll, *Logique sans peine*, Paris.

1968 : Deleuze Gilles : « Le Schizophrène et le mot », *Critique*, 255-256, Paris.

1969 : Deleuze Gilles : *Logique du sens*, Paris.

1969 : Gernsheim Helmut : *Lewis Carroll Photographer*. Dover, New York.

1970 : Gattégno Jean : *Lewis Carroll*, José Corti, Paris.

1971 : Cahiers de L'Herne : *Lewis Carroll*, Paris, 1971.

1974 : Gattégno Jean : *Lewis Carroll*, Une vie. Le Seuil, Paris.

1976 : Cixous Hélène : *Lewis Carroll* (De l'autre côté du Miroir, La Chasse au Snark). Collection bilingue Aubier-Flammarion.

1977 : Mayoux Jean-Jacques : *Lewis Carroll* (Lettres à ses amies-enfants, Fantasmagorie et autres poèmes). Collection bilingue Aubier-Flammarion.

1977 : *The Wasp in a wig*. Macmillan, Londres.

1978 : Cohen Morton N. : *Lewis Carroll photographer of Nude children*. Rosenbach Fondation, Philadelphia.

OUVRAGES DE LEWIS CARROLL
traduits de l'anglais par Henri Parisot

Les Aventures d'Alice au Pays des Merveilles.
   Version *ne varietur* 1975, couverture de Michel
   Otthoffer, collection « L'Age d'Or », Flammarion.

Les Aventures d'Alice au Pays des Merveilles.
   Version *ne varietur* 1976, introduction par Jean Gat-
   tégno, illustrations de l'auteur, collection bilingue
   Aubier-Flammarion (couverture orangée).

De l'autre côté du Miroir et de ce qu'Alice y trouva,
   suivi de *La Chasse au Snark*. Version *ne varietur*
   1975, couverture de Michel Otthoffer, collection
   « L'Age d'Or », Flammarion.

De l'autre côté du Miroir et de ce qu'Alice y trouva,
   suivi de *La Chasse au Snark*. Version *ne varietur*
   1976, introduction par Hélène Cixous, illustrations
   de Max Ernst, collection bilingue Aubier-Flammarion (couverture orangée).

Les Aventures d'Alice au Pays des Merveilles. Illustrations de John Tenniel mises en couleurs par Michel
   Otthoffer, relié toile verte, Flammarion, 1972.

Les Aventures d'Alice au Pays des Merveilles. Illustrations en couleurs de Nicole Claveloux, Bernard
   Grasset, 1974.

De l'autre côté du Miroir et de ce qu'Alice y trouva.
   Illustrations en couleurs de Jocelyne Pache, Flammarion, 1975.

Lettres adressées à des petites filles, suivi de *Alice
   racontée aux petits enfants* et de *Trois poèmes sans
   queue ni tête*. Avant-propos de H. P., couverture de
   Max Ernst, collection « L'Age d'Or », Flammarion,
   1975.

Photos et Lettres aux petites filles. Préface de Jean
   Gattégno. Volume papier bleu pâle fait à la main,
   relié toile noire sous étui, illustré de photographies
   par l'auteur, Franco Maria Ricci, 1976.

Lettres adressées à Alice et à quelques autres, suivi de *Alice à la scène* et de *Fantasmagorie*. Avant-propos de H. P., couverture de Michel Otthoffer, collection « L'Age d'Or », Flammarion, 1976.

Lettres à ses amies-enfants/Alice à la scène/Fantasmagorie et autres poèmes. Version *ne varietur* 1977, introduction par Jean-Jacques Mayoux, collection bilingue Aubier-Flammarion (couverture orangée).

La Guêpe emperruquée. Episode retrouvé de *De l'autre côté du Miroir*. Avant-propos de H. P., *Le Monde des livres*, Paris, 23 décembre 1977.

LES AVENTURES D'ALICE SOUS TERRE

LES AVENTURES D'ALICE SOUS TERRE

*présent de Noël
à une enfant chère
en souvenir d'une journée d'été*

CHAPITRE PREMIER

Assise à côté de sa sœur sur le talus, Alice commençait à être fatiguée de n'avoir rien à faire. Une fois ou deux, elle avait jeté un coup d'œil sur le livre que lisait sa sœur; mais il n'y avait dans ce livre ni images ni dialogues : « Et, pensait Alice, à quoi peut bien servir un livre sans images ni dialogues. Elle était donc en train de se demander (dans la mesure du possible, car la chaleur qui régnait ce jour-là lui engourdissait quelque peu l'esprit) si le plaisir de tresser une guirlande de pâquerettes valait la peine de se lever pour aller cueillir les pâquerettes, lorsqu'un lapin blanc aux yeux roses vint à passer auprès d'elle en courant.

Il n'y avait là rien de particulièrement remarquable; et Alice ne trouva pas non plus *très* extraordinaire d'entendre le lapin dire à part soi : « Oh, là là! Oh, là, là! Je vais être en retard. » (Lorsqu'elle y repensa par la suite, elle admit qu'elle eût dû s'en étonner, mais, sur le moment, cela lui parut tout naturel); pourtant, quand le lapin s'avisa de *tirer de son gousset une montre*, de consulter cette montre, puis de se remettre à courir de plus belle, Alice se dressa d'un bond, car l'idée lui était tout à coup venue qu'elle n'avait jamais vu de lapin pourvu d'un gousset, ou d'une montre à tirer de celui-ci. Brûlant de curiosité, elle s'élança à travers champs à la poursuite de l'animal, et elle eut la chance de le voir s'engouffrer dans un large terrier qui s'ouvrait sous la haie. Un instant plus tard elle s'y enfonçait à son tour, sans du tout s'inquiéter de savoir comment elle en pourrait ressortir.

Le terrier était creusé d'abord horizontalement comme un tunnel, puis il présentait une pente si brusque et si raide qu'Alice n'eut même pas le temps de songer à s'arrêter avant de se sentir tomber dans ce qui semblait être un puits très profond. Il faut croire que le puits était très profond, ou alors la chute d'Alice était très lente, car, en tombant, elle avait tout le temps de regarder autour d'elle et de se demander ce qu'il allait se produire. D'abord, elle essaya de regarder en bas pour se rendre compte de l'aspect des lieux où elle allait arriver, mais il faisait trop sombre pour y rien voir ; ensuite, observant les parois du puits, elle remarqua qu'elles étaient recouvertes de placards et d'étagères : de place en place étaient accrochées des cartes géographiques et des gravures. Elle saisit au passage un pot sur l'une des étagères : il portait l'inscription « Marmelade d'oranges », mais, au grand désappointement d'Alice, il était vide. Elle n'osait le laisser choir, de crainte de tuer quelqu'un qui se fût trouvé au-dessous d'elle ; aussi fit-elle en sorte de le déposer dans l'un des placards devant lesquels elle passait en tombant.

« Eh bien ! se dit Alice, après une pareille chute, je n'aurai plus peur de tomber dans l'escalier ! Comme on va me trouver courageuse, à la maison ! Ma foi, désormais, même si je dégringole du haut du toit, je ne dirai rien ! (Cela avait de fortes chances d'être vrai, en effet.)

Elle tombait, tombait, tombait. Cette chute ne prendrait-elle donc *jamais* fin ? « Je me demande de combien de kilomètres, à l'instant présent, je suis déjà tombée ? dit-elle à haute voix. Je dois arriver quelque part aux environs du centre de la terre. Voyons : cela ferait, je crois, une profondeur de six mille kilomètres... (car, voyez-vous, Alice avait appris quelque chose de ce genre dans ses leçons d'écolière et, bien que l'occasion de montrer son savoir fût assez mal choisie, attendu qu'il n'y avait personne pour l'entendre, elle trouvait excellent de le répéter)... Oui, c'est bien là la distance, mais alors je me demande à quelle Longitude ou Latitude je suis arrivée (Alice n'avait aucune idée de ce qu'étaient Longitude ou Latitude, mais elle trouvait que c'étaient là de jolis mots impressionnants à prononcer).

« Je me demande, reprit-elle bientôt, si je vais traverser la terre de *part en part*! Comme ce serait drôle de ressortir parmi ces gens qui marchent la tête en bas! Mais il me faudrait alors leur demander le nom du pays, bien sûr. Pardon, Madame, sommes-nous en Nouvelle-Zélande ou en Australie ? » — et elle tenta d'accompagner ces paroles d'une révérence (imaginez ce que peut être la *révérence* d'une personne qui tombe dans le vide! Croyez-vous que vous pourriez faire une révérence si vous étiez dans ce cas ?). « Et la dame pensera que je suis une petite fille bien ignorante! Non, il vaudrait mieux ne rien demander; peut-être verrai-je le nom du pays écrit quelque part. »

Cependant elle tombait, tombait, tombait. Il n'y avait rien d'autre à faire; aussi Alice bientôt se remit-elle à parler : « Je vais beaucoup manquer à Dinah, ce soir, c'est certain! (Dinah c'était la chatte.) J'espère que l'on n'oubliera pas de lui donner, à quatre heures, sa soucoupe de lait! Dinah, ma chérie, comme je voudrais t'avoir ici avec moi! Il n'y a pas de souris dans les airs, je le crains, mais tu pourrais toujours attraper une chauve-souris, et cela ressemble fort, vois-tu, à une souris. Au fait, les chats mangent-ils les chauves-souris ? je me le demande. » A ce moment, Alice, qui commençait à somnoler, se mit à se répéter comme en songe : « Les chats mangent-ils les chauves-souris ? Les chats mangent-ils les chauves-souris ? » Et parfois : « Les chauves-souris mangent-elles les chats ? » Car, étant incapable de répondre à aucune des deux questions, peu importait qu'elle se posât l'une ou l'autre. Elle comprit qu'elle était en train de s'assoupir, et elle venait de commencer de rêver qu'elle se promenait la main dans la main avec Dinah en lui demandant très sérieusement : « Allons, Dinah, ma chérie, dis-moi la vérité : As-tu jamais mangé une chauve-souris ? », quand soudain, patatras! elle s'affala sur un tas de branchages et de feuilles mortes, et sa chute prit fin.

Alice, qui ne s'était pas fait le moindre mal, se remit sur pied tout aussitôt : elle leva la tête pour porter ses regards vers le haut, mais il faisait tout noir; devant elle il y avait derechef un long couloir, et le lapin blanc était toujours en vue, descendant ce couloir, ventre à terre. Il n'y avait pas un instant à perdre : Alice s'élança à toutes jambes à sa poursuite, et put tout juste l'entendre dire, au moment où il disparaissait dans un tournant : « Par mes oreilles et mes moustaches, comme il se fait tard! » Elle prit le tournant après lui, et, instantanément, se trouva dans une longue salle basse, qu'éclairait une rangée de lampes suspendues au plafond.

Il y avait des portes tout autour de la salle, mais ces portes étaient toutes fermées à clef; et lorsque Alice l'eût parcourue dans les deux sens et eût en vain tenté de les ouvrir l'une après l'autre, elle revint tristement vers le milieu de la salle en se demandant comment elle en pourrait ressortir. Soudain elle se trouva devant une petite table à trois pieds, toute de verre massif; il n'y avait rien dessus, si ce n'est une minuscule clef d'or, et la première pensée d'Alice fut que cette clef devait ouvrir l'une des portes de la salle; mais, hélas! les serrures étaient-elles trop grandes, ou la clef trop petite ? Toujours est-il que cette clef n'ouvrait aucune des portes. A la fin, pourtant, Alice découvrit une portière qu'elle n'avait pas encore remarquée et, derrière cette portière, il y avait une petite porte haute de quarante centimètres environ : elle présenta la petite clef d'or devant le trou de la serrure et constata qu'elle y pénétrait! Alice ouvrit la porte et vit qu'elle donnait, par un étroit passage, pas plus large qu'un trou à rat, sur le jardin le plus adorable que l'on pût rêver. Comme elle eût voulu sortir de cette sombre salle et se promener parmi ces parterres de fleurs aux couleurs éclatantes et ces fraîches fontaines! Mais elle ne pouvait même pas passer la tête par le chambranle : « Et quand bien même ma tête y passerait, se dit la pauvre Alice, cela ne me servirait pas à grand-chose puisque mes épaules ne la suivraient pas. Oh! que je voudrais pouvoir rentrer en

moi-même comme un télescope! Je crois que j'y parviendrais, si seulement je savais comment m'y prendre
pour commencer. » C'est que, voyez-vous, tant d'événements extraordinaires venaient de se produire,
qu'Alice en arrivait à penser que rien, ou presque,
n'était véritablement impossible.

Il n'y avait rien d'autre à faire, aussi revint-elle vers
la table, dans le vague espoir d'y trouver une autre
clef, ou, tout au moins, un manuel indiquant la marche
à suivre pour faire rentrer les gens en eux-mêmes
comme des télescopes : cette fois, elle trouva sur la
table un petit flacon — « qui, à coup sûr, n'y était pas
tout à l'heure », se dit Alice — pourvu, autour de son
goulot, d'une étiquette de papier portant les mots BOIS-
MOI, magnifiquement imprimés en gros caractères.

C'était bien joli de dire « bois-moi », « mais je vais
regarder d'abord, se dit la sage petite Alice, pour voir
si le mot « poison » y est, ou non, mentionné ». Car
elle avait lu plusieurs charmantes petites histoires où
il était question d'enfants brûlés vifs, ou dévorés par
des bêtes sauvages, ou victimes d'autres mésaventures,
parce qu'ils n'avaient pas *voulu* se souvenir des simples
avertissements que leurs amis leur avaient donnés,
ignorant, par exemple, que si vous allez dans le feu,
cela vous brûle, et que si vous vous coupez le doigt très
profondément avec un couteau, cela saigne généralement, et elle n'avait pas oublié non plus que si l'on boit
le contenu d'une bouteille portant l'inscription « poison », il est à peu près certain que l'on aura des ennuis,
tôt ou tard.

Néanmoins, ce flacon-là ne portant assurément pas
l'inscription « poison », Alice se hasarda à en goûter
le contenu, et, l'ayant trouvé délicieux (il avait, en fait,
un goût de tarte aux cerises, mêlé à des saveurs de
crème à la vanille, d'ananas, de dinde braisée, de cara-
mel et de rôties au beurre), elle eut tôt fait de l'avaler
jusqu'à la dernière goutte.

« Quelle drôle de sensation! fit Alice. On dirait
que je rentre en moi-même comme un télescope. »

C'était exact : elle ne mesurait plus maintenant que
vingt-cinq centimètres, et son visage s'éclaira à la
pensée qu'elle avait à présent la taille qu'il fallait pour
franchir la petite porte et pénétrer dans l'adorable
jardin. Pourtant, elle attendit quelques minutes encore
pour voir si elle allait continuer de rapetisser : cela
l'inquiétait un peu : « Car, voyez-vous, se disait Alice,
je pourrais bien finir par me réduire à néant, telle une
bougie. Je me demande de quoi j'aurais l'air, alors ? »
Et elle essaya d'imaginer à quoi ressemble la flamme
d'une bougie après qu'on l'a soufflée, car elle ne se
souvenait pas d'avoir vu jamais rien de semblable.
Pourtant, comme il ne se passait rien, elle décida d'aller
dans le jardin sans plus attendre, mais, hélas! pauvre
Alice! en arrivant devant la porte, elle s'aperçut qu'elle
avait oublié la petite clef d'or, et, quand elle revint vers
la table la chercher, elle comprit qu'il lui était impossible de l'atteindre : elle la voyait distinctement à
travers la dalle de verre, et elle essaya d'escalader l'un
des pieds de la table, mais il était trop lisse; et quand ses
vaines tentatives l'eurent épuisée, la pauvre enfant
s'assit par terre et fondit en larmes.

« Allons! à quoi bon pleurer comme cela! se dit
avec sévérité Alice. Je te conseille de cesser sur-le-
champ! » Elle avait l'habitude de se donner de très
bons conseils et il lui arrivait de se morigéner si fort
que les larmes lui en venaient aux yeux, et elle se
rappelait même avoir essayé une fois de se tirer les
oreilles parce qu'elle avait triché au cours d'une
partie de croquet qu'elle jouait contre elle-même
(car cette singulière petite fille aimait beaucoup à faire
semblant d'être deux personnes). Mais il est inutile à
présent, se dit la pauvre Alice, que je fasse semblant
d'être deux! Alors qu'il reste à peine assez de moi-même
pour faire une seule personne digne de ce nom! »

Bientôt son regard tomba sur une petite boîte
d'ébène que l'on avait posée sous la table : elle l'ouvrit
et trouva dedans un très petit gâteau sur lequel se trou-

vait posée une carte portant les mots MANGE-MOI magnifiquement imprimés en grands caractères. « Je vais le manger, se dit Alice; s'il me fait grandir, je pourrai atteindre la clef; et, s'il me fait rapetisser, je pourrai me glisser sous la porte; donc, de toute façon, je pénétrerai dans le jardin, et, ensuite, advienne que pourra! »

Elle mangea un petit morceau de gâteau, et se demanda avec inquiétude : « Dans quel sens? Dans quel sens? » en tenant sa main posée sur sa tête pour savoir si elle grandissait ou rapetissait; et elle fut toute surprise de constater qu'elle ne changeait pas de taille; certes, c'est là ce qui se produit généralement lorsqu'on mange un gâteau, mais Alice était tellement habituée à n'attendre que de l'extraordinaire, qu'il lui parut tout triste et tout stupide de devoir admettre qu'il ne se produisait rien d'anormal.

Elle se mit donc en devoir de dévorer le reste du gâteau.

« De plus en plus pire! s'écria Alice (si grande était sa surprise que, sur l'instant, elle en oublia tout à fait de parler correctement); voici maintenant que je m'allonge comme le plus grand télescope du monde! Au revoir, mes pieds! (car, lorsqu'elle regardait ses pieds, ceux-ci lui semblaient être presque hors de vue tant ils devenaient lointains) : Oh! mes pauvres petits pieds, je me demande qui, à présent, vous mettra vos bas et vos souliers, mes chéris? Pour ma part, je suis sûre de n'en être pas capable! Je serai certes bien trop loin pour pouvoir m'occuper de vous : vous n'aurez qu'à vous débrouiller tout seuls. — Mais il faut que je sois gentille avec eux, se dit Alice; sinon, ils pourraient refuser de me conduire là où je voudrais aller! Voyons un peu : je leur ferai cadeau d'une paire de souliers neufs à chaque Noël. »

Et elle continua d'imaginer comment elle arrangerait cela. « Il faudra que je les confie à un commissionnaire, pensa-t-elle, et comme cela paraîtra cocasse d'envoyer des cadeaux à ses propres pieds! Et comme l'adresse aura l'air bizarre!

MONSIEUR LE PIED DROIT D'ALICE!
DEVANT DE FOYER
avec L'AFFECTION D'ALICE

Oh! mes aïeux! quelles sottises je suis en train de dire là!

A cet instant précis, sa tête heurta le plafond de la salle; en fait elle mesurait maintenant plus de deux mètres soixante-quinze; elle s'empara aussitôt de la petite clef d'or et revint en toute hâte à la porte du jardin.

Pauvre Alice! Tout ce qu'elle put faire, ce fut de se coucher sur le flanc pour regarder d'un œil le jardin; mais passer de l'autre côté était plus que jamais impossible; elle s'assit et se remit à pleurer.

« Tu devrais avoir honte, se dit Alice, une grande fille (c'était le cas de le dire) comme toi, pleurer comme tu le fais! arrête-toi tout de suite, je te l'ordonne! » Mais elle n'en continua pas moins de répandre des hectolitres de larmes, au point qu'il y eut bientôt autour d'elle une vaste mare, profonde d'environ dix centimètres et qui s'étendait jusqu'au milieu de la salle. Au bout d'un certain temps, elle entendit au loin un bruit de petits pas précipités, et elle se sécha les yeux pour voir ce qui arrivait. C'était une fois de plus le lapin blanc, splendidement vêtu, tenant d'une main une paire de gants de chevreau blanc et de l'autre un bouquet de fleurs. Alice éprouvait un tel désespoir qu'elle était prête à faire appel à l'aide du premier venu, et comme le lapin arrivait près d'elle, elle se mit à dire timidement et à voix basse : « S'il vous plaît, Monsieur... » Le lapin eut un violent sursaut, leva les yeux vers le plafond de la salle, d'où semblait venir la voix, puis laissa tomber le bouquet et les gants de chevreau blanc et détala, ventre à terre, dans les ténèbres.

Alice ramassa le bouquet et les gants, et trouva le bouquet si délicieux qu'elle ne cessa de le humer tout

le temps qu'elle continuait de parler à part soi...
« Vraiment, vraiment! comme tout est bizarre aujourd'hui! Alors qu'hier les choses se passaient si normalement : Est-ce que, par hasard, on m'aurait changée au cours de la nuit ? Réfléchissons : étais-je identique à moi-même lorsque je me suis levée ce matin ? Je crois bien me rappeler m'être sentie un peu différente de l'Alice d'hier. Mais si je ne suis pas la même, qui donc serais-je ? Ah, c'est là le grand problème! » Et elle se mit à penser à tous les enfants de son âge qu'elle connaissait, afin de savoir si elle ne serait pas devenue l'un d'eux.

« Je suis sûre de n'être pas Gertrude, dit-elle, car elle a de longs cheveux bouclés, alors que les miens ne bouclent pas du tout... et je suis sûre de n'être pas Florence, car je sais toute sorte de choses et elle, oh! elle en sait si peu! En outre, elle est *elle*, et je suis *moi*, et — oh, là, là, que c'est donc compliqué! Je vais essayer de passer en revue toutes les choses que je savais. Voyons : quatre fois cinq font douze, et quatre fois six font treize; et quatre fois sept font quatorze... oh, mes aïeux! A ce train-là je n'irai jamais jusqu'à vingt! Après tout, la Table de Multiplication, cela n'importe guère : Voyons la Géographie. Londres est la capitale de la France, et Rome est la capitale du Yorkshire, et Paris... oh là là! là là! tout cela est faux, j'en suis certaine! On a dû me changer en Florence! Je vais essayer de réciter " Voyez comme " » et elle se croisa les mains sur les genoux et se mit à dire le poème, mais sa voix avait un son rauque et étrange, et les mots prononcés n'étaient pas ceux qu'elle attendait :

« Voyez comme le crocodile
Sait faire rutiler sa queue
En répandant l'onde du Nil
Sur ses jolies écailles bleues!

Comme il écarte bien ses griffes,
Comme gaîment il semble boire
Lorsqu'il ouvre aux poissons rétifs
Ses ensorcelantes mâchoires! »

« Je suis sûre que ce ne sont pas là les mots corrects »,
se dit la pauvre Alice, et ses yeux s'emplirent de nouveau de larmes tandis qu'elle pensait : « Il faut croire,
en fin de compte, que je suis bel et bien Florence, et
qu'il me va falloir aller vivre dans cette maisonnette
exiguë, où je n'aurai presque plus de jouets et où, par
contre, j'aurai tant de leçons à apprendre! Non, ma
résolution est prise : si je suis Florence, je ne bouge
plus d'ici! On pourra toujours pencher la tête vers moi
et dire : remonte, ma chérie! Je me contenterai de
lever les yeux et de répondre : Alors, qui suis-je ?
Dites-le moi d'abord, et, ensuite, s'il me plaît d'être la
personne que vous aurez dite, je remonterai : sinon, je
resterai ici jusqu'à ce que je sois quelqu'un d'autre...
Mais, oh, là là! s'écria Alice en fondant en larmes,
comme je voudrais que l'on penche la tête vers moi!
J'en ai tellement assez de demeurer seule ici! »

En disant cela, elle abaissa son regard vers ses mains
et fut surprise de voir que, tout en parlant, elle avait
enfilé l'un des gants de chevreau blanc du lapin.
« Comment ai-je bien pu y réussir ? se demanda-t-elle.
Je dois être de nouveau en train de rapetisser. » Elle
se leva et alla vers la table pour s'y mesurer; elle constata que, selon l'approximation la plus probable, elle
avait maintenant environ soixante centimètres de haut
et qu'elle continuait de raccourcir rapidement : elle
comprit bientôt que la cause de ce phénomène n'était
autre que le bouquet qu'elle tenait en main; aussi le
lâcha-t-elle bien vite, juste à temps pour éviter
de disparaître complètement. Elle constata alors
qu'elle ne mesurait plus que huit centimètres de
haut.

« Et maintenant, au jardin », s'écria Alice, en retournant en hâte vers la petite porte, mais la petite porte
avait été refermée, et la petite clef d'or était posée sur la
table de verre comme auparavant : « Tout va de mal
en pis, pensa la pauvre petite Alice, car jamais
encore je n'avais été si petite, jamais! C'est trop de
malchance, vraiment! »

A ce moment son pied glissa et, plouf! elle se trouva

plongée jusqu'au cou dans l'eau salée. Sa première idée fut qu'elle était tombée dans la mer : puis elle se souvint qu'elle était sous terre et elle comprit bientôt qu'il s'agissait de la mare formée par les larmes qu'elle avait versées alors qu'elle mesurait deux mètres soixante-quinze de haut : « Je regrette d'avoir tant pleuré, se dit Alice en nageant et en s'efforçant de gagner la rive. Je vais en être bien punie, maintenant, je suppose, s'il me faut me noyer dans mes propres larmes! Eh bien, ce sera là un bizarre accident, à coup sûr! Mais tout est bizarre aujourd'hui. » Bientôt elle vit quelque chose qui pataugeait près d'elle dans la mare : d'abord elle pensa que cela pouvait être un morse ou un hippopotame, mais se souvenant alors qu'elle était toute petite, elle comprit que ce n'était qu'une souris qui avait glissé dans la mare, tout comme elle.

« Pourrait-il être de quelque utilité, maintenant, se demanda Alice, de parler à cette souris ? Le lapin est quelque chose de tout à fait à part, sans nul doute, et moi-même j'étais à part avant de descendre ici, mais il n'y a pas de raison pour que la souris ne soit pas capable de parler. Je pense que je pourrais aussi bien essayer de la faire parler. »

Aussi commença-t-elle : « Oh Souris, connais-tu le moyen de sortir de cette mare ? J'en ai assez de nager en cette onde, oh Souris! » La souris la regarda d'un air quelque peu interrogatif et lui sembla cligner l'un de ses petits yeux, mais elle ne répondit rien.

« Peut-être ne comprend-elle pas l'anglais, pensa Alice; c'est sans doute une souris française, venue ici avec Guillaume le Conquérant! » (Car, malgré tout son savoir historique, Alice n'avait pas une idée très claire de la chronologie des événements.) Elle reprit donc : « Où est ma chatte? » C'était la première phrase de son manuel de français. La souris bondit soudain hors de l'eau, et il sembla que tout son corps frissonnait d'épouvante : « Oh, je te demande pardon! s'écria aussitôt Alice, craignant d'avoir froissé la pauvre bête, j'oubliais que tu n'aimes pas les chats! »

« Que je n'aime pas les chats! s'exclama, d'une voix

aiguë et vibrante, la souris. Et vous, les aimeriez-vous,
les chats, si vous étiez à ma place ? »

« Peut-être bien que non, répondit Alice, conciliante; ne va pas te fâcher pour cela. Pourtant, je
voudrais bien pouvoir te montrer notre chatte Dinah :
je crois que tu te mettrais à raffoler des chats si seulement tu la voyais une fois. Elle est si pacifique, poursuivit à mi-voix, tout en nageant paresseusement dans
la mare, Alice; elle ronronne si gentiment au coin du
feu, tandis qu'elle se lèche les pattes et se lave la figure;
et c'est si doux de la dorloter, et puis elle est sans
rivale pour ce qui est d'attraper les souris... oh! je te
demande pardon », s'écria derechef la pauvre Alice,
car, cette fois-ci, la souris avait le poil tout hérissé, et
la petite fille était sûre de l'avoir vraiment offensée :
« t'ai-je offensée ? »

« Offensée, vraiment! s'écria la souris, qui semblait
positivement tremblante de rage; dans notre famille,
on a de tout temps *exécré* les chats! Ce sont des êtres
vils, répugnants, vulgaires! Ne me parlez plus jamais
des chats! »

« Plus jamais! » promit Alice, qui avait hâte de
changer de sujet de conversation. « Aimes-tu...
aimes-tu... les chiens ? » La souris ne répondit pas et
Alice poursuivit avec chaleur : « Il y a, près de chez
nous, un petit chien que j'aimerais pouvoir te montrer,
tant il est charmant! Un petit fox-terrier à l'œil vif,
vois-tu, avec, oh! de si longs poils bouclés! Il rapporte
tous les objets qu'on lui jette, il fait le beau pour
demander son déjeuner et il exécute tant et tant de
tours que je ne puis me rappeler la moitié d'entre eux.
Il appartient à un fermier, et le fermier dit qu'il tue
tous les rats et... oh, là là, s'écria d'une voix chagrine
Alice, j'ai grand'peur de l'avoir de nouveau offensée! »
Car la souris s'éloignait d'elle en nageant avec l'énergie
du désespoir et en soulevant sur son passage une
gerbe d'eau.

Alice l'appela donc d'une voix doucereuse : « Souris
chérie! Reviens, et nous ne parlerons plus ni de chats
ni de chiens, puisque tu ne les aimes pas! » Quand la

souris entendit cela, elle fit demi-tour et revint lentement à la nage vers Alice : son visage était tout pâle
(de colère, pensa la petite fille), et l'animal dit en
tremblant et à voix basse : « Regagnons le rivage ; là je
vous raconterai mon histoire ; vous comprendrez alors
pourquoi je déteste les chiens et les chats. »

Il était grand temps de partir, car la mare se trouvait
à présent fort encombrée d'animaux divers qui étaient
tombés dedans. Il y avait un Canard et un Dodo, un
Lori et un Aiglon, et nombre d'autres créatures
bizarres. Alice se mit à leur tête et toute la troupe
regagna à la nage la terre ferme.

CHAPITRE II

Ce fut vraiment une singulière assemblée que celle qui se tint sur le rivage : les oiseaux laissaient traîner lamentablement leurs plumes; les mammifères avaient la fourrure collée au corps; et tous étaient trempés, mal à l'aise et de maussade humeur. La première question abordée concerna, bien entendu, la façon de se sécher. Chacun donna son avis à ce sujet, et Alice ne fut pas du tout surprise de découvrir qu'elle parlait familièrement avec les oiseaux, comme si elle les eût depuis toujours connus. A dire vrai, elle eut une assez longue discussion avec le Lori, qui finit par prendre un air boudeur et par déclarer assez sottement : « Je suis plus vieux que vous, je dois mieux que vous savoir ce qu'il faut faire. » Ce qu'Alice ne voulut pas admettre sans connaître son âge exact; et, comme le Lori refusait catégoriquement de le dire, la discussion tourna court.

Finalement la souris, qui semblait avoir un certain ascendant sur les autres animaux, ordonna d'une voix forte : « Asseyez-vous, vous tous, et écoutez-moi! J'aurai tôt fait de vous faire suffisamment sécher! » Tout le monde aussitôt s'assit grelottant en formant un large cercle, au centre duquel se trouva Alice, fixant sur la souris un regard inquiet, car elle se rendait compte qu'elle allait attraper un bon rhume si elle ne se séchait pas au plus vite.

« Hum! fit la souris en prenant un air important, êtes-vous tous prêts? Voici l'histoire la plus aride que je connaisse. Silence à la ronde, je vous prie! »

« Guillaume le Conquérant, dont la cause bénéfi-

ciait de la faveur du pape, reçut bientôt la soumission
des Anglais, qui avaient besoin de chefs, et qui, depuis
quelque temps, s'étaient accoutumés à l'usurpation et
à la conquête. Edwin et Morcar, comtes de Mercie et
de Northumbrie... »

« Brrr! » fit en frissonnant le Lori.

« Je vous demande pardon! dit la souris, très poliment, mais en fronçant le sourcil. Avez-vous dit
quelque chose ? »

« Ce n'est pas moi! » se hâta d'affirmer le Lori.

« J'avais cru vous entendre parler, reprit la souris.
Je continue. Edwin et Morcar, comtes de Mercie et de
Northumbrie, se rallièrent à son parti; et l'archevêque
patriote de Canterbury, Stigand lui-même, trouva
opportum d'aller avec Edgar Atheling à la rencontre
de Guillaume pour offrir la couronne à ce dernier.
Guillaume se conduisit d'abord avec modération...
Comment vous sentez-vous, maintenant, ma chère ? »
demanda la souris en se tournant vers Alice.

« Plus mouillée que jamais, répondit la pauvre Alice,
ton histoire ne semble pas m'avoir fait sécher le moins
du monde. »

« Dans ce cas, dit en se redressant d'un air solennel
le Dodo, je propose l'ajournement de l'assemblée,
en vue de l'adoption immédiate de remèdes plus
énergiques... »

« Parlez plus clairement, dit le Canard. Je ne comprends pas le sens de la moitié de ces grands mots,
et, en outre, je ne crois pas que vous y compreniez
grand'chose vous-même! » Et le Canard cancana à
part soi d'un rire satisfait. Quelques-uns des autres
oiseaux firent entendre un petit gloussement.

« Ce que j'allais dire, poursuivit, d'un ton passablement offensé, le Dodo, c'est que je connais près d'ici
une maison où nous pourrions mettre sécher la jeune
dame et le reste de la troupe, avant d'écouter confortablement l'histoire que vous avez eue, je crois, la bonté
de promettre de nous conter. » Tout en parlant, il
s'inclinait gravement vers la souris.

La souris n'éleva contre ces mots aucune objection,

et toute la troupe se déplaça le long de la berge de la
rivière (car entre-temps la mare avait commencé de
déborder de la salle, et ses rives à se franger de joncs
et de myosotis), en une lente procession, le Dodo
montrant la voie. Au bout d'un moment, le Dodo
s'impatienta et laissant le Canard conduire le reste de
la bande, continua à se déplacer d'un pas plus rapide
avec Alice, le Lori et l'Aiglon, qu'il amena bientôt à
une petite maisonnette, où ils s'assirent pelotonnés près
du feu, enveloppés dans des couvertures jusqu'à
l'arrivée du reste de la bande, et qu'ils fussent à leur
tour tous séchés.

Puis ils s'assirent tous derechef en un large anneau
sur la berge et demandèrent à la souris de commencer
son histoire.

« *C'est que* c'est long et triste! » dit la souris en se
tournant vers Alice et en exhalant un soupir.

« Vos queues, à vous autres souris, sont longues
sans doute, dit Alice en abaissant avec étonnement son
regard vers l'appendice caudal de son interlocutrice,
qui se lovait presque tout autour de la bande, mais
pourquoi dire qu'elles sont tristes ? » Et elle continua
de se creuser la tête à ce propos, tandis que la souris
parlait, si bien que l'idée qu'elle se fit de l'histoire
ressembla à ce qui suit :

« Grasses et couchées en rond
Nous vivions sous le paillasson;
Mais un malheur arriva,
Et ce fut le chat.
A nos joies une entrave,
Devant nos yeux un
voile. Sur nos
cœurs un billot
Et cela fut le
chien! Quand
le chat est au
loin alors
dansent les
souris :
Mais hélas! un
jour, dit-on,
vinrent le chien
et le chat
pourchassant un
rat et voici
nos souris,
écrasées
tout apla-
ties,
grasses
et cou-
chées
en rond,
cha-
cune à
sa pla-
ce sous
le pail-
lasson,
Son-
gez-y,
de
grâ-
ce.

Vous ne m'écoutez pas! reprocha à Alice la souris, d'un ton de voix sévère. A quoi pensez-vous donc ? »

« Je te demande pardon, dit, d'un air contrit, Alice, tu en étais arrivée, si je ne me trompe, à la cinquième courbe ? »

« *Hein ? ne...* » articula d'un ton sec la souris, furieuse.

« *Un nœud ?* dit Alice, toujours prête à rendre service, et jetant autour d'elle des regards scrutateurs. Oh! laisse-moi t'aider à le défaire! »

« Jamais de la vie! s'écria la souris en se levant et en s'éloignant de la petite fille. Vous m'insultez en débitant de pareilles sottises! »

« Telle n'était pas mon intention! protesta la pauvre Alice. Mais tu es, vois-tu, si susceptible! »

Pour toute réponse, la souris émit un chicotement.

« Je t'en prie, revient finir ton histoire! » lui cria Alice. Et les autres s'exclamèrent en chœur : « Oh oui, reviens! » Mais la souris ne fit que hocher la tête et presser le pas, de sorte qu'elle fut bientôt hors de vue.

Quel dommage qu'elle n'ait pas voulu rester avec nous! soupira le Lori, et une vieille mère crabe profita de l'occasion pour dire à sa fille : « Ah, ma chérie! que ceci te serve de leçon : ne perds jamais ton sang-froid! » « Silence, Maman! répondit la jeune pinceuse non sans quelque hargne. Tu ferais perdre patience à une huître! »

« Je voudrais bien que notre Dinah soit ici, vraiment je le voudrais bien! dit à haute voix, sans s'adresser à personne en particulier, Alice. Elle, elle aurait eu vite fait de nous la ramener! »

« Et qui est Dinah, si je peux me permettre de vous poser la question ? » demanda le Lori.

Alice, toujours disposée à parler de sa favorite, répondit avec empressement : « Dinah, c'est notre chatte. Elle n'a pas sa pareille, je vous l'affirme, pour la capture des souris! Et, oh! J'aimerais que vous la voyiez faire la chasse aux oiseaux! Oui, elle vous

dévore un petit oiseau en moins de temps qu'il n'en
faut pour le dire! »

Ces paroles firent sur l'assemblée une impression
tout à fait remarquable. Quelques-uns des oiseaux
décampèrent sans plus attendre : une vieille pie se mit
à s'emmitoufler très soigneusement dans son plumage
en déclarant : « Il faut vraiment que je rentre à la
maison : l'air de la nuit est mauvais pour ma gorge! »
et un canari rappela ses enfants d'une voix tremblotante : « Venez vite, mes chéris, ce ne sont pas des gens
à fréquenter! » Sous divers prétextes, ils s'éclipsèrent
tous, et Alice bientôt resta seule.

Elle demeura assise pendant quelques instants,
chagrine et silencieuse, mais elle ne fut pas longue à
recouvrer ses esprits et elle se remit à parler à part soi
comme d'habitude : « J'aurais bien voulu que quelques-
uns d'entre eux fussent restés un peu plus longtemps!
J'étais en train de me lier si bien d'amitié avec eux...
vraiment le Lori et moi étions presque comme frère et
sœur! Et il en était de même avec ce cher petit Aiglon!
Et avec le Canard et le Dodo! Comme le Canard
chantait délicieusement pour nous tandis que nous
fendions l'onde : et si le Dodo n'avait pas su comment
venir à cette charmante petite maisonnette, je me
demande quand nous aurions pu redevenir secs... »
Et l'on ne sait combien de temps elle eût pu continuer
à bavarder de la sorte, si elle n'eût entendu soudain un
bruit de pas précipités.

C'était le lapin blanc. Il revenait au petit trot en
jetant autour de lui des regards inquiets, comme s'il
eût perdu quelque chose; et Alice l'entendit marmonner : « La Marquise! La Marquise! Oh, mes pauvres
petites pattes! Oh, ma fourrure et mes moustaches!
Elle va me faire exécuter, aussi sûr qu'un furet est un
furet! Où ai-je bien *pu* les laisser tomber, je me le
demande. » Alice devina tout de suite qu'il cherchait
le bouquet et la paire de gants de chevreau blanc, et
elle se mit en devoir de les chercher; mais ils n'étaient
visibles nulle part... Tout semblait avoir changé depuis
son bain forcé dans la mare, et sa séance de marche le

long de la berge de la rivière avec sa bordure de joncs et de myosotis, et la table de verre et la petite porte avaient disparu.

Bientôt le lapin remarqua Alice, alors qu'elle se tenait debout à le regarder avec curiosité; et tout de suite il l'interpella d'une voix courroucée : « Eh bien! Marianne! que faites-vous là ? Courez tout de suite à la maison chercher sur ma table de toilette mes gants et mon bouquet, et rapportez-les moi de toute la vitesse de vos jambes, entendez-vous ? » Alice eut si peur qu'elle partit aussitôt sans souffler mot, dans la direction que le lapin avait indiquée.

Elle se trouva bientôt devant une coquette petite maison, sur la porte de laquelle une étincelante plaque de cuivre portait, gravée, la désignation de l'habitant : « M. J. LAPIN ». Elle entra et gravit quatre à quatre l'escalier, redoutant d'y rencontrer la vraie Marianne et de se voir chassée de la demeure avant d'y avoir trouvé les gants : elle savait qu'une paire en avait été perdue dans la salle, « mais, bien sûr, pensa Alice, il y en a beaucoup d'autres paires dans sa maison. Comme cela semble bizarre d'aller faire des commissions pour un lapin! Je m'attends à bientôt voir Dinah m'envoyer faire ses courses! » Et elle se mit à s'imaginer comment les choses se passeraient en l'occurrence : « Mademoiselle Alice! Venez, tout de suite, vous apprêter pour la promenade! » « J'arrive dans une minute, nounou! Mais, jusqu'au retour de Dinah, il me faut surveiller ce trou de souris pour empêcher la souris d'en sortir... » « Seulement, poursuivit Alice, je ne pense pas que l'on garderait Dinah à la maison si elle se mettait à donner aux gens des ordres comme cela! »

Cependant, elle était arrivée dans une petite chambre proprette, devant la fenêtre de laquelle on voyait une table et, sur cette table (comme Alice l'avait espéré), deux ou trois paires de minuscules gants de chevreau blanc : elle prit l'une des paires de gants, et elle s'apprêtait à quitter la pièce, quand son regard tomba sur un petit flacon qui se trouvait à côté du miroir : il n'y avait pas, cette fois, sur le flacon, d'étiquette portant les mots « Bois-moi », mais néanmoins elle le déboucha et le porta à ses lèvres :

« Je sais, se dit-elle, que, quelque chose d'intéressant se produit à coup sûr dès que je mange ou bois quoi que ce soit : je vais donc tout simplement me rendre compte de l'effet du contenu de ce flacon. Je souhaite qu'il me fasse grandir de nouveau, car vraiment j'en ai assez d'être, comme je le suis présentement, une créature minuscule! »

Ce fut bien là ce qui se produisit, et beaucoup plus tôt qu'elle ne s'y attendait : avant d'avoir absorbé la moitié du contenu du flacon, elle constata que sa tête se trouvait pressée contre le plafond et elle dut ployer l'échine pour éviter de se rompre le cou. Elle reposa précipitamment le flacon en se disant : « Cela suffit comme ça. J'espère que je ne vais pas grandir davantage... Certes, j'aurais mieux fait de ne pas boire tant! »

Hélas! il était trop tard : elle continuait de grandir, de grandir tant et si bien qu'elle dut s'agenouiller sur le plancher : un instant plus tard elle n'avait même plus assez de place pour y demeurer à genoux, et elle s'efforçait de se coucher, un coude contre la porte et l'autre bras replié sur la tête. Elle n'en continuait pas moins de grandir. Enfin, dans une suprême tentative d'accommodation, elle passa un bras par la fenêtre et engagea l'un de ses pieds dans la cheminée. Puis elle se dit : « A présent je n'en saurais faire davantage. Que vais-je *devenir* ? »

Heureusement pour Alice, le petit flacon magique avait maintenant produit tout son effet, et elle cessa de grandir : pourtant sa position n'était rien moins que confortable et, comme il ne semblait pas qu'il y eût pour elle la moindre chance de jamais ressortir de la pièce, il n'est pas surprenant qu'elle se trouvât très malheureuse. « C'était tout de même, pensa la pauvre Alice, bien plus agréable à la maison : alors on n'était pas toujours en train de grandir ou de rapetisser, et d'entendre des souris et des lapins vous donner des ordres... Je ne suis pas loin de souhaiter n'être

jamais descendue dans ce terrier de lapin, et pourtant...
et pourtant... c'est assez curieux, voyez-vous, ce genre
de vie que l'on mène ici! Je me demande ce qu'il a
bien pu m'advenir! Quand je lisais des contes de fées,
je m'imaginais que des aventures de ce genre n'arrivaient jamais, et, maintenant, voici que je suis en train
d'en vivre une! On devrait écrire un livre sur moi, on
le devrait! Et quand je serai grande, j'en écrirai un
moi-même... Mais je suis grande à présent, ajouta-t-elle
d'une voix chagrine : en tout cas, je n'ai pas ici la
place nécessaire pour grandir davantage. »

« Mais alors, pensa Alice, ne deviendrai-je *jamais*
plus âgée que je ne le suis actuellement ? Ce serait une
consolation, en un sens, que de ne jamais devenir une
vieille femme. Mais aussi, toujours devoir apprendre
des leçons! Oh, je n'aimerais sûrement pas cela! »

« Oh, ma pauvre Alice! dit-elle encore, comment
pourrais-tu, ici, apprendre des leçons ? Voyons, il y a à
peine assez de place pour toi-même, et pas la moindre
place pour un quelconque livre de classe! »

Et elle poursuivait son bavardage, prenant à tour
de rôle en considération le pour et le contre, et entretenant ainsi une vraie conversation, lorsqu'au bout de
quelques minutes elle entendit une voix au-dehors et
s'arrêta de penser pour l'écouter.

« Marianne! Marianne! disait la voix, apportez-moi
mes gants immédiatement! » Puis on entendit dans
l'escalier un bruit de petits pas précipités. Alice
comprit que c'était le lapin qui venait voir ce qu'elle
faisait, et elle se mit à trembler au point d'ébranler la
maison, oubliant tout à fait qu'elle était maintenant
environ mille fois plus grande que le lapin et qu'elle
n'avait aucune raison d'avoir peur de lui. A l'instant
suivant, le lapin était devant la porte et il essayait de
la faire pivoter sur ses gonds; mais comme cette porte
s'ouvrait vers l'intérieur, et comme Alice en bloquait
le battant avec son coude, sa tentative échoua. Alice
l'entendit marmonner : « Puisqu'il en est ainsi, je vais
faire le tour et entrer par la fenêtre. »

« Pour ça, tu peux toujours courir! » pensa Alice.

Après avoir attendu le moment où elle crut entendre le lapin arriver sous la fenêtre, elle allongea brusquement le bras et fit le geste d'attraper ce qui se trouvait à la portée de sa main. Elle ne saisit rien, mais elle entendit un petit cri perçant suivi d'un bruit d'une chute et d'un fracas de verre brisé, qui lui donnèrent à penser que, probablement, le lapin était tombé au milieu du châssis d'une couche à concombres ou de quelque chose de ce genre.

Ensuite une voix courroucée — celle du lapin — s'éleva : « Pat, Pat ! Où êtes-vous ? » Puis une voix qu'elle n'avait jamais encore entendue : « Je suis là, pour sûr ! En train de déterrer des pommes de reinette, votre honneur ! »

« En train de déterrer des pommes de reinette, vraiment ! s'exclama le lapin, fort en colère. Arrivez ici ! Venez m'aider à sortir de ce machin-là ! » (Nouveau fracas de verre brisé.)

« A présent, dites-moi, Pat ; que voit-on à cette fenêtre ? »

« Pour sûr, c'est un bras (il prononça : brrrâs), votre honneur ! »

« Un bras, animal que vous êtes ! Qui a jamais vu un bras de cette dimension-là ? Cela remplit toute la fenêtre ! »

« Pour sûr que ça la remplit, votre honneur, mais c'est un bras tout de même. »

« Eh bien, en tout état de cause, il n'a rien à faire là : allez l'enlever ! »

Il y eut ensuite un long silence, troublé seulement de temps à autre par quelques chuchotements indistincts : « Pour sûr, je n'aime pas ça, votre honneur, du tout, du tout ! » — « Faites ce que je vous dis, espèce de poltron ! » Finalement, Alice allongea de nouveau le bras et fit une nouvelle fois le geste de saisir ce qui pouvait être à la portée de sa main. Cette fois on entendit *deux* petits cris et, derechef, un fracas de verre brisé... « Combien ont-ils donc de châssis de couches à concombres ? » se demanda-t-elle. « Et que vont-ils entreprendre la prochaine fois ? Si c'est de me faire sortir par la fenêtre, je souhaite seulement qu'ils y *réussissent*. Je suis certaine, pour ma part, de n'avoir nulle envie de rester enfermée un seul instant de plus ici ! »

Elle demeura quelque temps attentive sans qu'aucun autre bruit ne parvînt à ses oreilles : enfin elle entendit un grondement pareil à celui que produiraient de petites roues de charrettes et le brouhaha d'un bon nombre de petites voix parlant toutes ensemble ; elle saisit quelques bribes de phrases : « Où est l'autre échelle ?... » « Voyons, je ne pouvais en apporter qu'une ; c'est Bill qui a l'autre... » « Allons, dressez-les contre cette encoignure-ci... » « Non, mettez-les d'abord bout à bout... » « Elles n'atteignent pas la moitié de la hauteur requise... » « Oh, cela ira comme ça, ne faites pas le difficile... » « Tenez, Bill ! Attrapez-moi cette corde... » « Le toit va-t-il supporter la charge ?... » « Attention à cette ardoise qui s'est détachée... » « Oh ! elle dégringole ! Gare dessous !...» (Grand fracas) « Voyons, qui a fait cela ?... » « C'est Bill, je le parie... » « Qui va descendre dans la cheminée ?... » « Non, non, pas moi ! C'est vous qui y descendrez !... » « Pour cela ne comptez pas sur moi... » « C'est à Bill d'y aller... » « Par ici, Bill ! le maître dit qu'il vous faut descendre dans la cheminée. »

« Ainsi donc, se dit Alice, Bill va devoir, n'est-ce pas, descendre dans la cheminée ? Ma parole, c'est à croire que toutes les corvées sont réservées à ce malheureux Bill ! Pour rien au monde je ne voudrais être à la place de Bill : cet âtre, certes, n'est pas bien large ; mais je pense pouvoir décocher tout de même un bon petit coup de pied ! »

Elle retira son pied de la cheminée autant qu'elle le put, et elle resta sans bouger jusqu'au moment où elle entendit un petit animal (elle ne put deviner à quelle espèce il appartenait) en train de s'agriffer, juste au-dessus d'elle, aux parois du conduit ; alors, en se disant : « Voici Bill », elle donna un violent coup de pied et prêta l'oreille afin de savoir ce qu'il allait se passer.

Ce qu'elle entendit, en premier lieu, ce furent plusieurs voix s'écriant en chœur : « Voilà Bill qui s'envole! » Puis la voix du lapin seul : « Attrapez-le, vous, là-bas, à côté de la haie! » Suivit un silence; puis, derechef, un bruit confus de voix : « Comment cela s'est-il passé, mon vieux? Que vous est-il arrivé? Racontez-nous tout cela? »

Enfin s'éleva une petite voix faible et suraiguë (« Cela c'est Bill » pensa Alice) qui disait : « Ma parole, je ne sais pas... Je suis moi-même trop bouleversé... Quelque chose m'est arrivé dessus comme un diable qui sort d'une boîte, et je suis parti dans les airs comme une fusée! » « C'est bien là ce que tu as fait, mon vieux », repartirent les autres voix.

« Il va falloir incendier la maison! » dit la voix du lapin. « Si jamais vous faites cela, je lance Dinah à vos trousses! » s'écria Alice de toute la force de ses poumons. Il s'établit instantanément un silence de mort et tandis qu'Alice pensait : « Mais comment pourrai-je faire venir Dinah ici? » Elle découvrit, à son grand plaisir, qu'elle rapetissait : bientôt elle put sortir de la position inconfortable dans laquelle elle s'était trouvée, et deux ou trois minutes plus tard elle avait derechef sept centimètres de haut.

Elle sortit de la maison à toutes jambes et vit qu'une véritable foule de petits animaux l'attendaient dehors : des cochons d'Inde, des souris blanches, des écureuils, et « Bill », un petit lézard vert que tenait dans ses bras l'un des cochons d'Inde, tandis qu'un autre lui faisait boire une potion contenue dans une bouteille. Ils se précipitèrent tous vers Alice au moment où elle parut, mais Alice courut de plus belle et bientôt elle se trouva au sein d'une épaisse forêt.

CHAPITRE III

« La première chose que j'ai à faire, se dit Alice en errant à travers la forêt, c'est de reprendre ma taille normale; la seconde, c'est de trouver le chemin qui mène à cet adorable jardin. Je pense qu'il y a lieu de s'en tenir à ce plan. »

Cela avait l'air d'être un plan excellent, en effet, et à la fois simple et précis : la seule difficulté, c'est qu'elle n'avait pas la moindre idée quant à la manière de le mettre à exécution; et, tandis qu'elle scrutait avec inquiétude l'épaisseur des futaies, un petit aboiement sec, retentissant juste au-dessus de sa tête, lui fit vivement lever les yeux.

Un énorme toutou abaissait vers elle le regard de ses grands yeux ronds, et lui tendait timidement une patte avec laquelle il essayait de la toucher : « Pauvre petite bête! » dit Alice d'une voix cajoleuse, en faisant un gros effort pour essayer de le siffler; mais elle ne cessait d'être épouvantée à la pensée qu'il pourrait avoir faim, auquel cas il était très probable qu'il allait la dévorer en dépit de toutes ses cajoleries. Sans trop savoir ce qu'elle faisait, elle ramassa un petit bout de baguette, et le lui tendit : sur quoi le petit chien sauta en l'air des quatre pattes à la fois avec un jappement de plaisir, et se précipita sur la baguette qu'il fit mine de vouloir mettre en pièces; alors Alice se jeta derrière un grand chardon, pour ne pas être piétinée; mais, au moment où elle reparaissait de l'autre côté du chardon, le petit chien se précipita de nouveau sur la baguette et, dans sa hâte à s'en emparer, fit une involontaire culbute;

alors Alice, qui avait l'impression de jouer avec un
cheval de labour, et s'attendait à tout moment à être
piétinée par l'animal, s'esquiva derechef derrière le
chardon; sur quoi le chiot entreprit une série de brefs
assauts contre la baguette, effectuant chaque fois, en
courant, plus de pas en arrière qu'il ne venait d'en faire
en avant, et ne cessant de pouser un rauque aboiement,
jusqu'à ce qu'enfin il allât, haletant, la langue pendante
et ses grands yeux mi-clos, s'asseoir à une distance respectable d'Alice.

Il parut à Alice que c'était le moment ou jamais de
prendre la fuite; elle partit donc sans plus attendre et
courut à perdre haleine jusqu'à ce que l'aboiement du
chiot ne s'entendît plus que très faiblement dans le
lointain.

« Et pourtant, quel gentil petit toutou c'était! dit
Alice en s'appuyant, pour se reposer, contre un bouton
d'or et en s'éventant avec son chapeau. J'aurais bien
aimé lui apprendre des tours si... si seulement j'avais eu
la taille qu'il fallait pour cela! Oh! J'avais presque
oublié que j'allais devoir redevenir grande! Voyons...
Comment faire ? Je suppose qu'il me faut manger ou
boire quelque chose, mais la grande question c'est :
quoi donc ? »

La grande question, sans nul doute, c'était : quoi
donc ? Alice parcourut du regard les fleurs et les brins
d'herbe, sans rien voir qui eût l'air d'être la chose qu'il
fallait manger ou boire, compte tenu des circonstances.
Un grand champignon, à peu près de sa taille, surgissait du sol non loin d'elle; quand elle eut regardé sa
face inférieure, ses côtés et sa face postérieure, l'idée
lui vint de regarder aussi ce qu'il y avait sur sa partie
supérieure.

Elle se haussa sur la pointe des pieds, et jeta un coup
d'œil par-dessus le bord du champignon. Son regard
rencontra immédiatement celui d'un gros ver à soie
bleu qui était assis au sommet du cryptogame, les bras
croisés, en train de fumer paisiblement un long houka,
sans prêter la moindre attention à Alice ou à quiconque.

Le ver à soie et Alice se regardèrent quelques instants

durant en silence : finalement le bombyx retira de sa bouche le houka et, d'une voix traînante, s'adressant à Alice :

« Qui êtes-vous ? » lui demanda-t-il.

Ce n'était pas là un début de conversation bien encourageant : Alice répondit, non sans quelque embarras : « Je... je ne sais trop, monsieur, pour le moment présent... Du moins je sais qui j'étais quand je me suis levée ce matin, mais j'ai dû, je crois, me transformer plusieurs fois depuis lors. »

« Qu'entendez-vous par là ? » demanda le bombyx. « Expliquez-moi un peu quelle idée vous avez en tête ! »

« Je crains, monsieur, de ne pouvoir vous expliquer quelle idée j'ai en tête, répondit Alice, car je ne suis pas certaine d'avoir encore toute ma tête, si vous voyez ce que je veux dire. »

« Non, je ne vois pas ce que vous voulez dire », objecta le ver à soie.

« J'ai peur de ne pouvoir exposer cela plus clairement, répondit très poliment Alice, car, pour commencer, je ne le comprends pas moi-même ; et varier de taille à ce point en l'espace d'une seule journée, il y a là de quoi vous faire perdre la tête. »

« Allons donc ! » s'exclama le bombyx.

« Eh bien, peut-être ne vous en êtes-vous pas encore rendu compte jusqu'à présent, dit Alice, mais lorsqu'il vous faudra vous transformer en nymphe — cela vous arrivera un jour, savez-vous — et, ensuite, en papillon, je pense que cela vous paraîtra plutôt bizarre, ne le croyez-vous pas ? »

« Pas le moins du monde », répondit le ver à soie.

« Tout ce que je sais, dit Alice, c'est que cela me paraîtrait tout à fait bizarre, à *moi*. »

« A *vous* ! fit, d'un ton méprisant, le bombyx, mais vous, d'abord, qui êtes-vous ? »

Cela les ramenait au début de leur entretien. Alice ressentit une légère irritation d'entendre le ver à soie faire des remarques si désobligeantes. Elle se redressa de toute sa hauteur et déclara avec componction : « Je pense que ce serait d'abord à *vous* de me dire qui vous êtes. »

« Pourquoi ça ? » demanda le bombyx.

C'était là une autre question embarrassante : comme aucune bonne raison ne venait à l'esprit d'Alice et comme, en outre, le ver à soie semblait faire preuve d'un déplorable état d'esprit, elle lui tourna le dos pour s'éloigner de lui.

« Revenez, lui cria le bombyx. J'ai quelque chose d'important à vous communiquer ! »

Ceci semblait promettre une déclaration intéressante, à coup sûr : Alice fit, de nouveau, demi-tour et revint sur ses pas.

« Gardez votre sang-froid », prononça le bombyx.

« Est-ce tout ? » demanda Alice en réfrénant de son mieux sa colère.

« Non », répondit le ver à soie.

Alice pensa qu'elle pouvait bien patienter puisqu'elle n'avait rien d'autre à faire, et que peut-être le ver à soie finirait par lui dire quelque chose qu'il vaudrait la peine d'entendre. Pendant quelques minutes, le bombyx, sans mot dire, exhala des bouffées de fumée ; puis, finalement, il décroisa les bras, retira une nouvelle fois de sa bouche le houka et demanda à son interlocutrice : « Vous pensez donc n'être plus vous-même, n'est-il pas vrai ? »

« Oui, monsieur, dit Alice ; je ne peux me souvenir des choses comme je m'en souvenais d'ordinaire. J'ai essayé de dire : " *Voyez comme l'active abeille* " mais c'est devenu un poème tout différent ! »

« Récitez-moi : " *Vous êtes vieux, père William* ", ordonna le ver à soie.

Alice joignit les mains et articula :

1

« *Vous êtes vieux, père William, dit le jeune homme,*
Et vos rares cheveux sont devenus très blancs;
Sur la tête pourtant vous restez planté comme
Un poirier : est-ce bien raisonnable, vraiment ? »

2

« Etant jeune, répondit William à son fils,
Je craignais que cela ne nuisît au pensoir;
Mais, désormais, convaincu de n'en pas avoir,
Je peux sans nul souci faire un tel exercice. »

3

« Vous êtes vieux, dit le premier, je vous l'ai dit,
Et présentez un embonpoint peu ordinaire :
Ce nonobstant, d'un saut périlleux en arrière,
Vous franchissez le seuil : pourquoi donc, je vous prie ? »

4

« Quand j'étais jeune, dit l'autre en hochant sa tête
Grise, je me forgeai des membres vigoureux
Par la vertu de cet onguent : cinq francs la boîte;
Permettez-moi, fiston, de vous en vendre deux. »

5

« Vous êtes vieux, dit le garçon, vos dents sont trop
Faibles pour rien broyer de plus dur que le beurre;
Or vous mangeâtes l'oie, y compris bec et os,
Comment, dites-le nous, avez-vous bien pu faire ? »

6

« Jeune, dit le vieillard, j'étais dans la basoche,
Et à tout propos disputais avec ma mie;
Grâce à quoi ma mâchoire a acquis une force
Musculaire qui a duré toute ma vie. »

7

« Vous êtes vieux, dit le jeune homme, et nul n'oublie
Que votre vue n'a plus l'acuité d'antan;
Sur votre nez, pourtant, vous tenez une anguille
En équilibre : qui vous a fait si savant ? »

8

« J'ai répondu à trois questions, ça suffit,
Dit le père. N'allez pas vous donner des airs!
Vais-je écouter encore vos idioties ?
Filez! ou je vous mets mon pied dans le derrière! »

« Ce n'est pas cela », dit le bombyx.

« Pas *tout à fait* cela, j'en ai peur, dit Alice, assez peu fière; on aura remplacé, par d'autres, un certain nombre de mots. »

« C'est erroné du début à la fin », constata, d'un ton catégorique, le ver à soie; puis il y eut quelques minutes de silence; le bombyx fut le premier à reprendre la parole.

« Quelle taille, demanda-t-il, voulez-vous avoir ? »

« Oh! pour ce qui est de la taille, je ne suis pas difficile, se hâta de répondre Alice; la seule chose que je n'aime pas, c'est d'en changer si souvent, voyez-vous bien. »

« Etes-vous satisfaite de votre taille présente ? » demanda le bombyx.

« Eh bien, monsieur, si vous n'y voyez pas d'inconvénient, répondit Alice, j'aimerais être un tout petit peu plus grande que je ne suis; avoir sept centimètres de haut, c'est tellement pitoyable. »

« C'est une taille très convenable, au contraire », riposta, en se redressant de toute sa hauteur et en prenant un air outragé, le bombyx (il mesurait très exactement sept centimètres).

« C'est que je n'en ai pas l'habitude! » expliqua, d'une voix contrite, la pauvre Alice. Et elle dit à part soi : « Si seulement ces êtres-là ne se montraient pas si susceptibles! »

« Vous vous y habituerez à la longue », affirma le ver à soie qui porta à sa bouche le houka et se remit à fumer.

Cette fois, Alice attendit patiemment que son interlocuteur reprît la parole. Au bout de quelques minutes, le bombyx retira de sa bouche le houka, puis descendit du champignon et s'enfonça dans l'herbe à la manière d'un reptile après avoir déclaré en guise d'adieu : « L'un des côtés vous fera grandir; l'autre côté vous fera rapetisser. »

« L'un des côtés de *quoi* ? L'autre côté de *quoi* ? » se demanda Alice, songeuse.

« Du champignon », dit le bombyx, comme si Alice eût posé sa question à haute voix; et un instant plus tard il avait disparu.

Alice, une minute durant, resta à regarder le champignon, puis elle le cueillit et soigneusement le brisa en deux, prenant d'une main la queue et, de l'autre, le chapeau. « Quel est donc l'effet produit par la queue », se demanda-t-elle en grignotant un petit morceau; à l'instant suivant, elle ressentait, sous le menton, un choc violent : il venait de heurter son pied!

Elle fut passablement effrayée par ce changement soudain, mais comme elle ne continuait pas de grignoter et n'avait pas laissé tomber le chapeau du champignon, elle ne perdit pas espoir. Son menton était si étroitement pressé contre son pied qu'elle n'avait guère de place pour ouvrir la bouche; mais elle finit par y réussir et parvint à avaler un fragment du chapeau du champignon.

« Allons! ma tête est enfin dégagée! » dit Alice en montrant tous les signes extérieurs d'une joie qui se changea en effroi, l'instant d'après, lorsqu'elle s'aperçut qu'elle ne retrouvait plus nulle part ses épaules : tout ce qu'elle pouvait voir, en abaissant son regard en direction du sol, c'était un cou d'une longueur démesurée, qui, comme un pédoncule géant, semblait sortir d'un océan de verts feuillages qui s'étendaient bien loin au-dessous d'elle.

« Toute cette verdure, qu'est-ce que cela peut bien être? se demanda Alice. Et où donc sont passées mes épaules ? Et, oh! mes pauvres mains, comment se fait-il que je ne puisse vous voir ? » Elle les agitait tout en parlant, sans autre résultat que de provoquer un remuement infime au sein des lointaines frondaisons. Puis elle essaya d'abaisser sa tête jusqu'à ses mains, et elle fut ravie de constater que son cou pouvait aisément se tordre dans n'importe quel sens, tel un serpent. Elle venait tout juste de réussir à l'infléchir vers le sol en lui faisant décrire un gracieux zigzag, et elle était sur le point de plonger la tête parmi les frondaisons dont elle découvrait qu'elles n'étaient autres que les cimes des arbres sous lesquels elle avait erré à l'aventure quelques intants plus tôt, lorsqu'un sifflement aigu la fit reculer précipitamment : un gros pigeon s'était jeté de plein fouet sur son visage et la frappait violemment de ses ailes.

« Serpent! » criait le pigeon. « Je ne suis *pas* un serpent, répondit avec indignation Alice, laissez-moi donc tranquille! »

« J'ai essayé tous les moyens! dit le pigeon d'un air désespéré dans une sorte de sanglot; mais aucun ne semble approprié! »

« Je n'ai pas la moindre idée de ce dont vous parlez », dit Alice.

« J'ai essayé dans les racines des arbres, j'ai essayé dans les talus, j'ai essayé dans les haies, poursuivit, sans l'écouter, le pigeon; mais, hélas! ces serpents! il n'y a pas moyen de les contenter! »

Alice était de plus en plus intriguée, mais elle pensa qu'il était inutile d'ajouter quoi que ce fût avant que le pigeon n'eût fini de parler.

« Comme si ce n'était pas assez de souci que de

devoir couver les œufs, dit le pigeon; il faut encore que les serpents me tiennent nuit et jour sur le qui-vive! Ma foi, je n'ai pas fermé l'œil une seule seconde durant ces trois dernières semaines! »

« Je suis navrée d'apprendre que vous avez eu des ennuis », dit Alice, qui commençait à deviner ce que le pigeon voulait dire.

« Et voilà, poursuivit le pigeon en élevant la voix jusqu'au cri, voilà qu'au moment où j'avais jeté mon dévolu sur l'arbre le plus haut de la forêt, et où je pensais enfin être débarrassé d'eux, voilà qu'il faut qu'ils se mettent à descendre du ciel! Fi donc! Serpent! »

« Mais je ne suis pas un serpent, vous dis-je, protesta Alice, je suis une... je suis une... »

« Eh bien! Qu'êtes-vous donc? dit le pigeon, je vois bien que vous essayez d'inventer quelque chose! »

« Je... je suis une petite fille », répondit sans grande conviction Alice, se rappelant toutes les métamorphoses qu'elle avait, ce jour-là, subies.

« Comme c'est vraisemblable! s'exclama le pigeon. J'ai vu nombre de petites filles dans ma vie, mais jamais *aucune* qui fût affligée d'un pareil cou! Non, vous êtes un serpent, j'en suis sûr et certain! Je suppose que vous allez à présent me dire que vous n'avez jamais goûté à un œuf! »

« J'ai goûté aux œufs, certainement, dit Alice, qui était une petite fille très franche, mais vraiment je ne voudrais pas des vôtres. Je ne les aime pas crus. »

« Eh bien, allez-vous-en, alors! » dit le pigeon en allant se réinstaller sur son nid. Alice s'accroupit au milieu des arbres, non sans peine, car son cou s'embarrassait continuellement parmi les branches et, à chaque instant, elle devait s'arrêter pour le dégager. Au bout d'un certain temps elle se souvint qu'elle tenait toujours en main les morceaux de champignon, et elle se mit très soigneusement à grignoter l'un, puis l'autre, grandissant parfois et d'autres fois rapetissant, jusqu'à ce qu'elle eût réussi à revenir à sa taille habituelle.

Il y avait si longtemps qu'elle n'avait été de la taille

normale qu'elle en ressentit tout d'abord une impression étrange ; mais elle s'y habitua en quelques minutes
et se mit à se parler comme à son ordinaire : « Allons !
la moitié de mon plan est à présent réalisé ! Comme
toutes ces transformations sont déconcertantes ! Je ne
suis jamais certaine de ce que je vais devenir d'une
minute à l'autre ! Néanmoins, j'ai recouvré une taille
normale ; le prochain objectif, c'est d'entrer dans ce
merveilleux jardin — comment y parvenir, je me le
demande ? »

Comme elle disait cela, elle remarqua que l'un des
arbres comportait une porte permettant d'y pénétrer :
« C'est très curieux, pensa-t-elle, mais tout est curieux
aujourd'hui. Je peux aussi bien y entrer. » Et elle y
entra.

Une fois de plus elle se trouva dans la longue salle
et près de la petite table de verre : « Eh bien, je m'y
prendrai mieux, cette fois-ci, dit-elle à part soi, et elle
commença par prendre la petite clé d'or et par déver-
rouiller la porte qui menait dans le jardin. Puis elle se
mit en devoir de manger les morceaux du champignon
jusqu'à ce qu'elle eût à peu près quarante centimètres
de haut : et c'est *alors*... qu'elle se trouva enfin dans le
splendide jardin, parmi les brillants parterres de fleurs
et les fraîches fontaines.

CHAPITRE IV

Près de l'entrée du jardin se dressait un grand rosier : les roses qui le couvraient étaient blanches, mais trois jardiniers s'affairaient à peindre ces roses en rouge. Alice se dit que c'était là une bien étrange occupation, et elle s'approcha pour les regarder faire. Au moment où elle arrivait à leur hauteur, elle entendit l'un d'eux qui s'exclamait : « Fais donc attention, Le Cinq! Ne m'éclabousse pas de peinture comme cela! »

« Ce n'est pas ma faute, répliqua, d'un ton maussade, Le Cinq. C'est Le Sept qui m'a poussé le coude. »

En entendant cela, Le Sept leva les yeux et dit : « Félicitations, Le Cinq! Toujours à prétendre que c'est la faute d'autrui! »

« Toi, tu ferais mieux de te taire! » répliqua Le Cinq. « Pas plus tard qu'hier, j'ai entendu la Reine dire que tu méritais d'avoir la tête tranchée! »

« Pourquoi cela ? » demanda celui qui avait parlé le premier.

« Ça, Le Deux, ce ne sont pas tes oignons! » répondit Le Sept.

« Pardon, ce sont justement les siens! repartit Le Cinq. Et je vais lui répondre : C'est parce que Le Sept avait apporté à la cuisinière des oignons de tulipes au lieu de pommes de terre. »

Le Sept jeta par terre son pinceau et il venait de dire : « Certes, de toutes les injustices... », quand son regard se posa par hasard sur Alice en train de les observer. Il s'interrompit tout net. Les autres se retournèrent et tous trois se découvrirent et s'inclinèrent très bas devant la petite fille.

« Voudriez-vous, je vous prie, me dire, demanda quelque peu intimidée, Alice, pourquoi vous peignez les roses que voici ? »

Le Cinq et Le Sept restèrent cois, se contentant de regarder Le Deux. Ce dernier, à voix basse, avoua : « Eh bien, voyez-vous, Mademoiselle, le fait est que ce rosier-ci eût dû être un rosier fleuri de roses rouges, et que nous avons planté là, par erreur, un rosier blanc ; or, si la reine venait à s'en apercevoir, nous serions tous assurés d'avoir la tête tranchée. C'est pourquoi, voyez-vous, Mademoiselle, nous faisons de notre mieux, avant qu'elle n'arrive, pour... » A cet instant, Le Cinq, qui depuis quelque temps surveillait d'un air inquiet le jardin, s'écria : « La Reine! La Reine! » Les trois jardiniers se jetèrent immédiatement à plat ventre sur le sol. On entendit un bruit qui semblait être produit par les pas d'un grand nombre de personnes, et Alice, qui brûlait d'envie de voir la Reine, se retourna.

D'abord venaient dix soldats porteurs de masses d'armes en forme d'as de trèfle : ces soldats étaient tous, comme les trois jardiniers, plats et rectangulaires ; leurs mains et leurs pieds se trouvaient fixés à leurs quatre angles ; venaient ensuite dix courtisans : ceux-ci portaient des habits constellés de diamants taillés en forme d'as de carreaux, et marchaient deux par deux, comme les soldats. Après eux venaient les enfants royaux : ils étaient au nombre de dix, et ces chers petits s'avançaient par couples, la main dans la main, en sautelant gaiement : ils étaient ornés de cœurs de la tête aux pieds. A leur suite venaient les invités — Rois et Reines pour la plupart — parmi lesquels Alice reconnut le lapin blanc : il parlait d'une manière craintive et précipitée, en souriant de tout ce que l'on disait, et il passa près d'Alice sans faire attention à elle. Suivait encore le Valet de Cœur, portant la couronne royale sur un coussin ; et, à la fin de cet imposant cortège, venaient LE ROI ET LA REINE DE CŒUR.

Quand les personnages qui formaient le cortège arrivèrent à la hauteur d'Alice, ils s'arrêtèrent tous pour la regarder, et la Reine demanda, d'un ton de voix sévère : « Qui est-ce donc ? » Elle s'adressait au Valet de Cœur, qui, pour toute réponse, s'inclina en souriant.

« Crétin ! » s'exclama la Reine en relevant la tête d'un air impatient; puis, se tournant vers Alice, elle poursuivit : « Comment vous appelez-vous ? »

« Je me nomme Alice, s'il plaît à votre Majesté », répondit très poliment la fillette; mais elle ajouta à part soi : « Ma foi, ces gens-là, après tout, ne sont qu'un jeu de cartes. Je n'ai nulle raison d'avoir peur d'eux ! »

« Et qui sont ceux-ci ? » demanda la Reine en montrant du doigt les trois jardiniers prosternés autour du rosier; car, voyez-vous bien, du fait qu'ils étaient couchés, face contre terre, et que le motif qui ornait leur dos était identique à celui des autres cartes du jeu, elle ne pouvait dire si c'étaient des jardiniers, ou des soldats, ou des courtisans, ou encore trois de ses propres enfants.

« Comment le saurais-je ? répondit Alice, surprise de sa propre audace. Ce n'est pas mon affaire, à *moi*. »

De rage, la Reine devint cramoisie. Après avoir lancé à la fillette un regard furibond, elle se mit à hurler : « Qu'on lui tranche... »

« Sottises que tout cela ! » dit, d'une voix forte et décidée, Alice, et la Reine se tint coite.

Le Roi mit la main sur le bras de son épouse en lui faisant timidement remarquer : « Veuillez considérer, chère amie, que ce n'est là qu'une enfant ! »

La Reine se détourna de lui avec colère, et ordonna au Valet : « Retournez-les ! »

Le Valet, très délicatement, du bout du pied, retourna les cartes.

« Debout ! » cria la Reine, d'une voix stridente et exaspérée. Les trois jardiniers se dressèrent tout aussitôt d'un bond, et se mirent à faire des courbettes devant le Roi, la Reine, les enfants royaux et tous les autres assistants.

« Arrêtez! glapit la Reine, vous me donnez le tour-

nis. » Puis, se tournant vers le rosier, elle poursuivit :
« Qu'étiez-vous donc en train de faire là ? »

« Plaise à votre Majesté, répondit d'un ton de voix
très humble Le Deux, en mettant un genou en terre,
nous essayions... »

« Je vois! dit la Reine, qui entre-temps avait examiné les roses : qu'on leur tranche la tête! » Le cortège
se remit en marche, trois des soldats s'en détachant
pour exécuter les infortunés jardiniers qui se précipitèrent vers Alice pour implorer sa protection.

« On ne vous tranchera pas la tête! » dit Alice en
les mettant dans sa poche : les trois soldats les cherchèrent tout d'abord autour d'elle, puis s'en allèrent
tranquillement reprendre leur place dans le cortège.

« Leur a-t-on bien tranché la tête ? » s'enquit, à
tue-tête, la Reine.

« Ils ont bel et bien perdu la tête, s'il plaît à votre
Majesté! » répondirent à tue-tête les soldats.

« C'est parfait! cria la Reine. Savez-vous jouer au
croquet ? »

Les soldats se tenaient cois en regardant Alice à qui
la question évidemment s'adressait.

« Oui », cria Alice de toute la force de ses poumons.

« Venez donc, alors! » rugit la Reine, et Alice se
joignit au cortège en se demandant bien ce qu'il allait
se passer ensuite.

« Il fait... il fait très beau temps aujourd'hui! » dit,
tout près d'elle, une voix craintive. Elle cheminait aux
côtés du lapin blanc qui fixait sur son visage un regard
inquiet.

« Très beau, répondit Alice. Où donc est la Marquise ? »

« Chut, chut! dit le lapin à voix basse. Elle va vous
entendre. La Reine, c'est la Marquise, ne saviez-vous
pas cela ? »

« Non, je ne le savais pas, dit Alice, qu'est-ce à dire? »

« Reine de Cœur, chuchota le lapin en approchant
sa bouche de l'oreille d'Alice, et Marquise des Tortues
" fantaisie ". »

« De quelles tortues peut-il bien s'agir ? » s'enquit

Alice, mais on n'eut pas le temps de lui répondre, car on était arrivé au terrain de croquet, et le jeu commença immédiatement.

Alice se dit qu'elle n'avait, de sa vie, vu un aussi bizarre terrain de croquet : il n'était constitué que de creux et de bosses; les boules, c'étaient des hérissons vivants, les maillets des autruches vivantes, et les soldats devaient se plier en deux, pieds et mains appuyés au sol, pour former les arceaux.

La principale difficulté, dès le début, pour Alice, eut trait au maniement de son autruche; elle réussissait assez aisément à la tenir à bras-le-corps, les pattes pendantes, mais en général, au moment précis où, ayant obtenu un raidissement satisfaisant du cou de l'oiseau, elle s'apprêtait à lui faire frapper de la tête le hérisson, comme par un fait exprès l'autruche se retournait pour la regarder dans les yeux d'un air si intrigué qu'elle ne pouvait s'empêcher d'éclater de rire; et, quand elle lui avait fait baisser la tête et s'apprêtait à recommencer, il était exaspérant de constater que le hérisson s'était déroulé et qu'il s'éloignait de son allure traînarde; en outre, il se trouvait presque toujours un creux ou une bosse sur la trajectoire qu'elle voulait imprimer au hérisson; et comme, de plus, les soldats, pliés en deux, ne cessaient de se redresser pour s'aller placer en d'autres secteurs du terrain, Alice en arriva vite à conclure que c'était là, vraiment, un jeu très difficile.

Les joueurs jouaient tous en même temps sans attendre leur tour; ils ne cessaient de se quereller en criant à tue-tête, si bien qu'au bout d'un très court laps de temps la Reine entra dans une furieuse colère et se mit à arpenter le terrain en trépignant et en criant à peu près une fois par minute : « Que l'on tranche la tête à celui-ci! Que l'on tranche la tête à celle-là! » Tous ceux qu'elle condamnait étaient aussitôt mis en état d'arrestation par les soldats, qui, bien entendu, pour ce faire, devaient cesser d'être des arceaux, de sorte qu'au bout d'une demi-heure environ, il ne restait plus d'arceaux et que tous les joueurs, à l'exception

du Roi, de la Reine et d'Alice, étaient sous bonne
garde et en instance d'exécution.

Alors la Reine, hors d'haleine, abandonna la partie
et demanda à Alice : « Avez-vous déjà vu la Tortue
" fantaisie " ? »

« Non, répondit Alice, je ne sais même pas ce que
c'est qu'une Tortue " fantaisie ". »

« Venez, alors, dit la Reine; elle va vous raconter
son histoire. »

Tandis qu'elles s'éloignaient ensemble, Alice entendit le Roi annoncer à voix basse à l'ensemble des
condamnés : « Vous êtes tous graciés. »

« Allons, voilà au moins une bonne parole! » se dit
Alice, que les nombreuses exécutions ordonnées par la
Reine avaient fort affectée.

Bientôt, elles rencontrèrent un Griffon qui, allongé
au soleil, était plongé dans un profond sommeil. (Si
vous ne savez pas ce que c'est qu'un Griffon, regardez
l'image) : « Debout, paresseux, ordonna la Reine;
emmenez cette jeune personne voir la Tortue " fantaisie " et écouter son histoire. Pour ma part, je dois
rebrousser chemin pour aller assister à quelques exécutions que j'ai ordonnées. » Et, là-dessus, elle s'éloigna,
laissant Alice seule avec le Griffon. Alice n'aimait pas
beaucoup l'aspect de cette créature, mais, à tout
prendre, elle estima qu'il n'était pas plus périlleux de
demeurer en sa compagnie que de suivre cette Reine
féroce : elle attendit donc.

Le Griffon se mit sur son séant et se frotta les yeux;
puis il regarda la Reine jusqu'à ce qu'elle fût hors de
vue; alors il se mit à rire sous cape. « Comme c'est
drôle! » dit-il, de manière à n'être entendu que d'Alice
et de lui-même.

« Qu'est-ce qui est drôle ? » demanda Alice.

« Mais son comportement, à *elle*, bien sûr, répondit
le Griffon. Tout se passe dans son imagination; on
n'exécute jamais personne, voyez-vous bien. Venez! »

« Tout le monde, ici, me dit : venez! pensa, tout en
suivant le Griffon sans trop de hâte, Alice; on ne m'a
jamais donné tant d'ordres, de ma vie, jamais! »

Ils n'étaient pas allés bien loin lorsque, à quelque distance, ils aperçurent la Tortue « fantaisie » assise, l'air triste et esseulé, sur une petite corniche de rocher. Tandis qu'ils s'approchaient d'elle, Alice l'entendait pousser des soupirs à fendre l'âme. Elle ressentit pour elle une profonde pitié : « Quelle est la cause de son chagrin ? », demanda-t-elle au Griffon. Et le Griffon de répondre à peu près ce qu'il avait répondu précédemment pour la Reine : « Tout se passe dans son imagination : en réalité elle n'a aucun motif de chagrin, voyez-vous bien. Venez ! »

Ils s'approchèrent donc de la Tortue « fantaisie » qui les regarda venir de ses grands yeux embués de larmes, mais d'abord se tint coite.

« Cette jeune personne que voici, dit le Griffon, elle voudrait bien que vous lui racontiez votre histoire, pour sûr. »

« Je vais la lui raconter, répondit, d'une voix caverneuse, la Tortue « fantaisie ». Asseyez-vous, tous deux, et ne dites pas un mot avant que je n'en aie fini. »

Ils s'assirent donc, et, durant quelques minutes, nul ne prit la parole. Alice se dit : « Je ne vois pas comment elle pourra *jamais* en finir si elle ne commence pas. » Néanmoins elle attendit patiemment.

« Jadis, dit enfin, dans un profond soupir, la Tortue « fantaisie », jadis j'étais une vraie Tortue. »

Ces paroles furent suivies d'un très long silence, rompu seulement de temps à autre par un « hjckrrh ! » poussé par le Griffon, et par les longs sanglots incessants de la Tortue « fantaisie ». Alice était sur le point de se lever et de dire : « Merci, madame, de m'avoir raconté votre histoire si intéressante » ; mais elle ne pouvait s'empêcher de penser que la Tortue avait sûrement encore quelque chose à dire. Elle resta donc assise, immobile et sans souffler mot.

« Quand nous étions petits, reprit enfin la Tortue « fantaisie » d'une voix plus sereine, bien qu'un bref sanglot la secouât encore de temps à autre, nous allions en classe dans la mer. La maîtresse était une vieille tortue que nous appelions la Tortoise... »

« Pourquoi l'appeliez-vous la Tortoise, puisque c'était une tortue ? » s'enquit Alice.

« Nous l'appelions la Tortoise parce que, tous les mois, elle nous faisait passer sous la toise, répondit avec colère la Tortue « fantaisie ». Vraiment, je vous trouve l'esprit bien obtus! »

« Vous devriez avoir honte de poser une question aussi naïve », ajouta le Griffon; après quoi tous deux restèrent silencieux à regarder la pauvre Alice, qui eût voulu rentrer sous terre. Enfin le Griffon dit à la Tortue « fantaisie » : « Reprenez un peu les rails, ma vieille! Ne vous appesantissez pas là-dessus jusqu'à demain! » Et la Tortue « fantaisie » poursuivit en ces termes :

« Il est possible que vous n'ayez pas beaucoup vécu sous la mer... (« effectivement, je n'y ai guère vécu », dit Alice) et peut-être n'avez-vous jamais été présentée à un homard... » Alice commençait de dire : « J'ai goûté une fois... » mais elle s'interrompit tout net et déclara : « Non jamais »... « de sorte que vous ne pouvez imaginer quelle ravissante danse c'est que le Quadrille des Homards! »

« Je dois avouer que non, répondit Alice. Quelle sorte de danse est-ce là ? »

« Eh bien, expliqua le Griffon, on commence par s'aligner sur un rang le long du rivage de la mer... »

« Sur deux rangs! rectifia la Tortue « fantaisie » : d'abord les phoques, ensuite les tortues, le saumon, etc. et l'on fait deux pas en avant... »

« Chacun prenant un homard pour cavalier! » s'écria le Griffon.

« Bien sûr, dit la Tortue « fantaisie » : on fait deux pas en avant à la rencontre de son cavalier... »

« On change de homard, on fait deux pas en arrière... » poursuivit le Griffon.

« Puis, voyez-vous, reprit la Tortue « fantaisie », on jette les... »

« Les homards! » cria le Griffon en bondissant dans les airs.

« Le plus loin possible dans la mer... »

« On les rejoint à la nage! » hurla le Griffon.

« On fait un saut périlleux dans l'eau! » cria la Tortue « fantaisie » en exécutant de folles cabrioles.

« On change de nouveau de homard! reprit, d'une voix suraiguë, le Griffon, et ensuite... »

« C'est tout », dit la Tortue « fantaisie » en baissant brusquement la voix; et les deux créatures qui, pendant toute la durée de leur démonstration, n'avaient cessé de bondir frénétiquement en tous sens, se rassirent, très tristes et très calmes, et regardèrent Alice.

« Cela doit être une très jolie danse », dit la fillette, impressionnée.

« Voulez-vous que l'on vous montre un peu comment elle se danse ? » demanda la Tortue « fantaisie ».

« J'en serais ravie », répondit Alice.

« Essayons d'en exécuter la première figure! proposa au Griffon la Tortue « fantaisie »; on peut très bien, voyez-vous, l'exécuter sans homard. Qui de nous deux va chanter ? »

« Oh! chantez, vous, implora le Griffon. J'ai oublié les paroles. »

Ils se mirent à danser en rond, d'un air solennel, autour d'Alice, en lui marchant de temps à autre sur les orteils lorsqu'ils passaient trop près d'elle, et en marquant le pas avec leurs pattes de devant, tandis que la Tortue « fantaisie » chantait, d'une voix traînante et mélancolique, ces paroles :

> *« Là-bas, dessous la mer aux sombres profondeurs,*
> *Se meuvent les homards aux nobles épaisseurs...*
> *Ils aiment à danser avec toi, avec moi,*
> *Mon cher Saumon, toujours en joie. »*

Le Griffon se joignit à eux pour chanter les paroles du refrain, que voici :

> *« Monte et descends, Saumon, dans l'onde amère,*
> *Viens ici tortiller ton robuste derrière;*
> *De tout ce que l'on pêche en fait de gros poissons,*
> *Il n'en est un seul d'aussi bon que le Saumon. »*

« Merci », dit Alice, tout heureuse que la figure fût
terminée.

« Essaierons-nous de danser la seconde figure ?
demanda le Griffon, ou préféreriez-vous que l'on
chante une chanson ? »

« Oh! une chanson, je vous en prie! » répondit Alice
avec un empressement tel que le Griffon grommela,
quelque peu vexé : « Heum! Chacun son goût! Chantez-lui : *Soupe à la Tortue*, voulez-vous, ma vieille ? »

La Tortue « fantaisie » poussa un profond soupir
et, d'une voix que les sanglots étouffaient parfois, se
mit à chanter :

> *« Belle Soupe, onctueuse, et odorante, et verte,*
> *Qui reposes, brûlante, en la soupière ouverte,*
> *Que ne donnerait-on pour avoir l'avantage*
> *De te savourer, cher, délicieux potage!*
> *Belle Soupe, Soupe, Soupe, Soupe du soir!*
> *Bé...elle, bé...elle Sou...oupe!*
> *Bé...elle, bé...elle Sou...oupe!*
> *Sou...oupe, Sou...oupe, Sou...ou...oupe du soir,*
> *Bé...elle, bé...elle Sou...oupe!*

« Chantez-nous encore une fois le refrain! » s'écria
le Griffon, et la Tortue « fantaisie » commençait tout
juste à l'entonner de nouveau lorsqu'on entendit au
loin une voix qui clamait : « L'audience est ouverte! »

« Venez! » ordonna le Griffon; et, prenant par la
main Alice, il partit en toute hâte, sans attendre la fin
de la chanson.

« De quelle audience s'agit-il ? » s'enquit, haletante,
sans cesser de courir, Alice; mais le Griffon se contenta
de répéter : « Venez! » en courant de plus belle, tandis
que, portés par la brise qui les suivait, leur parvenaient
de plus en plus faiblement les mots mélancoliques :

> *« Sou...oupe, Sou...oupe, Sou...ou...oupe du soir!*
> *Bé...elle, bé...elle Sou...oupe! »*

A l'arrivée du Griffon et d'Alice, le Roi et la Reine

étaient assis sur leur trône, entourés d'une foule nombreuse : le Valet était sous bonne garde : et devant le
Roi se tenait le lapin blanc, tenant d'une main une
trompette et, de l'autre, un rouleau de parchemin.

« Héraut! lisez l'acte d'accusation! » s'écria le Roi.

Sur ce, le lapin blanc souffla très fort, trois fois de
suite, dans sa trompette, puis il déroula le parchemin et
lut les vers ci-après :

> « Notre Reine de Cœur, elle avait fait des tartes,
>   Tout au long d'un beau jour d'été;
> Mais le Valet de Cœur a dérobé ces tartes
>   Et les a toutes emportées! »

« Préparez-vous à entendre les témoignages, dit le
Roi, et ensuite la sentence! »

« Non! dit la Reine, d'abord la sentence, et ensuite
les témoignages! »

« Quelle bêtise! s'écria Alice, si fort que chacun des
assistants fit un bond, que cette idée d'entendre d'abord
la sentence!

« Taisez-vous! » ordonna la Reine.

« Jamais de la vie! dit Alice, vous n'êtes qu'un jeu
de cartes! Qui se soucie de vous ? »

A ces mots, le jeu tout entier s'envola dans les airs,
puis vint retomber en désordre sur Alice : elle poussa
un petit cri de frayeur, et tenta de repousser l'avalanche
des cartes... Elle se retrouva couchée sur le talus, la
tête reposant sur les genoux de sa sœur, qui lui enlevait
délicatement du visage quelques feuilles mortes chues
des arbres voisins.

« Réveille-toi! Alice chérie, lui disait sa sœur. Vrai,
quel bon somme tu as fait! »

« Oh! j'ai fait un songe bien curieux! » répondit
Alice, et elle raconta à sa sœur toutes ses Aventures
Sous Terre telles que vous venez de les lire; et lorsqu'elle eut achevé son récit, sa sœur l'embrassa et lui
dit : « Ce fut là, certes, ma chérie, un rêve bien singulier; mais, à présent, va vite prendre ton thé; il se fait
tard. »

Aussi Alice s'en fut-elle en courant en songeant (de son mieux) au merveilleux rêve que ç'avait été.

Mais sa sœur était restée assise un peu plus long-temps, observant le soleil couchant, et pensant à la petite Alice et à ses Aventures, si bien qu'elle aussi se mit à rêver à sa manière et voici ce que cela donna :

Elle vit une vieille cité et une tranquille rivière ser-pentant près d'elle le long de la plaine, et, descendant le courant, venait lentement une barque avec, à son bord, une joyeuse bande d'enfants. Elle pouvait entendre leurs voix et leurs éclats de rire comme de la musique sur l'eau. Et, parmi elles, il y avait une autre petite Alice, assise à écouter une histoire qu'on lui racontait. Elle écoutait les paroles du conte et voilà que c'était le rêve de sa petite sœur. Aussi la barque serpentait-elle doucement, sous le brillant jour d'été, avec son joyeux équipage et sa musique de voix et d'éclats de rire, jusqu'au moment où elle disparut der-rière un des nombreux tournants de la rivière et qu'elle ne la vit plus.

Alors elle pensa (dans un rêve à l'intérieur de son rêve, en fait) que cette même petite Alice, dans l'avenir, deviendrait une femme adulte; et qu'elle garderait, à travers ses années de maturité, le cœur simple et aimant qu'elle avait, étant enfant; elle la vit, entourée d'autres petits enfants, dont elle ferait briller les yeux en leur racontant maintes merveilleuses histoires, y compris, peut-être, ces mêmes aventures d'autrefois de la petite Alice; et dont elle partagerait les petits chagrins et les naïves joies, en se souvenant de sa propre enfance et des heureuses journées d'été.

LES AVENTURES D'ALICE
AU PAYS DES MERVEILLES

Au cœur d'un été tout en or,
Lentement nous glissons sur l'onde;
Car de petits bras trop débiles
Tiraillent nos deux avirons,
Et des mains d'enfant malhabiles
Feignent de guider notre errance.

Cruel Trio! A pareille heure,
Sous un ciel si propice au songe,
Réclamer un conte au conteur
Qui de souffle n'a plus qu'une ombre!
Mais que peut une voix navrée
Contre trois langues conjurées?

Prima, impérieuse, lance
Son ordre formel : « On commence ».
Gentiment Secunda souhaite :
« Que cela n'ait ni queue ni tête! »
Tertia, elle, ne dispute
Pas plus d'une fois par minute.
Bientôt, au silence réduites,
Toutes trois suivent en esprit
Notre héroïne en un pays
Plein de merveilles inouïes,
Où l'on devise avec les bêtes :
Par instants elles y croient être.

Et comme, le conte asséchant
De la fantaisie tous les puits,

Comme le conteur, s'efforçant
De s'esquiver, leur avait dit :
« La suite, demain. — Maintenant! »
Se récriaient nos trois tyrans.

Ainsi du Pays incertain
Naquit la saga; un à un
Se constituèrent ses chants.
A présent le conte est fini
Et, heureux, au soleil couchant,
Nous voguons vers notre logis.

Alice! prends donc cette histoire;
Que ta douce main la dépose
Là où les rêves enfantins
S'entrelacent dans nos mémoires,
Telle une guirlande de roses
Cueillie en un pays lointain.

DESCENTE DANS
LE TERRIER DU LAPIN

Assise à côté de sa sœur sur le talus, Alice commençait à être fatiguée de n'avoir rien à faire. Une fois ou deux, elle avait jeté un coup d'œil sur le livre que lisait sa sœur; mais il n'y avait dans ce livre ni images ni dialogues : « Et, pensait Alice, à quoi peut bien servir un livre sans images ni dialogues ? »

Elle était donc en train de se demander (dans la mesure du possible, car la chaleur qui régnait ce jour-là lui engourdissait quelque peu l'esprit) si le plaisir de tresser une guirlande de pâquerettes valait la peine de se lever pour aller cueillir les pâquerettes, quand soudain un Lapin Blanc aux yeux roses vint à passer auprès d'elle en courant.

Il n'y avait là rien de particulièrement remarquable; et Alice ne trouva pas non plus *très* extraordinaire d'entendre le Lapin dire entre ses dents : « Oh, là là! Oh, là là! Je vais être en retard! » (Lorsqu'elle y repensa par la suite, elle admit qu'elle eût dû s'en étonner, mais, sur le moment, cela lui parut tout naturel); pourtant, quant le Lapin s'avisa de *tirer de son gousset une montre*, de consulter cette montre, puis de se remettre à courir de plus belle, Alice se dressa d'un bond, car l'idée lui était tout à coup venue qu'elle n'avait jamais vu de lapin pourvu d'un gousset, ou d'une montre à tirer de celui-ci. Brûlant de curiosité, elle s'élança à travers champs à la poursuite de l'animal, et elle eut la chance de le voir s'engouffrer dans un large terrier qui s'ouvrait sous la haie.

Un instant plus tard elle s'y enfonçait à son tour,

sans du tout s'inquiéter de savoir comment elle en pourrait ressortir.

Le terrier était creusé d'abord horizontalement
comme un tunnel, puis il présentait une pente si brusque
et si raide qu'Alice n'eut même pas le temps de songer
à s'arrêter avant de se sentir tomber dans ce qui semblait être un puits très profond.

Il faut croire que le puits était très profond, ou alors
la chute d'Alice était très lente, car, en tombant, elle
avait tout le temps de regarder autour d'elle et de se
demander ce qu'il allait se produire. D'abord elle essaya
de regarder en bas pour se rendre compte de l'aspect
des lieux où elle allait arriver, mais il faisait trop
sombre pour y rien voir; ensuite, observant les parois
du puits, elle s'aperçut qu'elles étaient recouvertes de
placards et d'étagères; de place en place étaient accrochées des cartes géographiques et des gravures. Elle saisit
au passage un pot sur l'une des étagères : il portait
l'inscription MARMELADE D'ORANGES, mais, au
grand désappointement d'Alice, il était vide. Elle n'osait
le laisser choir, de crainte de tuer quelqu'un qui se fût
trouvé au-dessous d'elle; aussi fit-elle en sorte de le
déposer dans l'un des placards devant lesquels elle
passait en tombant.

« Eh bien! se dit Alice, après une pareille chute,
je n'aurai plus peur de tomber dans l'escalier! Comme
on va me trouver courageuse, à la maison! Ma foi,
désormais, même si je dégringole du haut du toit, je
ne dirai rien! » (Cela avait de fortes chances d'être
vrai, en effet.)

Elle tombait, tombait, tombait. Cette chute ne
prendrait-elle donc *jamais* fin ? « Je me demande de
combien de kilomètres, à l'instant présent, je suis déjà
tombée ? dit-elle à haute voix. Je dois arriver quelque
part aux environs du centre de la terre. Voyons : cela
ferait, je crois, une profondeur de six mille kilomètres...
(car, voyez-vous, Alice avait appris quelque chose de
ce genre dans ses leçons d'écolière et, bien que l'occasion de montrer son savoir fût assez mal choisie,
attendu qu'il n'y avait personne pour l'entendre, elle

trouvait excellent de le répéter)... Oui, c'est à peu près la distance... mais alors je me demande à quelle Latitude ou Longitude je suis arrivée ? » (Alice n'avait pas la moindre idée de ce qu'étaient Latitude et Longitude, mais elle trouvait que c'étaient là de jolis mots impressionnants à prononcer.)

« Je me demande, reprit-elle bientôt, si je vais traverser la terre *de part en part!* Comme ce serait drôle de ressortir parmi ces gens qui marchent la tête en bas! Les Antipodistes, je crois... (elle fut bien contente, cette fois, qu'il n'y eût personne pour l'écouter, car cela n'avait pas du tout l'air d'être le mot juste)... mais il me faudrait alors leur demander le nom du pays, bien sûr. Pardon, Madame, sommes-nous en Nouvelle-Zélande ou en Australie ? (et elle tenta d'accompagner ces paroles d'une révérence — imaginez ce que peut être la révérence d'une personne qui tombe dans le vide! Croyez-vous que vous pourriez faire une révérence si vous étiez dans ce cas ?) Et la dame pensera que je suis une petite fille bien ignorante! Non, il vaudrait mieux ne rien demander; peut-être verrai-je le nom du pays inscrit quelque part. »

Cependant elle tombait, tombait, tombait. Il n'y avait rien d'autre à faire; aussi Alice bientôt se remit-elle à parler : « Je vais beaucoup manquer à Dinah, ce soir, c'est certain! (Dinah, c'était la chatte.) J'espère que l'on n'oubliera pas de lui donner, à quatre heures, sa soucoupe de lait. Dinah, ma chérie, comme je voudrais t'avoir ici avec moi! Il n'y a pas de souris dans les airs, je le crains, mais tu pourrais toujours attraper une chauve-souris, et cela ressemble fort, vois-tu, à une souris. Au fait, les chats mangent-ils les chauves-souris ? Je me le demande. » A ce moment, Alice, qui commençait à sommoler, se mit à se répéter comme en songe : « Les chats mangent-ils les chauves-souris ? Les chats mangent-ils les chauves-souris ? » Et parfois : « Les chauves-souris mangent-elles les chats ? » Car, voyez-vous, étant incapable de répondre à aucune des deux questions, peu importait qu'elle se posât l'une ou l'autre. Elle comprit qu'elle était en train de s'assoupir pour tout de bon, et elle venait à peine de commencer de rêver qu'elle se promenait la main dans la main avec Dinah en lui demandant très sérieuse- ment : « Allons, Dinah, dis-moi la vérité : as-tu jamais mangé une chauve-souris ? » quand soudain, patatras! elle s'affala sur un tas de branchages et de feuilles mortes, et sa chute prit fin.

Alice, qui ne s'était pas fait le moindre mal, se remit sur pied tout aussitôt : elle leva la tête pour porter ses regards vers le haut, mais, au-dessus d'elle, il faisait tout noir; devant elle il y avait derechef un long couloir, et le Lapin Blanc descendait ce couloir, ventre à terre. Il n'y avait pas un instant à perdre : Alice s'élança à toutes jambes à sa poursuite et put ainsi l'entendre dire, au moment où il disparaissait dans un tournant : « Par mes oreilles et mes moustaches, comme il se fait tard! » Elle le suivait de fort près et pourtant, le tournant pris, le Lapin n'était plus en vue : elle se trouvait dans une salle longue et basse, qu'éclai- rait une rangée de lampes suspendues au plafond.

Il y avait des portes tout autour de la salle, mais ces portes étaient fermées à clé; et lorsque Alice l'eut par- courue dans les deux sens et eut en vain tenté de les ouvrir l'une après l'autre, elle revint tristement vers le milieu de la salle, en se demandant comment elle en pourrait ressortir.

Soudain elle se trouva devant une petite table à trois pieds, toute de verre massif; il n'y avait rien dessus, si ce n'est une minuscule clé d'or, et la première pensée d'Alice fut que cette clé devait ouvrir l'une des portes de la salle; mais, hélas! les serrures étaient-elles trop grandes, ou la clé trop petite ? Toujours est-il que cette clé n'ouvrait aucune des portes. A la fin, pour- tant, Alice découvrit une portière qu'elle n'avait pas encore remarquée et, derrière cette portière, il y avait une petite porte haute de quarante centimètres environ : elle présenta la petite clé d'or devant le trou de la serrure et fut ravie de constater qu'elle y pénétrait aisément.

Alice ouvrit donc la porte et vit qu'elle donnait sur

un étroit corridor à peine plus large qu'un trou à rat ; s'étant mise à genoux elle aperçut, au bout de ce corridor, le jardin le plus adorable que l'on pût rêver. Comme elle eût voulu sortir de cette sombre salle, et se promener parmi ces parterres de fleurs aux couleurs éclatantes et ces fraîches fontaines ! Mais elle ne pouvait même pas passer la tête par le chambranle : « Et quand bien même ma tête y passerait, se dit la pauvre Alice, cela ne me servirait pas à grand'chose, puisque mes épaules ne la suivraient pas. Oh ! que je voudrais pouvoir rentrer en moi-même comme un télescope ! Je crois que j'y parviendrais, si seulement je savais comment m'y prendre pour commencer. » C'est que, voyez-vous, tant d'événements extraordinaires venaient de se produire, qu'Alice en arrivait à penser que rien, ou presque, n'était véritablement impossible.

Il paraissait inutile de rester à attendre devant la petite porte ; aussi revint-elle vers la table dans le vague espoir d'y trouver une autre clé ou, tout au moins, un manuel indiquant la marche à suivre pour faire rentrer les gens en eux-mêmes comme des télescopes ! Cette fois, elle trouva sur la table un petit flacon (« qui, à coup sûr, n'y était pas tout à l'heure », se dit Alice) pourvu, autour de son goulot, d'une étiquette de papier portant les mots « BOIS-MOI », magnifiquement imprimés en gros caractères.

C'était bien joli de dire « Bois-moi », mais la sage petite Alice n'était pas imprudente au point d'obéir à l'étourdie à cette injonction : « Non, je vais d'abord voir, se dit-elle, si le mot *poison* y est, ou non, mentionné » ; car elle avait lu plusieurs charmantes petites histoires où il était question d'enfants brûlés vifs, ou dévorés par des bêtes sauvages, ou victimes de maintes autres mésaventures, toujours parce qu'ils n'avaient pas *voulu* se souvenir des simples avertissements que leurs amis leur avaient donnés : ignorant, par exemple, qu'un tisonnier chauffé au rouge vous brûle si vous le tenez en main trop longtemps ; et que, si l'on se fait au doigt, avec un couteau, une coupure *très* profonde, cela saigne généralement ; et elle n'avait jamais oublié

non plus que si l'on boit une bonne partie du contenu
d'une bouteille portant l'inscription « poison », il est
à peu près certain que l'on aura des ennuis, tôt ou
tard.

Néanmoins, ce flacon-là ne portant assurément pas
l'inscription « poison », Alice se hasarda à en goûter
le contenu, et, l'ayant trouvé délicieux (il avait, en fait,
un goût de tarte aux cerises, mêlé à des saveurs de
crème à la vanille, d'ananas, de dinde braisée, de cara-
mel et de rôties au beurre), elle eût tôt fait de l'avaler
jusqu'à la dernière goutte.

« Quelle drôle de sensation ! fit Alice. On dirait que
je rentre en moi-même comme un télescope. »

C'était exact : elle ne mesurait plus maintenant que
vingt-cinq centimètres, et son visage s'éclaira à la
pensée qu'elle avait à présent la taille qu'il fallait pour
franchir la petite porte et pénétrer dans l'adorable
jardin. Pourtant, elle attendit un instant encore pour
voir si elle allait continuer de rapetisser : cela l'inquiétait un peu : « Car, voyez-vous, se disait Alice, je pourrais bien finir par me réduire à néant, telle une bougie.
Je me demande de quoi j'aurais l'air, alors ? » Et elle
essaya d'imaginer à quoi ressemble la flamme d'une
bougie après qu'on l'a soufflée, car elle ne se souvenait
pas d'avoir vu jamais rien de semblable.

Au bout d'un moment, et comme il ne se passait
rien, elle décida d'aller dans le jardin sans plus attendre.
Mais, hélas! pauvre Alice! en arrivant devant la porte,
elle s'aperçut qu'elle avait oublié la petite clé d'or, et,
quand elle revint vers la table la chercher, elle comprit
qu'il lui était impossible de l'atteindre : elle la voyait
distinctement à travers la dalle de verre, et elle essaya
d'escalader l'un des pieds de la table, mais il était trop
lisse; et quand ses vaines tentatives l'eurent épuisée, la
pauvre enfant s'assit par terre et fondit en larmes.

« Allons, à quoi bon pleurer comme cela! » se dit
avec sévérité Alice. « Je te conseille de cesser sur-le-

champ! » Elle avait l'habitude de se donner de très bons conseils (qu'elle suivait, du reste, rarement), et il lui arrivait de se morigéner si fort que les larmes lui en venaient aux yeux ; elle se rappelait même avoir essayé une fois de se tirer les oreilles parce qu'elle avait triché au cours d'une partie de croquet qu'elle jouait contre elle-même ; car cette singulière petite fille aimait beaucoup à faire semblant d'être deux personnes. « Mais il est inutile, à présent, se dit la pauvre Alice, que je fasse semblant d'être deux ! Alors qu'il reste à peine assez de moi-même pour faire une seule personne digne de ce nom ! »

Bientôt son regard tomba sur une petite boîte de verre que l'on avait posée sous la table ; elle l'ouvrit, et trouva dedans un très petit gâteau sur lequel les mots « MANGE-MOI » étaient fort joliment inscrits en lettres formées par la juxtaposition d'un certain nombre de grains de raisins secs. « Ma foi ! je vais le manger, se dit Alice ; s'il me fait grandir, je pourrai atteindre la clé ; et s'il me fait rapetisser, je pourrai me glisser sous la porte ; donc, de toute façon, je pénétrerai dans le jardin, et, ensuite, advienne que pourra ! »

Elle mangea un petit morceau du gâteau et se demanda avec inquiétude : « Dans quel sens ? Dans quel sens ? » en tenant sa main posée sur sa tête pour savoir si elle grandissait ou rapetissait ; et elle fut toute surprise de constater qu'elle ne changeait pas de taille ; certes, c'est là ce qui se produit généralement lorsque l'on mange un gâteau, mais Alice était tellement habituée désormais à n'attendre que de l'extraordinaire, qu'il lui parut tout triste et tout stupide de devoir admettre qu'il ne se produisait rien d'anormal.

Elle se mit donc en devoir de dévorer le reste du gâteau.

LA MARE DE LARMES

« De plus en plus pire! s'écria Alice (si grande était sa surprise que, sur l'instant, elle en oublia tout à fait de parler correctement); voici maintenant que je m'allonge comme le plus grand télescope du monde! Au revoir, mes pieds! (car lorsqu'elle regardait ses pieds, ceux-ci lui semblaient être presque hors de vue tant ils devenaient lointains). Oh! mes pauvres petits pieds, je me demande qui, à présent, vous mettra vos bas et vos souliers, mes chéris ? Pour ma part, je suis sûre de n'en être pas capable! Je serai certes bien trop loin pour pouvoir m'occuper de vous. Vous n'aurez qu'à vous débrouiller tout seuls. — Mais il faut que je sois gentille avec eux, se dit Alice; sinon, ils pourraient refuser de me conduire là où je voudrais aller! Voyons un peu : je leur ferai cadeau d'une paire de souliers neufs à chaque Noël. »

Et elle continua d'imaginer comment elle arrangerait cela. « Il faudra que je les confie à un commissionnaire, pensa-t-elle; et comme cela paraîtra cocasse, d'envoyer des cadeaux à ses propres pieds! Et comme l'adresse aura l'air bizarre!

> Monsieur le Pied Droit d'Alice,
>   Devant de Foyer,
>   près le Garde-Feu,
>   (avec l'affection d'Alice).

Oh, mes aïeux! quelles sottises je suis en train de dire là! »

A cet instant précis, sa tête heurta le plafond de la salle; en fait elle mesurait maintenant plus de deux mètres soixante-quinze; elle s'empara aussitôt de la petite clé d'or et revint en toute hâte à la porte du jardin.

Pauvre Alice! Tout ce qu'elle put faire, ce fut de se coucher sur le flanc pour regarder d'un œil le jardin; mais passer de l'autre côté était plus que jamais impossible; elle s'assit et se remit à pleurer.

« Tu devrais avoir honte, se dit Alice, une grande fille (c'était le cas de le dire) comme toi, pleurer comme tu le fais! arrête-toi tout de suite, je te l'ordonne! » Mais elle n'en continua pas moins de répandre des hectolitres de larmes, au point qu'il y eut bientôt autour d'elle une vaste mare, profonde d'environ dix centimètres et qui s'étendait jusqu'au milieu de la salle.

Au bout d'un certain temps elle entendit au loin un bruit de petits pas précipités, et elle se hâta de se sécher les yeux pour voir qui arrivait. C'était, une fois de plus, le Lapin Blanc. Splendidement vêtu, il tenait d'une main une paire de gants de chevreau blanc et, de l'autre, un grand éventail. Il semblait être fort pressé et allongeait le pas en marmonnant : « Oh! la Duchesse, la Duchesse! Oh! Ne va-t-elle pas être furieuse si je l'ai fait attendre ? » Alice éprouvait un tel désespoir qu'elle était prête à faire appel à l'aide du premier venu; aussi, lorsque le Lapin arriva près d'elle, commença-t-elle de dire timidement et à voix basse : « Pardon, monsieur... » Le Lapin eut un violent sursaut, laissa tomber les gants de chevreau blanc et l'éventail, puis détala, ventre à terre, dans les ténèbres.

Alice ramassa l'éventail et les gants et, comme il faisait très chaud dans la salle, elle se mit à s'éventer sans arrêt tout en continuant de parler : « Vraiment! vraiment! Comme tout est bizarre aujourd'hui! Alors qu'hier les choses se passaient si normalement. Est-ce que, par hasard, on m'aurait changée au cours de la nuit ? Réfléchissons : *étais*-je identique à moi-même lorsque je me suis levée ce matin ? Je crois bien me rappeler m'être sentie un peu différente de l'Alice d'hier. Mais, si je ne suis pas la même, il faut se demander alors *qui* je peux bien être ? Ah, c'est *là* le grand problème ! » Et elle se mit à penser à toutes les petites filles de son âge qu'elle connaissait, afin de savoir si elle ne serait pas devenue l'une d'elles.

« Je suis sûre de n'être pas Ada, se dit-elle, car elle a de longs cheveux bouclés, alors que les miens ne bouclent pas du tout; je suis sûre également de n'être pas Mabel, car je sais toute sorte de choses, et elle, oh! elle en sait si peu! En outre, elle est *elle* et je suis *moi*, et — oh! là là, que c'est donc compliqué! Je vais essayer de passer en revue toutes les choses que je savais. Voyons : quatre fois cinq font douze; quatre fois six font treize; et quatre fois sept font... oh, mes aïeux! A ce train-là, je n'irai jamais jusqu'à vingt! Après tout, la Table de Multiplication, cela n'importe guère : voyons la Géographie. Londres est la capitale de Paris, et Paris est la capitale de Rome, et Rome... non, tout cela est faux, j'en suis certaine! On a dû me changer en Mabel! Je vais essayer de réciter *Voyez comme...* S'étant croisé les mains sur les genoux comme pour réciter une leçon, elle se mit à dire le poème, mais sa voix avait un son rauque et étrange, et les mots prononcés n'étaient pas ceux qu'elle attendait :

> « *Voyez comme le crocodile*
> *Sait faire rutiler sa queue*
> *En répandant l'onde du Nil*
> *Sur ses jolies écailles bleues!*
>
> *Comme il écarte bien ses griffes,*
> *Comme gaîment il semble boire*
> *Lorsqu'il ouvre aux poissons rétifs*
> *Ses ensorcelantes mâchoires!*

Je gagerais que ce n'est pas cela », se dit la pauvre Alice, et ses yeux s'emplirent à nouveau de larmes tandis qu'elle poursuivait : « Il faut croire, en fin de compte, que je suis bel et bien Mabel. Je vais donc devoir aller vivre dans cette maisonnette exiguë, où je

n'aurai presque plus de jouets, et où, par contre,
j'aurai tant de leçons à apprendre! Non, ma résolution
est prise : si je suis Mabel, je ne bouge plus d'ici! On
pourra toujours pencher la tête vers moi et dire :
« Remonte, ma chérie! » Je me contenterai de lever
les yeux et de répondre : « Alors, qui suis-je ? Dites-le
moi d'abord, et, ensuite, s'il me plaît d'être la personne
que vous aurez dite, je remonterai : sinon, je resterai
ici jusqu'à ce que je sois quelqu'un d'autre... » Mais,
oh, là là! s'écria Alice en fondant en larmes, comme je
voudrais que l'on penche la tête vers moi! J'en ai
tellement assez de demeurer seule ici! »

En disant cela, elle abaissa son regard vers ses mains
et fut surprise de voir que, tout en parlant, elle avait
enfilé l'un des gants de chevreau blanc du Lapin.
« Comment ai-je bien pu y réussir ? se demanda-t-elle.
Je dois être de nouveau en train de rapetisser. » Elle
se leva et alla vers la table pour s'y mesurer; elle
constata que, selon l'approximation la plus probable,
elle avait maintenant environ soixante centimètres de
haut, et qu'elle continuait de raccourcir rapidement :
elle comprit bientôt que la cause de ce phénomène
n'était autre que l'éventail qu'elle tenait en main; aussi
le lâcha-t-elle bien vite, juste à temps pour éviter de
disparaître complètement.

« Je l'ai échappé belle! se dit Alice, passablement
effrayée de sa brusque transformation, mais tout heureuse d'exister encore; maintenant, au jardin! » Et elle
se précipita derechef vers la petite porte. Hélas! la
petite porte avait été refermée et la petite clé d'or était
posée sur la table comme auparavant : « Tout va de
mal en pis, pensa la pauvre Alice, car jamais encore je
n'avais été si petite, jamais! c'est trop de malchance,
vraiment! »

Comme elle disait ces mots, son pied glissa et, à
l'instant suivant, plouf! elle se trouvait plongée jusqu'au menton dans l'eau salée. Sa première idée fut
qu'elle était, par suite de circonstances inexplicables,
tombée dans la mer. « Dans ce cas, se dit-elle, je pourrai
prendre le train pour faire le voyage de retour » (Alice

était allée au bord de la mer une fois dans sa vie, et, par une généralisation hâtive, elle en avait conclu que partout où l'on va sur les côtes anglaises on trouve un grand nombre de cabines de bain trempant dans l'eau, des enfants en train de creuser des trous dans le sable à l'aide de pelles en bois, puis une rangée de pensions de famille et, derrière ces pensions de famille, une gare de chemin de fer). Cependant, elle ne tarda pas à comprendre qu'elle se trouvait dans la mare formée par les larmes qu'elle avait versées lorsqu'elle avait deux mètres soixante-quinze de haut.

« Je regrette d'avoir tant pleuré! se disait Alice en nageant et en s'efforçant de gagner la rive. Je vais en être bien punie, maintenant, je suppose, s'il me faut me noyer dans mes propres larmes! Ce sera là un bizarre accident, à coup sûr! Mais tout est bizarre, aujourd'hui. »

A cet instant précis, elle entendit patauger, non loin d'elle, dans la mare; elle se mit à nager, pour voir de quoi il s'agissait, dans la direction d'où venait le bruit : d'abord elle pensa que cela pouvait être un morse ou un hippopotame, mais, se souvenant qu'elle était à présent toute petite, elle comprit bientôt que ce n'était qu'une souris qui avait glissé dans la mare, tout comme elle.

« Pourrait-il être de quelque utilité, maintenant, se demanda Alice, de parler à cette souris ? Tout est si extravagant dans ce souterrain, qu'il n'est pas du tout improbable que les souris y aient le don de la parole : en tout cas, on peut toujours essayer de savoir si elles l'ont : « O Souris, articula-t-elle, connais-tu le moyen de sortir de cette mare ? J'en ai assez de nager en cette onde, ô Souris! » (Alice estimait que c'était en de tels termes qu'il convenait de parler à une souris : jamais encore elle ne s'était exprimée de la sorte, mais elle se rappelait avoir vu dans la Grammaire Latine de son frère : « Une souris; d'une souris; à une souris; une souris; ô souris! ») La Souris la regarda avec curiosité (Alice crut même la voir cligner l'un de ses petits yeux), mais elle ne répondit rien.

« Peut-être ne comprend-elle pas l'anglais, pensa Alice ; c'est sans doute une souris française venue ici avec Guillaume le Conquérant. » (Malgré tout son savoir historique, Alice n'avait pas une très claire idée de la chronologie des événements.) Elle reprit donc : *« Où est ma chatte ? »* C'était la première phrase de son manuel de français. La Sourit bondit soudain hors de l'eau et il sembla que tout son corps frisonnait d'épouvante. « Oh, je te demande pardon ! s'écria aussitôt Alice, craignant d'avoir froissé la pauvre bête ; j'oubliais que tu n'aimes pas les chats. »

« Que je n'aime pas les chats ! s'exclama, d'une voix aiguë et vibrante, la Souris. Et vous, les aimeriez-vous, les chats, si vous étiez à ma place ? »

« Peut-être bien que non, répondit Alice, conciliante ; ne va pas te fâcher pour cela. Pourtant, je voudrais bien pouvoir te montrer notre chatte Dinah : je crois que tu te mettrais à raffoler des chats si seulement tu la voyais une fois. Elle est si pacifique, poursuivit à mi-voix, tout en nageant paresseusement dans la mare, Alice... elle ronronne si gentiment au coin du feu, tandis qu'elle se lèche les pattes et se lave la figure... et c'est si doux de la dorloter... et puis, elle est sans rivale pour ce qui est d'attraper les souris... Oh ! je te demande pardon ! s'écria derechef Alice, car, cette fois-ci, la Souris avait le poil tout hérissé, et la petite fille était sûre de l'avoir gravement offensée. Nous ne parlerons plus de Dinah, puisque cela te déplaît. »

« *Nous,* nous n'en parlerons plus, vraiment ! s'écria la Souris, qui tremblait de la tête à la queue. Comme si, *moi,* j'allais aborder un pareil sujet ! Dans notre famille, on a de tout temps *exécré* les chats : ce sont des êtres vils, répugnants, vulgaires. Ne prononcez plus jamais devant moi le mot chat. »

« Plus jamais ! promit Alice, qui avait hâte de changer de sujet de conversation : « Aimes-tu... aimes-tu... les ... chiens ? » La Souris ne répondit pas et Alice poursuivit avec chaleur : « Il y a, près de chez nous, un petit chien que j'aimerais pouvoir te montrer, tant il est charmant ! Un petit fox-terrier à l'œil vif, vois-tu, avec, oh! de si longs poils bouclés! Il rapporte tous les objets qu'on lui jette, il fait le beau pour demander son déjeuner et il exécute tant et tant de tours que je ne puis me rappeler la moitié d'entre eux. Il appartient, vois-tu, à un fermier, et ce fermier dit qu'il lui est tellement utile, qu'il vaut bien mille francs! Il dit qu'il tue tous les rats et... oh, là là! s'écria, d'une voix chagrine, Alice, j'ai grand'peur de l'avoir de nouveau offensé! » Car la Souris s'éloignait d'elle en nageant avec l'énergie du désespoir et en soulevant sur son passage une gerbe d'eau.

Alice l'appela donc d'une voix doucereuse : « Reviens, je t'en prie, petite Souris chérie, et nous ne parlerons ni de chats ni de chiens, puisque tu ne les aimes pas! » Quand la Souris entendit cela, elle fit demi-tour et revint lentement à la nage vers Alice : son visage était tout pâle (de colère, pensa la petite fille), et l'animal dit en tremblant et à voix basse : « Regagnons le rivage; là je vous raconterai mon histoire; vous comprendrez alors pourquoi je déteste les chiens et les chats. »

Il était grand temps de partir, car la mare se trouvait à présent fort encombrée d'animaux divers qui étaient tombés dedans : il y avait un Canard et un Dodo, un Lori et un Aiglon, et nombre d'autres créatures bizarres. Alice se mit à leur tête et toute la troupe regagna à la nage la terre ferme.

UNE COURSE A LA COMITARDE
ET UNE LONGUE HISTOIRE

Ce fut vraiment une singulière assemblée que celle qui se tint sur le rivage : les oiseaux laissaient traîner lamentablement leurs plumes; les mammifères avaient la fourrure collée au corps; et tous étaient trempés, mal à l'aise et de maussade humeur.

La première question abordée concerna, bien entendu, la façon de se sécher. Chacun donna son avis à ce sujet, et, au bout de quelques minutes, il paraissait tout naturel à Alice de bavarder familièrement avec ses nouveaux compagnons, comme si elle les eût depuis toujours connus. A dire vrai, elle eut une assez longue discussion avec le Lori, qui finit par prendre un air boudeur et par déclarer assez sottement : « Je suis plus vieux que vous, je dois mieux que vous savoir ce qu'il faut faire. » Ce qu'Alice ne voulut pas admettre sans connaître son âge exact; et, comme le Lori refusait catégoriquement de le dire, la discussion tourna court.

Finalement la Souris, qui semblait avoir un certain ascendant sur les autres animaux, ordonna d'une voix forte : « Asseyez-vous, vous tous, et écoutez-moi! J'aurai tôt fait de vous faire suffisamment sécher! » Tout le monde aussitôt s'assit en formant un large cercle, au centre duquel se trouva la Souris. Alice fixa sur elle un regard inquiet, car elle se rendait compte qu'elle allait attraper un bon rhume si elle ne se séchait pas au plus vite.

« Hum! fit la Souris en prenant un air important. Etes-vous tous prêts? Voici l'histoire la plus aride, la plus propre à vous faire sécher sur pied, que je connaisse. Silence à la ronde, je vous prie! Guillaume le Conquérant, dont la cause bénéficiait de la faveur du pape, reçut bientôt la soumission des Anglais, qui avaient besoin de chefs, et qui, depuis quelque temps, s'étaient accoutumés à l'usurpation et à la conquête. Edwin et Morcar, comtes de Mercie et de Northumbrie... »

« Brrr! » fit en frissonnant le Lori.

« Je vous demande pardon! dit la Souris, très poliment mais en fronçant le sourcil. Avez-vous dit quelque chose ? »

« Ce n'est pas moi! » se hâta d'affirmer le Lori.

« J'avais cru entendre parler, reprit la Souris. Je continue. Edwin et Morcar, comtes de Mercie et de Northumbrie, se rallièrent à son parti; et l'archevêque patriote de Canterbury, Stigand lui-même, trouvant cela opportun... »

« Trouvant quoi ? » demanda le Canard.

« Trouvant cela, répondit, sans chercher à cacher sa contrariété, la Souris. Bien sûr, vous savez ce que « cela » veut dire. »

« Je sais assez bien ce que « cela » veut dire quand c'est moi qui trouve quelque chose, dit le Canard : c'est, en général, une grenouille, ou un ver. La question est de savoir ce que trouva l'Archevêque. »

Sans prêter aucune attention à l'intervention du Canard, la Souris se hâta se poursuivre : « ... trouvant cela opportun, se porta avec Edgar Atheling à la rencontre de Guillaume pour offrir la couronne à ce dernier. Guillaume se conduisit d'abord avec modération. Mais l'insolence de ses Normands... Comment vous sentez-vous, maintenant, ma petite ? » demanda-t-elle en se tournant vers Alice.

« Plus mouillée que jamais, répondit d'une voix mélancolique Alice : Ton histoire ne semble pas m'avoir fait sécher le moins du monde. »

« Dans ce cas, dit en se redressant d'un air solennel le Dodo, je propose l'ajournement de l'assemblée, en vue de l'adoption immédiate de remèdes plus énergiques... »

« Parlez plus clairement! dit l'Aiglon. Je n'entends goutte à tous vos grands mots et, en outre, je crois que vous n'y entendez goutte vous-même! » Et l'Aiglon baissa la tête pour dissimuler un sourire; quelques-uns des autres oiseaux firent entendre un petit gloussement.

« Ce que j'allais dire, poursuivit, d'un ton offensé, le Dodo, c'est que le mieux, pour nous sécher, ce serait de faire une course à la Comitarde. »

« Qu'est-ce donc qu'une course à la Comitarde ? » demanda Alice; non pas qu'elle se souciât beaucoup de le savoir, mais le Dodo s'était interrompu comme s'il eût pensé que *quelqu'un* devait prendre la parole, et nul autre des assistants ne semblait disposé à dire quoi que ce fût.

« Ma foi, répondit le Dodo, la meilleure façon d'expliquer en quoi consiste cette course, c'est de la faire. » (Et, comme vous pourriez avoir envie, par quelque jour d'hiver, de vous y essayer vous-même, je vais vous dire comment s'y prit le Dodo.)

Tout d'abord il délimita une piste de course vaguement circulaire (« la forme exacte, dit-il, importe peu »); ensuite tous les assistants furent éparpillés çà et là, le long de la piste. Il n'y eut pas l'habituel signal : « Un, deux, trois, partez! » Les participants se mirent à courir quand bon leur sembla et abandonnèrent la course au gré de leur fantaisie, de sorte qu'il n'eût pas été facile de savoir à quel moment elle prit fin. Néanmoins, lorsqu'ils eurent couru pendant une demi-heure environ et qu'ils furent de nouveau tout à fait secs, le Dodo proclama soudain : « La course est terminée! » et ils se pressèrent tous, tout essoufflés, autour de lui pour demander : « Mais qui a gagné ? »

A cette question, le Dodo ne pouvait répondre avant d'avoir mûrement réfléchi, et il se tint pendant un assez long temps coi, un doigt sur le front (pose dans laquelle on voit d'ordinaire Shakespeare, sur les tableaux qui le représentent) tandis que les autres attendaient en silence. Enfin le Dodo déclara : « *Tout le monde* a gagné, et *tous*, nous devons recevoir des prix. »

« Mais qui va donner ces prix ? » demandèrent en chœur les assistants.

« Parbleu, c'est *elle*, naturellement », dit le Dodo, en désignant du doigt Alice; et aussitôt tous les assistants se pressèrent autour de la fillette en réclamant dans la plus grande confusion : « Des prix ! des prix ! »

Alice n'avait aucune idée de ce qu'il fallait faire. En désespoir de cause elle mit la main à sa poche et en tira une boîte de dragées (où, par chance, l'eau salée n'avait pas pénétré). Elle distribua ces dragées à la ronde en guise de prix. Il y en avait très exactement une pour chacun des participants.

« Mais il faut qu'elle ait un prix, elle aussi », dit la Souris.

« Bien sûr, approuva d'une voix grave le Dodo. Qu'avez-vous d'autre dans votre poche », poursuivit-il en se tournant vers Alice.

« Rien qu'un dé à coudre », répondit-elle tristement.

« Passez-le moi », ordonna le Dodo.

On se pressa derechef autour d'elle, tandis que le Dodo lui tendait solennellement le dé à coudre en disant : « Nous vous prions de vouloir bien accepter cet élégant dé à coudre »; et quand il eut achevé cette courte allocution tous les autres applaudirent.

Alice jugea ces simagrées fort absurdes, mais ils avaient tous l'air si sérieux qu'elle n'osa pas en rire; et, ne trouvant rien à répondre, elle se contenta de s'incliner, de saisir le dé à coudre et de prendre un air aussi solennel que possible.

Il fallait maintenant manger les dragées; ce qui n'alla pas sans provoquer quelque bruit et quelque désordre, les grands oiseaux se plaignant de ne pouvoir apprécier le goût des leurs, et les petits s'étranglant et devant se faire donner des tapes dans le dos. Néanmoins, tout finit par s'arranger, et les assistants se rassirent en cercle et prièrent la Souris de prononcer encore quelques mots.

« Tu m'avais promis, t'en souvient-il, dit Alice, de me raconter ton histoire et de me dire pourquoi tu hais... les Ch... et les Ch... » ajouta-t-elle à voix basse, craignant presque de l'offenser de nouveau.

« *C'est que...* c'est long et triste! » dit la Souris en se tournant vers Alice et en exhalant un soupir.

« Vos *queues*, à vous autres souris, sont longues, sans doute, dit Alice, en abaissant avec étonnement son regard vers l'appendice caudal de son interlocutrice; mais pourquoi dire qu'elles sont tristes? » Et elle continua de se creuser la tête à ce propos, tandis que la Souris parlait, si bien que l'idée qu'elle se fit de l'histoire ressembla à ce qui suit :

> *Fury dit à une souris*
> *Qu'il avait surprise au logis :*
> *« Je te dresse procès-verbal;*
> *Suis-moi donc jusqu'au tribunal.*
> *Inutile de discuter;*
> *Il faut que ce procès ait lieu,*
> *Car ce matin, en vérité,*
> *Je n'ai à faire rien de mieux. »*
> *La Souris répond au roquet :*
> *« Mon cher Monsieur, un tel procès,*
>   *Sans jury et sans juge,*
>   *Serait irrégulier. »*
>   *« Moi je serai le juge*
>   *Et aussi le jury,*
>   *Dit le rusé Fury :*
>   *Je réglerai ton sort*
>   *Par ce verdict : la mort.*

Vous ne m'écoutez pas! reprocha à Alice la Souris d'un ton de voix sévère. A quoi pensez-vous donc? »

« Je te demande pardon, dit, d'un air contrit, Alice : tu en étais arrivée, je crois, à la cinquième courbe [1]. »

« *Hein? ne...* » articula d'un ton sec la Souris, furieuse.

---

1. Dans l'édition originale d'*Alice's Adventures in Wonderland*, la disposition typographique du poème ci-dessus évoque la forme sinueuse d'une queue de souris. (*N.d.T.*)

« *Un nœud ?* dit Alice, toujours prête à rendre service, et jetant autour d'elle des regards scrutateurs. Oh! laisse-moi t'aider à le défaire! »

« Jamais de la vie! s'écria la Souris en se levant et en s'éloignant de la petite fille. Vous m'insultez en débitant de pareilles sottises! »

« Telle n'était pas mon intention! protesta Alice. Mais tu es, vois-tu, si susceptible! »

Pour toute réponse, la Souris émit un chicotement.

« Je t'en prie, reviens finir ton histoire! » lui cria Alice. Et les autres s'exclamèrent en chœur : « Oh oui, reviens! » Mais la Souris ne fit que hocher rageusement la tête et presser le pas.

Quel dommage qu'elle n'ait pas voulu rester avec nous! soupira le Lori dès qu'elle fut hors de vue; et une vieille mère crabe crut devoir profiter de l'occasion pour dire à sa fille : « Ah! ma chérie, que ceci te serve de leçon : ne perds jamais ton sang-froid! » — « Silence, Maman! répondit la jeune pinceuse non sans quelque hargne. Tu ferais perdre patience à une huître! »

« Je voudrais bien que notre Dinah soit ici, vraiment je le voudrais bien! dit à haute voix, sans s'adresser à personne en particulier, Alice. Elle, elle aurait eu vite fait de nous la ramener! »

« Et qui donc est Dinah, si je peux me permettre de vous poser la question ? » demanda le Lori.

Alice, toujours disposée à parler de sa favorite, répondit avec empressement : « Dinah, c'est notre Chatte. Elle n'a pas sa pareille, je vous l'affirme, pour la capture des souris. Eh, oh! j'aimerais que vous la voyiez faire la chasse aux oiseaux! Oui, elle vous dévore un petit oiseau en moins de temps qu'il n'en faut pour le dire! »

Ces paroles firent sur l'assemblée une impression tout à fait remarquable. Quelques-uns des oiseaux décampèrent sans plus attendre; une vieille pie se mit à s'emmitoufler très soigneusement dans son plumage en remarquant : « Il faut vraiment que je rentre à la maison; l'air de la nuit est mauvais pour ma gorge! » et un Canari rappela ses enfants d'une voix tremblotante :

« Venez vite, mes chéris! Il est grand temps pour vous d'aller au lit! » Sous divers prétextes, ils s'éclipsèrent tous, et Alice bientôt resta seule.

« Je n'aurais pas dû parler de Dinah! » se dit-elle mélancoliquement. « Nul, en ces lieux-ci, ne semble l'aimer, et, pourtant, je suis sûre que c'est la meilleure chatte du monde! Oh, ma Dinah chérie! Je me demande si je te reverrai jamais! » Et à ces mots la pauvre Alice se remit à pleurer, car elle se sentait très seule et très découragée. Au bout d'un court moment, cependant, elle entendit de nouveau, au loin, un bruit de petits pas précipités qui lui fit lever vivement les yeux en presque souhaitant que la Souris eût changé d'avis et qu'elle revînt terminer son histoire.

LE LAPIN FAIT DONNER LE PETIT BILL

C'était le Lapin Blanc. Il revenait au petit trot en jetant autour de lui des regards inquiets, comme s'il eût perdu quelque chose; et Alice l'entendit marmonner : « La Duchesse! La Duchesse! Oh, mes pauvres petites pattes! Oh, ma fourrure et mes moustaches! Elle va me faire exécuter, aussi sûr qu'un furet est un furet! Où ai-je bien *pu* les laisser tomber, je me le demande ? » Alice devina tout de suite qu'il cherchait son éventail et sa paire de gants de chevreau blanc, et, n'écoutant que son bon cœur, elle se mit en devoir de les chercher, elle aussi; mais ils n'étaient visibles nulle part. Tout paraissait avoir changé depuis son bain forcé dans la mare, et la grande salle où se trouvait la table de verre et la petite porte, avait complètement disparu.

Au bout d'un très court instant le Lapin aperçut Alice qui poursuivait sa quête, et il l'interpella d'une voix courroucée : « Eh bien! Marianne, qu'est-ce que vous faites là ? Courez tout de suite à la maison, et rapportez-moi une paire de gants et un éventail! Allez, vite! » Alice eut si peur, qu'elle partit aussitôt à toutes jambes dans la direction qu'il avait indiquée, sans tenter de rendre explicite l'erreur par lui commise.

« Il m'a prise pour sa servante, se disait-elle tout en courant. Quel va être son étonnement lorsqu'il saura qui je suis! Mais il vaut mieux que je lui rapporte son éventail et ses gants; si, du moins, je peux les trouver. » Comme elle prononçait ces mots, elle arriva tout à coup devant une coquette petite maison sur la porte de laquelle une étincelante plaque de cuivre portait, gra-

vée, la désignation de l'habitant : « J. LAPIN ». Elle
entra sans frapper et gravit quatre à quatre l'escalier,
redoutant d'y rencontrer la vraie Marianne et de se
voir chassée de la demeure avant d'y avoir trouvé l'éventail et les gants.

« Comme cela semble bizarre, se dit Alice, d'aller
faire des commissions pour un lapin! Je m'attends à
bientôt voir Dinah m'envoyer faire ses courses! » Et
elle se mit à imaginer comment les choses se passeraient en l'occurrence : « Mademoiselle Alice! Venez,
tout de suite, vous apprêter pour la promenade! » —
« J'arrive dans une minute, nounou! Mais, jusqu'au
retour de Dinah, il me faut surveiller ce trou de souris
pour empêcher la souris d'en sortir. » Seulement, poursuivit Alice, je ne pense pas que l'on garderait Dinah à
la maison si elle se mettait à donner aux gens des
ordres comme cela! »

Cependant, elle était arrivée dans une petite chambre
proprette, devant la fenêtre de laquelle on voyait une
table et, sur cette table (comme elle l'avait espéré), un
éventail et deux ou trois paires de minuscules gants de
chevreau blanc : elle prit l'éventail et l'une des paires
de gants, et elle s'apprêtait à quitter la pièce quand son
regard tomba sur un petit flacon qui se trouvait à côté
du miroir. Il n'y avait pas, cette fois, sur le flacon,
d'étiquette portant les mots « BOIS-MOI », mais néanmoins elle le déboucha et le porta à ses lèvres : « Je
sais, se dit-elle, que *quelque chose* d'intéressant se produit à coup sûr dès que je mange ou bois quoi que ce
soit : je vais donc tout simplement me rendre compte
de l'effet du contenu de ce flacon. Je souhaite qu'il me
fasse grandir de nouveau, car vraiment j'en ai assez
d'être, comme je le suis présentement, une créature
minuscule! »

Ce fut bien là ce qui se produisit, et beaucoup plus
tôt qu'elle ne s'y attendait : avant d'avoir absorbé la
moitié du contenu du flacon, elle constata que sa tête
se trouvait pressée contre le plafond, et elle dut ployer
l'échine pour éviter de se rompre le cou. Elle reposa
précipitamment le flacon en se disant : « Cela suffit

comme ça. J'espère que je ne vais pas grandir davantage. D'ores et déjà je ne peux plus passer par la porte. Certes, j'aurais mieux fait de n'en pas boire tant! »

Hélas! les regrets étaient désormais superflus! Elle continuait de grandir, de grandir tant et si bien qu'elle dut s'agenouiller sur le plancher : un instant plus tard elle n'avait même plus assez de place pour y demeurer à genoux, et elle s'efforçait de se coucher, un coude contre la porte et l'autre bras replié sur le tête. Elle n'en continuait pas moins de grandir. Enfin, dans une suprême tentative d'accommodation, elle passa un bras par la fenêtre et engagea l'un de ses pieds dans la cheminée. Puis elle se dit : « A présent je n'en saurais faire davantage, quoi qu'il arrive. Que vais-je *devenir ?* »

Heureusement pour Alice, le petit flacon magique avait maintenant produit tout son effet, et elle cessa de grandir : pourtant sa position n'était rien moins que confortable et, comme il ne semblait pas qu'il y eût pour elle la moindre chance de jamais ressortir de la pièce, il n'est pas surprenant qu'elle se trouvât très malheureuse.

« C'était tout de même, pensa la pauvre Alice, bien plus agréable, à la maison : alors, on n'était pas toujours en train de grandir ou de rapetisser, et d'entendre des souris et des lapins vous donner des ordres. Je ne suis pas loin de souhaiter n'être jamais descendue dans ce terrier de lapin, et pourtant... et pourtant... c'est assez curieux, voyez-vous, ce genre de vie que l'on mène ici! Je me demande ce qu'il a bien *pu* m'advenir! Quand je lisais des contes de fées, je m'imaginais que des aventures de ce genre n'arrivaient jamais, et, maintenant, voici que je suis en train d'en vivre une! On devrait écrire un livre sur moi, on le devrait! Et quand je serai grande, j'en écrirai un moi-même. Mais je suis grande, dès à présent, ajouta-t-elle d'une voix chagrine : en tout cas, je n'ai pas *ici* la place nécessaire pour grandir davantage. »

« Mais alors, pensa Alice, ne deviendrai-je jamais

plus âgée que je ne le suis actuellement ? Ce serait une consolation, en un sens, que de ne jamais devenir une vieille femme. Mais aussi, toujours devoir apprendre des leçons! Ah, je n'aimerais sûrement pas *cela!* »

« Oh, ma pauvre Alice, que tu es donc bête! se répondit-elle. Comment pourrais-tu, ici, apprendre des leçons ? Voyons, il y a à peine assez de place pour toi-même, et pas la moindre place pour un quelconque livre de classe! »

Et elle poursuivait son bavardage, prenant à tour de rôle en considération le pour et le contre, et entretenant ainsi une vraie conversation, lorsque, au bout de quelques minutes, elle entendit une voix au-dehors et s'arrêta de penser pour l'écouter.

« Marianne! Marianne! disait la voix. Apportez-moi mes gants immédiatement! » Puis on entendit dans l'escalier un bruit de petits pas précipités. Alice comprit que c'était le Lapin qui venait voir ce qu'elle faisait, et elle se mit à trembler au point d'ébranler la maison, oubliant tout à fait qu'elle était maintenant environ mille fois plus grande que le Lapin et qu'elle n'avait aucune raison d'avoir peur de lui.

A l'instant suivant, le Lapin était devant la porte et il essayait de la faire pivoter sur ses gonds; mais comme cette porte s'ouvrait vers l'intérieur, et comme Alice en bloquait le battant avec son coude, sa tentative échoua. Alice l'entendit marmonner : « Puisqu'il en est ainsi, je vais faire le tour et entrer par la fenêtre. »

« Pour ça, tu peux toujours courir! » pensa Alice. Après avoir attendu le moment où elle crut entendre le Lapin arriver sous la fenêtre, elle allongea brusquement le bras et fit le geste d'attraper ce qui se trouvait à la portée de sa main. Elle ne saisit rien, mais elle entendit un petit cri perçant suivi du bruit d'une chute et d'un fracas de verre brisé, qui lui donnèrent à penser que, probablement, le Lapin était tombé au milieu du châssis d'une couche à concombres ou de quelque chose de ce genre.

Ensuite une voix courroucée — celle du Lapin — s'éleva : « Pat! Pat! Où êtes-vous ? » Puis une voix qu'elle n'avait jamais encore entendue : « Je suis là, pour sûr! En train de déterrer des pommes de reinette, votre honneur! »

« En train de déterrer des pommes de reinette, vraiment! s'exclama le Lapin, fort en colère. Arrivez ici! Venez m'aider à sortir de ce machin-là! » (Nouveau fracas de verre brisé.)

« A présent, dites-moi, Pat; que voit-on à cette fenêtre ? »

« Pour sûr, c'est un bras (il prononça : brrrâs), votre honneur! »

« Un bras, animal que vous êtes! Qui a jamais vu un bras de cette dimension-là ? Cela remplit toute la fenêtre. »

« Pour sûr que ça la remplit, votre honneur! mais c'est un bras tout de même. »

« Eh bien, en tout état de cause, il n'a rien à faire là; allez l'enlever! »

Il y eut ensuite un long silence, troublé seulement de temps à autre par quelques chuchotements indistincts : « Pour sûr, je n'aime pas ça, votre honneur, du tout, du tout! » — « Faites ce que je vous dis, espèce de poltron! » Finalement, Alice allongea de nouveau le bras et fit une nouvelle fois le geste de saisir ce qui pouvait être à la portée de sa main. Cette fois, on entendit *deux* petits cris et, derechef, un fracas de verre brisé. « Combien ont-ils donc de châssis de couches à concombres ? » se demanda-t-elle. Et que vont-ils entreprendre, la prochaine fois ? Si c'est de me faire sortir par la fenêtre, je souhaite seulement qu'ils y *réussissent!* Je suis certaine, pour ma part, de n'avoir nulle envie de rester enfermée un seul instant de plus ici! »

Elle demeura quelque temps attentive sans qu'aucun autre bruit ne parvînt à ses oreilles : enfin elle entendit un grondement pareil à celui que produiraient de petites roues de charrette et le brouhaha d'un bon nombre de voix parlant toutes ensemble; elle saisit quelques bribes de phrases : « Où est l'autre échelle ? — Voyons, je ne pouvais en apporter qu'une; c'est

Bill qui a l'autre — Bill! apportez-la ici, mon garçon! —
Dressez-les contre cette encoignure-ci — Non, mettez-
les d'abord bout à bout... elles n'atteignent pas la
moitié de la hauteur requise — Oh! cela ira comme ça,
ne faites pas le difficile! — Tenez, Bill! Attrapez-moi
cette corde — Le toit va-t-il supporter la charge! —
Attention à cette ardoise qui s'est détachée — Oh! elle
dégringole! Gare dessous!» (grand fracas) — «Voyons,
qui a fait cela? — C'est Bill, je le parie — Qui va descendre dans la cheminée? — Non, non, pas *moi!* C'est
vous qui y descendrez! — Pour *cela* ne comptez pas
sur moi! — C'est à Bill d'y aller — Par ici, Bill! le
maître dit qu'il faut que vous descendiez dans la cheminée! »

« Ainsi donc, se dit Alice, Bill va devoir, n'est-ce
pas, descendre dans la cheminée? Ma parole, c'est à
croire que toutes les corvées sont réservées à ce malheureux Bill! Pour rien au monde je ne voudrais être à la
place de Bill: cet âtre, certes, n'est pas bien large; mais
je *pense* pouvoir décocher tout de même un bon petit
coup de pied! »

Elle retira son pied de la cheminée autant qu'elle le
put, et elle resta sans bouger jusqu'au moment où elle
entendit un petit animal (elle ne put deviner à quelle
espèce il appartenait) en train de s'agriffer, juste au-
dessus d'elle, aux parois du conduit; alors, en se
disant: « Voici Bill », elle donna un violent coup de
pied et prêta l'oreille afin de savoir ce qu'il allait se
passer.

Ce qu'elle entendit, en premier lieu, ce furent plusieurs voix s'écriant en chœur: « Voilà Bill qui s'envole! » Puis la voix du Lapin seul: « Attrapez-le, vous,
là-bas, à côté de la haie! » Suivit un silence; puis,
derechef, parvint aux oreilles d'Alice un bruit confus
de voix: « Soulevez-lui la tête — Un peu d'eau-de-vie,
maintenant — Ne l'étouffez pas — Comment cela s'est-
il passé, mon vieux? Que vous est-il arrivé? Racontez-
nous tout cela! »

Enfin s'éleva une petite voix faible et suraiguë
(« Cela, c'est Bill », pensa Alice): « Ma parole, je ne

sais pas... cela suffit, merci; je me sens mieux, à présent... mais je suis bien trop bouleversé pour pouvoir vous dire... tout ce que je sais, c'est que quelque chose m'est arrivé dessus comme un diable qui sort d'une boîte et que je suis parti dans les airs comme une fusée! »

« C'est bien là ce que tu as fait, mon vieux! » repartirent les autres.

« Il va falloir incendier la maison! » dit la voix du Lapin. — « Si jamais vous faites cela, je lance Dinah à vos trousses! », s'écria Alice de toute la force de ses poumons.

Il s'établit instantanément un silence de mort, et Alice se dit : « Je me demande ce qu'ils vont manigancer encore! S'ils avaient pour deux sous de jugeote, ils enlèveraient le toit. » Au bout d'une ou deux minutes, ils recommencèrent à s'agiter et Alice entendit le Lapin dire : « Une brouettée suffira, pour commencer. »

« Une brouettée de *quoi ?* » se demanda Alice. Mais elle n'eut pas à se le demander longtemps, car à l'instant suivant une grêle de petits cailloux vint crépiter contre la fenêtre et quelques-uns de ces cailloux la frappèrent au visage. « Je vais mettre le holà à ce petit jeu-là », se dit-elle tout en s'écriant : « Vous feriez bien de ne pas recommencer! », ce qui provoqua derechef un silence de mort.

Alice remarqua, non sans quelque surprise, que les cailloux, à l'instant où ils tombaient sur le plancher, se transformaient tous en petits gâteaux, et il lui vint alors une idée lumineuse : « Si je mange un de ces gâteaux, pensa-t-elle, il est certain que cela va me faire changer de taille *dans un sens ou dans l'autre;* et, comme je n'ai pas la possibilité de devenir plus grande, cela doit me rendre plus petite, je suppose. »

Elle avala donc l'un des gâteaux, et fut ravie de constater qu'elle commençait tout de suite à rapetisser.

Dès qu'elle fut assez petite pour pouvoir passer par la porte, elle sortit de la maison en courant et vit qu'une véritable foule de petits animaux l'attendaient au dehors. Le pauvre petit Bill, le lézard, se trouvait au milieu de l'attroupement, soutenu par deux cochons d'Inde qui lui faisaient boire d'un remède contenu dans un flacon. Ils se précipitèrent tous vers Alice au moment où elle parut; mais elle s'enfuit à toutes jambes et elle se trouva bientôt en sécurité au sein d'une épaisse forêt.

« La première chose que j'ai à faire, se dit Alice en errant à travers la forêt, c'est de reprendre ma taille normale; la seconde, c'est de trouver le chemin qui mène à cet adorable jardin. Je pense qu'il y a lieu de s'en tenir à ce plan. »

Cela avait l'air d'être un plan excellent, en effet, et à la fois simple et précis; la seule difficulté, c'est qu'elle n'avait pas la moindre idée quant à la manière de le mettre à exécution; et, tandis qu'elle scrutait avec inquiétude l'épaisseur des futaies, un petit aboiement sec, retentissant juste au-dessus de sa tête, lui fit vivement lever les yeux.

Un énorme toutou abaissait vers elle le regard de ses grands yeux ronds, et lui tendait timidement une patte avec laquelle il essayait de la toucher. « Pauvre petite bête! » dit Alice, d'une voix cajoleuse, en faisant un gros effort pour essayer de le siffler; mais elle ne cessait d'être épouvantée à la pensée qu'il pourrait avoir faim, auquel cas il était très probable qu'il allait la dévorer en dépit de toutes ses cajoleries.

Sans trop savoir ce qu'elle faisait, elle ramassa un petit bout de baguette et le lui tendit; sur quoi le petit chien sauta en l'air des quatre pattes à la fois avec un jappement de plaisir, et se précipita sur la baguette qu'il fit mine de vouloir mettre en pièces; alors Alice se jeta derrière un grand chardon, pour ne pas être piétinée; mais, au moment où elle reparaissait de l'autre côté du chardon, le petit chien se précipita de nouveau sur la baguette et, dans sa hâte à s'en emparer, fit une involontaire culbute; alors Alice, qui avait l'impression de jouer avec un cheval de labour, et s'attendait à tout moment à être piétinée par l'animal, s'esquiva derechef derrière le chardon; sur quoi le chiot entreprit une série de brefs assauts contre la baguette, effectuant chaque fois, en courant, plus de pas en arrière qu'il ne venait d'en faire en avant, et ne cessant de pousser un rauque aboiement, jusqu'à ce qu'enfin il allât, haletant, la langue pendante et ses grands yeux mi-clos, s'asseoir à une distance respectable d'Alice.

Il parut à Alice que c'était le moment ou jamais de prendre la fuite; elle partit donc sans plus attendre et courut à perdre haleine jusqu'à ce que l'aboiement du chiot ne s'entendît plus que très faiblement dans le lointain.

« Et pourtant, quel gentil petit toutou c'était! dit Alice en s'appuyant, pour se reposer, contre un bouton d'or et en s'éventant avec une de ses feuilles. J'aurais bien aimé lui apprendre des tours si... si seulement j'avais eu la taille qu'il fallait pour cela! Sapristi! J'avais presque oublié que j'allais devoir redevenir grande! Voyons... comment faire ? Je suppose qu'il me faut manger ou boire quelque chose; mais la grande question c'est : quoi donc ? »

La grande question, sans nul doute, c'était : quoi donc ? Alice parcourut du regard les fleurs et les brins d'herbe qui l'entouraient, sans rien voir qui eût l'air d'être la chose qu'il fallait manger ou boire, compte tenu des circonstances. Un grand champignon, à peu près de sa taille, surgissait du sol non loin d'elle; quand elle eut regardé sa face inférieure, ses côtés et sa face postérieure, l'idée lui vint de regarder aussi ce qu'il y avait sur sa partie supérieure.

Elle se haussa sur la pointe des pieds, et jeta un coup d'œil par-dessus le bord du champignon. Son regard rencontra immédiatement celui d'un gros ver à soie bleu qui était assis au sommet du cryptogame, les bras croisés, en train de fumer paisiblement un long houka, sans prêter la moindre attention à Alice ou à quiconque.

LES CONSEILS DU VER A SOIE

Le Ver à soie et Alice se regardèrent quelques instants durant en silence : finalement le Bombyx retira de sa bouche le houka et, d'une voix traînante et léthargique, s'adressant à Alice :

« Vous, qui êtes-vous ? » lui demanda-t-il.

Ce n'était pas là un début de conversation bien encourageant. Alice répondit, non sans quelque embarras : « Je... je ne sais trop, monsieur, pour le moment présent... du moins, je sais qui j'*étais* quand je me suis levée ce matin, mais j'ai dû, je crois, me transformer plusieurs fois depuis lors. »

« Qu'entendez-vous par là ? demanda, d'un ton sévère, le Bombyx. Expliquez-moi un peu quelle idée vous avez en tête ! »

« Je crains, monsieur, de ne pouvoir vous expliquer quelle idée j'ai en tête, répondit Alice, car je ne suis pas certaine d'avoir encore toute ma tête, si vous voyez ce que je veux dire. »

« Non, je ne vois pas ce que vous voulez dire », objecta le Ver à soie.

« J'ai peur de ne pouvoir exposer cela plus clairement, répondit très poliment Alice, car, pour commencer, je ne le comprends pas moi-même; et varier de taille à ce point en l'espace d'une seule journée, il y a là de quoi vous faire perdre la tête. »

« Allons donc ! » s'exclama le Bombyx.

« Eh bien, peut-être ne vous en êtes-vous pas encore rendu compte jusqu'à présent, dit Alice, mais lorsqu'il vous faudra vous transformer en nymphe — cela vous arrivera un jour, savez-vous — et, ensuite, en papillon, je pense que cela vous paraîtra plutôt bizarre, ne le croyez-vous pas ? »

« Pas le moins du monde », répondit le Ver à soie.

« Après tout, il est possible que vous, vous voyiez cela à votre façon, dit Alice; tout ce que je sais, c'est que cela me paraîtrait tout à fait bizarre, à *moi*. »

« A *vous!* fit, d'un ton méprisant, le Bombyx. Mais vous, d'abord, qui êtes-vous ? »

Cela les ramenait au début de leur entretien. Alice ressentit une légère irritation d'entendre le Ver à soie faire des remarques si désobligeantes. Elle se redressa de toute sa hauteur et déclara avec componction : « Je pense que ce serait d'abord à *vous* de me dire qui vous êtes. »

« Pourquoi ça ? » demanda le Bombyx.

C'était là une autre question embarrassante; comme aucune bonne raison ne venait à l'esprit d'Alice et comme, en outre, le Ver à soie semblait faire preuve d'un déplorable état d'esprit, elle lui tourna le dos pour s'éloigner de lui.

« Revenez! lui cria le Bombyx. J'ai quelque chose d'important à vous communiquer! »

Ceci semblait promettre une déclaration intéressante, à coup sûr : Alice fit, de nouveau, demi-tour et revint sur ses pas.

« Gardez votre sang-froid », prononça le Bombyx.

« Est-ce tout ? » demanda Alice, en refrénant de son mieux sa colère.

« Non », répondit le Ver à soie.

Alice pensa qu'elle pouvait bien patienter puisqu'elle n'avait rien d'autre à faire, et que peut-être le Ver à soie finirait par lui dire quelque chose qu'il vaudrait la peine d'entendre. Pendant quelques minutes, le Bombyx, sans mot dire, exhala des bouffées de fumée; puis, finalement, il décroisa les bras, retira une nouvelle fois de sa bouche le houka et demanda à son interlocutrice : « Vous pensez donc n'être plus vous-même, n'est-il pas vrai ? »

« J'en ai peur, en effet, monsieur, dit Alice; je ne

peux me souvenir des choses comme je m'en souvenais d'ordinaire, et je ne conserve pas la même taille dix minutes de suite ! »

« Ne pouvez-vous vous souvenir de *quelles* choses il s'agit ? » demanda le Bombyx.

« Eh bien, j'ai essayé de dire « *Voyez comme l'active abeille...* » mais c'est devenu un tout autre poème ! » répondit, d'une voix mélancolique, Alice.

« Récitez-moi : « *Vous êtes vieux, Père William...* » ordonna le Ver à soie.

Alice joignit les mains et articula :

« *Vous êtes vieux, père William, dit le jeune homme,*
Et vos rares cheveux sont devenus très blancs;
Sur la tête pourtant vous restez planté comme
Un poirier : est-ce bien raisonnable, vraiment ? »

« *Etant jeune, répondit William à son fils,*
Je craignais que cela ne nuisît au pensoir;
Mais, désormais, convaincu de n'en point avoir,
Je peux sans nul souci faire un tel exercice. »

« *Vous êtes vieux, dit le premier, je vous l'ai dit,*
Et présentez un embonpoint peu ordinaire;
Ce nonobstant, d'un saut périlleux en arrière,
Vous franchissez le seuil : pourquoi donc, je vous prie ? »

« *Quand j'étais jeune, dit l'autre en hochant sa tête*
Grise, je me forgeai des membres vigoureux
Par la vertu de cet onguent : cinq francs la boîte;
Permettez-moi, fiston, de vous en vendre deux. »

« *Vous êtes vieux, dit le garçon, vos dents sont trop*
Faibles pour rien broyer de plus dur que le beurre;
Or vous mangeâtes l'oie, y compris bec et os;
Comment, dites-le nous, avez-vous bien pu faire ? »

« *Jeune, dit le vieillard, j'étais dans la basoche,*
Et à tout propos disputais avec ma mie;
Grâce à quoi ma mâchoire a acquis une force
Musculaire qui a duré toute ma vie. »

« Vous êtes vieux, dit le jeune homme, et nul n'oublie
Que votre vue n'a plus l'acuité d'antan;
Sur votre nez, pourtant, vous tenez une anguille
En équilibre : qui vous a fait si savant ? »

« J'ai répondu à trois questions, ça suffit,
Dit le père. N'allez pas vous donner des airs!
Vais-je écouter encore vos idioties ?
Filez! ou je vous mets mon pied dans le derrière! »

« Ce n'est pas cela », dit le Bombyx.

« Pas *tout à fait* cela, j'en ai peur, dit Alice, assez
peu fière; on aura remplacé, par d'autres, un certain
nombre de mots. »

« C'est erroné du début à la fin », constata, d'un
ton catégorique, le Ver à soie; puis il y eut quelques
minutes de silence.

Le Bombyx fut le premier à reprendre la parole.

« Quelle taille, demanda-t-il, voulez-vous avoir ? »

« Oh! pour ce qui est de la taille, je ne suis pas difficile, se hâta de répondre Alice; la seule chose que je
n'aime pas, c'est d'en changer si souvent, voyez-vous
bien. »

« Non, répliqua le Ver à soie, je ne *vois pas
bien.* »

Alice se tint coite; de toute sa vie elle n'avait été à
ce point contredite, et elle sentit qu'elle était en train
de perdre son sang-froid.

« Etes-vous satisfaite de votre taille présente ? »
demanda le Bombyx.

. « Eh bien, monsieur, si vous n'y voyiez pas d'inconvénient, répondit Alice, j'aimerais être un tout petit
peu plus grande que je ne suis; avoir sept centimètres
de haut, c'est tellement pitoyable! »

« C'est une taille très convenable », au contraire,
riposta, en se redressant de toute sa hauteur et en prenant un air outragé, le Bombyx (il mesurait très exactement sept centimètres).

« C'est que je n'en ai pas l'habitude! » expliqua,
d'une voix contrite, la pauvre Alice. Et elle dit à part

soi : « Si seulement ces êtres-là ne se montraient pas si susceptibles! »

« Vous vous y habituerez à la longue », affirma le Ver à soie qui porta à sa bouche le houka et se remit à fumer.

Cette fois, Alice attendit patiemment que son interlocuteur reprît la parole. Au bout d'une minute ou deux, le Bombyx retira de sa bouche le houka, bâilla une ou deux fois et s'ébroua. Puis il descendit du champignon et s'enfonça dans l'herbe à la manière d'un reptile, après avoir déclaré en guise d'adieu :

« L'un des côtés vous fera grandir; l'autre côté vous fera rapetisser. »

« L'un des côtés de *quoi* ? L'autre côté de *quoi* ? » se demanda Alice, songeuse.

« Du champignon », dit le Bombyx, comme si Alice eût posé sa question à haute voix; et un instant plus tard il avait disparu.

Alice, une minute durant, resta à regarder pensivement le champignon en essayant de déterminer quels en étaient les deux côtés; et comme il était parfaitement rond, le problème lui parut difficile à résoudre. Néanmoins, elle finit par étendre les deux bras le plus loin possible autour de sa circonférence, et de chaque main elle détacha un morceau du bord du cryptogame.

« Et maintenant, lequel des deux est le bon ? » se demanda-t-elle en grignotant, pour en essayer l'effet, un petit bout du morceau qu'elle tenait de la main droite; à l'instant suivant, elle ressentait, sous le menton, un choc violent : il venait de heurter son pied!

Passablement effrayée de ce changement subit, elle comprit qu'il n'y avait pas de temps à perdre car elle rapetissait rapidement; elle se mit donc en devoir de manger un petit bout de l'autre morceau. Son menton était si étroitement pressé contre son pied, qu'elle n'avait guère de place pour ouvrir la bouche; mais elle finit par y réussir et parvint à avaler un fragment du morceau qu'elle tenait de la main gauche.

« Allons, ma tête est enfin dégagée! » dit Alice en montrant tous les signes extérieurs d'une joie qui se changea en effroi, l'instant d'après, lorsqu'elle s'aperçut qu'elle ne retrouvait plus nulle part ses épaules : tout ce qu'elle pouvait voir, en abaissant son regard en direction du sol, c'était un cou d'une longueur démesurée, qui, comme un pédoncule géant, semblait surgir d'un océan de verts feuillages qui s'étendait bien loin au-dessous d'elle.

« Toute cette verdure, qu'est-ce que cela peut bien être ? se demanda Alice. Et où donc sont passées mes épaules ? Et, oh! mes pauvres mains, comment se fait-il que je ne puisse vous voir ? » Elle les agitait tout en parlant, sans autre résultat que de provoquer un remuement infime au sein des lointaines frondaisons.

Comme il semblait qu'elle n'eût aucune chance de pouvoir lever les mains jusqu'à sa tête, elle essaya de baisser la tête jusqu'à *elles*, et elle fut ravie de constater que son cou pouvait aisément se tordre dans n'importe quel sens, tel un serpent. Elle venait tout juste de réussir à l'infléchir vers le sol en lui faisant décrire un gracieux zigzag, et elle était sur le point de se plonger la tête parmi les frondaisons dont elle découvrait qu'elles n'étaient autres que les cimes des arbres sous lesquels elle avait erré à l'aventure quelques instants plus tôt, lorsqu'un sifflement aigu la fit reculer précipitamment : un gros pigeon s'était jeté de plein fouet sur son visage et la frappait violemment de ses ailes.

« Serpent! » criait le Pigeon.

« Je ne suis *pas* un serpent, répondit avec indignation Alice. Laissez-moi donc tranquille! »

« Serpent, je le répète! » repartit, mais à voix moins haute, le Pigeon; puis il ajouta, dans une sorte de sanglot : « J'ai essayé tous les moyens, mais aucun ne semble approprié! »

« Je n'ai pas la moindre idée de ce dont vous parlez », dit Alice.

« J'ai essayé dans les racines des arbres, j'ai essayé dans les talus, j'ai essayé dans les haies, poursuivit, sans l'écouter, le Pigeon; mais, hélas! ces serpents! il n'y a pas moyen de les contenter! »

Alice était de plus en plus intriguée, mais elle pensa qu'il était inutile d'ajouter quoi que ce fût avant que le Pigeon n'eût fini de parler.

« Comme si ce n'était pas assez de souci que de devoir couver les œufs, dit le Pigeon; il faut encore que les serpents me tiennent nuit et jour sur le qui-vive! Ma foi, je n'ai pas fermé l'œil une seule seconde durant ces trois dernières semaines! »

« Je suis navrée d'apprendre que vous avez eu des ennuis », dit Alice, qui commençait à deviner ce que le Pigeon voulait dire.

« Et voilà, poursuivit le Pigeon en élevant la voix jusqu'au cri, voilà qu'au moment où j'avais jeté mon dévolu sur l'arbre le plus haut de la forêt, et où je pensais être enfin débarrassé d'eux, voilà que ces maudits tortillards se mettent à descendre du ciel! Fi donc! Serpent! »

« Mais je ne suis *pas* un serpent, vous dis-je! protesta Alice, je suis une... je suis une... »

« Eh bien! Qu'êtes-vous donc? dit le Pigeon. Je vois bien que vous essayez d'inventer quelque chose! »

« Je... je suis une petite fille », répondit sans grande conviction Alice, se rappelant toutes les métamorphoses qu'elle avait, ce jour-là, subies.

« Comme c'est vraisemblable! s'exclama, du ton du plus profond mépris, le Pigeon. J'ai vu nombre de petites filles dans ma vie, mais jamais *aucune* qui fût affligée d'un pareil cou! Non, non! Vous êtes un serpent; inutile de le nier. Je suppose que vous allez à présent me dire que vous n'avez jamais goûté à un œuf! »

« J'ai goûté aux œufs, certainement, dit Alice, qui était une petite fille très franche; pour ce qui est de manger des œufs, les enfants, voyez-vous, n'ont pas grand'chose à envier aux serpents. »

« Je ne vous crois pas, dit le Pigeon; mais si ce que vous dites est vrai, eh bien! les enfants ne sont qu'une variété de serpents, c'est tout ce que je peux dire. »

Ceci était une idée si nouvelle pour Alice, qu'elle en

resta absolument sans voix une minute ou deux durant, ce qui donna au Pigeon l'occasion d'ajouter : « Vous cherchez des œufs, je sais *cela* fort bien ; et, dans ces conditions, que m'importe que vous soyez une petite fille ou un serpent ? »

« Cela m'importe beaucoup, à *moi*, se hâta de dire Alice ; mais il se trouve que je ne suis pas en train de chercher des œufs ; et, si j'en cherchais, ce n'est pas de vos œufs que je voudrais ; je ne les aime pas crus. »

« Eh bien, allez vous-en, alors », fit, d'un ton maussade, le Pigeon, en allant se réinstaller sur son nid. Alice s'accroupit au milieu des arbres, non sans peine, car son cou s'embarrassait continuellement parmi les branches et, à chaque instant, elle devait s'arrêter pour le dégager. Au bout d'un certain temps elle se souvint qu'elle tenait toujours en main les deux morceaux de champignon, et elle se mit très prudemment en devoir de grignoter l'un des morceaux, puis l'autre, grandissant parfois et d'autres fois rapetissant, jusqu'à ce qu'elle eût réussi à revenir à sa taille habituelle.

Il y avait si longtemps qu'elle n'avait pas approché de cette taille normale, qu'elle en ressentit tout d'abord une impression étrange ; mais elle s'y habitua en quelques minutes et se mit à se parler comme à son ordinaire : « Allons, la moitié de mon plan est à présent réalisée ! Comme toutes ces transformations sont déconcertantes ! Je ne suis jamais certaine de ce que je vais devenir d'une minute à l'autre ! Néanmoins, j'ai recouvré ma taille normale ; le prochain objectif, c'est d'entrer dans ce merveilleux jardin — comment y parvenir, je me le demande ? » En disant cela, elle arriva tout à coup dans une clairière où se trouvait une maisonnette haute d'un mètre vingt environ : « Quels que soient ceux qui habitent ici, pensa Alice, il ne saurait être question de me présenter à eux, grande comme je le suis : certes, ils en mourraient de frayeur ! » Elle se remit donc à grignoter le morceau de champignon qu'elle tenait de la main droite, et n'eut garde de s'approcher de la maison avant d'avoir vu sa taille se réduire à vingt-cinq centimètres.

COCHON ET POIVRE

Depuis une minute ou deux, elle se tenait plantée devant la maison en se demandant ce qu'elle allait faire, lorsque surgit soudain un laquais en livrée (elle estima qu'il s'agissait d'un laquais parce qu'il était en livrée : autrement, à en juger d'après son seul visage, elle l'eût plutôt pris pour un poisson) sortit du bois en courant et, de son doigt replié, frappa très fort à la porte. Celle-ci fut ouverte par un autre laquais en livrée, pourvu d'un visage rond et de gros yeux de grenouille ; et les deux laquais, Alice le remarqua, avaient le crâne couvert d'une chevelure poudrée et bouclée. Elle avait grande envie de savoir ce qu'il se passait, et elle se glissa hors du bois pour écouter.

Le Laquais-Poisson commença par tirer de dessous son bras une immense lettre missive, presque aussi grande que lui-même ; puis il tendit celle-ci à son collègue en disant, d'un ton solennel : « Pour la Duchesse. Invitation, de la part de la Reine, à une partie de croquet. » Le Laquais-Grenouille répéta la formule du même ton solennel, en en modifiant un peu l'ordre des mots : « De la part de la Reine. Pour la Duchesse. Invitation à une partie de croquet. »

Puis ils s'inclinèrent tous deux très bas, et leurs boucles s'entremêlèrent.

De voir cela, Alice riait si fort qu'elle dut retourner en courant se cacher dans l'épaisseur du bois, de crainte qu'ils ne l'entendissent ; quand elle en ressortit pour jeter un coup d'œil dans leur direction, le Laquais-Poisson était parti, et l'autre, assis par terre près de la porte, tenait son regard stupidement fixé sur le ciel.

Alice, timidement, s'approcha de la maison et frappa à la porte.

« Il est tout à fait inutile de frapper, lui dit le Laquais, et ceci pour deux raisons. La première, c'est que je suis de ce côté de la porte où vous vous trouvez vous-même ; la seconde, c'est que l'on fait tant de bruit là-dedans, que personne ne pourrait vous y entendre. » Et, sans nul doute, on faisait, à l'intérieur de la maison, le vacarme le plus extraordinaire qui se puisse imaginer. C'étaient des hurlements et des éternuements ininterrompus, ponctués de temps à autre d'un grand fracas, comme si un plat ou une marmite eût volé en éclats.

« S'il vous plaît, alors, s'enquit Alice, voulez-vous me dire comment je dois faire pour entrer ? »

« Frapper à la porte pourrait à la rigueur avoir quelque sens, poursuivit le Laquais sans prêter attention aux paroles d'Alice, si la porte se trouvait interposée entre nous deux. Par exemple, si vous étiez *à l'intérieur*, vous pourriez frapper, et moi, voyez-vous bien, je pourrais vous faire sortir. » Il dirigeait son regard vers le ciel durant tout le temps qu'il parlait, et Alice trouva cela décidément très impoli. « Peut-être ne peut-il faire autrement, se dit-elle ; ses yeux sont placés *si près* du sommet de sa tête ! Mais, en tout cas, il pourrait au moins répondre aux questions qu'on lui pose. — Comment dois-je faire pour entrer ? » répéta-t-elle à haute voix.

« Je vais, déclara le Laquais, rester assis ici jusqu'à demain... »

A cet instant, la porte de la maison s'ouvrit, et une grande assiette vola droit en direction de la tête du domestique : elle ne fit heureusement que lui effleurer le nez, et alla se briser en mille morceaux contre un des arbres qui se trouvaient derrière lui.

« ... ou après-demain, peut-être », poursuivit, sur le même ton, le Laquais, comme si rien ne s'était passé.

« Comment dois-je faire pour entrer ? » s'enquit derechef Alice, en élevant la voix.

« Est-il vraiment nécessaire que vous entriez ?

demanda le Laquais. C'est là, voyez-vous bien, la première question à examiner. »

Ce l'était, sans nul doute : seulement, Alice n'aimait pas qu'on lui fît ainsi la leçon. « C'est vraiment quelque chose d'effarant, dit-elle à part soi, que la manière dont toutes ces créatures raisonnent. Il y a là de quoi vous rendre folle ! »

Le Laquais dut penser que c'était le moment ou jamais de répéter sa remarque, avec des variantes : « Je resterai assis ici sans désemparer, dit-il, pendant des jours et des jours. »

« Mais moi, que dois-je faire ? » demanda Alice.

« Tout ce qu'il vous plaira », répondit le Laquais, qui se prit à siffler.

« Oh! il est inutile de lui adresser la parole, se dit Alice, au désespoir : il est complètement idiot. »

Là-dessus, elle ouvrit la porte et pénétra dans la maison. La porte donnait directement sur une vaste cuisine tout enfumée : assise au milieu de la pièce, sur un tabouret à trois pieds, la Duchesse était en train de bercer un bébé; penchée au-dessus du feu, la cuisinière touillait le contenu d'un grand chaudron qui paraissait être empli de soupe.

« Il y a certes trop de poivre dans cette soupe! » se dit Alice, dans la mesure où ses éternuements lui en laissaient le loisir.

Il y en avait certes beaucoup trop aussi dans l'*air*. La Duchesse elle-même éternuait de temps à autre; le bébé éternuait et hurlait alternativement sans aucune interruption. Les seuls occupants de la cuisine qui n'éternuassent pas, c'étaient la cuisinière et un gros chat allongé devant l'âtre et qui souriait jusqu'aux oreilles.

« Voudriez-vous, je vous prie, me dire, demanda Alice assez timidement, car elle n'était pas certaine qu'il fût conforme aux règles de la civilité de parler la première, pourquoi votre chat sourit comme il le fait ? »

« C'est un chat du Cheshire, voilà pourquoi, répondit la Duchesse. Cochon! »

Elle jeta ce dernier mot avec une violence si soudaine

qu'Alice sursauta; mais un instant plus tard elle comprenait que la Duchesse s'était adressée au bébé, et non pas à elle; elle reprit donc courage et poursuivit :

« J'ignorais que les chats du Cheshire sourissent continuellement; je croyais les chats ennemis des ris et des souris; à vrai dire même je ne les savais pas *capables* de sourire. »

« Ils en sont tous capables, dit la Duchesse; et la plupart d'entre eux ne s'en privent pas. »

« Je ne savais pas qu'il y eût au monde un seul chat doué de cette faculté », dit très poliment Alice, ravie d'avoir pu entrer en conversation avec quelqu'un.

« Vous ne savez pas grand'chose, ça c'est un fait patent », répliqua la Duchesse.

Alice n'apprécia pas du tout le ton sur lequel fut faite cette remarque, et elle pensa qu'il serait bon de passer à un autre sujet de conversation. Tandis qu'elle essayait d'en trouver un, la cuisinière retira du feu le chaudron de soupe et se mit aussitôt en devoir de lancer, en direction de la Duchesse et du bébé, tout ce qu'il lui tombait sous la main : d'abord les pincettes et le tisonnier; puis une ribambelle de casseroles, de plats et d'assiettes. La Duchesse n'y prit point garde, même lorsque certains de ces ustensiles la frappèrent de plein fouet; quant au bébé, il hurlait si fort dès avant ce bombardement, qu'il était tout à fait impossible de savoir si les coups au but lui faisaient mal ou non.

« Oh, *je vous en prie*, rendez-vous compte de ce que vous faites! Oh, attention à son pauvre petit nez! » s'écria Alice en sautillant sur place, à demi morte de peur, tandis qu'une casserole d'une dimension inhabituelle effleurait de sa trajectoire l'appendice nasal du bébé et manquait l'emporter.

« Si chacun s'occupait de ses propres affaires, dit, dans un grognement rauque, la Duchesse, le monde tournerait bien plus vite qu'il ne le fait actuellement. »

« Le bel avantage que cela serait! repartit Alice, enchantée de saisir l'occasion de montrer un peu de son savoir. Pensez seulement au désordre qu'entraîneraient tous ces jours et toutes ces nuits supplémentaires.

Vous savez, en effet, qu'il faut à la terre vingt-quatre heures pour ach... »

« A propos de hache, dit la Duchesse, tranchez-lui donc la tête! »

Alice tourna vers la cuisinière un regard assez inquiet, en se demandant si elle allait prendre l'ordre au pied de la lettre; mais la cuisinière s'affairait à touiller la soupe et n'avait pas l'air d'écouter. Alice se hasarda donc à poursuivre : « ... ever sa révolution autour du soleil; vingt-quatre heures, je crois bien; à moins que ce ne soit douze ? Je... »

« Oh! dit la Duchesse, ne venez pas me casser la tête; j'ai toujours eu horreur des chiffres! » Et, là-dessus, elle se remit à dorloter son enfant, tout en lui chantant une sorte de berceuse et en le secouant violemment à la fin de chaque vers :

« Soyez ferme avec votre petit garnement,
Et battez-le bien fort sitôt qu'il éternue :
S'il le fait, sans nul doute, eh oui! c'est simplement
Parce qu'il sait que ce bruit-là vous exténue.

CHŒUR

(avec la participation de la cuisinière et du bébé)

Hou! hou! hou! hou! hou! hou! »

Tandis que la Duchesse chantait la seconde strophe, elle ne cessa pas de lancer le bébé en l'air et de le rattraper au vol. Le pauvre petit être hurlait de si bon cœur, qu'Alice eut quelque peine à saisir les paroles de la chanson :

« Moi je suis ferme avec mon petit garnement,
Et je le bats bien fort sitôt qu'il éternue;
Car, s'il le veut, il sait supporter bravement
Le poivre que dans ses narines j'insinue!

CHŒUR

Hou! hou! hou! hou! hou! hou! »

« Tenez! Vous pouvez le bercer un peu, si cela vous fait plaisir! dit la Duchesse à Alice, en lui jetant le bébé à la volée. Il faut que j'aille m'apprêter en vue de ma partie de croquet avec la Reine. » Et elle sortit précipitamment de la pièce. La cuisinière lança dans sa direction une poêle à frire qui la manqua de justesse.

Alice saisit le bébé non sans difficulté, car c'était un petit être bizarrement conformé qui allongeait bras et jambes dans tous les sens : « Tout comme une étoile de mer », pensa Alice. Le pauvre petit, lorsqu'elle le prit dans ses bras, haletait comme une machine à vapeur et ne cessait de se tortiller comme un ver, de sorte que, durant les deux minutes qui suivirent, Alice eut toutes les peines du monde à l'empêcher de tomber.

Dès qu'elle eut trouvé la bonne manière de le maîtriser (il fallait le replier, de façon à en faire une sorte de nœud, puis s'assurer une prise solide sur son oreille droite et sur son pied gauche, pour empêcher le nœud de se défaire), elle sortit avec lui à l'air libre. « Si je ne prends pas cet enfant avec moi, pensa Alice, il va sûrement se faire tuer en moins d'un jour ou deux : ne serait-ce pas un crime que de l'abandonner dans un pareil lieu ? » Elle prononça ces derniers mots à haute voix, et le petit être répondit par un grognement (il n'éternuait plus, pour l'instant). « Ne grogne donc pas, lui dit Alice, ce n'est pas ainsi que l'on doit s'exprimer. »

Le bébé grogna de plus belle, et Alice regarda avec inquiétude son visage en se demandant ce qui, en lui, laissait à désirer. Il avait sans conteste un nez *très* retroussé qui ressemblait bien plus à un groin qu'à un vrai nez; d'autre part, ses yeux devenaient bien petits pour des yeux de bébé; à tout prendre, il y avait dans sa physionomie quelque chose qui ne plaisait pas du tout à Alice. Mais peut-être étaient-ce ses sanglots qui le défiguraient ainsi, pensa-t-elle en le regardant de nouveau dans les yeux pour voir s'il y avait, en eux, des larmes.

Non, il n'y en avait pas. « Si tu es sur le point de te transformer en cochon, mon cher, lui dit Alice sans rire, je ne veux plus en rien avoir affaire avec toi. Prends-y garde! » Le pauvret se remit de bon cœur à sangloter (ou à grogner, il était impossible de dire au juste s'il faisait l'un ou l'autre) et la promenade se poursuivit pendant quelque temps sans que fût prononcé aucun autre mot.

Alice était très précisément en train de commencer à se demander : « Voyons, que vais-je faire de cette créature quand je l'aurai amenée à la maison ? » lorsque son protégé se mit à grogner de nouveau, avec une violence telle qu'Alice, quelque peu alarmée, abaissa le regard vers son visage. Cette fois, il ne pouvait plus y avoir l'ombre d'un doute : c'était bel et bien un cochon qu'elle avait sous les yeux, et elle comprit qu'il serait tout à fait absurde de le porter dans ses bras plus longtemps.

Elle posa donc par terre le petit être, et éprouva un certain soulagement à le voir trottiner sans trop de hâte vers le bois où il pénétra. « En grandissant, se dit-elle, ce fût devenu un enfant terriblement laid; mais cela fait, je trouve, un assez joli cochon. » Elle se mit à penser à d'autres enfants de sa connaissance, qui eussent fait de remarquables cochons, et elle était précisément en train de se dire : « Si seulement l'on connaissait le moyen de les transformer... » lorsqu'elle fut quelque peu saisie de se trouver en présence du Chat du Cheshire, perché sur la branche d'un arbre, à quelques mètres d'elle.

En voyant Alice, le Chat ne fit rien que sourire. Il avait l'air, estima-t-elle, d'avoir un caractère charmant; pourtant il possédait de très, très longues griffes et un grand nombre de dents, de sorte qu'elle se rendit compte qu'il convenait de le traiter avec respect.

« Minet du Cheshire... », commença-t-elle, avec quelque appréhension, à articuler, ne sachant pas du tout si ce nom lui plairait. Mais le sourire du chat s'élargit ostensiblement. « Allons, il est jusqu'à présent satisfait, pensa Alice, qui poursuivit : Voudriez-vous, je vous prie, me dire quel chemin je dois prendre pour m'en aller d'ici ? »

« Cela dépend en grande partie du lieu où vous voulez vous rendre », répondit le Chat.

« Je ne me soucie pas trop du lieu... » dit Alice.

« En ce cas, peu importe quel chemin vous prendrez », déclara le Chat.

« ... pourvu que j'arrive *quelque part* », ajouta, en manière d'explication, Alice.

« Oh! dit le Chat, vous pouvez être certaine d'y arriver, pourvu seulement que vous marchiez assez longtemps. »

Alice dut admettre que c'était là une évidence incontestable. Elle s'aventura donc à poser une autre question : « Quelle sorte de gens vais-je rencontrer en ces parages ? »

« Dans cette direction-*ci*, répondit le Chat en faisant un vague geste de la patte droite, habite un Chapelier; et dans cette direction-*là*, ajouta-t-il en faisant le même geste de son autre patte, habite un Lièvre de Mars. Vous pouvez, selon votre préférence, aller voir l'un ou l'autre : ils sont fous tous les deux. »

« Mais je n'ai nulle envie d'allez chez des fous », fit remarquer Alice.

« Oh! vous ne sauriez faire autrement, dit le Chat : Ici, tous le monde est fou. Je suis fou. Vous êtes folle. »

« Comment savez-vous que je suis folle ? » demanda Alice.

« Il faut croire, répondit le Chat, que vous l'êtes; sinon vous ne seriez pas venue ici. »

Alice estima que ce n'était pas là une preuve suffisante; néanmoins, elle poursuivit : « Et comment savez-vous que vous êtes fou ? »

« Commençons, dit le Chat, par le commencement : les chiens ne sont pas fous. Vous l'admettez ? »

« Apparemment », répondit Alice.

« Eh bien alors, poursuivit le Chat, vous remarquerez que les chiens grondent quand ils sont en colère, et remuent la queue quand ils sont contents. Or *moi*, je gronde quand je suis content et je remue la queue quand je suis en colère. Donc je suis fou. »

« J'appelle cela ronronner, et non pas gronder », objecta Alice.

« Appelez cela comme il vous plaira, dit le Chat. Jouerez-vous au croquet, aujourd'hui, chez la Reine ? »

« J'en serais ravie, répondit Alice, mais, jusqu'à présent je n'y ai pas été invitée. »

« Vous m'y verrez », dit le Chat; et il disparut.

Alice n'en fut pas outre mesure surprise, car elle commençait à s'habituer à voir se produire les événements les plus bizarres. Comme elle regardait l'endroit où le Chat s'était tout à l'heure montré, il réapparut soudain.

« A propos, dit-il, qu'est devenu le bébé ? J'allais oublier de vous le demander. »

« Il s'est changé en cochon », répondit Alice avec le plus grand sang-froid et comme si la réapparition du Chat eût été chose toute naturelle.

« Je m'en doutais », fit le Chat en disparaissant derechef.

Alice demeura quelques instants aux aguets, s'attendant presque à le voir réapparaître, mais il n'en fit rien, et au bout d'une ou deux minutes elle dirigea ses pas vers le lieu où on lui avait dit qu'elle trouverait le Lièvre de Mars. « Des chapeliers, se dit-elle, j'en ai vu déjà; le Lièvre de Mars sera le plus intéressant des deux, et, comme on est en mai, peut-être ne sera-t-il pas fou furieux... ou, du moins, peut-être ne sera-t-il pas tout à fait aussi fou qu'il l'était en mars. » Ce disant, elle leva les yeux vers l'arbre, et voilà que le Chat, perché sur une branche, s'y trouvait de nouveau.

« Avez-vous dit *cochon* ou *pochon ?* » demanda le Chat.

« J'ai dit cochon, répondit Alice, et j'aimerais que vous cessiez un peu d'apparaître et de disparaître d'une manière si soudaine : vous me donner le tournis! »

« Entendu », dit le Chat; et, cette fois, il s'effaça très lentement, en commençant par le bout de la queue et en finissant par le sourire, qui persista quelque temps après que le reste de l'animal eut disparu.

« Ma foi! pensa Alice, il m'était souvent arrivé de voir un chat sans souris (ou sourire); mais ce souris de chat sans chat! c'est bien la chose la plus curieuse que j'aie contemplée, de ma vie! »

Elle n'avait pas parcouru une bien longue distance, lorsqu'elle arriva en vue de la maison du Lièvre de Mars; elle pensa que ça devait être la maison qu'elle cherchait, parce que ses cheminées figuraient une paire d'oreilles et que son toit était tapissé de fourrure. C'était une demeure si vaste qu'elle préféra ne pas s'en approcher avant d'avoir grignoté un petit morceau supplémentaire du champignon qu'elle tenait de la main gauche, et ainsi atteint une taille de soixante centimètres environ; et encore ne fut-ce pas sans quelque appréhension qu'elle se dirigea vers la maison du Lièvre en se disant : « Si, tout de même, il était fou furieux ? Je regrette presque de n'être pas allée voir l'autre plutôt que celui-ci! »

UN THÉ CHEZ LES FOUS

Sous un arbre, devant la maison, une table se trouvait mise. Le lièvre de Mars et le Chapelier y prenaient le thé. Plongé dans un profond sommeil, un Loir était assis entre eux. Les deux compères appuyaient leurs coudes sur le dormeur comme si c'eût été un coussin, et parlaient par-dessus sa tête. « Cela doit être très pénible pour le Loir, pensa Alice ; mais, comme il dort, je suppose qu'il n'en a cure. »

La table était une grande table ; pourtant les trois convives étaient serrés les uns contre les autres à l'un de ses quatre angles. « Pas de place ! Pas de place ! » s'écrièrent-ils dès qu'ils virent Alice s'approcher d'eux. « De la place, il y en a à ne savoir qu'en faire ! » répondit avec indignation Alice en s'asseyant dans un vaste fauteuil placé à l'un des bouts de la table.

« Vous prendrez bien un peu de vin », proposa, d'un ton de voix des plus aimables, le Lièvre de Mars.

Alice promena son regard sur toute l'étendue de la table, sans y découvrir rien d'autre que du thé. « Je ne vois pas, fit-elle observer, le moindre soupçon de vin ».

« Il n'y en a pas », admit le Lièvre de Mars.

« En ce cas, ce n'était pas très poli de votre part que de m'en offrir », répliqua Alice en colère.

« Ce n'était pas très poli de votre part que de venir vous asseoir ici sans y avoir été invitée », riposta le Lièvre de Mars.

« Je ne savais pas que cette table vous fût réservée, repartit Alice ; elle est mise pour bien plus de trois personnes. »

« Vous auriez grand besoin d'une coupe de cheveux », dit le Chapelier. Depuis quelques instants il
n'avait cessé de fixer, d'un air de vive curiosité, son
regard sur Alice, et c'étaient là les premières paroles
qu'il prononçait.

« Vous devriez apprendre à ne pas faire des
remarques personnelles, répliqua, d'un ton sévère,
Alice; cela est très grossier. »

En entendant ces paroles, le Chapelier ouvrit de
grands yeux; mais il se contenta de demander :
« Pourquoi un corbeau ressemble-t-il à un bureau? »

« Fort bien, nous allons à présent nous amuser!
pensa Alice. Je suis contente que l'on ait commencé
de poser des devinettes. — Je crois que je pourrai
deviner cela », ajouta-t-elle à haute voix.

« Voulez-vous dire, demanda le Lièvre de Mars,
que vous pensez pouvoir trouver la réponse à la question ? »

« Précisément », répondit Alice.

« En ce cas, poursuivit le Lièvre de Mars, vous
devriez dire ce que vous pensez. »

« Je dis ce que je pense, s'empressa de répondre
Alice; ou du moins..., du moins je pense ce que je dis...
et c'est la même chose, n'est-il pas vrai ? »

« Pas du tout la même chose! protesta le Chapelier.
Tant que vous y êtes, vous pourriez aussi bien dire
que « Je vois ce que je mange », c'est la même chose
que « Je mange ce que je vois! »

« Vous pourriez aussi bien dire, renchérit le Lièvre
de Mars, que « J'aime ce que l'on me donne »,
c'est la même chose que « L'on me donne ce que
j'aime »! »

« Vous pourriez aussi bien dire, ajouta le Loir,
qui, semblait-il, parlait tout en dormant, que « Je
respire quand je dors », c'est la même chose que « Je
dors quand je respire »! »

« Pour toi, c'est bel et bien la même chose », dit au
Loir le Chapelier, et là-dessus la conversation s'interrompit et le petit groupe se tint coi une minute durant,
tandis qu'Alice passait en revue dans son esprit tout

ce dont elle pouvait se souvenir à propos de corbeaux et de bureaux, et cela n'était pas grand'chose.

Le Chapelier fut le premier à rompre le silence : « Quel jour du mois sommes-nous ? » demanda-t-il, en se tournant vers Alice : il avait tiré de son gousset sa montre et la regardait d'un air inquiet, en la secouant et en la portant à son oreille de temps à autre.

Alice réfléchit un instant, puis répondit : « Le quatre. »

« Elle retarde de deux jours ! soupira le Chapelier. Je vous avais bien dit que le beurre ne vaudrait rien pour le mouvement ! » ajouta-t-il en lançant au Lièvre de Mars des regards courroucés.

« C'était du beurre de la meilleure qualité existante », plaida humblement le Lièvre de Mars.

« Oui, mais on y aura introduit, en même temps, des miettes, grommela le Chapelier : vous n'auriez pas dû y mettre le beurre avec le couteau à pain. »

Le Lièvre de Mars prit la montre et la contempla d'un air mélancolique; puis il la plongea dans sa tasse de thé et la contempla de nouveau; mais il ne put imaginer rien de mieux que de répéter, en substance, sa remarque initiale : « C'était, croyez-moi, du beurre de la meilleure qualité qui fût. »

Alice avait, non sans quelque curiosité, regardé par-dessus son épaule : « Quelle drôle de montre ! remarqua-t-elle. Elle indique le jour du mois et elle ne dit pas quelle heure il est ! »

« Pourquoi le dirait-elle ? grommela le Chapelier. Est-ce que votre montre, à vous, vous dit en quelle année nous sommes ? »

« Bien sûr que non, répondit sans le moindre embarras Alice : mais c'est parce que l'on reste dans la même année durant un très long laps de temps. »

« C'est précisément ce qui se produit dans le cas de ma montre, à moi », dit le Chapelier.

Alice se trouva terriblement déconcertée. La remarque du Chapelier lui semblait dépourvue de toute signification, et pourtant elle était grammaticalement correcte. « Je ne saisis pas très bien », dit-elle aussi poliment que possible.

« Le Loir s'est rendormi », fit observer le Chapelier, et il versa sur le museau du petit animal un peu de thé brûlant.

Le Loir, d'un air agacé, secoua la tête, et, sans ouvrir les yeux, murmura : « Bien sûr, bien sûr ; c'est là précisément ce que, moi-même, j'allais dire. »

« Avez-vous trouvé la réponse à la devinette ? » demanda le Chapelier en se tournant derechef vers Alice.

« Non ; je donne ma langue au chat, répondit Alice. Quelle est cette réponse ? »

« Je n'en ai pas la moindre idée », avoua le Chapelier.

« Moi non plus », reconnut le Lièvre de Mars.

Alice poussa un soupir de lassitude. « Je pense, dit-elle, que vous auriez sûrement mieux à faire de votre temps que de le gaspiller à poser des devinettes auxquelles il n'y a pas de réponse. »

« Si vous connaissiez le Temps aussi bien que je le connais moi-même, dit le Chapelier, vous ne parleriez pas de le gaspiller comme une chose. Le Temps est une personne. »

« Je ne vois pas ce que vous voulez dire », répondit Alice.

« Bien sûr que vous ne le voyez pas, répliqua le Chapelier en hochant la tête d'un air de souverain mépris. J'ajouterai même que vous ne lui avez jamais parlé, au Temps! »

« Peut-être bien que non, répondit, avec prudence, Alice, mais à mon cours de musique on m'a appris à marquer le temps. »

« Ah! dit le Chapelier, voilà qui explique tout. Le Temps n'admet pas qu'on le veuille marquer comme le bétail. Alors que si seulement vous étiez restée en bons termes avec lui, il ferait faire aux pendules tout ce que vous voudriez, ou presque. Par exemple, à supposer qu'il soit neuf heures du matin — l'heure de commencer votre travail d'écolière — vous n'auriez qu'un mot à dire au Temps, et l'aiguille ferait le tour du cadran en un clin d'œil! Voilà qu'il serait déjà une heure et demie, l'heure du déjeuner! »

(« Je voudrais bien que cela soit vrai », soupira à part soi le Lièvre de Mars.)

« Ce serait, certes, magnifique, dit Alice, pensive; mais alors... mais alors... voyez-vous, je n'aurais probablement pas faim. »

« Au début, peut-être pas, dit le Chapelier; mais vous pourriez faire rester les aiguilles sur une heure et demie aussi longuement qu'il vous plairait. »

« Est-ce ainsi que, vous-même, vous procédez ? » demanda Alice.

Le Chapelier fit, de la tête, avec tristesse, un signe de dénégation. « Moi, non! répondit-il. Le Temps et moi, nous nous sommes querellés en mars dernier — juste avant que celui-ce ne devînt fou (de sa cuiller à thé il désignait le Lièvre de Mars); c'était au grand concert donné par la Reine de Cœur, et je devais chanter :

> *Scintillez, scintillez, petite pipistrelle*
> *Qui doucement venez nous frôler de votre aile!*

Je suppose que vous connaissez la chanson ? »

« J'ai entendu quelque chose dans ce genre-là », dit Alice.

« Cela continue, voyez-vous, poursuivit le Chapelier, de la façon suivante :

> *Dans le crépuscule où, sans bruit, vous voletez,*
> *Scintillez, scintillez comme un plateau à thé!...*

A ce moment, le Loir se secoua et se mit à chanter tout en dormant :

> « *Scintillez, scintillez, scintillez, scintillez!...* »

et il continua ainsi avec tant de persévérance que l'on dut le pincer pour le contraindre de se taire.

« Eh bien, dit le Chapelier, à peine avais-je terminé le premier couplet, que la Reine sursautait et se mettait à hurler : « Assassin! Il est venu ici avec l'unique intention de tuer le temps! Qu'on lui tranche la tête! »

« Quelle horrible cruauté! » s'exclama Alice.

« Et depuis lors, poursuivit, d'un ton chagrin, le Chapelier, le Temps fait tout ce qu'il peut pour me contrarier! Il est toujours six heures, désormais. »

Une idée lumineuse vint à l'esprit d'Alice. « Est-ce pour cela, s'enquit-elle, qu'il y a, sur cette table, tant de tasses et tant de soucoupes ? »

« Oui, c'est bien pour cela, admit, dans un soupir, le Chapelier : C'est toujours l'heure du thé; nous n'avons donc jamais le temps de faire la vaisselle. »

« Alors vous faites sans arrêt le tour de la table, je suppose », demanda Alice.

« Effectivement, dit le Chapelier, à mesure que les tasses ont été utilisées. »

« Mais qu'arrive-t-il quand vous vous retrouvez à votre point de départ ? » se hasarda à demander Alice.

« Si nous changions de sujet de conversation, dit, dans un bâillement, le Lièvre de Mars. Je suis fatigué de tout ceci. Je propose que la jeune demoiselle nous raconte une histoire. »

« J'ai bien peur de n'en connaître aucune », dit Alice, que la proposition n'enchantait guère.

« Alors, c'est le Loir qui va nous en raconter une! » s'écrièrent-ils tous deux. « Hé, Loir, éveille-toi! » hurlèrent-ils en le pinçant des deux côtés à la fois.

Le Loir ouvrit lentement les yeux. « Je ne dormais pas, affirma-t-il d'une voix faible et rauque : j'ai entendu chacun des mots que vous autres avez prononcés. »

« Raconte-nous une histoire! » ordonna le Lièvre de Mars.

« Oh oui, je vous en prie! » insista Alice.

« Et dépêche-toi de la raconter, ajouta le Chapelier, sinon tu vas te rendormir avant qu'elle ne soit terminée. »

« Il était une fois trois petites sœurs, commença de

dire, dans une grande précipitation, le Loir ; elles se nommaient Elsie, Lacie et Tillie ; et elles vivaient au fond d'un puits... »

« De quoi se nourrissaient-elles ? » s'enquit Alice, qui prenait toujours un vif intérêt aux questions concernant le boire et le manger.

« Elles se nourrissaient de mélasse », affirma le Loir, après une minute ou deux de réflexion.

« Voyons, elles n'auraient pas pu se nourrir ainsi, fit gentiment observer Alice ; elles seraient tombées malades. »

« Justement, elles étaient malades, répondit le Loir ; très malades. »

Alice essaya de s'imaginer ce à quoi pouvait bien ressembler un si extraordinaire mode de vie, mais c'était trop déconcertant pour elle, et elle préféra poursuivre : « Mais pourquoi vivaient-elles au fond d'un puits ? »

« Reprenez donc un peu de thé », proposa, d'un air pénétré, à Alice, le Lièvre de Mars.

« Je n'ai encore rien *pris* du tout, repartit-elle, d'un ton de voix offensé, je ne saurais donc *reprendre* de rien. »

« Vous voulez dire que vous ne sauriez reprendre de *quelque chose*, dit le Chapelier. Quand il n'y a *rien*, cela ne doit pas être très facile que de reprendre de ce rien. »

« Personne ne vous a demandé, à vous, votre avis », répliqua Alice.

« Qui est-ce qui fait des remarques personnelles, à présent ? » demanda le Chapelier, triomphant.

Alice ne sut trop que répondre au Chapelier ; elle se servit donc une tasse de thé et prit une tartine de beurre, puis elle se tourna vers le Loir et répéta sa question : « Pourquoi vivaient-elles au fond d'un puits ? »

Le Loir derechef réfléchit pendant une ou deux minutes, puis il déclara : « C'était un puits de mélasse. »

« Cela n'existe pas ! » s'écria, fort en colère, Alice, mais le Chapelier et le Lièvre de Mars firent : « Chut ! Chut ! » et le Loir, d'un ton maussade, lui fit observer :

« Si vous ne pouvez pas être polie, vous feriez bien de finir l'histoire vous-même. »

« Non, veuillez continuer ! » dit Alice en se faisant très humble. « Je ne vous interromprai plus. Après tout, peut-être existe-t-il un puits de cette sorte, un seul. »

« Un seul, vraiment ! s'exclama le Loir, outré. Il consentit néanmoins à poursuivre : Donc, ces trois petites sœurs, voyez-vous bien, elles apprenaient à extraire... »

« Qu'extrayaient-elles ? » demanda, oubliant tout à fait sa promesse, Alice.

« De la mélasse », dit le Loir, sans prendre, cette fois, le temps de la réflexion.

« Il me faut une tasse propre, intervint le Chapelier. Avançons tous d'une place. »

Tout en parlant, il se déplaçait, suivi du Loir : le Lièvre de Mars prit la place du Loir, et Alice, un peu à contrecœur, prit celle du Lièvre de Mars. Le Chapelier fut le seul à tirer avantage du changement ; Alice se trouva sensiblement plus mal qu'auparavant, car le Lièvre de Mars venait de renverser le pot à lait dans son assiette.

Ne voulant pas vexer de nouveau le Loir, Alice commença, très prudemment, de dire : « Je ne comprends pas très bien. D'où extrayaient-elles de la mélasse ? »

« On extrait du pétrole d'un puits de pétrole, répondit le Chapelier ; je pense donc que l'on peut extraire de la mélasse d'un puits de mélasse, hein, pauvre idiote ? »

« Mais elles étaient *au fond* du puits », dit, au Loir, Alice, en feignant de n'avoir pas entendu la réplique du Chapelier.

« Bien sûr qu'elles y étaient, répondit le Loir ; et puis alors, là, bien au fond ! »

Cette réponse déconcerta tellement la pauvre Alice, qu'elle laissa le Loir parler pendant quelque temps sans songer à l'interrompre.

« Elles apprenaient aussi à dessiner, poursuivit le Loir en bâillant et en se frottant les yeux, car il avait grand sommeil; et elles dessinaient toute sorte de choses... tout ce qui commençait par une L... »

« Pourquoi par une L ? » s'enquit Alice.

« Pourquoi pas ? » répondit le Lièvre de Mars. Alice se tint coite.

Le Loir, cependant, avait fermé les yeux et il commençait à somnoler; mais, le Chapelier l'ayant pincé, il se réveilla en poussant un petit cri plaintif et poursuivit : « ... qui commençait par une L, tels les lance-pierres, la lune, la lucidité, la lurette — vous savez que l'on dit de certains événements plus ou moins éloignés dans le passé, qu'ils se sont produits il y a belle lurette —; avez-vous jamais vu un dessin représentant une lurette ? »

« A dire vrai, maintenant que vous me le demandez, avoua Alice, qui ne savait plus du tout où elle en était, je ne pense pas... »

« En ce cas, vous auriez intérêt à vous taire », dit le Chapelier.

Une telle insolence était plus qu'Alice n'en pouvait supporter : complètement écœurée, elle se leva et s'éloigna; le Loir sombra instantanément dans le sommeil, et aucun des deux autres ne prêta la moindre attention au départ d'Alice, qui se retourna deux ou trois fois dans le vague espoir qu'ils la rappelleraient; la dernière fois qu'elle les vit, ils essayaient d'introduire de force le Loir dans la théière.

« En aucun cas je ne reviendrai en ces lieux-ci! déclara, tout en cheminant avec circonspection à travers bois, Alice. C'est bien là le thé le plus insupportable auquel il m'ait été donné d'assister, de ma vie! »

Comme elle disait ces mots, elle remarqua que l'un des arbres était pourvu d'une porte qui permettait d'y pénétrer. « Voilà qui est fort curieux! pensa-t-elle. Mais qu'est-ce qui n'est pas curieux, aujourd'hui ? Je crois que je ferais bien d'y entrer tout de suite. » Et c'est ce qu'elle fit.

De nouveau elle se trouva dans la longue salle, auprès de la petite table de verre. « Cette fois-ci, je vais mieux m'y prendre », se dit-elle, et elle commença

par se saisir de la petite clef d'or et par s'en servir pour
ouvrir la porte qui conduisait au jardin. Puis elle se
mit en devoir de grignoter le morceau de champignon
qu'elle avait gardé dans sa poche, jusqu'à ce que sa
taille se fût réduite à quelque trente centimètres; puis
elle traversa le petit corridor; *puis*... elle se trouva
enfin dans le merveilleux jardin, au milieu des parterres de fleurs aux couleurs éclatantes et des fraîches
fontaines.

LE TERRAIN DE CROQUET DE LA REINE

Près de l'entrée du jardin se dressait un grand rosier; les roses qui le couvraient étaient blanches, mais trois jardiniers s'affairaient à peindre ces roses en rouge. Alice se dit que c'était là une bien étrange occupation, et elle s'approcha pour les regarder faire. Au moment où elle arrivait à leur hauteur, elle entendit l'un d'eux qui s'exclamait : « Fais donc attention, Le Cinq! Ne m'éclabousse pas de peinture comme cela! »

« Ce n'est pas ma faute, répliqua, d'un ton maussade, Le Cinq. C'est Le Sept qui m'a poussé le coude. »

En entendant cela, Le Sept leva les yeux et dit : « Félicitations, Le Cinq! Toujours à prétendre que c'est la faute d'autrui! »

« Toi, tu ferais mieux de te taire! » répliqua Le Cinq. « Pas plus tard qu'hier, j'ai entendu la Reine dire que tu méritais d'avoir la tête tranchée! »

« Pourquoi cela ? » demanda celui qui avait parlé le premier.

« Ça, Le Deux, ce ne sont pas tes oignons! » répondit Le Sept.

« Pardon, ce sont justement les siens! » repartit Le Cinq. Et je vais lui répondre : « C'est parce que Le Sept avait apporté à la cuisinière des bulbes de tulipes au lieu desdits oignons. »

Le Sept jeta par terre son pinceau et il venait de dire : « Certes, de toutes les injustices... », quand son regard se posa par hasard sur Alice en train de les observer. Il s'interrompit tout net. Les autres se retournèrent et tous trois s'inclinèrent très bas devant la petite fille.

« Voudriez-vous, je vous prie, me dire, demanda, quelque peu intimidée, Alice, pourquoi vous peignez les roses que voici ? »

Le Cinq et Le Sept restèrent cois, se contentant de regarder Le Deux. Ce dernier, à voix basse, avoua : « Eh bien, voyez-vous, mademoiselle, le fait est que ce rosier-ci eût dû être un rosier fleuri de roses *rouges*, et que nous avons planté là, par erreur, un rosier blanc; or, si la Reine venait à s'en apercevoir, nous serions tous assurés d'avoir la tête tranchée. C'est pourquoi, voyez-vous, mademoiselle, nous faisons de notre mieux, avant qu'elle n'arrive, pour... » A cet instant, Le Cinq, qui, depuis quelque temps surveillait d'un air inquiet le jardin, s'écria : « La Reine! La Reine! » Les trois jardiniers se jetèrent immédiatement à plat ventre sur le sol. On entendit un bruit qui semblait être produit par les pas d'un grand nombre de personnes, et Alice, qui brûlait d'envie de voir la Reine, se retourna.

D'abord venaient dix soldats porteurs de masses d'armes en forme d'as de trèfle; ces soldats étaient tous, comme les trois jardiniers, plats et rectangulaires; leurs mains et leurs pieds se trouvaient fixés à leurs quatre angles; venaient ensuite dix courtisans : ceux-ci portaient des habits constellés de diamants taillés en forme d'as de carreau, et marchaient deux par deux, comme les soldats. Après eux, venaient les enfants royaux : ils étaient au nombre de dix, et ces chers petits s'avançaient par couples, la main dans la main, en sautelant gaiement : ils étaient ornés de cœurs de la tête aux pieds. A leur suite venaient les invités — Rois et Reines pour la plupart — parmi lesquels Alice reconnut le Lapin Blanc : il parlait d'une manière craintive et précipitée, en souriant de tout ce que l'on disait, et il passa près d'Alice sans faire attention à elle. Suivait encore le Valet de Cœur, portant la couronne royale sur un coussin de velours écarlate; et, à la fin de cet imposant cortège, venaient LE ROI ET LA REINE DE CŒUR.

Alice se demanda si elle ne devait pas se prosterner devant eux, face contre terre, comme les trois jardiniers l'avaient fait; mais elle ne put se rappeler avoir jamais entendu dire qu'il fût de règle d'agir ainsi au passage des cortèges. « Du reste, se dit-elle, à quoi pourrait bien servir un cortège, si les gens devaient tous se prosterner devant lui, face contre terre, et ne pas le voir passer ? » Elle resta donc debout là où elle se trouvait, et elle attendit.

Quand les personnages qui formaient le cortège arrivèrent à la hauteur d'Alice, ils s'arrêtèrent tous pour la regarder, et la Reine demanda, d'un ton de voix sévère : « Qui est-ce donc ? » Elle s'adressait au Valet de Cœur, qui, pour toute réponse, s'inclina en souriant.

« Crétin! » s'exclama la Reine en relevant la tête d'un air impatient; puis, se tournant vers Alice, elle poursuivit : « Comment vous nommez-vous, mon enfant ? »

« Je me nomme Alice, s'il plaît à votre Majesté », répondit très poliment la fillette; mais elle ajouta, à part soi : « Ma foi, ces gens-là, après tout, ne sont qu'un jeu de cartes. Je n'ai nulle raison d'avoir peur d'eux! »

« Et qui sont *ceux-ci* », demanda la Reine en montrant du doigt les trois jardiniers prosternés autour du rosier; car, voyez-vous bien, du fait qu'ils étaient couchés, face contre terre, et que le motif qui ornait leur dos était identique à celui des autres cartes du jeu, elle ne pouvait dire si c'étaient des jardiniers, ou des soldats, ou des courtisans, ou encore trois de ses propres enfants.

« Comment le saurais-je ? répondit Alice, surprise de sa propre audace. Ce n'est pas mon affaire, à moi. »

De rage, la Reine devint cramoisie. Après avoir lancé à la fillette un regard furibond, digne d'une bête féroce, elle se mit à hurler : « Qu'on lui tranche la tête! Qu'on lui tranche... »

« Sottises que tout cela! » dit, d'une voix forte et décidée, Alice, et la Reine se tint coite.

Le Roi mit la main sur le bras de son épouse en lui faisant timidement remarquer : « Veuillez considérer, chère amie, que ce n'est là qu'une enfant! »

La Reine se détourna de lui avec colère, et ordonna au Valet : « Retournez-les! »

Le Valet, très délicatement, du bout du pied, retourna les cartes.

« Debout! » cria la Reine d'une voix stridente et exaspérée. Les trois jardiniers se dressèrent tout aussitôt d'un bond, et se mirent à faire des courbettes devant le Roi, la Reine, les enfants royaux et tous les autres assistants.

« Arrêtez! glapit la Reine. Vous me donnez le tournis. » Puis, se tournant vers le rosier, elle poursuivit : « Qu'étiez-vous donc en train de faire là ? »

« Plaise à votre Majesté, répondit, d'un ton de voix très humble, Le Deux, en mettant un genou en terre, nous essayions... »

« Je vois! dit la Reine, qui, entre-temps, avait examiné les roses : Qu'on leur tranche la tête! » Le cortège se remit en marche, trois des soldats s'en détachant pour exécuter les infortunés jardiniers qui se précipitèrent vers Alice pour implorer sa protection.

« On ne vous tranchera pas la tête! » affirma, en les mettant dans un grand pot de fleurs qui se trouvait à proximité, Alice. Les trois soldats les cherchèrent de tous côtés pendant une minute ou deux, puis s'en allèrent tranquillement reprendre leur place dans le cortège.

« Leur a-t-on bien tranché la tête? » s'enquit, à tue-tête, la Reine.

« Ils ont bel et bien perdu la tête, s'il plaît à votre Majesté! » répondirent, à tue-tête, les soldats.

« C'est parfait! cria la Reine. Savez-vous jouer au croquet ? »

Les soldats se tenaient cois en regardant Alice à qui la question évidemment s'adressait.

« Oui! » cria Alice.

« Venez donc, alors! » rugit la Reine, et Alice se

joignit au cortège en se demandant bien ce qu'il allait se passer ensuite.

« Il fait... il fait très beau temps aujourd'hui! » dit, tout près d'elle, une voix craintive. Elle cheminait aux côtés du Lapin Blanc, qui fixait sur son visage un regard inquiet.

« Très beau, répondit Alice. Où donc est la Duchesse ? »

« Chut! Chut! » chuchota vivement le Lapin en lançant derrière lui des regards pleins d'appréhension. Il se haussa sur la pointe des pieds, mit sa bouche tout contre l'oreille d'Alice et murmura : « Elle a été condamnée à avoir la tête tranchée. »

« Quels sauvages! » s'exclama Alice.

« Avez-vous dit : Quel dommage ? » demanda le Lapin.

« Non. Je ne trouve pas du tout que ce soit dommage, dit Alice. J'ai dit : « Quels sauvages! » Mais qu'a-t-elle donc fait ? »

« Elle a souffleté la Reine... » commença de dire le Lapin. Alice fut prise d'un bref éclat de rire. « Oh! chut! murmura, d'une voix apeurée, le Lapin. La Reine va vous entendre! Voyez-vous, la Duchesse était arrivée très en retard et la Reine avait dit... »

« A vos places! » cria, d'une voix de stentor, la Reine, et les joueurs se mirent à courir dans toutes les directions, en se cognant les uns contre les autres; néanmoins, au bout d'une ou deux minutes, chacun se trouvait à son poste et la partie commençait.

Alice se dit qu'elle n'avait, de sa vie, vu un aussi bizarre terrain de croquet : il n'était constitué que de creux et de bosses; les boules, c'étaient des hérissons vivants, et les maillets, des flamants vivants. Les soldats devaient se plier en deux, pieds et mains appuyés au sol, pour former les arceaux.

La principale difficulté, dès le début, pour Alice, eut trait au maniement de son flamant; elle réussissait assez aisément à le tenir à bras le corps, les pattes pendantes, mais, en général, au moment précis où, ayant obtenu un raidissement satisfaisant du cou de l'oiseau, elle s'apprêtait à lui faire frapper de la tête le hérisson, comme par un fait exprès le flamant se retournait pour la regarder dans les yeux d'un air si intrigué qu'elle ne pouvait s'empêcher d'éclater de rire ; et, quand elle lui avait fait baisser la tête et s'apprêtait à recommencer, il était exaspérant de constater que le hérisson s'était déroulé et qu'il s'éloignait de son allure traînarde ; en outre, il se trouvait presque toujours un creux ou une bosse sur la trajectoire qu'elle voulait imprimer au hérisson ; et comme, de plus, les soldats, pliés en deux, ne cessaient de se redresser pour s'aller placer en d'autres secteurs du terrain, Alice en arriva vite à conclure que c'était là, vraiment, un jeu très difficile.

Les joueurs jouaient tous en même temps, sans attendre leur tour ; ils ne cessaient de se quereller, et de se disputer les hérissons ; au bout d'un très court laps de temps, la Reine entra dans une furieuse colère et se mit à arpenter le terrain en trépignant et en criant à peu près une fois par minute : « Que l'on tranche la tête à celui-ci ! Que l'on tranche la tête à celle-là ! »

Alice commençait à se sentir très mal à l'aise ; certes, elle ne s'était pas encore disputée avec la Reine, mais elle savait que cela pouvait se produire à tout moment. « Et alors, pensa-t-elle, qu'adviendra-t-il de moi ? Ils sont terribles, ici, avec leur manie de trancher la tête des gens ; ce qui m'étonne, c'est qu'il y ait encore des survivants ! »

Elle était en train de promener autour d'elle son regard à la recherche de quelque moyen de s'enfuir, et elle se demandait si elle pourrait s'éloigner sans que l'on s'en aperçût, lorsqu'elle remarqua, dans les airs, une étrange apparition ; celle-ci tout d'abord l'intrigua fort, mais, après l'avoir observée attentivement pendant une minute ou deux, elle comprit qu'il s'agissait d'un sourire, et elle se dit : « C'est le Chat du Cheshire : maintenant je vais avoir quelqu'un avec qui causer. »

« Que devenez-vous ? » demanda le Chat dès qu'il eut assez de bouche pour parler.

Alice attendit que les yeux du Chat apparussent pour le saluer d'un signe de tête. « Il est inutile de lui adresser la parole, pensa-t-elle, tant que ses oreilles ne se seront pas manifestées; en tout cas, tant que l'on ne verra pas au moins l'une d'elles. » Une minute plus tard, la tête tout entière était visible; Alice posa alors par terre son flamant et entreprit de faire au Chat un compte rendu de la partie de croquet, tout heureuse qu'elle était d'avoir en face d'elle quelqu'un qui l'écoutât. Le Chat jugea sans doute qu'une partie suffisante de sa personne était maintenant visible, car rien de plus de lui n'apparut.

« Je ne crois pas que ces gens pratiquent un jeu correct, commença de dire, du ton de quelqu'un qui n'est pas très content, Alice; ils se disputent d'une façon si épouvantable que l'on ne s'entend plus parler... et, en outre, il semble qu'il n'y ait pour eux aucune règle précise; en tout cas, s'il existe des règles, nul ne les observe... et vous ne sauriez imaginer combien il est troublant d'avoir affaire à tous ces accessoires vivants; par exemple, l'arceau sous lequel doit passer ma boule est en train de se promener à l'autre bout du terrain; et, il y a tout juste un instant, j'aurais croqué le hérisson de la Reine s'il n'eût pris la fuite en voyant arriver le mien! »

« Que pensez-vous de la Reine ? » demanda, à voix basse, le Chat.

« Je ne l'aime pas du tout », répondit Alice : « elle est tellement... » A ce moment précis, elle vit que la Reine se trouvait juste derrière eux et qu'elle les écoutait; elle enchaîna donc : «... forte au jeu de croquet que cela ne vaut même pas la peine de terminer contre elle la partie. »

La Reine passa son chemin en souriant.

« A qui donc parlez-vous ? » demanda le Roi en s'approchant d'Alice et en regardant, avec beaucoup de curiosité, la tête du Chat.

« A l'un de mes amis, un Chat du Cheshire, dit Alice; permettez-moi de vous le présenter. »

« Il a un air que je n'aime pas du tout, répondit le Roi; néanmoins, s'il le désire, il peut me baiser la main. »

« Je préférerais, avoua le Chat, m'en dispenser. »

« Ne faites pas l'impertinent, dit le Roi; et ne me regardez pas comme cela! » ajouta-t-il en se cachant derrière Alice.

« Pourquoi, dit Alice, un Chat ne regarderait-il pas un roi ? Un chien regarde bien un évêque! J'ai lu cela dans un livre, mais je ne me rappelle plus lequel. »

« Eh bien, il faut l'enlever d'ici », dit, d'un air résolu, le Roi, et il interpella la Reine qui passait à ce moment-là. « Ma chère amie! je voudrais bien que vous fissiez enlever ce Chat! »

La Reine ne connaissait qu'une seule façon de résoudre toutes les difficultés, grandes ou petites : « Qu'on lui tranche la tête! » ordonna-t-elle, sans même se retourner.

« Je vais moi-même aller chercher le bourreau », dit avec empressement le Roi; et il s'éloigna en toute hâte.

Alice pensait qu'elle ferait peut-être bien de retourner voir comment le jeu se déroulait, quand elle entendit au loin la Reine qui poussait des hurlements de fureur. Elle l'avait déjà entendue condamner trois des joueurs à avoir la tête tranchée parce qu'ils avaient laissé passer leur tour, et elle n'aimait pas du tout la tournure que prenaient les événements, car une telle confusion régnait dans le jeu qu'elle ne pouvait savoir si c'était, ou non, son tour de jouer. Elle s'en fut donc à la recherche de son hérisson.

Celui-ci était en train de livrer bataille à l'un de ses congénères, et Alice estima que c'était l'occasion ou jamais d'utiliser l'un d'eux pour croquer l'autre : le seul ennui, c'était que son flamant était allé se réfugier à l'autre bout du jardin, où Alice pouvait le voir qui s'efforçait désespérément de s'envoler pour s'aller percher sur l'un des arbres.

Avant qu'elle n'eût capturé et ramené le flamant, la bataille était terminée et les deux hérissons avaient disparu. « Mais cela n'a pas grande importance, se dit Alice, puisque tous les arceaux ont quitté ce secteur-ci du terrain. » Elle serra donc le flamant sous son bras pour qu'il ne pût s'échapper derechef, puis revint vers son ami pour continuer la conversation.

Au moment où elle rejoignait le Chat du Cheshire, elle eut la surprise de voir qu'une foule considérable entourait celui-ci : une discussion s'était élevée entre le bourreau, le Roi et la Reine, qui parlaient tous à la fois, tandis que tous les autres joueurs gardaient le silence et paraissaient très mal à l'aise.

Dès qu'ils aperçurent Alice, les trois antagonistes firent appel à son arbitrage pour le règlement de leur différend, et chacun d'eux lui exposa son point de vue. Mais, comme ils parlaient tous en même temps, elle eut beaucoup de mal à comprendre exactement ce qu'ils disaient.

Le point de vue du bourreau, c'était que l'on ne pouvait trancher une tête en l'absence d'un corps d'où l'on pût la détacher; qu'il n'avait jamais eu jusqu'alors à faire rien de semblable, et que ce n'était certes pas à son âge qu'il allait commencer.

Le point de vue du Roi, c'était que tout être possédant une tête pouvait être décapité, et qu'il fallait cesser de dire des sottises.

Le point de vue de la Reine, c'était que si l'on ne prenait pas une décision à l'instant même, elle allait faire exécuter tous les assistants. (C'était cette façon d'envisager le problème qui avait si fort assombri et inquiété l'assemblée.)

Alice ne trouva à dire qu'une chose : « Il appartient à la Duchesse; vous feriez mieux de lui demander, à elle, son avis à ce sujet. »

« Elle est en prison, dit la Reine au bourreau : allez l'y chercher et ramenez-la ici. » Et le bourreau partit avec la rapidité d'une flèche.

A l'instant où il s'éloignait, la tête du Chat commença de s'effacer et, lorsque le bourreau revint en compagnie de la Duchesse, ladite tête avait complètement disparu. Le Roi et le bourreau se mirent à courir comme des fous à sa recherche dans toutes les directions, tandis que les autres joueurs s'en allaient reprendre la partie interrompue.

HISTOIRE DE LA TORTUE « FANTAISIE »

« Vous ne sauriez croire, ma très chère, combien je suis heureuse de vous revoir! » dit la Duchesse en passant affectueusement son bras sous celui d'Alice pour faire quelques pas en sa compagnie.

Alice fut très contente de la trouver en de si plaisantes dispositions, et pensa que c'était peut-être le poivre qui l'avait rendue si méchante lors de leur rencontre à la cuisine.

« Quand, moi, je serai Duchesse, se dit-elle (sans trop se faire d'illusions, il est vrai), je n'aurai pas, dans ma cuisine, le moindre grain de poivre. La soupe s'en passera fort bien. C'est sans doute le poivre qui met aux gens la tête près du bonnet, poursuivit-elle, très satisfaite d'avoir découvert une nouvelle théorie hygiénique, et c'est le vinaigre qui leur aigrit le caractère, et la camomille qui les rend amers, et le sucre d'orge et les autres friandises qui adoucissent les mœurs des petits enfants. Je voudrais bien que les grandes personnes sachent *cela* : car alors, n'est-ce pas ? elles seraient peut-être, vis-à-vis de nous, un peu moins avares de sucreries... »

Cependant, elle avait complètement oublié l'existence de la Duchesse et elle fut quelque peu saisie d'entendre celle-ci lui chuchoter à l'oreille : « Vous êtes en train de penser à quelque chose, chère amie, et vous en oubliez de parler. Je ne peux, pour l'instant, vous dire quelle est la morale à tirer de ce fait, mais cela me reviendra dans un petit moment. »

« Peut-être n'y a-t-il aucune morale à en tirer », se hasarda à remarquer Alice.

« Ta, ta, ta, mon enfant! répondit la Duchesse. A tout il y a une morale, il n'est que de la découvrir. » Et, en disant ces mots, elle se pressait de plus en plus étroitement contre la petite fille.

Alice n'était pas précisément ravie de la sentir si près d'elle : d'abord, parce que la Duchesse était vraiment très laide; ensuite, parce qu'elle avait exactement la taille qu'il fallait pour que son menton s'appuyât sur l'épaule de la fillette, et parce que ce menton était très désagréablement pointu. Néanmoins, ne voulant pas être impolie, elle supporta de son mieux cet inconvénient. « Il me semble que la partie prend meilleure tournure, à présent », dit-elle afin d'alimenter un peu la conversation.

« C'est vrai, admit la Duchesse, et la morale de ceci, c'est : Oh! c'est l'amour, l'amour qui fait tourner la terre! »

« Quelqu'un a dit, murmura Alice, que la terre tournait bien quand chacun s'occupait de ses affaires! »

« Ma foi! cela revient à peu près au même », déclara la Duchesse en enfonçant son petit menton pointu dans l'épaule d'Alice avant d'ajouter : « Et la morale de *ceci*, c'est : Occupons-nous du sens, et laissons les sons s'occuper d'eux-mêmes. »

« Quelle manie elle a, de vouloir tirer la morale de tout! » se dit Alice.

« Je parie que vous vous demandez pourquoi je ne vous ai pas mis le bras autour de la taille, fit la Duchesse après une pause. La raison en est que je me méfie du caractère de votre Flamant. Puis-je essayer ? »

« Il est capable de vous piquer d'un coup de bec », répondit prudemment Alice, qui se souciait assez peu de lui voir faire cet essai.

« Très juste, admit la Duchesse : les flamants et la moutarde piquent. Et la morale de ceci, c'est : Les oiseaux de même plumage volent de conserve. »

« Malheureusement, la moutarde n'est pas un oiseau », fit remarquer Alice.

« Exact, comme d'habitude, reconnut la Duchesse; quel plaisir que de vous entendre expliquer tout d'une manière si limpide! »

« C'est, je *pense*, un minéral », dit Alice.

« Bien sûr que c'en est un, confirma la Duchesse, qui semblait disposée à approuver tout ce que disait Alice. Il y a une grande mine de moutarde, tout près d'ici. Et la morale de ceci, c'est : Il ne faut jamais juger les gens sur la *mine*. »

« Oh! je sais maintenant! s'écria Alice, qui n'avait pas prêté attention à cette dernière phrase. C'est un végétal. Cela n'en a pas l'air, mais c'en est un. »

« Je suis tout à fait de votre avis, répondit la Duchesse; et la morale de ceci, c'est : Soyez ce que vous voudriez avoir l'air d'être; ou, pour parler plus simplement : Ne vous imaginez pas être différente de ce qu'il eût pu sembler à autrui que vous fussiez ou eussiez pu être en restant identique à ce que vous fûtes sans jamais paraître autre que vous n'étiez avant d'être devenue ce que vous êtes. »

« Je crois, dit très poliment Alice, que je comprendrais mieux cela si je le voyais écrit noir sur blanc; mais je crains de n'avoir pu vous suivre tout à fait tandis que vous le disiez. »

« Cela n'est rien auprès de ce que je pourrais dire si je le voulais », affirma, d'un ton satisfait, la Duchesse.

« Je vous en prie, ne vous donnez pas la peine d'en dire plus long que cela », répondit Alice.

« Oh! ne parlez pas de peine! repartit la Duchesse. Je vous fais cadeau de tout ce que j'ai dit jusqu'à présent. »

« Voilà un cadeau qui ne lui coûte pas cher! pensa Alice. Je suis bien contente que l'on ne me donne pas des cadeaux d'anniversaire du genre de celui-ci! » Mais elle ne se hasarda pas à dire cela à haute voix.

« Encore en train de réfléchir? » demanda la Duchesse, en lui enfonçant de nouveau dans l'épaule la pointe de son petit menton.

« J'ai bien le droit de réfléchir », répliqua Alice d'un ton acerbe, car les remarques de la Duchesse commençaient à l'agacer quelque peu.

« Vous en avez le droit, admit la Duchesse, tout comme les cochons ont celui de voler, et la mor... »

Mais, à ce point précis de sa réplique, au grand étonnement d'Alice, la voix de la Duchesse s'éteignit au beau milieu de son mot favori : « morale », et le bras qui tenait celui de la petite fille se prit à trembler. Alice leva les yeux, et vit que la Reine était debout devant elles, les bras croisés, les sourcils froncés, l'œil lançant des éclairs.

« Belle journée, votre Majesté! » prononça tout bas et d'une voix blanche, la Duchesse.

« A présent, je vous préviens loyalement, cria la Reine en trépignant de rage, que vous ou votre tête allez devoir disparaître, et ceci en moins de temps qu'il n'en faut pour le dire! Choisissez! »

La Duchesse fit son choix, et disparut à l'instant même.

« Continuons la partie » proposa à Alice la Reine; et Alice, trop effrayée pour dire un mot, la suivit lentement jusque sur le terrain de croquet.

Les autres invités avaient profité de l'absence de la Reine pour se reposer à l'ombre; mais, dès qu'ils l'aperçurent, ils se hâtèrent d'aller reprendre la partie. La Reine leur fit simplement observer que le moindre instant de retard leur coûterait la vie.

Pendant tout le temps que le jeu dura, la Reine ne cessa de chercher querelle aux autres joueurs et de crier : « Que l'on tranche la tête à celui-ci! » ou : « Que l'on tranche la tête à celle-là! » Les condamnés étaient aussitôt mis en état d'arrestation par les soldats qui, bien entendu, pour s'acquitter de cette tâche, devaient cesser d'être des arceaux; de sorte qu'au bout d'une demi-heure environ, il ne restait plus un seul arceau sur le terrain et que tous les joueurs, à l'exception du Roi, de la Reine et d'Alice, étaient sous bonne garde, attendant leur exécution.

Alors la Reine, hors d'haleine, abandonna la partie et demanda à Alice : « Avez-vous déjà vu la Tortue « fantaisie » ? »

« Non, répondit Alice. Je ne sais même pas ce que c'est qu'une Tortue « fantaisie ». »

« C'est ce avec quoi l'on fait la Soupe à la Tortue « fantaisie », » précisa la Reine.

« Je n'en ai jamais vu, ni entendu parler », avoua Alice.

« Venez, alors, dit la Reine ; elle va vous raconter son histoire. »

Tandis qu'elles s'éloignaient ensemble, Alice entendit le Roi annoncer à voix basse à l'ensemble des condamnés : « Vous êtes tous graciés ». « Allons, voilà au moins une bonne parole! » se dit Alice, que les nombreuses exécutions ordonnées par la Reine avaient fort affectée.

Bientôt, elles rencontrèrent un Griffon qui, allongé au soleil, était plongé dans un profond sommeil. (Si vous ne savez pas ce que c'est qu'un Griffon, regardez l'image[1].) « Debout, paresseux, ordonna la Reine ; emmenez cette jeune personne voir la Tortue « fantaisie » et écouter son histoire. Pour ma part, je dois rebrousser chemin pour aller assister à quelques exécutions que j'ai ordonnées. » Et, là-dessus, elle s'éloigna, laissant Alice seule avec le Griffon.

Alice n'aimait pas beaucoup l'aspect de cet animal, mais, à tout prendre, elle estima qu'il n'était pas plus périlleux de demeurer en sa compagnie que de suivre cette Reine féroce : elle attendit donc.

Le Griffon se leva sur son séant et se frotta les yeux ; puis il regarda la Reine jusqu'à ce qu'elle fût hors de vue ; alors il se mit à rire sous cape. « Comme c'est drôle! » dit-il, de manière à n'être entendu que d'Alice et de lui-même.

« Qu'est-ce qui est drôle ? » demanda Alice.

« Mais son comportement, à *elle*, bien sûr, répondit le Griffon. Tout se passe dans son imagination ; on n'exécute jamais personne, voyez-vous bien. Venez! »

« Tout le monde, ici, me dit : venez! pensa, tout en

---

1. Il s'agit là d'un des dessins de John Tenniel illustrant l'édition originale anglaise du présent ouvrage. *(N.d.T.)*

le suivant sans trop de hâte, Alice; on ne m'a jamais
donné tant d'ordres, de ma vie, jamais! »

Ils n'étaient pas allés bien loin lorsque, à quelque
distance, ils aperçurent la Tortue « fantaisie » assise,
l'air triste et esseulé, sur une petite corniche de rocher.
Tandis qu'ils s'approchaient d'elle, Alice l'entendait
pousser des soupirs à fendre l'âme. Elle ressentit pour
elle une profonde pitié. « Quelle est la cause de son
chagrin ? » demanda-t-elle au Griffon. Et le Griffon
de répondre à peu près ce qu'il avait répondu précédemment pour la Reine : « Tout se passe dans son
imagination : en réalité, elle n'a aucun motif de chagrin,
voyez-vous bien. Venez! »

Ils s'approchèrent donc de la Tortue « fantaisie »
qui les regarda venir de ses grands yeux embués de
larmes mais d'abord se tint coite.

« Cette jeune personne que voici, dit le Griffon, elle
voudrait bien que vous lui racontiez votre histoire,
pour sûr. »

« Je vais la lui raconter, répondit, d'une voix
caverneuse, la Tortue « fantaisie ». Asseyez-vous, tous
deux, et ne dites pas un mot avant que je n'en aie
fini. »

Ils s'assirent donc, et, durant quelques minutes, nul
ne prit la parole. Alice se dit : « Je ne vois pas comment
elle pourra *jamais* en finir si elle ne commence pas. »
Néanmoins elle attendit patiemment.

« Jadis, dit enfin, dans un profond soupir, la Tortue « fantaisie », jadis j'étais une vraie Tortue. »

Ces paroles furent suivies d'un très long silence,
rompu seulement de temps à autre par un « hjckrrh! »
poussé par le Griffon, et par les longs sanglots incessants de la Tortue « fantaisie ». Alice était sur le point
de se lever et de dire : « Merci, madame, de m'avoir
raconté votre histoire si intéressante »; mais elle ne
pouvait s'empêcher de penser que la Tortue avait
sûrement encore quelque chose à dire. Elle resta donc
assise, immobile et sans souffler mot.

« Quand nous étions petits, reprit enfin la Tortue
« fantaisie » d'une voix plus sereine, bien qu'un bref

sanglot la secouât encore de temps à autre, nous allions en classe dans la mer. La maîtresse était une vieille tortue que nous appelions la Tortoise... »

« Pourquoi l'appeliez-vous la Tortoise, puisque c'était une tortue ? » s'enquit Alice.

« Nous l'appelions la Tortoise parce que, tous les mois, elle nous faisait passer sous la toise, répondit la Tortue « fantaisie ». Vraiment, je vous trouve l'esprit bien obtus. »

« Vous devriez avoir honte de poser une question aussi naïve », ajouta le Griffon; après quoi tous deux restèrent silencieux, à regarder la pauvre Alice qui eût voulu rentrer sous terre. Enfin le Griffon dit à la Tortue « fantaisie » : « Reprenez un peu les rails, ma vieille! Ne vous appesantissez pas là-dessus jusqu'à demain! » Et elle poursuivit en ces termes :

« Oui, nous allions en classe dans la mer, mais vous n'êtes pas obligée de me croire... »

« Je n'ai jamais dit que je ne vous croyais pas », protesta Alice.

« Si fait, vous l'avez dit », répliqua la Tortue « fantaisie ».

« Taisez-vous! » ajouta le Griffon sans laisser à Alice le temps de rouvrir la bouche. La Tortue « fantaisie » reprit :

« Nous reçûmes une excellente éducation... en fait nous allions à nos cours tous les jours... »

« Moi aussi, je fréquentais régulièrement un externat, intervint Alice. Il n'y a pas là de quoi tant s'enorgueillir. »

« Y avait-il, à votre école, des *suppléments* », demanda, d'une voix qui trahissait une légère inquiétude, la Tortue « fantaisie ».

« Oui, dit Alice; nous y apprenions le Français et la Musique. »

« Et le Blanchissage ? » demanda la Tortue « fantaisie ».

« Certainement pas! » répondit avec indignation Alice.

« Ah! dans ce cas, votre école n'était pas vraiment

une bonne école, constata, d'un ton pleinement rassuré, la Tortue « fantaisie ». Au bas des factures de la nôtre on pouvait lire : « Français, Musique *et Blanchissage* — supplément. »

« Vous ne deviez guère en avoir besoin, fit observer Alice, puisque vous viviez au fond de la mer. »

« Je n'avais pas les moyens de me payer ce supplément-là, dit, dans un soupir, la Tortue « fantaisie ». Je me contentais des cours ordinaires. »

« Que vous y enseignait-on ? » s'enquit Alice.

« Pour commencer, bien entendu, l'Alésure et les Fritures, répondit la Tortue « fantaisie ». Puis les différentes parties de l'Arithmétique : l'Ambition, la Distraction, la Mortification et la Dérision. »

« Je n'avais jamais entendu parler de la Mortification, se hasarda à dire Alice. Qu'est-ce que c'est ? »

Le Griffon leva les deux pattes pour manifester sa surprise : « Quoi! Jamais entendu parler de mortifier! s'exclama-t-il. Vous savez ce que c'est que vivifier, je suppose ? »

« Oui, dit d'un air dubitatif Alice : cela veut dire... rendre... n'importe quoi... plus vivant... »

« En ce cas, poursuivit le Griffon, si vous ne savez pas ce que c'est que mortifier, c'est que vous êtes une fieffée bêtasse. »

Ne se sentant pas encouragée à poser d'autres questions à ce sujet, Alice se tourna vers la Tortue « fantaisie » et lui dit : « Qu'aviez-vous à apprendre encore ? »

« Eh bien, il y avait les Listes noires, répondit la Tortue « fantaisie », en comptant les sujets sur ses battoirs — Liste noire ancienne et Liste noire moderne, ainsi que la Sous-l'eau-graphie; puis le Larcin — le Professeur de Larcin était un vieux congre qui venait une fois par semaine. Lui, il nous enseignait la technique du Larcin, ainsi qu'à Escroquer d'après nature et à *Feindre à la Presque*. »

« Qu'est-ce que c'est que *Feindre à la Presque ?* » demanda Alice.

« Ma foi, je ne saurais vous en faire moi-même la

démonstration, répondit la Tortue « fantaisie », car je ne simule pas assez bien pour cela. Quant au Griffon, il ignore tout de cet art. »

« Je n'ai pas eu le temps de m'y initier, expliqua le Griffon. J'étudiais les Classiques sous la férule d'un maître qui n'était autre qu'un vieux Cancre. »

« Je n'ai jamais suivi ses cours, dit la Tortue « fantaisie » dans un soupir. Il enseignait, disait-on, le Patin et le Break. »

« C'est bien vrai, c'est bien vrai », confirma le Griffon, en poussant, à son tour, un soupir; et les deux créatures se cachèrent la tête entre les pattes.

« Et combien d'heures de cours aviez-vous par jour ? » s'enquit Alice, qui avait hâte de changer de sujet de conversation.

« Dix heures le premier jour, répondit la Tortue « fantaisie »; neuf le suivant, et ainsi de suite. »

« Quel drôle d'emploi du temps », s'exclama Alice.

« C'est la raison pour quoi l'on appelle ça des cours, fit observer le Griffon : parce qu'ils deviennent de jour en jour plus courts. »

C'était là, pour Alice, une notion tout à fait nouvelle et elle y réfléchit un petit moment avant de remarquer : « Mais alors, le onzième jour ne pouvait être qu'un jour de congé ? »

« Bien sûr, que c'était un jour de congé », répondit la Tortue « fantaisie ».

« Et comment faisiez-vous le douzième jour ? » poursuivit avec vivacité Alice.

« Assez parlé comme ça de cours et de leçons, décréta, d'un ton catégorique, le Griffon. Parlez-lui un peu des jeux, à présent. »

LE QUADRILLE DES HOMARDS

La Tortue « fantaisie » poussa un profond soupir et se frotta les yeux du revers d'un de ses battoirs. Elle regarda Alice et tenta de parler, mais, durant une minute ou deux, les sanglots lui étouffèrent la voix. « Tout comme si elle avait une arête en travers du gosier », dit le Griffon qui se mit en devoir de la secouer et de lui donner des tapes dans le dos. Enfin la Tortue « fantaisie » recouvra l'usage de la parole, et, les joues ruisselantes de larmes, s'adressa de nouveau à la petite fille :

« Vous n'avez sans doute pas beaucoup vécu sous les flots de la mer... (« Non, en effet », dit Alice)... et peut-être même n'avez-vous jamais été présentée à un homard... (Alice commençait de dire : « J'ai goûté une fois... » mais elle s'interrompit tout net et déclara : « Non, jamais »)... de sorte que vous ne pouvez imaginer quelle ravissante danse c'est que le Quadrille des Homards ! »

« Je dois avouer que non, répondit Alice. Quelle sorte de danse est-ce là ? »

« Eh bien, expliqua le Griffon, on commence par s'aligner sur un rang le long du rivage de la mer... »

« Sur deux rangs ! rectifia la Tortue « fantaisie » : d'abord les phoques, ensuite les tortues, le saumon, etc. Puis, lorsqu'on a bien déblayé la piste des méduses qui l'encombraient... »

« Et cela, ça demande en général un certain temps », intervint le Griffon.

« ... on fait deux pas en avant... »

« Chacun prenant un homard pour cavalier! » s'écria le Griffon.

« Bien sûr, dit la Tortue « fantaisie » : on fait deux pas en avant à la rencontre de son cavalier... »

« ... On change de homard, on fait deux pas en arrière », poursuivit le Griffon.

« Puis, reprit la Tortue « fantaisie », on jette les... »

« Les homards! » cria le Griffon en bondissant dans les airs.

« ... le plus loin possible dans la mer... »

« On les rejoint à la nage! » hurla le Griffon.

« On fait un saut périlleux dans l'eau! » cria la Tortue « fantaisie » en exécutant de folles cabrioles.

« On change de nouveau de homard! » reprit, d'une voie suraiguë, le Griffon.

« On revient vers le rivage, et... c'est tout pour la première figure », dit, en baissant brusquement la voix, la Tortue « fantaisie »; et les deux créatures, qui, pendant toute la durée de leur démonstration, n'avaient cessé de bondir frénétiquement en tous sens, se rassirent, très tristes et très calmes, et regardèrent Alice.

« Cela doit être une très jolie danse », dit la fillette, impressionnée.

« Voulez-vous que l'on vous montre un peu comment elle se danse ? » demanda la Tortue « fantaisie ».

« J'en serais ravie », répondit Alice.

« Essayons d'en exécuter la première figure! proposa au Griffon la Tortue « fantaisie ». On peut très bien, voyez-vous, l'exécuter sans homards. Qui de nous deux va chanter ? »

« Oh! chantez, vous, implora le Griffon. J'ai oublié les paroles. »

Ils se mirent donc à danser en rond, d'un air solennel, autour d'Alice, en lui marchant de temps à autre sur les orteils lorsqu'ils passaient trop près d'elle, et en marquant le pas avec leurs pattes de devant, tandis que la Tortue « fantaisie » chantait d'une voix traînante et mélancolique :

« *Le merlan dit au bigorneau : « Pourriez-vous vous presser un peu ?*
Il y a, là derrière, un gros thon qui me marche sur la queue.
Voyez avec quelle ardeur les homards et les tortues s'avancent!
Ils attendent sur les galets... Voulez-vous entrer dans la danse ?
Voulez-vous, ne voulez-vous pas, voulez-vous, ne voulez-vous pas, voulez-vous entrer dans la danse ?
Voulez-vous, ne voulez-vous pas, voulez-vous, ne voulez-vous pas, voulez-vous entrer dans la danse ?

Vous n'avez pas la moindre idée du plaisir que cela peut faire
Lorsqu'on vous prend et qu'on vous jette, avec les homards, à la mer! »
Le bigorneau répondit : « Trop loin, trop loin! et, le toisant avec méfiance,
Dit qu'il remerciait le merlan mais qu'il ne voulait pas entrer dans la danse.
Ne voulait pas, ne pouvait pas, ne voulait pas, ne pouvait pas, ne pouvait entrer dans la danse.
Ne voulait pas, ne pouvait pas, ne voulait pas, ne pouvait pas, ne pouvait entrer dans la danse. »

Son écailleux ami lui répondit : « Qu'importe la distance ?
J'entrevois un autre rivage et peut-être une autre espérance.
Plus l'on va s'éloignant de l'Angleterre et plus l'on se rapproche de la France.
Ne pâlissez donc pas, bien-aimé bigorneau, mais plutôt entrez dans la danse.
Voulez-vous, ne voulez-vous pas, voulez-vous, ne voulez-vous pas, voulez-vous entrer dans la danse ?
Voulez-vous, ne voulez-vous pas, voulez-vous, ne voulez-vous pas, voulez-vous entrer dans la danse ? »

« Merci, c'est une danse très intéressante à voir

exécuter, déclara Alice, tout heureuse que ce fût enfin terminé, et j'aime énormément cette curieuse chanson sur le merlan! »

« Oh, pour ce qui est des merlans, dit la Tortue « fantaisie », ils... naturellement, vous en avez déjà vu ? »

« Oui, répondit Alice, j'en ai souvent vu à déj... » (Elle s'arrêta juste à temps.)

« J'ignore où cette localité de Déj peut bien se situer, dit la Tortue « fantaisie », mais, si vous en avez si souvent vu, vous savez, bien entendu, comment ils se présentent ? »

« Je le crois, répondit pensivement Alice. Ils ont la queue dans la bouche et ils sont tout couverts de chapelure. »

« Vous faites erreur en ce qui concerne ce dernier point, fit observer la Tortue « fantaisie », car s'ils étaient couverts de chapelure, celle-ci serait emportée par les flots. Mais il est de fait qu'ils ont la queue dans la bouche; et la raison en est... » Là-dessus la Tortue « fantaisie » bâilla et ferma les yeux. « Expliquez-lui la raison et tout ce qui s'ensuit », demanda-t-elle au Griffon.

« La raison en est, dit le Griffon, que les merlans voulaient absolument aller danser avec les homards. On les jeta donc à la mer. Leur chute dura assez long-temps. C'est pourquoi ils se mirent la queue dans la bouche et la serrèrent si fort qu'ils ne purent plus l'en retirer. Un point, c'est tout. »

« Merci, dit Alice, c'est très intéressant. Je n'en avais jamais tant appris sur le merlan. »

« Je peux vous en apprendre sur lui bien davantage si vous le désirez, affirma le Griffon. Mais, d'abord, savez-vous pourquoi on le nomme le *merlan ?* »

« Je ne me suis jamais posé la question, avoua Alice. Pourquoi donc, je vous prie ? »

« Parce qu'*il coupe les cheveux aux autres poissons* », repartit, avec beaucoup de solennité, le Griffon. »

Cette réponse décontenança complètement Alice. « Il coupe les cheveux aux autres poissons! » répéta-t-elle d'un ton de voix qui trahissait la plus vive surprise.

« Réfléchissez, reprit le Griffon. Ne vous est-il jamais arrivé d'entendre quelque barbillon dire : « Je vais chez le *merlan*, me faire tailler le goémon » ?

Alice réfléchit avant que de répondre : « Je ne me souviens pas d'avoir entendu prononcer rien de semblable. »

« Vous tâcherez de vous en souvenir désormais, répliqua le Griffon. Etes-vous seulement un peu moins ignorante en ce qui concerne le *poisson d'avril ?* »

« Qu'a-t-il donc de particulier ? » demanda, d'un ton empreint de la plus vive curiosité, Alice.

« Il est cuisinier de son état et sait faire d'excellentes farces, répondit le Griffon, non sans manifester quelque impatience : la première crevette venue eût pu vous dire cela ! »

« A la place du merlan, fit observer Alice, que ses pensées ramenaient toujours aux paroles de la chanson, j'aurais dit au thon : Reculez un peu, je vous prie ! Nous n'avons nul besoin d'être pressés par vous de la sorte ! »

« On ne pouvait se permettre de lui parler si cavalièrement, dit la Tortue « fantaisie »; ne savez-vous donc pas quel est le rôle du *thon ?* »

« Cela aussi, hélas ! je l'ignore », dit Alice en prenant un air de grande humilité.

« Eh bien, voyez-vous, lorsqu'il est bon, c'est lui qui décrète ce qui se doit faire en société, répondit, d'un air solennel, le Griffon. Par exemple, le bon *thon* exige qu'une *raie* partage la chevelure des petites filles en deux parties égales. Il ne leur permet pas, par contre, de fréquenter les *bars* et de dire au *dauphin*, s'il boit trop : *c'est assez !* »

« Vous voulez dire : *cétacé ?* » s'enquit Alice.

« Je veux dire ce que je dis, répliqua la Tortue « fantaisie » en prenant un air pincé. Et le Griffon ajouta : « Allons, racontez-nous quelques-unes de vos aventures. »

« Je peux vous raconter les aventures qui me sont

arrivées... depuis ce matin, répondit, d'une voix quelque peu hésitante, Alice. Mais il est inutile que je remonte jusqu'à la journée d'hier, car alors j'étais une autre personne. »

« Expliquez-nous tout ça », demanda la Tortue « fantaisie ».

« Non, non! Les aventures d'abord! intervint, d'un ton impatient, le Griffon : les explications, cela prend bien trop de temps. »

Alice se mit donc à leur raconter ses aventures à partir du moment où elle avait vu pour la première fois le Lapin Blanc. Elle était un peu troublée, au début, tant les deux créatures, venues se placer de part et d'autre d'elle, la serraient de près, bouche bée, et ouvraient de grands yeux; mais elle prit courage à mesure qu'elle progressait dans son récit. Ses auditeurs se tinrent parfaitement cois jusqu'au moment où elle en vint à raconter comment elle avait voulu réciter au Ver à soie : *Vous êtes vieux, père William* et comment elle avait prononcé des mots tout différents de ceux du poème original. Alors la Tortue « fantaisie » respira profondément et dit : « Voilà qui est fort curieux. »

« On ne saurait imaginer rien de plus curieux », renchérit le Griffon.

« C'était tout différent de l'original! » reprit pensivement la Tortue « fantaisie ». « J'aimerais maintenant entendre cette petite fille nous réciter quelque chose. Dites-lui d'essayer. » Elle regardait le Griffon comme si elle eût pensé qu'il pût avoir un ascendant particulier sur Alice.

« Levez-vous et récitez : *C'est la voix du flemmard* », ordonna le Griffon.

« Comme ces créatures aiment à vous donner des ordres et à vous faire réciter des leçons! pensa Alice. J'ai vraiment l'impression d'être en classe. » Néanmoins elle se leva et se mit à réciter, mais sa tête était si pleine du Quadrille des Homards qu'elle ne savait plus trop ce qu'elle disait et que les vers, à mesure qu'elle les prononçait, prenaient un tour vraiment bizarre :

« C'est la voix du Homard; je l'entends déclarer :
« Vous m'avez grillé trop, et pas assez sucré. »
Comme fait le canard, avec son nez rugueux
Il astique sa pince et peigne ses cheveux.
Lorsque le sable est sec, joyeux comme un pinson,
Il blâme le Requin et Dieu sait sur quel ton!
Mais quand monte le flot et quand le squale est proche,
Le drôle n'émet plus qu'un timide reproche. »

« C'est différent de ce que l'on me faisait dire, à moi, quand j'étais enfant », remarqua le Griffon.

« Parbleu, dit la Tortue « fantaisie », je n'avais jamais entendu cela; dans le genre inepte, ça m'a l'air d'être une réussite. »

Alice ne répondit rien; elle s'était assise, le visage dans les mains, se demandant si plus rien de normal ne se produirait désormais dans son existence.

« Je voudrais bien que l'on m'explique ces vers », dit la Tortue « fantaisie ».

« Elle n'est pas capable de les expliquer, se hâta d'affirmer le Griffon. Passons à la strophe suivante. »

« Mais en ce qui concerne les cheveux du homard, insista la Tortue « fantaisie », comment eût-il fait, selon vous, pour les peigner avec son nez ? »

« Il ne faut voir là qu'un simulacre faisant partie de la danse », répondit Alice, complètement désorientée par tout ceci, et qui avait hâte de changer de sujet de conversation.

« Venons-en à la strophe suivante », répéta le Griffon avec impatience; elle commence par ces mots : *« Près d'un jardin passant... »*

Alice n'osa pas désobéir, bien qu'elle fût certaine de réciter encore tout en dépit du bon sens, et elle poursuivit avec un tremblement dans la voix :

« Près d'un jardin passant, j'eus loisir d'observer
Le Lynx et le Hibou partageant un pâté.
Le Lynx, donc, prit la viande, et la croûte, et les miettes;
L'infortuné Hibou, pour sa part, eut l'assiette.

Leur festin terminé, l'oiseau, pour tout potage,
D'empocher la cuiller eut le mince avantage,
Cependant que le Lynx, avec un grondement,
Saisissait et fourchette et couteau, promptement... »

« A quoi bon réciter toutes ces sornettes, intervint la Tortue « fantaisie », si vous n'en expliquez, au fur et à mesure, le sens ? C'est là, de loin, le texte le plus déconcertant que j'aie entendu de ma vie. »

« Oui, je crois que vous feriez bien de vous en tenir là », dit le Griffon ; et Alice ne fut que trop heureuse de suivre son conseil.

« Essaierons-nous de danser une autre figure du Quadrille des Homards ? poursuivit le Griffon. Ou préféreriez-vous que la Tortue « fantaisie » vous chante une chanson ? »

« Oh! une chanson, je vous en prie, si la Tortue « fantaisie » veut bien nous la chanter », répondit Alice, avec un empressement tel que le Griffon grommela, quelque peu vexé : « Heum! Chacun son goût! Chantez-lui : *Soupe à la Tortue*, voulez-vous, ma vieille ? »

La Tortue « fantaisie » poussa un profond soupir et, d'une voix que les sanglots étouffaient parfois, se mit à chanter :

« Belle Soupe, onctueuse, et odorante, et verte,
Qui reposes, brûlante, en la soupière ouverte,
Que ne donnerait-on pour avoir l'avantage
De te savourer, cher, délicieux potage!
Belle Soupe, Soupe, Soupe, Soupe du soir!

Bé...elle, bé...elle Sou...oupe!
Bé...elle, bé...elle Sou...oupe!
Sou...oupe, Sou...oupe, Sou...ou...oupe du soir,
Bé...elle, bé...elle Sou...oupe!

Belle Soupe, qui donc réclamerait poisson,
Viande, ou œufs, ou volaille, ou même venaison ?
Qui ne renoncerait à tout ça pour deux sous
D'une si admirable et délectable Sou-

Pe ? Sou...ou...ou...oupe du soir!
Bé...é...é...elle Sou...ou...oupe!
Bé...é...é...elle Sou...ou...oupe!
Sou...oupe, Sou...oupe, Sou...ou...oupe du soir!
Bé...elle, bé...elle Sou...oupe! »

« Chantez-nous encore une fois le refrain! » s'écria le Griffon, et la Tortue « fantaisie » commençait tout juste à l'entonner de nouveau lorsqu'on entendit au loin une voix qui clamait : « L'audience est ouverte! »

« Venez! » ordonna le Griffon; et, prenant par la main Alice, il partit en toute hâte. sans attendre la fin de la chanson.

« De quelle audience s'agit-il ? » s'enquit, haletante, sans cesser de courir, Alice; mais le Griffon se contenta de répéter : « Venez! » en courant de plus belle, tandis que, portés par la brise qui les suivait, leur parvenaient de plus en plus faiblement les mots mélancoliques :

« *Sou...oupe, Sou...oupe, Sou...ou...oupe du soir!*
Bé...elle, bé...elle Sou...oupe! »

> «

QUI A DÉROBÉ LES TARTES ?

A l'arrivée du Griffon et d'Alice, le Roi et la Reine de Cœur étaient assis sur leur trône, entourés d'une foule nombreuse composée de bêtes de toutes sortes, ainsi que des figures du jeu de cartes au complet. Le Valet, enchaîné, se tenait devant eux, encadré par deux soldats en armes ; près du Roi se trouvait le Lapin Blanc tenant, d'une main, une trompette et, de l'autre, un rouleau de parchemin. Au beau milieu de la salle d'audience du tribunal était dressée une table sur laquelle on avait posé un grand plat de tartes ; elles avaient l'air si appétissant, qu'à leur vue la gourmandise d'Alice s'éveilla : « Je voudrais bien que le procès soit terminé, se dit-elle, et que l'on serve la collation ! » Mais il n'y avait apparemment aucune chance qu'il en fût ainsi, et elle se mit donc à promener son regard autour d'elle, pour faire passer le temps.

Alice n'était jamais encore entrée dans la salle d'audience d'un tribunal, mais elle avait lu des livres où il était question de Cours de justice, et elle fut ravie de constater qu'elle connaissait les noms de la plupart des objets ou des êtres qui se trouvaient là. « Celui-ci, se dit-elle, c'est le juge, car il porte une grande perruque. »

Le Juge, soit dit en passant, n'était autre que le Roi ; et comme il portait la couronne par-dessus sa perruque (jetez un coup d'œil sur le frontispice [1] si vous voulez voir ce qu'il en était), il n'avait pas l'air très à l'aise, et il n'était certes pas très séduisant.

1. Même remarque qu'à la page 171, note 1. *(N.d.T.)*

« Et ceci, c'est le banc du jury, pensa Alice, et ces douze créatures (elle était obligée, voyez-vous, de dire créatures, car certaines d'entre elles étaient des mammifères, des batraciens ou des reptiles, et d'autres des oiseaux), je suppose que ce sont les jurés. » Elle répéta ce mot à part soi deux ou trois fois de suite, tant elle était fière d'elle-même ; car elle pensait, non sans raison, que bien rares étaient les petites filles de son âge qui en connaissaient la signification. Pourtant elle eût pu tout aussi bien dire : les « membres du jury ».

Les douze jurés étaient tous occupés à écrire fébrilement sur des ardoises. « Que font-ils donc ? chuchota, au Griffon, Alice. Ils ne peuvent avoir déjà quelque chose à inscrire, puisque le procès n'est pas encore commencé. »

« Ils inscrivent, expliqua à voix basse le Griffon, leurs noms, de peur de les avoir oubliés avant la fin de l'audience. »

« Quels imbéciles ! » s'exclama d'une voix forte, vibrante d'indignation, Alice, mais elle n'en dit pas plus, car le Lapin Blanc s'écriait : « Silence dans la salle ! » tandis que le Roi mettait ses lunettes et, l'air inquiet, promenait son regard à la ronde pour savoir qui parlait.

Alice put voir, aussi bien que si elle eût regardé pardessus leurs épaules, que tous les jurés écrivaient sur leurs ardoises « quels imbéciles ! », et elle put même constater que l'un d'eux ne connaissait pas l'orthographe d'« imbéciles » et qu'il dut demander à son voisin de la lui indiquer. « Quel joli gribouillis il va y avoir sur leurs ardoises, d'ici la fin du procès ! » se dit Alice.

L'un des jurés avait un crayon qui grinçait. Cela, bien entendu, Alice ne le put supporter. Elle fit le tour du Tribunal, vint se placer derrière l'importun et eut vite trouvé l'occasion de lui confisquer l'objet. Elle le fit avec tant de prestesse que le pauvre petit juré (qui n'était autre que Bill, le Lézard) ne comprit pas ce qu'il était advenu de son crayon ; après l'avoir en vain cherché de tous côtés, il se vit, pendant le reste de la journée, obligé d'écrire avec son doigt; et ceci, bien entendu, en pure perte, le doigt ne laissant sur l'ardoise aucune trace visible.

« Héraut, lisez l'acte d'accusation! » s'écria le Roi.

Sur ce, le Lapin Blanc souffla très fort, trois fois de suite, dans sa trompette, puis il déroula le parchemin et lut les vers ci-après :

« Notre Reine de Cœur, elle avait fait des tartes,
*   Tout au long d'un beau jour d'été;*
Mais le Valet de Cœur a dérobé ces tartes
*   Et les a toutes emportées! »*

« Préparez-vous à rendre votre jugement », dit, aux jurés, le Roi.

« Pas encore, pas encore! protesta vivement le Lapin Blanc. Il reste beaucoup à faire avant d'en arriver là! »

« Appelez le premier témoin », ordonna le Roi; le Lapin Blanc souffla trois fois encore dans sa trompette et appela : « Premier témoin! »

Ce premier témoin, c'était le Chapelier. Il pénétra dans la salle, tenant une tasse à thé d'une main et, de l'autre, une tartine de beurre. « Je demande pardon à votre Majesté, dit-il en manière de préambule, d'avoir apporté ici ma tasse et ma tartine; mais je n'avais pas tout à fait fini de prendre mon thé lorsqu'on est venu me chercher. »

« Vous auriez dû avoir fini, dit le Roi; quand avez-vous commencé ? »

Le Chapelier regarda le Lièvre de Mars, qui l'avait suivi dans la salle d'audience, bras dessus, bras dessous avec le Loir. « Je crois bien que c'était le quatorze mars », dit-il.

« Le quinze », rectifia le Lièvre de Mars.

« Le seize », affirma le Loir.

« Inscrivez cela », dit le Roi aux jurés; et ceux-ci s'empressèrent d'inscrire sur leurs ardoises les trois dates, puis de les additionner et de convertir le total en shillings et en pence.

« Otez votre chapeau », ordonna au Chapelier le Roi. »

« Il n'est pas à moi », objecta le Chapelier.

« *Volé!* » s'exclama le Roi en se tournant vers les jurés qui notèrent immédiatement le fait.

« J'ai des chapeaux à vendre, ajouta, en guise d'explication, le Chapelier. Ils ne m'appartiennent pas. Je suis chapelier de mon état! »

Là-dessus, la Reine mit ses lunettes et regarda le Chapelier si fixement qu'il pâlit et perdit contenance.

« Faites votre déposition, dit le Roi, et ne vous énervez pas, ou je vous fais exécuter sur-le-champ. »

Cela ne parut pas, le moins du monde, encourager le témoin : il se mit à se dandiner d'une manière exaspérante en jetant vers la Reine des regards inquiets et, dans son désarroi, il cassa d'un coup de dents un morceau de sa tasse, au lieu de mordre dans sa tartine de beurre.

A ce moment précis, Alice éprouva une étrange sensation qui l'intrigua quelque peu jusqu'à ce qu'elle en eût découvert la cause : elle recommençait de grandir. Elle songea d'abord à se lever et à quitter la salle d'audience; mais, à la réflexion, elle décida de demeurer là où elle était aussi longtemps qu'il y aurait pour elle assez de place.

« Je voudrais bien que vous ne me serriez pas comme cela, lui dit le Loir, qui se trouvait assis à côté d'elle. C'est à peine si je peux respirer. »

« Ce n'est pas ma faute, lui répondit avec humilité Alice; je suis en train de grandir. »

« Vous n'avez pas, affirma le Loir, le droit de grandir *ici*. »

« Ne dites pas de sottises, répliqua, plus hardiment, Alice; vous savez bien que vous grandissez, vous aussi. »

« Oui, mais, moi, je grandis avec une vitesse raisonnable, répondit le Loir, et non pas de cette façon ridicule. » A ces mots, il se leva, l'air maussade, pour aller s'installer à l'autre bout de la salle.

Durant tout ce temps, la Reine n'avait cessé de

regarder fixement le Chapelier et, tandis que le Loir traversait la salle, elle ordonna à l'un des huissiers : « Apportez-moi la liste des chanteurs qui ont pris part au dernier concert! » En entendant cela, le malheureux Chapelier se prit à trembler si fort que ses chaussures lui en sortirent des pieds.

« Faites votre déposition, répéta le Roi en colère, sinon je vous fais exécuter, que votre carence soit due, ou non, à la faiblesse de vos nerfs. »

« Je suis un pauvre homme, votre Majesté, se mit à bredouiller le Chapelier, et je n'avais pas commencé mon thé... il y a une semaine environ de cela... mais il faudrait d'abord que je vous parle de l'amincissement des tartines de beurre... et des scintillations du thé... »

« Des scintillations du *quoi ?* » demanda le Roi.

« Dans cette histoire-là, tout commence par le thé », expliqua le Chapelier.

« Bien entendu, *tout* commence par un *t*, répliqua le Roi d'un ton acerbe. Me prenez-vous pour un âne ? Continuez! »

« Je suis un pauvre homme, reprit le Chapelier, et la plupart des choses, par la suite, se mirent à scintiller... seulement le Lièvre de Mars a dit... »

« Je n'ai rien dit du tout », se hâta d'affirmer le Lièvre de Mars.

« Vous l'avez dit! » répliqua le Chapelier.

« Je le nie formellement! » riposta le Lièvre de Mars.

« Il le nie formellement, dit le Roi, laissons ce sujet en dehors du débat. »

« Eh bien, en tout cas, le Loir a dit... », poursuivit le Chapelier en promenant à la ronde un regard inquiet pour voir si le Loir allait nier, lui aussi; mais le Loir ne nia rien car il était plongé dans un profond sommeil.

« Après cela, déclara encore le Chapelier, j'ai coupé quelques tartines supplémentaires... »

« Mais qu'a dit le Loir », demanda l'un des membres du jury.

« Cela, je ne m'en souviens pas », répondit le Chapelier.

« Il faut absolument que vous vous en souveniez,

fit remarquer le Roi ; sinon je vous vais faire exécuter. »

L'infortuné Chapelier laissa tomber sa tasse et sa tartine, et mit un genou en terre : « Je suis un pauvre homme, votre Majesté », prononça-t-il.

« Vous êtes surtout un bien pauvre orateur », constata le Roi.

A ces mots, l'un des cochons d'Inde applaudit et fut immédiatement étouffé par les huissiers. (Le mot étant assez difficile à comprendre, je vais vous expliquer comment les huissiers procédèrent. Ils avaient un grand sac de toile dont l'entrée se fermait à l'aide de cordons : dans ce sac ils introduisirent, la tête la première, le cochon d'Inde ; puis ils s'assirent dessus.)

« Je suis contente d'avoir vu faire cela, pensa Alice ; j'ai souvent lu, dans les journaux, à la fin du compte rendu d'un procès : « Il y eut quelques tentatives d'applaudissements qui furent immédiatement étouffées par les huissiers » ; mais, jusqu'à présent, je n'avais pas compris ce que cela voulait dire. »

« Si c'est là tout ce que vous savez de cette affaire, vous pouvez descendre », déclara le Roi.

« Je ne saurais descendre plus bas, répondit le Chapelier ; j'ai d'ores et déjà les pieds sur le sol. »

« Alors vous pouvez vous asseoir », répliqua le Roi.

Là-dessus l'autre cochon d'Inde applaudit et fut, lui aussi, étouffé.

« Bon, nous voici débarrassés des cochons d'Inde ! pensa Alice. A présent, cela va aller mieux. »

« Je voudrais bien aller finir mon thé », dit le Chapelier en jetant un regard inquiet en direction de la Reine, qui était en train de lire la liste des chanteurs.

« Vous pouvez vous retirer », dit le Roi ; et le Chapelier s'en fut en toute hâte, sans même prendre le temps de remettre ses souliers.

« ... et, dès qu'il sera dehors, tranchez-lui la tête », recommanda la Reine, à l'adresse de l'un des huissiers ; mais le Chapelier était hors de vue avant que l'huissier n'eût pu gagner la sortie.

« Appelez le témoin suivant ! » ordonna le Roi.

Le témoin suivant, c'était la cuisinière de la

Duchesse. Elle tenait en main sa poivrière, et Alice identifia l'objet avant même qu'elle ne fût entrée dans la salle, à la façon dont les gens qui se trouvaient près de la porte se mirent à éternuer tous en chœur.

« Déposez », ordonna le Roi.

« Je n'en ferai rien », répondit la Cuisinière.

Le Roi regarda avec inquiétude le Lapin Blanc qui lui dit à voix basse : « Il faut que votre Majesté fasse subir, à ce témoin, un contre-interrogatoire. »

« Eh bien, s'il le faut, il le faut », dit, d'un air mélancolique, le Roi, et, après avoir croisé les bras et regardé la cuisinière en fronçant le sourcil au point que ses yeux disparurent presque complètement, il demanda d'une voix grave : « De quoi sont faites les tartes ? »

« De poivre, principalement », répondit la Cuisinière.

« De mélasse », murmura derrière elle une voix ensommeillée.

« Prenez au collet ce Loir, hurla la Reine. Décapitez ce Loir! Expulsez-le! Etouffez-le! Pincez-le! Arrachez-lui les moustaches! »

Pendant les quelques minutes nécessaires à l'expulsion du Loir, le plus grand désordre régna dans la salle d'audience et, quand tout le monde eut regagné sa place, il fallut bien admettre que la Cuisinière avait disparu.

« N'importe! dit le Roi, l'air grandement soulagé. Appelez le témoin suivant. » Et il ajouta, à voix basse, à l'adresse de la Reine : « Vraiment, chère amie, il faut que ce soit *vous* qui fassiez subir, au témoin suivant, le contre-interrogatoire. A moi, cela me donne la migraine. »

Tandis que le Lapin Blanc s'affairait maladroitement à consulter sa liste, Alice observait l'animal, très curieuse de savoir qui allait être le témoin en question... « Car, jusqu'à présent, on n'a pas réuni beaucoup de preuves », se disait-elle. Imaginez quelle put être sa surprise, lorsqu'elle entendit le Lapin Blanc appeler, de sa voix la plus aiguë : « Alice! »

LA DÉPOSITION D'ALICE

« Présente! » répondit Alice, qui, dans l'émoi causé par ce qu'elle venait de voir et d'entendre, oublia tout à fait combien elle avait grandi au cours des dernières minutes, et qui se leva de manière si brusque, qu'avec l'ourlet de sa jupe elle fit basculer le banc des jurés, culbutant ces derniers sur la tête de ceux des assistants qui se trouvaient placés au-dessous d'eux et au milieu desquels ils se mirent à gigoter désespérément, lui rappelant beaucoup les hôtes du bocal à poissons rouges qu'elle avait accidentellement renversé, la semaine précédente.

« Oh, je vous demande bien pardon! » s'exclamat-elle d'une voix consternée, en se précipitant pour les relever au plus vite, car l'affaire des poissons rouges lui demeurait présente à l'esprit et elle avait vaguement idée qu'il lui fallait les secourir et les remettre sur leur banc tout de suite, faute de quoi ils allaient périr.

« L'audience, déclara, d'un ton solennel, le Roi, est suspendue, jusqu'à ce que les membres du Jury — tous, sans exception — aient très exactement repris leurs places. *Tous sans exception* », répéta-t-il avec beaucoup d'insistance, en fixant sur Alice un regard dénué d'aménité.

Alice regarda le banc des jurés et vit que, dans sa précipitation, elle y avait remis le Lézard la tête en bas, et que le pauvre petit animal balançait mélancoliquement la queue, incapable qu'il était de se remettre tout seul dans le bon sens. Elle le souleva donc pour le replacer dans la position normale : « Non pas que cela ait beaucoup d'importance, se dit-elle, car dans un sens comme dans l'autre, je ne crois pas qu'il puisse être bien utile à la Cour. »

Dès que les jurés furent un peu remis de leurs émotions et que leurs ardoises et leurs crayons, retrouvés, leur eurent été rendus, ils se mirent avec beaucoup de diligence en devoir d'écrire l'histoire de l'accident; tous, sauf le lézard, qui paraissait trop bouleversé pour faire quoi que ce fût d'autre que de demeurer bouche bée, le regard fixé sur le plafond de la salle.

« Que savez-vous de cette affaire ? » demanda à Alice le Roi.

« Rien », répondit la petite fille.

« *Absolument* rien ? » insista le Roi.

« Absolument rien », réitéra Alice.

« C'est très intéressant », déclara le Roi en se tournant vers les jurés. Ils allaient noter cette phrase sur leurs ardoises quand le Lapin Blanc intervint : « *In*intéressant, c'est ce que votre Majesté, bien sûr, a voulu dire », rectifia-t-il d'un ton pénétré de respect, mais en accompagnant ses paroles de force grimaces et froncements de sourcils.

« *In*intéressant, bien sûr, c'est ce que je voulais dire », s'empressa d'acquiescer le Roi qui poursuivit, à voix basse : « intéressant... inintéressant... inintéressant... intéressant... » comme s'il essayait de choisir le mot le mieux sonnant des deux.

Quelques-uns des jurés notèrent : « Intéressant », tandis que d'autres inscrivaient : « Inintéressant ». Alice put s'en rendre compte, car elle était assise assez près d'eux pour lire ce qu'il y avait d'écrit sur leurs ardoises : « Mais, estima-t-elle, cela ne présente aucun intérêt. »

A ce moment-là, le Roi, qui depuis quelque temps était fort occupé à gribouiller sur son calepin, ordonna : « Silence! » et lut : « Article quarante-deux : *Toute personne mesurant plus de mille cinq cents mètres devra quitter la salle d'audience du Tribunal.* »

Tous les regards se portèrent sur Alice.

« Je ne mesure pas mille cinq cents mètres », affirma la petite fille.

« Vous mesurez au moins ça », répondit le Roi.

« Près de trois mille mètres », renchérit la Reine.

« Eh bien, en tout cas, je suis ici et j'y reste, répliqua Alice; d'ailleurs, cet article-là ne figure pas dans le Code : c'est vous qui venez de l'inventer. »

« C'est le plus ancien article du Code », prétendit le Roi.

« Dans ce cas, cela ne pourrait être que l'Article Premier », riposta Alice.

Le Roi pâlit et s'empressa de refermer son carnet.

« Délibérez en vue de rendre votre jugement », ordonna-t-il, avec un tremblement dans la voix, aux jurés.

« Plaise à votre Majesté, il y a encore des pièces à conviction à examiner, se hâta de faire observer, en se levant d'un bond, le Lapin Blanc; on vient, à l'instant, de découvrir ce papier. »

« Que contient-il ? » demanda la Reine.

« Je ne l'ai pas encore déplié, répondit le Lapin Blanc, mais il semble que ce soit une lettre écrite par le prisonnier à... à quelqu'un. »

« Ce doit être cela, dit le Roi, à moins qu'elle n'ait été écrite à personne, ce qui est inhabituel, comme chacun sait. »

« A qui est-elle adressée ? » demanda l'un des membres du Jury.

« Elle n'est pas adressée du tout, répondit le Lapin Blanc; en fait il n'y a rien d'écrit dessus *extérieure-ment* ». Tout en parlant il dépliait le papier et ajouta : « En fin de compte, ce n'est pas une lettre : c'est une pièce de vers. »

« Ces vers ont-ils été écrits de la main du prison-nier », demanda un autre des membres du jury.

« Non, répondit le Lapin Blanc, et c'est bien là ce qu'il y a de plus singulier dans cette affaire. » (Les jurés avaient pris, tous, un air perplexe.)

« Il a dû imiter l'écriture de quelqu'un d'autre »,

dit le Roi. (A ces mots, le visage des jurés se dérida.)

« Plaise à votre Majesté, intervint le Valet, ce n'est pas moi qui les ai écrits et l'on ne saurait prouver le contraire : il n'y a pas de signature au bas du billet. »

« Si ces vers sont anonymes, riposta le Roi, c'est plus grave encore. Il *faut* que vous ayez eu quelque mauvaise intention, sinon vous les auriez signés, comme l'eût fait tout honnête homme. »

Un tonnerre d'applaudissements salua la réplique du monarque : c'étaient les premières paroles vraiment intelligentes que le Roi eût prononcées ce jour-là.

« Cela *prouve* sa culpabilité, bien sûr, dit la Reine. Donc, tranchez-lui... »

« Cela ne prouve rien du tout de ce genre ! répliqua Alice. Vous ne savez même pas de quoi parlent les vers en question ! »

« Lisez-les », ordonna le Roi.

Le Lapin Blanc mit ses lunettes. « S'il plaît à votre Majesté, demanda-t-il, par où dois-je commencer ? »

« Commencez par le commencement, dit, d'un ton empreint de gravité, le Roi, et continuez jusqu'à ce que vous arriviez à la fin; ensuite, arrêtez-vous. »

Un silence de mort régna dans la salle tandis que le Lapin Blanc lisait les vers suivants :

« Ils prétendaient que vous aviez été à elle,
Et que de moi vous lui aviez parlé, à lui :
Elle a dit que j'avais un heureux caractère
Mais que je n'étais pas un nageur accompli.

Il leur écrivit que je restais en arrière
(Et nous n'ignorons pas que c'est la vérité) :
Si elle veut aller jusqu'au bout de l'affaire,
Je me demande ce qui pourra l'arrêter!

Je lui en donnai une; ils m'en donnèrent deux,
Vous, vous nous en donnâtes trois ou davantage;
Mais toutes cependant leur revinrent, à eux,
Bien qu'on pût contester l'équité du partage.

Si le malheur, demain, voulait qu'elle ou que moi
Nous fussions impliqués dans cette sombre affaire,
Vous devrez faire en sorte que l'on les libère
Comme nous fûmes, nous, libérés autrefois.

Mon point de vue était que vous constituiez
(Dès avant qu'elle n'eût cette attaque de nerfs)
Un obstacle fâcheux venu s'interposer
Entre nous et l'objet dont ces gens nous parlèrent.

Ne lui avouez pas, à lui, qu'elle les aime,
Car tout ceci sans doute devrait demeurer,
Du reste des humains à jamais ignoré,
Un secret : un secret entre vous et moi-même. »

« C'est là la pièce à conviction la plus importante dont il nous ait été donné lecture jusqu'à présent, déclara le Roi en se frottant les mains; donc, maintenant, que les jurés... »

« Si quiconque ici présent est en mesure d'expliquer ces vers, dit Alice (elle avait tellement grandi au cours des dernières minutes qu'elle ne craignait aucunement de couper la parole au Souverain), je lui donne six pence. *Moi,* je ne crois pas qu'il y ait là-dedans le moindre atome de sens. »

Les jurés inscrivirent tous sur leurs ardoises : « *Elle,* elle ne croit pas qu'il y ait là-dedans le moindre atome de sens. » Mais aucun d'entre eux ne tenta d'expliquer le poème.

« Si ces vers n'ont pas de sens, dit le Roi, cela nous évite, voyez-vous, bien des tracas, puisque nous n'avons plus besoin d'essayer de leur en trouver un. Et pourtant, poursuivit-il en étalant le papier sur son genou et en ne regardant les vers que d'un œil, je ne sais trop s'il ne me semble pas tout de même apercevoir en eux quelque signification : ...*Mais que je n'étais pas un nageur accompli...* Vous ne savez pas nager, n'est-ce pas ? », ajouta-t-il en s'adressant au Valet.

Le Valet hocha tristement la tête. « Ai-je l'air de quelqu'un qui sait nager ? » s'inquiéta-t-il. (Il n'en

avait certes pas l'air, étant entièrement fait de car-
ton.)

« Jusqu'ici, tout concorde... » dit le Roi, qui
continua de commenter, à voix basse, les vers : « *...Et
nous n'ignorons pas que c'est la vérité...* Il s'agit là des
jurés, bien entendu... *Si elle veut aller jusqu'au bout
de l'affaire... Elle,* c'est évidemment la Reine... *Je me
demande ce qui pourra l'arrêter!...* On peut se le
demander, en effet!... *Je leur en donnai une, ils m'en
donnèrent deux...* Eh bien, c'est ce que l'accusé a dû
faire des tartes, sans doute... »

« Vous perdez de vue la suite : *Mais toutes cependant leur revinrent, à eux* », fit remarquer Alice.

« Justement, les voilà! » dit triomphalement le Roi,
en montrant du doigt les tartes posées sur la table.
« Rien ne saurait être plus clair que ce passage. » Puis
encore : « *... Dès avant qu'elle n'eût cette attaque de
nerfs...* » « Vous n'avez jamais eu d'attaque de nerfs,
je pense, chère amie ? » demanda-t-il à la Reine.

« Jamais », répondit la Reine, furieuse, en jetant un
encrier à la tête du Lézard. (Le malheureux petit Bill
avait cessé d'écrire sur son ardoise, ayant découvert
que son doigt n'y laissait aucune trace perceptible;
mais il s'empressa de se remettre à l'œuvre en utilisant,
jusqu'à ce qu'elle fût sèche, l'encre qui lui ruisselait
sur le visage.)

« Si vous ne craignez pas les *attaques de nerfs*, vous
ne devriez pas non plus vous soucier des *attaques d'un
hère* — autrement dit, d'un valet », déclara le Roi en
promenant son regard à la ronde avec un sourire. Il
y eut un silence de mort.

« C'est un jeu de mots! » précisa, d'une voix courroucée, le Roi; et tout le monde d'éclater de rire.

« Que les jurés délibèrent en vue de rendre leur
jugement », dit, pour la vingtième fois, peut-être, de
la journée, le Roi.

« Non, non! s'écria la Reine. La condamnation
d'abord... le jugement ensuite. »

« Mais c'est de la bêtise! dit, à haute voix, Alice.
Condamner avant de juger, a-t-on idée de cela ?

« Taisez-vous ! » ordonna la Reine, les joues empourprées de fureur.

« Jamais de la vie ! » dit Alice.

« Qu'on lui tranche la tête », cria, à tue-tête, la Reine. Mais nul ne bougea.

« Qui se soucie de vous et de vos ordres ? dit Alice (qui, maintenant, avait retrouvé toute sa taille). Vous n'êtes qu'un jeu de cartes ! »

A ces mots, le jeu tout entier s'envola dans les airs, puis vint retomber en désordre sur Alice : elle poussa un petit cri, moitié de colère, moitié de frayeur, et, des deux mains, tenta de repousser l'avalanche des cartes... Elle se retrouva couchée sur le talus, la tête reposant sur les genoux de sa sœur, qui lui enlevait délicatement du visage quelques feuilles mortes chues des arbres voisins.

« Réveille-toi, Alice chérie, lui disait sa sœur. Vrai, quel bon somme tu as fait ! »

« Oh ! j'ai surtout fait un songe bien curieux ! » répondit Alice, et elle raconta à sa sœur, du mieux qu'elle put se les rappeler, toutes les étranges Aventures rêvées par elle et que vous venez de lire ; et lorsqu'elle eut achevé son récit, sa sœur l'embrassa et lui dit : « Ce fut là, certes, ma chérie, un rêve bien singulier ; mais, à présent, va vite prendre ton thé ; il se fait tard. » Alice se leva donc et s'en fut en courant, en songeant au merveilleux rêve qu'elle venait de faire.

Mais sa sœur était restée assise dans l'attitude même où elle l'avait laissée. La tête appuyée sur une main, elle observait le soleil couchant en pensant à la petite Alice et à toutes ses merveilleuses Aventures, si bien qu'elle aussi, elle se mit à rêver à sa manière et voici ce que cela donna :

D'abord, elle rêva de la petite Alice elle-même ; de nouveau ses petites mains étaient jointes sur ses genoux et ses yeux brillants et vifs regardaient dans les siens ; elle pouvait entendre les intonations mêmes de sa voix, et voir ce drôle de petit mouvement de tête qu'elle avait pour rejeter en arrière les mèches de cheveux qui s'obstinaient à vouloir lui retomber sur les yeux ; et, tandis qu'elle écoutait, ou croyait écouter, les étranges créatures nées du rêve de sa petite sœur animèrent tout à coup le lieu où elle se trouvait.

L'herbe haute de la prairie que le Lapin Blanc froissait dans sa course, se mit à froufrouter à ses pieds ; la Souris, effrayée, traversa à la nage la mare voisine en soulevant sur son passage une gerbe d'eau ; elle put entendre le tintamarre produit par les tasses à thé devant lesquelles le Lièvre de Mars et ses amis partageaient leur interminable goûter et la voix aiguë de la Reine ordonnant l'exécution de ses malheureux hôtes ; de nouveau, le bébé-cochon éternua sur les genoux de la Duchesse, tandis que les assiettes et les plats s'écrasaient autour de lui ; de nouveau, le cri du Griffon, le grincement du crayon d'ardoise du Lézard, et le bruit résultant de la suffocation des cochons d'Inde que l'on étouffait, retentirent dans les airs, mêlés aux lointains sanglots de l'infortunée Tortue « fantaisie ».

La petite fille restait assise, les yeux fermés, et se croyait presque au Pays des Merveilles, bien qu'elle sût qu'elle n'avait qu'à les rouvrir pour que tout la ramenât à la terne réalité. L'herbe ne froufrouterait plus qu'au seul souffle du vent, l'étang ne se riderait plus que sous la gifle des roseaux ployés ; le tintement des clochettes suspendues au cou des moutons remplacerait le tintamarre des tasses, et l'appel du berger, les cris aigus de la Reine, tandis qu'à l'éternuement du Bébé, au cri du Griffon et aux autres bizarres bruits du pays du rêve, se substituerait, elle le savait, la confuse rumeur de la basse-cour, et que le meuglement des bœufs dans le lointain remplacerait les longs sanglots de la Tortue « fantaisie ».

Finalement, elle imagina sa petite sœur devenue, dans l'avenir, une vraie femme ayant conservé, à travers les années de son âge adulte, le cœur simple et aimant qu'elle avait, étant enfant ; elle la vit entourée d'autres petits enfants dont elle ferait briller les yeux en leur racontant d'étranges histoires, y compris, peut-être, ce vieux rêve du Pays des Merveilles, et dont elle partagerait les petits chagrins et les naïves joies, en se souvenant de sa propre enfance et des heureuses journées d'été.

DE L'AUTRE CÔTÉ DU MIROIR
ET DE CE QU'ALICE Y TROUVA

PRÉFACE

Attendu que le problème d'échecs ci-après énoncé a déconcerté plusieurs de nos lecteurs, il sera sans doute bon de préciser qu'il est correctement résolu en ce qui concerne l'exécution des *coups*. Il se peut que l'*alternance* des Rouges et des Blancs n'y soit pas observée aussi strictement qu'il se devrait, et lorsqu'à propos des trois reines on emploie le verbe « roquer », ce n'est là qu'une manière de dire qu'elles sont entrées dans le palais. Mais quiconque voudra prendre la peine de disposer les pièces et de jouer les coups comme indiqué, devra reconnaître que l'« échec » au Roi Blanc du sixième coup, la prise du Cavalier Rouge du septième, et le final « mat » du Roi Rouge répondent strictement aux règles du jeu.

Les mots nouveaux employés dans le poème *Bredoulocheux* (pages 222-223) ont donné lieu à des divergences d'opinion quant à la façon de les articuler ; il pourrait donc être également indiqué de donner quelques conseils à cet égard. Prononcez « slictueux » comme s'il s'agissait de trois mots distincts (« slic », « tu » et « eux »), et détachez bien également les quatre syllabes — al-lou-in-d' — d'« allouinde ». Sachez aussi que, dans *Le Morse et le Charpentier* (pages 252-255), la locution conjonctive « parce que », placée à la fin du cinquième, du quinzième, du quarante-septième et de l'avant-dernier vers doit, toujours, se prononcer *parceuk*.

Signalons enfin, aux lecteurs peu familiarisés avec le
jargon des canotiers, que le verbe *plumer* (intr.),
employé par la Reine Blanche à la page 270, veut dire
ramener l'aviron vers l'avant de l'embarcation en
effleurant les flots de sa pelle tenue presque horizon-
tale, et que la locution argotique *attraper un crabe*,
prononcée par ladite souveraine à la même page, signifie
engager — par maladresse — l'aviron dans l'eau assez
profondément pour qu'il se trouve placé, la pelle vers
le bas, en position verticale.

Le Pion Blanc (Alice)
joue et gagne en onze coups :

1. Alice rencontre la Reine Rouge.

1. La Reine Rouge va à la 4ᵉ case de la Tour du Roi.

2. Alice traversant *(par chemin de fer)* la 3ᵉ case de la Reine, va à la 4ᵉ case de celle-ci *(Twideuldeume et Twideuldie)*.

2. La Reine Blanche *(lancée à la poursuite de son châle)* va à la 4ᵉ case du Fou de la Reine.

3. Alice rencontre la Reine Blanche *(et le châle de celle-ci)*.

3. La Reine Blanche *(en train de se métamorphoser en brebis)* va à la 5ᵉ case du Fou de la Reine.

4. Alice va à la 5ᵉ case de la Reine *(boutique, rivière, boutique)*.

4. La Reine Blanche *(abandonnant l'œuf sur l'étagère)* va à la 8ᵉ case du Fou du Roi.

5. Alice va à la 6e case de la Reine *(Heumpty Deumpty)*.

5. La Reine Blanche *(fuyant devant le Cavalier Rouge)* va à la 8e case du Fou de la Reine.

6. Alice va à la 7e case de la Reine *(forêt)*.

6. Le Cavalier Rouge va à la 2e case du Roi *(échec)*.

7. Le Cavalier Blanc prend le Cavalier Rouge.

7. Le Cavalier Blanc va à la 5e case du Fou du Roi.

8. Alice va à la 8e case de la Reine *(couronnement)*.

8. La Reine Rouge va à la case du Roi *(examen)*.

9. Alice devient Reine.

9. Les Reines roquent.

10. Alice roque *(festin)*.

10. La Reine Blanche va à la 6e case de la Tour de la Reine *(soupe)*.

11. Alice prend la Reine Rouge et gagne.

Enfant au front plus pur qu'un beau ciel sans nuage,
*   Aux yeux de songe émerveillés,*
Malgré la loi du temps qui veut que de ton âge
La moitié d'une vie à jamais me sépare,
Ton sourire si tendre accueillera, je gage,
L'hommage affectueux de ce conte de fées.

Hélas! je ne vois plus ton radieux visage,
Je n'entends plus l'éclat de ton rire argentin;
Nulle image de moi ne devant demeurer
*   Dans le futur de ton destin,*
Il suffit qu'à présent tu veuilles accepter
*   D'écouter ce conte de fées.*

Un conte commencé en des jours de bonheur,
Tandis que de l'été les soleils rayonnaient, —
Une aimable chanson qui servit à rythmer
Le calme mouvement des rames et des heures,
Et dont en moi l'écho encore retentit
Bien que les ans jaloux me conseillent l'oubli.

Allons, écoute-moi avant que la terrible
Voix des chagrins amers et des calamités
N'invite à prendre place en un lit abhorré
Une mélancolique et douce jeune fille!
Nous ne sommes, enfant, que des enfants vieillis
Qui pleurnichent, sachant qu'il faut aller dormir.

Dehors, l'âpre froidure et la neige aveuglante,
Le sifflement rageur et maussade du vent;
Au-dedans, la lueur du foyer rougeoyant
Et le doux nid joyeux de l'enfance qui chante.
Là, grâce à ces propos magiques qui t'enchantent,
Tu ne prendras plus garde à l'aquilon dément.

Encore que sans doute l'ombre d'un regret
Pour les merveilleux jours d'un été qui n'est plus
Et pour un paradis de splendeurs disparues
Traverse quelquefois notre rêve secret,
Cette ombre cependant ne viendra pas troubler
Le très simple agrément de ce conte de fées.

LA MAISON DU MIROIR

La chose est bien certaine, la minette *blanche* n'y avait été pour rien : c'était entièrement la faute de la minette noire. Car la minette blanche s'était vu infliger par la vieille chatte, durant le dernier quart d'heure, un débarbouillage en règle — épreuve qu'elle avait assez bien supportée, somme toute — de sorte que, voyez-vous, elle *n'eût pu* prendre aucune part au méfait en question.

Pour débarbouiller ses enfants, Dinah s'y prenait de la façon suivante : d'abord elle plaquait le pauvre petit animal au sol en lui appuyant une patte sur l'oreille; puis, de l'autre patte, elle lui frottait à rebrousse-poil toute la figure, en commençant par le bout du nez. Or, au moment qui nous occupe, comme je viens de le dire, elle était en train de s'escrimer de toutes ses forces sur la minette blanche, qui restait allongée, parfaitement immobile, et s'esseyait à ron-ronner (comprenant sans nul doute que tout cela était pour son bien).

Mais le débarbouillage de la minette noire avait été terminé dès le début de l'après-midi; c'est pourquoi, tandis qu'Alice, blottie, à demi sommeillante, dans un coin du grand fauteuil, se tenait de vagues discours, ladite minette s'était livrée à une effrénée partie de balle avec la pelote de laine à tricoter que la fillette avait essayé de former, et elle avait fait rouler cette pelote en tous sens jusqu'à ce qu'elle fût complètement redéfaite; la laine était là, répandue sur la carpette, toute pleine de nœuds et emmêlée, et la minette, au beau milieu de ce désastre, courait après sa propre queue.

« Oh! la vilaine, vilaine! s'écria Alice en se saisissant de la minette et en lui donnant un petit baiser pour lui faire comprendre qu'elle était en disgrâce. Vraiment, Dinah aurait dû t'inculquer de meilleures manières! Tu *aurais dû*, Dinah, oui, oui, tu aurais dû! » ajouta-t-elle en lançant à la vieille chatte un regard chargé de reproche et en l'apostrophant de son ton de voix le plus fâché. Après quoi, emportant la minette et la laine à tricoter, elle revint se blottir dans le fauteuil, et se mit à refaire la pelote. Mais elle n'allait pas très vite en besogne, car elle parlait tout le temps, tantôt à la minette et tantôt à part soi. Kitty restait bien sagement sur ses genoux, feignant de s'intéresser à la confection de la pelote; de temps à autre elle tendait une patte et touchait légèrement la boule de laine, comme pour montrer qu'elle eût été heureuse de se rendre utile si elle l'avait pu.

« Sais-tu quel jour nous serons demain, Kitty? commença de dire Alice. Tu l'aurais deviné si tu t'étais mise à la fenêtre avec moi tout à l'heure... Mais Dinah était en train de te débarbouiller, c'est pour cela que tu n'as pu venir. Je regardais les garçons qui ramassaient du bois pour le feu de joie... et cela demande force bois, Kitty! Seulement, voilà, il s'est mis à faire si froid et à neiger tant qu'ils durent y renoncer. N'importe, Kitty, nous irons voir le feu de joie, demain. » Cela dit, Alice enroula deux ou trois fois le fil de laine à tricoter autour du cou de la minette, simplement pour voir de quoi elle aurait l'air avec un tel collier : il en résulta une mêlée confuse au cours de laquelle la pelote chut sur le plancher, et des mètres et des mètres de fil de laine se déroulèrent derechef.

« Le sais-tu, Kitty, poursuivit Alice dès qu'elles furent de nouveau confortablement installées, j'ai été si fâchée en voyant toutes les bêtises que tu avais faites, que j'ai bien failli ouvrir la fenêtre et te mettre dehors, dans la neige! Tu l'aurais mérité, petite coquine chérie! Qu'as-tu à dire pour ta défense ? Je te prie de ne pas m'interrompre! ordonna-t-elle, le doigt levé. Je vais te dire tout ce que tu as fait. Premièrement, ce matin, tu as crié deux fois pendant que Dinah te lavait la figure. Inutile d'essayer de le nier, Kitty : je t'ai entendue! Quoi? Que dis-tu? (faisant semblant de croire que la minette venait de parler) : Elle t'a mis la patte dans l'œil? Eh bien, c'est ta faute, à toi; cela t'apprendra à garder les yeux ouverts : si tu les avais tenus bien fermés, cela ne se serait pas produit. Inutile de te chercher de nouvelles excuses : écoute-moi plutôt! Deuxièmement : tu as tiré la queue de Blanche-Neige au moment précis où je mettais la soucoupe de lait devant elle! Comment? Tu prétends que tu avais soif? Qui te dit qu'elle n'avait pas soif, elle aussi? Puis, troisièmement : tandis que je ne te regardais pas, tu as défait toute ma pelote de laine à tricoter!

« Cela fait trois sottises, Kitty, et tu n'as encore été punie pour aucune d'entre elles. Tu sais que je te garde toutes tes punitions en réserve pour te les infliger de mercredi en huit? Si l'on me gardait en réserve toutes mes punitions, à *moi*, poursuivit-elle à part soi plutôt que pour la minette, qu'est-ce que cela pourrait bien faire à la fin de l'année? On me jetterait en prison, je le suppose, le jour venu. Ou bien... voyons... si chaque punition consistait à être privée de dîner : alors, quand viendrait ce sombre jour, il me faudrait me passer de cinquante dîners d'un coup! Eh bien, réflexion faite, cela me serait tout à fait égal! J'aimerais autant m'en passer que devoir les manger!

« Entends-tu, Kitty, la neige qui tombe contre les vitres? Quel doux et joli bruit elle fait! Comme si quelqu'un dehors les couvrait de baisers. Est-ce parce qu'elle aime les arbres et les champs, que la neige les embrasse si doucement? Après cela, vois-tu, elle les met bien au chaud sous son couvre-pied blanc; et peut-être leur dit-elle : « Dormez bien, mes chéris, jusqu'à ce que l'été revienne. » Et lorsque vient l'été, Kitty, et qu'ils s'éveillent, ils se vêtent tout de vert et se mettent à danser... chaque fois que la brise souffle... oh, le joli spectacle! s'écria Alice en lâchant, pour battre des mains, la pelote de laine à tricoter. Et comme je *souhaiterais* que tout cela soit vrai! Pour sûr que les bois ont l'air endormi en automne, quand les feuilles jaunissent!

« Sais-tu, Kitty, jouer aux échecs? Voyons, ne ris pas, ma chérie, je te demande cela très sérieusement. Tout à l'heure, quand nous étions en train de jouer, tu as suivi la partie comme si tu la comprenais : et quand j'ai dit « Echec » tu t'es mise à ronronner! Ma foi, c'était vraiment, Kitty, un échec très réussi, et je suis sûre que j'aurais pu gagner si ce vilain cavalier n'était venu se faufiler parmi mes pièces. Kitty chérie, faisons semblant... »

Je voudrais, ici, pouvoir vous répéter la moitié des phrases qu'Alice avait l'habitude de prononcer et qui commençaient par son expression favorite : « Faisons semblant. » La veille encore elle avait eu une longue discussion avec sa sœur, parce qu'Alice avait commencé de dire : « Faisons semblant d'être des rois et des reines », et que sa sœur, férue d'exactitude, avait prétendu le simulacre impossible, attendu qu'elles n'étaient que deux. Alice en avait finalement été réduite à dire : « Eh bien, *toi*, tu seras l'une des reines, et *moi* je serai toutes les autres et aussi tous les rois. » Et, un jour, elle avait fait une peur bleue à sa vieille gouvernante en lui criant tout à trac dans le tuyau de l'oreille : « Nounou, faisons semblant d'être, moi une hyène affamée, et vous un os! »

Mais ceci nous écarte un peu trop de ce qu'Alice disait à la minette : « Faisons semblant de croire que tu es la Reine Rouge, Kitty! Vois-tu, je pense que si tu t'asseyais sur ton séant en te croisant les bras, tu lui ressemblerais à s'y méprendre. Allons, essaie un peu, pour me faire plaisir! » Là-dessus, Alice prit la Reine Rouge sur la table et la mit devant Kitty pour qu'elle lui servît de modèle : mais cette tentative échoua, surtout, dit Alice, parce que la minette refusait de croiser les bras comme il le fallait. Pour la punir, la fillette la tint devant le miroir afin de lui montrer comme elle avait l'air maussade : « ... et si tu n'es pas sage tout de suite, ajouta-t-elle, je te fais passer dans la Maison du Miroir. Que dirais-tu de *cela*?

« Maintenant, Kitty, si tu veux bien m'écouter, au lieu de jacasser sans arrêt, je vais te dire tout ce que j'imagine à propos de la Maison du Miroir. D'abord il y a la pièce que tu peux voir dans la glace... Elle est exactement semblable à notre salon, mais les objets y sont inversés. Je peux la voir tout entière lorsque je grimpe sur une chaise... tout entière à l'exception de la partie qui se trouve juste derrière la cheminée. Oh! comme j'aimerais voir cette partie-là! J'ai tellement envie de savoir si l'on y fait du feu, en hiver! On ne *saurait* être fixé à ce sujet, vois-tu, à moins que notre feu ne se mette à fumer et qu'alors la fumée ne s'élève aussi dans cette pièce-là... et peut-être encore ne serait-ce qu'un faux semblant, destiné seulement à faire croire qu'il y a du feu. Puis, vois-tu, les livres y ressemblent à nos livres, à cette différence près que les mots y sont écrits à l'envers; je le sais bien, car un jour j'ai tenu un de nos livres devant la glace, et lorsqu'on fait cela, on tient un livre aussi dans l'autre pièce.

« Aimerais-tu vivre dans la Maison du Miroir, Kitty? Je me demande si l'on t'y donnerait du lait? Peut-être le lait du Miroir n'est-il pas bon à boire?... Mais, maintenant, oh! Kitty, maintenant nous en arrivons au couloir. On peut tout juste avoir un petit aperçu de ce qu'est le couloir de la Maison du Miroir, si l'on laisse grande ouverte la porte de notre salon; ce que l'on en voit ressemble fort à notre couloir, à nous, mais plus loin, vois-tu, il est peut-être tout différent. Oh, Kitty, comme ce serait merveilleux si l'on pouvait entrer dans la Maison du Miroir! Je suis sûre de ce que je dis, oh! elle contient tant de belles choses! Faisons semblant d'avoir découvert un moyen d'y entrer, Kitty. Faisons semblant d'avoir rendu le verre inconsistant comme de la gaze et de pouvoir passer à travers celui-ci. Mais, ma parole, voici qu'il se change en une sorte de brouillard! Cela va être un jeu d'enfant que de le traverser... »

Tandis qu'elle prononçait ces mots, elle se trouva

juchée sur la cheminée, sans trop savoir comment elle
était venue là. Et, à coup sûr, la glace commençait bel
et bien à se dissoudre, comme un brouillard de vif argent.

A l'instant suivant, Alice avait traversé la glace et
sauté avec agilité dans le salon du Miroir. La toute
première idée qu'il lui vint, ce fut de regarder s'il y
avait du feu dans la cheminée, et elle fut ravie de constater que l'on y entretenait un feu bien réel et tout aussi
ardent que celui qu'elle avait laissé dans l'autre salon.
« De sorte que j'aurai chaud ici autant que là-bas, se
dit Alice : davantage même, puisqu'il n'y aura personne pour me réprimander si je m'approche de la
flamme. Oh! comme ce sera drôle, lorsque l'on me
verra dans la glace et que l'on ne pourra pas venir
m'attraper! »

Se mettant alors à promener son regard autour d'elle,
elle remarqua que, du salon de ses parents, ce que l'on
pouvait voir dans celui où elle se trouvait à présent était
tout à fait banal et dénué d'intérêt, mais que tout le
reste était étrange au possible. Ainsi, les tableaux
accrochés au mur à côté du feu avaient l'air d'être
vivants, et la pendule placée sur la cheminée (vous savez
que, dans le Miroir, l'on n'en voit que l'envers)
empruntait le visage d'un petit vieillard qui regardait
Alice en souriant.

« Ce salon-ci n'est pas tenu aussi bien que l'autre »,
se dit Alice, en remarquant que plusieurs pièces du jeu
d'échecs étaient tombées parmi les cendres du foyer;
mais, un instant plus tard, c'est avec un bref « Oh! » de
surprise qu'elle se mettait à quatre pattes pour les
mieux observer. Les pièces du jeu d'échecs déambu-
laient deux par deux!

« Voici le Roi Rouge et la Reine Rouge, dit (à voix
très basse, de peur de les effrayer) Alice, et voici le Roi
Blanc et la Reine Blanche assis sur le tranchant de la
pelle à charbon... puis voilà deux Tours marchant bras
dessus, bras dessous... Je ne crois pas qu'ils puissent
m'entendre, poursuivit-elle en baissant un peu plus la
tête, et je suis à peu près certaine qu'ils ne peuvent me
voir. J'ai l'impression d'être invisible... »

A cet instant, s'élevant de la table qui se trouvait derrière Alice, on entendit un glapissement qui fit se retourner la fillette, juste à temps pour voir l'un des Pions Blancs tomber à la renverse et se mettre à gigoter : elle l'observa avec beaucoup de curiosité en se demandant ce qu'il allait se passer ensuite.

« C'est la voix de mon enfant! s'écria la Reine Blanche en s'élançant en avant et en bousculant au passage le Roi avec une violence telle qu'elle le fit choir au beau milieu des cendres. Ma chère petite Lily! Mon impériale mignonne! » Et elle se mit à escalader avec frénésie la paroi du garde-feu.

« Impériale andouille! » grommela le Roi en frottant son nez tout meurtri (Il avait le droit d'être *quelque peu* fâché contre la Reine, car il était couvert de cendres de la tête aux pieds).

Alice était très désireuse de se rendre utile et, comme la pauvre petite Lily criait à vous faire craindre de la voir tomber en convulsions, elle empoigna bien vite la Reine pour la poser sur la table à côté de sa bruyante fillette.

La Reine s'affala sur son séant; elle suffoquait; le rapide voyage qu'elle venait d'effectuer à travers les airs lui avait coupé le souffle et, durant une minute ou deux, elle ne put faire rien d'autre que serrer en silence dans ses bras la petite Lily. Dès qu'elle eut à peu près recouvré l'usage de ses poumons, elle cria au Roi Blanc, qui était resté assis, maussade, parmi les cendres : « Attention au volcan! »

« Quel volcan ? » s'enquit le Roi en regardant, d'un air inquiet, le feu, comme s'il jugeait que ce fût l'endroit où l'on avait le plus de chances de découvrir un cratère en éruption.

« M'a... fait... sauter en l'air, hoqueta la Reine, encore quelque peu haletante. Attention de monter... de la manière normale... de ne pas vous faire... projeter en l'air! »

Alice regarda le Roi Blanc grimper lentement de barreau en barreau, puis elle finit par dire : « Mais, à ce train-là, vous allez mettre des heures et des heures pour atteindre la table! Ne croyez-vous pas qu'il vaudrait mieux que je vous aide ? » Le Roi ne prêta pas la moindre attention à sa question : il était évident qu'il ne pouvait ni voir ni entendre la petite fille.

Alice le prit très délicatement entre le pouce et l'index et, afin de ne pas lui couper le souffle, le souleva plus lentement qu'elle n'avait soulevé la Reine; mais avant de le poser sur la table, elle crut bon de l'épousseter un peu, car il était tout couvert de cendre.

Elle raconta par la suite que, de sa vie, elle n'avait contemplé figure pareille à celle que fit le Roi lorsqu'il se vit tenu en l'air et épousseté par une invisible main; il était bien trop stupéfait pour crier, mais ses yeux et sa bouche s'agrandirent et s'arrondirent de la manière la plus cocasse. Alice, à ce spectacle, fut prise d'un fou rire tel que sa main tremblait et qu'elle faillit laisser choir le monarque sur le plancher.

« Oh! je vous en prie, mon cher monsieur, ne grimacez pas comme cela! s'écria-t-elle, oubliant tout à fait que le Roi ne pouvait l'entendre. Vous me faites rire tellement que c'est tout juste si j'ai la force de vous tenir! Et n'ouvrez pas si grand la bouche! Toute la cendre va y entrer! Là, je crois que vous êtes maintenant un peu plus propre! » ajouta-t-elle en lui lissant les cheveux; puis elle le posa sur la table, à côté de la Reine.

Le Roi, à l'instant même, tomba tout plat sur le dos et demeura ainsi parfaitement immobile; et Alice, un peu effrayée de ce qu'elle avait fait, se mit à tourner en rond dans la pièce pour voir si elle y trouverait un peu d'eau à lui jeter au visage. Mais elle ne put découvrir qu'une bouteille d'encre, et lorsqu'elle revint, tenant à la main ladite bouteille, ce fut pour constater que le Roi avait repris ses sens, et que la Reine et lui, l'air terrifié, s'entretenaient à voix si basse que la fillette eut peine à entendre ce qu'ils disaient.

Le Roi chuchotait : « Je vous assure, ma chère amie, que je m'en suis senti glacé jusqu'à la pointe de mes favoris! »

A quoi la Reine répliquait : « Vous savez bien que vous n'avez jamais porté de favoris! »

« L'horreur de cette minute-là, poursuivit le Roi, jamais, au grand jamais, je ne l'oublierai! »

« Vous l'oublierez pourtant, dit la Reine, si vous n'y consacrez un paragraphe de votre pense-bête. »

Alice, avec grand intérêt, regarda le Roi tirer de sa poche un énorme calepin sur lequel il entreprit d'écrire. Une idée tout à coup lui vint à l'esprit : elle saisit l'extrémité du crayon, qui dépassait un peu le niveau de l'épaule du souverain, et elle se mit à écrire à sa place.

Le pauvre Roi, l'air perplexe et malheureux, lutta avec son crayon quelques instants durant sans mot dire; mais, Alice étant trop forte pour qu'il lui pût résister, il finit par déclarer, haletant : « Ma chère amie! Il me faut absolument trouver un crayon plus fin. Je ne puis venir à bout de celui-ci : il écrit toute sorte de choses que je n'ai jamais eu l'intention... »

« Quelle sorte de choses? demanda la Reine en parcourant du regard le calepin (sur lequel Alice avait écrit : « *Le Cavalier Blanc, à califourchon, se laisse glisser le long du tisonnier. Son équilibre laisse beaucoup à désirer.* ») Ce n'est certes pas là un compte rendu de ce que *vous*, vous avez ressenti! »

Sur la table, tout près d'Alice, il y avait un livre, et tandis qu'assise elle observait le Roi Blanc (car elle était encore un peu inquiète à son sujet, et se tenait toute prête à lui jeter l'encre à la figure au cas où il s'évanouirait de nouveau), elle se mit à tourner les pages pour y trouver un passage qu'elle pût lire : « ...car c'est tout écrit dans une langue que je ne connais pas », dit-elle à part soi.

Et voici à quoi cela ressemblait :

« BREDOULOCHEUX »

Il était reveneure; les slictueux toves
Sur l'allouinde gyraient et vriblaient;
Tout flivoreux vaguaient les borogoves;
Les verchons fourgus bourniflaient. »

Elle se tortura les méninges, quelques instants durant, sur ces lignes, mais finalement une idée lumineuse lui vint à l'esprit : « C'est bien sûr, un livre du Miroir! Si je le tiens devant une glace, les mots vont se remettre à l'endroit. »

Et voici le poème que lut Alice :

« BREDOULOCHEUX [1]

Il était reveneure; les slictueux toves
    Sur l'allouinde gyraient et vriblaient;
Tout flivoreux vaguaient les borogoves;
    Les verchons fourgus bourniflaient. »

  « Au Bredoulochs prends bien garde, mon fils!
A sa griffe qui mord, à sa gueule qui happe!
      Gare l'oiseau Jeubjeub, et laisse
En paix le frumieux, le fatal Pinçmacaque! »

Le Jeune homme, ayant ceint sa vorpaline épée,
Longtemps, longtemps cherchait le monstre manxiquais,
    Puis, arrivé près de l'arbre Tépé,
    Pour réfléchir un instant s'arrêtait.

Or, tandis qu'il lourmait de suffèches pensées,
    Le Bredoulochs, l'œil flamboyant,
      Ruginiflant par le bois touffeté,
      Arrivait en barigoulant!

Une, deux! une, deux! Fulgurant, d'outre en outre,
Le glaive vorpalin perce et tranche : flac-vlan!
Il terrasse la bête et, brandissant sa tête,
      Il s'en retourne, galomphant.

    « Tu as tué le Bredoulochs!
    Dans mes bras, mon fils rayonnois!
    O jour frableux! callouh! calloc! »
      Le vieux glouffait de joie.

---

1. Nos amis André Bay et Jacques Papy ont inséré une de nos précédentes versions françaises de ce poème et, partant, de la glose qui s'y rapporte (voir pp. 282-283 du présent ouvrage) dans les diverses éditions de leurs traductions respectives de *Through the Looking-glass and what Alice found there*. (N.d.T.)

Il était reveneure ; les slictueux toves
*   Sur l'allouinde gyraient et vriblaient ;*
*   Tout flivoreux vaguaient les borogoves ;*
*   Les verchons fourgus bourniflaient.*

« Cela semble très joli, dit-elle quand elle en eut terminé la lecture, mais c'est rudement difficile à assimiler ! (Elle ne voulait pas s'avouer qu'elle n'y comprenait rien du tout, voyez-vous bien.) Je ne sais pourquoi, j'ai l'impression que cela me remplit la tête de toute sorte d'idées... J'ignore malheureusement quelles sont ces idées ! Pourtant, *quelqu'un* a tué *quelque chose* : c'est ce qu'il y a de clair là-dedans, en tout cas...

« Mais, oh ! se dit Alice en se levant d'un bond, si je ne me hâte pas, il me faudra repasser à travers le miroir avant d'avoir vu à quoi ressemble le reste de la maison ! Jetons un coup d'œil, d'abord, sur le jardin ! »

En un instant elle était hors de la pièce et descendait l'escalier en courant... Pour être plus précis, disons que ce n'était pas exactement de courir qu'il s'agissait, mais — comme Alice se le disait — d'une façon nouvelle, rapide et facile, de descendre les étages. Elle se contenta de maintenir le bout de ses doigts sur la rampe, et descendit en un doux vol plané sans même que ses pieds touchassent les marches ; puis, toujours planant dans les airs, elle traversa le vestibule ; et elle eût franchi, de la même façon, le pas de la porte, si elle ne se fût cramponnée désespérément au chambranle de celle-ci. Car, à force de planer dans les airs, elle éprouvait un léger vertige, et elle fut bien aise de se voir marcher de nouveau de manière naturelle.

LE JARDIN DES FLEURS VIVANTES

« Je verrais le jardin beaucoup mieux, se dit Alice, si je pouvais gagner le sommet de cette colline; et voici un sentier qui y mène tout droit... ou plutôt, non, pas *tout droit*... rectifia-t-elle après avoir suivi le sentier sur quelques mètres et pris plusieurs tournants brusques, mais je suppose qu'il finira bien par y mener. Comme il se tortille de bizarre façon! Plutôt qu'un sentier, on dirait un tire-bouchon! Bon, ce tournant-*ci* va à la colline, je suppose... Eh bien non, il n'y va pas! Tout au contraire, il me ramène directement à la maison! Puisqu'il en est ainsi, je vais essayer de le suivre en sens inverse. »

C'est ce qu'elle fit : allant de bas en haut, puis de haut en bas, prenant tournant après tournant, mais, quoi qu'elle tentât, se retrouvant toujours en vue de la maison. Il lui arriva même, alors qu'elle venait de prendre un tournant plus vite que d'ordinaire, de ne pouvoir s'arrêter à temps pour éviter de se cogner contre la façade de ladite maison.

« Inutile d'insister, déclara la fillette en regardant la maison comme si elle discutait avec elle. Je ne rentre pas encore. Je sais qu'il me faudrait de nouveau traverser le Miroir... revenir dans le salon... et que ce serait la fin de l'aventure! »

Donc, tournant résolument le dos à la maison, elle reprit une fois de plus le sentier, bien décidée à marcher jusqu'à ce qu'elle eût atteint le haut de la colline. Pendant quelques minutes tout alla bien, et elle était en train de dire : « Cette fois-ci, je suis sûre et certaine

d'y parvenir... » quand le sentier brusquement bifurqua
et s'ébroua (c'est du moins le terme qu'employa par
la suite Alice en racontant ce qu'il lui était arrivé), et
à l'instant suivant elle se trouvait bel et bien en train
de franchir le seuil de la maison.

« Oh, c'est trop fort! s'écria-t-elle. Je n'ai jamais
vu une maison se mettre ainsi en travers de votre
route! Non, jamais! »

Cependant la colline était là, bien visible; il n'y avait
donc qu'à se remettre en marche. Cette fois, elle arriva
devant un vaste parterre de fleurs, entouré d'une bordure de pâquerettes, et au milieu duquel un chêne
épandait son ombre.

« O Lys tigré, dit Alice en s'adressant à un lys qui
se balançait avec grâce au souffle du vent, comme je
voudrais que vous puissiez parler! »

« Nous pouvons fort bien parler, répondit le Lys
tigré, quand nous avons un interlocuteur valable. »

Alice fut si surprise de cette réplique qu'elle en
resta pantoise, le souffle apparemment coupé, une
minute durant. Finalement, comme le Lys tigré ne
faisait rien d'autre que de continuer de se balancer,
elle reprit la parole pour lui demander timidement et
à voix basse : « Est-ce que *toutes* les fleurs peuvent
parler ? »

« Aussi bien que vous-même, répondit le Lys tigré,
et à voix beaucoup plus haute que vous ne le sauriez
faire. »

« Ce serait très discourtois de notre part que de
prendre l'initiative du dialogue, voyez-vous bien, dit
la Rose, et je me demandais à quel moment vous alliez
vous décider à parler! Je disais à part moi : « Son
visage a l'air *assez* sensé, bien que ce ne soit pas ce qui
s'appelle un visage intelligent! » Quoi qu'il en soit,
vous êtes de la couleur qu'il faut, et cela, c'est très
important. »

« Sa couleur, je n'en ai cure, intervint le Lys tigré.
Si seulement ses pétales frisaient un peu plus qu'ils ne
le font, elle serait parfaite. »

Alice, qui n'aimait guère à être l'objet de critiques,

se mit à poser des questions : « N'avez-vous pas peur, parfois, de devoir rester plantées là, sans personne pour veiller sur vous ? »

« Et ce chêne qui se dresse au milieu de notre parterre, dit la Rose. A quoi d'autre croyez-vous qu'il serve ? »

« Mais que pourrait-il faire en cas de danger ? » s'enquit Alice.

« Il pourrait se *dé-chêner* », dit la Rose.

« Cela lui arrive parfois, confirma une Pâquerette. Si on le met hors de lui, il cesse sur-le-champ d'être un chêne et l'on peut donc dire alors qu'il se dé-chêne! »

« Ne saviez-vous pas *cela?* » s'exclama une autre Pâquerette. Et, là-dessus, elles se mirent à crier toutes ensemble, jusqu'à ce que les airs semblassent remplis de petites voix aiguës.

« Silence, vous autres! ordonna le Lys tigré, en se balançant furieusement de tous côtés et en tremblant de colère. Elles savent que je ne peux les attraper! ajouta-t-il, haletant, en penchant vers Alice sa tête frémissante; sinon, elles n'oseraient pas agir de la sorte! »

« Qu'importe! » fit Alice, conciliante; puis, se penchant vers les pâquerettes qui s'apprêtaient à crier de plus belle, elle murmura : « Si vous ne vous taisez pas tout de suite, je vous vais cueillir! »

Le silence s'établit instantanément et plusieurs pâquerettes roses devinrent toutes blanches.

« C'est bien! s'exclama le Lys tigré. Les pâquerettes sont les pires de toutes. Quand l'une d'elles prend la parole, elles s'y mettent toutes ensemble, et, d'entendre la façon dont elles jacassent, il y a de quoi vous faire faner sur pied! »

« Comment se fait-il que vous sachiez toutes si bien parler ? demanda Alice, qui espérait le mettre de meilleure humeur en lui adressant un compliment. J'ai été déjà dans nombre de jardins, mais aucune des fleurs que j'y ai vues ne savait parler. »

« Mettez votre main par terre et tâtez le sol, ordonna le Lys tigré. Vous trouverez la réponse à votre question. »

Alice fit ce qu'on lui disait de faire. « Le sol est très dur, dit-elle, mais je ne vois pas le rapport entre ce fait et ce que je vous demande. »

« Dans la plupart des jardins, dit le Lys tigré, on prépare des couches trop molles, de sorte que les fleurs y dorment tout le temps. »

Cela avait l'air d'être une excellente raison, et Alice fut ravie de la connaître : « Je n'avais jamais pensé à cela jusqu'à présent! » reconnut-elle.

« M'est avis que vous ne pensez jamais à *rien* », fit observer la Rose d'un ton de voix plutôt sévère.

« Je n'avais jamais vu personne qui eût l'air aussi stupide », dit une Violette si brusquement qu'Alice fit un véritable bond, car la Violette n'avait pas ouvert la bouche jusqu'alors.

« Tenez votre langue! s'écria le Lys tigré. Comme si *vous*, vous aviez jamais vu qui que ce fût! Vous gardez la tête en permanence sous les feuilles, et vous restez là à ronfler tant et si bien que vous ignorez ce qui se passe dans le monde, tout comme si vous étiez un vulgaire bouton! »

« Y a-t-il d'autres personnes que moi dans le jardin? » demanda Alice, qui prit le parti de ne pas relever la dernière remarque de la Rose.

« Il est au jardin une fleur qui peut se déplacer comme vous, dit la Rose. Je me demande du reste comment vous vous y prenez... (« Vous êtes toujours en train de vous demander quelque chose », fit observer le Lys tigré), mais elle est plus touffue que vous ne l'êtes. »

« Me ressemble-t-elle? » demanda avec vivacité Alice, car cette pensée venait de lui traverser l'esprit : « Il y a une autre petite fille quelque part dans le jardin! »

« Ma foi, elle a votre tournure disgracieuse, répondit la Rose, mais vous êtes moins rouge qu'elle, et ses pétales sont plus courts, je pense, que les vôtres. »

« Ses pétales sont très serrés; presque autant que ceux d'un dahlia, intervint le Lys tigré; ils ne retombent pas n'importe comment, comme le font les vôtres. »

« Mais cela n'est pas votre faute, ajouta gentiment la Rose : vous commencez à vous flétrir, voyez-vous bien... et dès lors vous ne pouvez empêcher vos pétales d'avoir l'air quelque peu négligé. »

Cette idée ne plut pas du tout à Alice; pour changer de sujet de conversation, elle s'enquit : « Vient-elle par ici quelquefois ? »

« Vous la verrez bientôt, je vous le garantis, répondit la Rose. Elle appartient à l'espèce épineuse. »

« Où porte-t-elle ses piquants ? » demanda, non sans quelque curiosité, Alice.

« Eh bien, autour de la tête, naturellement, répondit la Rose. J'étais en train de me demander pourquoi vous n'en aviez pas là, vous aussi. Je supposais que c'était la règle. »

« La voici qui arrive! s'écria le Pied d'Alouette. J'entends son pas — crac, crac — sur le gravier de l'allée. »

Alice, d'un mouvement vif, se retourna et constata que c'était la Reine Rouge. « Elle a beaucoup grandi », remarqua-t-elle d'emblée. Elle avait beaucoup grandi, en effet : lorsque la fillette l'avait trouvée dans les cendres, elle ne mesurait que sept centimètres... et voilà que, maintenant, elle dépassait Alice d'une demi-tête!

« C'est l'effet du grand air, affirma la Rose : c'est un merveilleux air que l'on respire ici. »

« Je crois bien que je vais aller au-devant d'elle », dit Alice; car, si intéressantes que fussent les fleurs, elle sentait qu'il serait bien plus magnifique d'avoir un entretien avec une vraie Reine.

« Vous n'avez pas la possibilité de faire cela, dit la Rose; *moi*, je vous conseillerais plutôt d'aller dans l'autre sens. »

Ce propos parut absurde à Alice; elle ne répondit rien mais se dirigea immédiatement vers la Reine Rouge. A sa grande surprise, elle la perdit de vue en un instant, pour se retrouver en train de franchir le seuil de la maison.

Légèrement agacée, elle fit demi-tour et après avoir cherché des yeux, de tous côtés, la Reine (qu'elle finit par apercevoir dans le lointain), elle décida d'essayer, cette fois-là, de marcher dans la direction opposée.

Cela réussit admirablement. A peine avait-elle cheminé une minute durant qu'elle se trouvait face à face avec la Reine Rouge, et bien en vue de la colline qu'elle avait si longtemps essayé d'atteindre.

« D'où venez-vous ? s'enquit la Reine Rouge. Et où allez-vous ? Levez la tête, répondez poliment, et ne jouez pas sans arrêt avec vos doigts. »

Alice obéit à toutes ces injonctions et, de son mieux, expliqua comment elle s'était égarée et n'avait pu retrouver son chemin.

« Je ne sais ce que vous voulez dire lorsque vous parlez de *votre* chemin, dit la Reine : tous les chemins d'ici m'appartiennent, à moi... mais, du reste, pourquoi êtes-vous venue ici ? ajouta-t-elle d'un ton de voix plus aimable. Faites donc la révérence tandis que vous réfléchissez à ce que vous m'allez répondre. Cela fait gagner du temps. »

Alice s'étonna un peu d'entendre de telles paroles, mais elle avait une trop sainte terreur de la Reine pour ne pas croire ce qu'elle venait de dire : « J'essaierai cela lorsque je serai de retour à la maison, se dit-elle, la prochaine fois que j'arriverai un peu en retard au dîner. »

« Il est temps à présent, pour vous, de me répondre, dit la Reine en consultant sa montre : ouvrez un peu plus grand la bouche en parlant, et ne manquez pas de dire : Votre Majesté. »

« Je voulais seulement voir à quoi ressemblait le jardin, Votre Majesté... »

« Fort bien, dit la Reine en lui tapotant la tête, ce qui déplut souverainement à Alice; mais, à propos de « jardin », sachez que, *moi*, j'ai vu des jardins en comparaison de qui celui-ci serait un désert. »

Alice n'osa pas la reprendre sur ce point et poursuivit : « ...et je comptais essayer de retrouver mon chemin afin de parvenir au haut de cette colline... »

« A propos de « colline », intervint la Reine, j'ai vu, *moi*, des collines en comparaison de qui vous appelleriez celle-ci une vallée. »

« Non, sûrement pas, répliqua Alice, surprise de contredire enfin son interlocutrice : une colline ne *saurait* être une vallée, voyez-vous bien. Ce serait là une parfaite ineptie... »

La Reine Rouge hocha la tête : « Vous pouvez parler d' « ineptie » si cela vous plaît, dit-elle, mais *moi*, j'ai entendu des inepties en comparaison de qui ceci paraîtrait aussi sensé qu'un dictionnaire! »

Alice, derechef, fit une révérence, car d'après le ton de voix de la Reine, elle craignait de l'avoir un tout petit peu offensée; et toutes deux cheminèrent en silence jusqu'à ce qu'elles eussent atteint le sommet de la petite colline.

Pendant quelques minutes Alice demeura sans mot dire, à promener dans toutes les directions son regard sur la contrée qui s'étendait devant elle et qui était vraiment une fort étrange contrée. Un grand nombre de petits ruisseaux la parcouraient d'un bout à l'autre, et le terrain compris entre lesdits ruisseaux était divisé en carrés par un nombre impressionnant de petites haies vertes perpendiculaires aux ruisseaux.

« Je vous assure que l'on dirait les cases d'un vaste échiquier! finit par s'écrier Alice. Il devrait y avoir des pièces en train de se déplacer quelque part là-dessus — et effectivement il y en a! ajouta-t-elle, ravie, tandis que son cœur se mettait à battre plus vite. C'est une grande partie d'échecs qui est en train de se jouer — à l'échelle du monde entier — si cela est vraiment le monde, voyez-vous bien. Oh! que c'est amusant! Comme je *voudrais* être une de ces pièces-là! Cela me serait égal d'être un simple Pion, pourvu que je puisse prendre part au jeu... mais, évidemment, j'aimerais mieux encore être une Reine. »

En prononçant ces mots elle lança un timide regard à la vraie Reine, mais sa compagne se contenta de sourire aimablement et lui dit : « C'est un vœu facile à satisfaire. Vous pouvez être, si vous le désirez, le Pion de la Reine Blanche, car Lily est trop jeune pour jouer. Pour commencer, vous prendrez place dans la seconde case; et quand vous arriverez à la huitième case, vous serez Reine... » A ce moment précis, on ne sait trop pourquoi, elles se mirent à courir.

Lorsqu'elle y réfléchit par la suite, Alice ne put jamais très bien comprendre comment cela avait commencé : tout ce dont elle se souvint, c'est qu'elles couraient en se tenant par la main et que la Reine allait si vite que la fillette avait toutes les peines du monde à se maintenir à sa hauteur; et aussi que la Reine ne cessait de crier : « Plus vite! Plus vite! » et qu'Alice sentait bien qu'elle *ne pouvait* aller plus vite, encore qu'elle n'eût pas assez de souffle pour le dire à haute voix.

Ce qu'il y avait de plus curieux dans l'aventure, c'est que les arbres et les autres objets qui les entouraient ne changeaient pas du tout de place; si vite qu'elles courussent, il semblait qu'elles ne dépassassent jamais rien. « Je me demande si toutes les choses se déplacent dans le même sens et avec la même vitesse que nous ? » pensait, déconcertée, la pauvre Alice. Et la Reine semblait deviner ses pensées car elle criait : « Plus vite! N'essayez pas de parler! »

Parler ? Alice n'en éprouvait pas la moindre envie. Il lui semblait qu'elle ne serait jamais plus capable de dire un mot, tant elle était essoufflée; et pourtant la Reine continuait de crier : « Plus vite! Plus vite! » en l'entraînant de force vers un but indéterminé. « Allons-nous y arriver bientôt ? » parvint enfin à articuler, haletante, la fillette.

« Y arriver bientôt! répéta la Reine. Ma foi nous sommes passées devant, voici dix bonnes minutes! Plus vite! » Elles continuèrent de courir durant quelque temps en silence; le vent sifflait aux oreilles d'Alice et elle avait l'impression que ce vent allait lui arracher les cheveux.

« Allons! Allons! criait la Reine. Plus vite! Plus vite! » Et elles allaient si vite qu'il semblait qu'elles glissassent à travers les airs, en effleurant à peine de leurs pieds la surface du sol; puis, tout à coup, à l'instant précis où Alice touchait à la limite de l'épuisement, elles s'arrêtèrent net, et la fillette se retrouva assise par terre, hors d'haleine et tout étourdie.

La Reine la fit s'adosser contre un arbre, et lui dit avec gentillesse : « Vous pouvez maintenant vous reposer un peu. »

Alice promena son regard autour d'elle, fort surprise de ce qu'elle voyait : « Ma parole, je crois bien que nous sommes restées tout le temps sous cet arbre! Tout est demeuré exactement comme auparavant! »

« Pour sûr que c'est demeuré exactement comme auparavant, répliqua la Reine; que vouliez-vous donc que cela devînt ? »

« Eh bien, dans notre pays, à nous, répondit Alice, encore un peu haletante, si l'on courait très vite pendant longtemps, comme nous venons de le faire, on arrivait généralement quelque part, ailleurs. »

« Un pays bien lent! dit la Reine. Tandis qu'*ici*, voyez-vous bien, il faut courir de toute la vitesse de ses jambes pour simplement rester là où l'on est. Si l'on veut aller quelque part, ailleurs, il faut alors courir au moins deux fois plus vite que ça! »

« S'il vous plaît, j'aime autant ne pas essayer! dit Alice. Je me trouve tout à fait bien ici... sauf que j'y ai fort chaud et grand'soif! »

« Je sais ce qui vous ferait plaisir! dit avec bienveillance la Reine, en tirant de sa poche une petite boîte. Prenez donc un biscuit. »

Alice estima qu'il ne serait pas poli de dire « non », encore que cela ne fût pas du tout ce qu'elle désirait. Elle prit donc le biscuit et s'efforça de le manger; il était terriblement sec; et elle pensa que, de sa vie, elle n'avait été en si grand danger de s'étouffer.

« Tandis que vous vous désaltérez, ajouta la Reine, je vais prendre les mesures. » Elle tira de sa poche un ruban divisé en centimètres et se mit à mesurer le terrain, en y enfonçant çà et là de petits piquets.

« Quand j'en aurai arpenté deux mètres, dit-elle en enfonçant dans le sol un piquet pour marquer l'intervalle, je vous donnerai mes instructions... Voulez-vous un autre biscuit ? »

« Non, merci, dit Alice, un seul me suffit *amplement!* »

« Votre soif est étanchée, j'espère ? » s'enquit la Reine.

Alice ne savait que répondre à cela, mais fort heureusement, la Reine n'attendit pas sa réplique pour poursuivre : « Au bout du *troisième* mètre je les répéterai... de crainte que vous ne les ayez oubliées. Au bout du *quatrième*, je vous dirai au revoir. Et au bout du *cinquième*, je m'en irai ! »

Elle avait entre-temps planté tous les piquets et Alice, vivement intéressée, la regarda revenir vers l'arbre, puis se mettre à marcher lentement le long de la ligne droite qu'elle venait de tracer.

Parvenue au piquet qui marquait le deuxième mètre, elle se retourna et dit : « Un pion, lorsqu'il se déplace pour la première fois, franchit deux cases. Donc, vous traverserez très rapidement la troisième case — par chemin de fer, je suppose — et vous vous trouverez dans la quatrième case en moins de temps qu'il n'en faut pour le dire. Or, cette case-là appartient à Twideuldeume et à Twideuldie ; la cinquième ne renferme guère que de l'eau... La sixième est la propriété de Heumpty-Deumpty... Mais vous ne faites aucune remarque ? »

« Je... Je ne savais pas que j'avais à en faire une... à ce moment-ci », balbutia Alice.

« Vous auriez *dû* dire, poursuivit, sur un ton de vive réprimande, la Reine : " C'est très aimable à vous de me dire tout cela "... Enfin, nous supposerons que vous l'avez dit... La septième case est constituée par une forêt — mais un Cavalier vous montrera le chemin — et dans la huitième case nous serons Reines, de conserve, et ce ne sera que festoiement et réjouissances ! » Alice se leva, fit une révérence et se rassit.

Parvenue au piquet suivant, la Reine se retourna derechef et dit : « Quand vous ne pouvez vous rappeler le mot anglais qui désigne tel ou tel objet, parlez français... en marchant, écartez bien les pointes des pieds... et rappelez-vous qui vous êtes ! » Elle ne laissa pas cette fois à Alice le temps de faire une révérence ; elle alla d'un pas vif jusqu'au piquet suivant, se retourna pour dire « au revoir » et se dirigea rapidement vers le dernier piquet.

Alice ne sut jamais comment la chose advint, mais, au moment précis où elle arrivait à la hauteur du dernier piquet, la Reine disparut. S'était-elle volatilisée dans les airs, ou avait-elle couru s'enfoncer sous l'ombrage des bois (« et elle est *capable* de courir très vite », pensa Alice), impossible de deviner laquelle de ces deux solutions elle avait choisie ; mais ce qu'il y avait de certain, c'est qu'elle était partie, et Alice commença de se souvenir qu'elle était un Pion, et qu'il serait bientôt temps pour elle de se déplacer.

INSECTES DU MIROIR

Bien entendu, la première chose à faire, c'était d'examiner à fond la contrée qu'elle allait parcourir. « Cela ressemble beaucoup à mes leçons de géographie », pensa la petite fille en se haussant sur la pointe des pieds dans l'espoir de pouvoir porter son regard un peu plus loin. « Principaux fleuves... il n'y en a pas. Principales montagnes... je suis sur la seule qui existe, mais je ne crois pas qu'elle ait un nom. Principales villes... tiens, tiens, quelles sont donc ces créatures qui font du miel, là-bas ? Cela ne saurait être des abeilles... nul n'a jamais vu des abeilles à une distance d'un kilomètre et demi, c'est évident... » Et, durant quelques minutes, elle resta à observer en silence l'une de ces créatures qui s'affairait parmi les fleurs en qui elle plongeait sa trompe, « tout comme le ferait une abeille ordinaire », se dit Alice.

Pourtant, c'était tout autre chose qu'une abeille ordinaire : en fait — comme Alice ne tarda pas à s'en persuader, encore que cette idée tout d'abord lui coupât le souffle — c'était un éléphant. « Quelles énormes fleurs il doit butiner! », telle fut la pensée qu'il lui vint ensuite. « Elles doivent ressembler à des pavillons dont on aurait enlevé le toit et que l'on aurait placés sur une tige... et quelles quantités de miel cela doit produire! Je crois que je vais descendre pour... non, je ne vais pas y aller tout de suite, poursuivit-elle en se retenant à l'instant précis où elle allait se mettre à descendre en courant la colline, et en s'efforçant de trouver une excuse à cette crainte soudaine. Ça ne serait pas très

intelligent que de descendre parmi eux sans s'être
munie d'une longue branche solide pour les chasser...
Et comme ce sera drôle quand on me demandera si j'ai
fait une bonne promenade. Je répondrai : « Oh! oui,
excellente... (ce disant, elle fit le petit mouvement de tête
qui lui était familier), seulement il y avait beaucoup de
poussière, il faisait très chaud et les éléphants étaient
bien énervants! »

« Je crois que je vais descendre par l'autre versant,
décida-t-elle après un moment de réflexion; peut-être
irai-je voir les éléphants un peu plus tard. Du reste,
j'ai une telle envie d'entrer dans la troisième case! »

C'est sur cette excuse qu'en courant elle redescendit
de la colline et d'un bond franchit le premier des six
petits ruisseaux.

« Billets, s'il vous plaît! » dit le Contrôleur en passant la tête par la portière. Chacun tout aussitôt produisit son billet : un billet à peu près aussi grand que
celui qui le présentait, et qui semblait remplir vraiment
tout le wagon.

« Allons! Allons! Montrez votre billet, fillette! »
reprit le Contrôleur en lançant à Alice un regard cour-
roucé. Et un grand nombre de voix de prononcer simultanément (« comme un chœur chante le refrain d'une
chanson », pensa Alice) : « Ne le faites pas attendre,
fillette! Dame, son temps vaut 1 000 livres sterling la
minute! »

« J'ai grand'peur de n'en pas avoir, de billet, dit
Alice d'un ton de voix craintif; à l'arrêt d'où je viens
il n'y avait pas de guichet de distribution. »

De nouveau, les voix reprirent en chœur : « A l'arrêt
d'où elle vient il n'y avait pas de place où mettre un
guichet. Le terrain, là-bas, vaut 1 000 livres sterling le
centimètre carré! »

« Vous n'avez pas d'excuse, dit le Contrôleur; vous
auriez dû en demander un au mécanicien. » Et, une fois
de plus, les voix reprirent en chœur : « C'est l'homme

qui conduit la machine. Dame, le fumée seule vaut 1 000 livres sterling la bouffée! »

Alice songea : « Dans ces conditions, toute explication est inutile. » Comme elle n'avait pas parlé, les voix, cette fois, n'eurent rien à prononcer en chœur, mais, à sa grande surprise, elles se mirent toutes à *penser* en chœur (vous comprenez, j'espère, ce que *penser en chœur* signifie; pour ma part, je dois avouer que je l'ignore) : « Mieux vaut ne rien dire du tout. Le langage articulé vaut 1 000 livres sterling le mot. »

« Je vais rêver d'un millier de livres, cette nuit, c'est sûr et certain! » se dit la petite fille.

Durant tout ce temps, le Contrôleur n'avait cessé de l'observer, d'abord au moyen d'un télescope, ensuite au moyen d'un microscope et enfin au moyen d'une lorgnette de théâtre. Il finit par déclarer : « Vous n'avez pas pris la bonne direction », releva la vitre de la portière et s'éloigna.

« Une enfant si jeune, dit le monsieur assis en face d'elle (il était vêtu de papier blanc), devrait savoir dans quelle direction elle va, même si elle ignore son propre nom! »

Un Bouc, assis à côté du monsieur de blanc vêtu, ferma les yeux et dit à haute voix : « Elle devrait savoir trouver le guichet, même si elle ignore son alphabet! »

A côté du Bouc avait pris place un Scarabée (c'était un bien étrange assortiment de voyageurs, en vérité) et, la règle voulant apparemment qu'ils parlassent à tour de rôle, ce fut lui qui intervint alors : « Il lui faudra repartir d'ici en colis postal! »

Alice ne pouvait voir qui était assis de l'autre côté du Scarabée, mais ce fut une voix vibrante qui s'éleva ensuite : « Changez de machine », dit-elle avant de s'étouffer et de s'interrompre.

« On dirait un cheval en colère qui hennit », se dit Alice. Et une toute petite voix de lui chuchoter à l'oreille : « Vous pourriez fabriquer un jeu de mots à ce propos... Quelque chose sur « hennir » et « en ire », voyez-vous bien. »

Puis une voix très douce, s'élevant au loin, murmura :
« Il faudra mettre la mention « Fillette : Fragile »,
voyez-vous bien. »

Après cela, d'autres voix encore se firent entendre
(« Quel nombre incroyable d'êtres il y a dans ce
wagon ! » pensa la petite fille.) Ces voix disaient : « Il
lui faut voyager par poste, car elle a une tête comme
on en voit sur les timbres-poste... », « Il faut l'expédier
en message télégraphique... », « Il faut qu'elle remorque
elle-même le train sur tout le reste du trajet... » etc.

Mais le monsieur vêtu de papier blanc se pencha
vers elle pour lui murmurer à l'oreille : « Ne vous sou-
ciez pas, mon enfant, de ce que tous ceux-là peuvent
dire, mais prenez un aller et retour à chaque arrêt du
train. »

« Ne comptez pas sur moi pour cela ! dit, non sans
impatience, Alice. J'étais dans la forêt il n'y a qu'un
instant, et je voudrais bien pouvoir y retourner. Je n'ai
que faire de ce voyage par chemin de fer ! »

« Vous devriez fabriquer un jeu de mots à ce propos,
dit la petite voix tout contre son oreille : quelque chose
sur « chemin à faire » et « chemin de fer », voyez-vous
bien. »

« Cessez de me taquiner ainsi, dit Alice en promenant en vain son regard de tous côtés pour voir d'où
venait la voix ; si vous tenez tellement à ce que l'on
fasse un jeu de mots, pourquoi n'en faites-vous pas un
vous-même ? »

La petite voix exhala un profond soupir : il était
évident qu'elle était *très* malheureuse, et Alice eût
volontiers prononcé quelques mots propres à la
consoler, « si seulement elle soupirait comme tout le
monde ! » pensa-t-elle. Mais son soupir, à elle, avait
été si extraordinairement discret, qu'elle ne l'eût
certes pas du tout entendu, s'il n'eût été poussé tout
contre son oreille. En conséquence il la chatouilla
terriblement et détourna complètement ses pensées du
malheur de la pauvre petite créature.

« Je sais que vous êtes une amie, poursuivit la
petite voix ; une intime amie et une vieille amie. Vous

ne voudriez pas me faire du mal, bien que je sois un insecte. »

« Quelle sorte d'insecte ? » s'enquit Alice, quelque peu inquiète. Ce qu'elle voulait vraiment savoir, c'était s'il piquait ou non, mais elle estima qu'il ne serait pas très poli de le demander.

« Comment donc ? Mais alors vous n'... » commençait de dire la petite voix, lorsqu'elle fut submergée par un strident sifflement de la machine et que, de terreur, chacun — Alice comme les autres — fit un bond.

Le Cheval qui avait passé la tête par la portière, la rentra tranquillement en disant : « Ce n'est qu'un ruisseau qu'il nous va falloir sauter. » Tout le monde parut rassuré par cette explication. Alice pourtant se sentait quelque peu angoissée à l'idée qu'il existât des trains sauteurs. « De toute façon, celui-ci nous conduira à la quatrième case, ce qui est assez réconfortant ! » se dit-elle. Un instant plus tard, elle sentit que le wagon se soulevait droit dans les airs. Dans son effroi, elle se cramponna au premier objet qui lui tomba sous la main et qui se trouva être la barbe du Bouc.

Mais la barbe sembla se volatiser au moment précis où elle la touchait, et Alice se retrouva tranquillement assise sous un arbre... tandis que le Moucheron (car c'était là l'insecte à qui elle avait parlé) se balançait sur une petite branche, juste au-dessus de sa tête, et l'éventait du battement de ses ailes.

C'était, sans nul doute, un très, très gros moucheron : « A peu près de la taille d'un poulet », pensa la fillette. Pourtant, après la longue conversation qu'ils avaient eue tous deux, elle ne parvenait pas à avoir peur de lui.

« ...alors, vous n'aimez pas tous les insectes ? » reprit le Moucheron, aussi tranquillement que si rien ne s'était passé.

« Je les aime quand ils savent parler, répondit Alice. Dans le pays d'où, moi, je viens, les insectes ne parlent pas. »

« Et quelle sorte d'insectes, dans le pays d'où, vous, vous venez, avez-vous eu le bonheur de connaître ? »

« Le fait de connaître des insectes ne me procure aucun bonheur, expliqua la fillette. Ils me feraient plutôt peur... les gros, tout au moins. Mais je peux vous dire les noms de quelques-uns d'entre eux. »

« Bien entendu, ils répondent à leurs noms ? » demanda négligemment le Moucheron.

« Je n'ai jamais entendu dire qu'ils faisaient cela. »

« A quoi leur sert d'avoir des noms, demanda le Moucheron, s'ils ne répondent pas à ces noms ? »

« A eux, ça ne leur sert à rien, dit Alice; mais c'est utile, je le suppose, aux gens qui les nomment. Sinon, pourquoi les choses auraient-elles des noms ? »

« Je n'en sais rien, répondit le Moucheron. Là-bas, dans la forêt, elles n'en ont pas... Quoi qu'il en soit, vous êtes en train de nous faire perdre notre temps; donnez-moi donc votre liste d'insectes. »

« Eh bien, il y a le Taon », commença de dire, en comptant les noms sur ses doigts, Alice.

« Parfait, dit le Moucheron. Tournez les yeux vers ce buisson; vous y verrez, si vous regardez bien, un *Mirli-taon*. Il est fait de roseau et de baudruche, et il est affligé d'une voix nasillarde et ridicule. »

« De quoi se nourrit-il ? » s'enquit Alice avec beaucoup de curiosité.

« De rébus et de vers mi-sots [1] répondit le Moucheron. Poursuivez la lecture de votre liste. »

Alice examina le Mirli-taon avec grand intérêt et se persuada que l'on venait de le repeindre, tant il paraissait brillant et rutilant; puis elle reprit :

« Ensuite il y a la Libellule ou Demoiselle. »

« Tournez les yeux vers la branche qui se trouve au-dessus de votre tête, dit le Moucheron : vous y

---

1. Communément appelés : vers de *mirli-taon*. (*N.d.T.*)

verrez un *Damoiseau*. Sa chevelure le fait ressembler à une jeune dame et ses ailes à un oiseau. »

« Et de quoi se nourrit-il ? » s'enquit Alice, comme elle l'avait fait pour l'insecte précédemment mentionné.

« De brioche et de massepain, répondit le Moucheron. Et il nidifie dans les tourelles des châteaux. »

« Ensuite il y a le Papillon, dit encore Alice après avoir bien examiné l'insecte chevelu tout en murmurant à part soi : Je me demande si c'est pour cela que tant de Demoiselles rêvent d'épouser un Damoiseau : parce qu'elles aiment la brioche et la vie de château. »

« En train de ramper à vos pieds, dit le Moucheron (Alice recula ses pieds, passablement effrayée), vous pouvez observer un « *Papapillon*[1] » et un « *Grand-Papapillon*[2] ». Le « *Papapillon* » est un Papillon père de famille, tandis que le « *Grand-Papapillon* » est un « *Papapillon* » très âgé. »

« Et de quoi se nourrissent-ils ? »

« De barbillons, de carpillons et de tortillons. »

Une nouvelle objection vint à l'esprit d'Alice : « Et s'ils n'en trouvent pas ? » demanda-t-elle.

« En ce cas, ils succombent, évidemment. »

« Mais cela doit arriver souvent », fit observer Alice, pensive.

« Cela arrive toujours », répondit le Moucheron.

Là-dessus, Alice se tint coite durant une minute ou deux, réfléchissant. Le moucheron, cependant, s'amusait à tourner en bourdonnant autour de sa tête. Finalement, il se posa de nouveau sur la branche et demanda : « Je suppose que vous ne voudriez pas perdre votre nom ? »

« Non, sûrement pas », répondit, quelque peu inquiète, Alice.

« Pourtant, je me demande si cela ne serait pas souhaitable, reprit le Moucheron d'un ton de voix désinvolte : songez seulement comme ce serait commode si vous pouviez faire en sorte de rentrer chez

---

1. 2. Il est fait mention de ces deux curieux insectes dans un poème de notre regretté ami Jean Arp : *Bestiaire sans prénom* (*Jours effeuillés*, Gallimard, 1966). *(N.d.T.)*

vous débarrassée de votre nom! Par exemple, si votre gouvernante voulait vous appeler pour vous faire réciter vos leçons, elle crierait : « Venez... », puis elle resterait coite parce qu'elle n'aurait aucun nom à articuler, et, naturellement, vous n'auriez pas à vous déranger puisque vous seriez censée ne pas savoir à qui s'adressait son « venez », voyez-vous bien. »

« Cela ne se passerait pas ainsi, j'en suis sûre, dit Alice; ma gouvernante ne me dispenserait pas de mes leçons pour autant. Si elle ne parvenait pas à se remémorer mon nom, elle me crierait : « ...vous, là-bas, voulez-vous répondre, Mademoiselle! »

« Eh bien, si elle vous demandait : « Voulez-vous répondre Mademoiselle », sans rien ajouter d'autre, repartit le Moucheron, vous lui répondriez purement et simplement : « Mademoiselle » et vous n'auriez donc pas à réciter vos leçons. C'est un jeu de mots; je voudrais que vous l'eussiez fait vous-même. »

« Pourquoi donc voudriez-vous que je l'eusse fait moi-même ? s'enquit Alice. C'est un très mauvais jeu de mots. »

Mais le Moucheron ne fit rien que pousser un profond soupir, tandis que deux grosses larmes lui roulaient sur les joues.

« Vous ne devriez pas faire de jeux de mots, lui dit Alice, puisque cela vous rend si malheureux. »

Derechef on entendit un faible soupir mélancolique, et, cette fois, l'on put croire que le pauvre moucheron s'était évanoui dans les airs avec son soupir, car, lorsque Alice leva les yeux, il n'y avait plus rien de visible sur la branche. Comme la fillette commençait à se sentir transie d'être restée si longtemps assise sans bouger, elle se leva et se remit en route.

Bientôt elle arriva devant un espace découvert, de l'autre côté duquel l'on voyait une forêt. Elle avait l'air beaucoup plus sombre que le bois où elle s'était promenée précédemment, et Alice éprouva une *légère* appréhension à l'idée de devoir y pénétrer. Néanmoins, réflexion faite, elle décida de continuer d'avancer : « Car, pensa-t-elle, je ne saurais certes pas revenir *en arrière.* » Du reste, c'était la seule route qui menât à la huitième case.

« Ce doit être, se dit-elle, pensive, la forêt où les choses n'ont pas de noms. Je me demande ce qu'il adviendra à mon nom, à moi, lorsque j'y serai entrée... Je n'aimerais pas du tout le perdre, car l'on serait alors obligé de m'en donner un autre, qui aurait toutes chances d'être laid. Mais, d'un autre côté, ce qui serait drôle, ce serait d'essayer de trouver la créature qui aurait pris mon ancien nom! Cela ferait penser à ces annonces que mettent dans les journaux les personnes qui perdent leur chien : *« Répond au nom d'Azor : portait un collier de cuivre »...* Vous voyez-vous appelant tous les objets que vous rencontreriez « Alice », jusqu'à ce que l'un d'eux réponde! Du reste, s'ils étaient doués de quelque sagesse, ils ne répondraient pas. »

Elle était en train de laisser son imagination divaguer sur ce thème lorsqu'elle parvint à l'orée de la forêt, qui semblait être ombreuse et fraîche. « En tout cas, ma foi, c'est bien agréable, dit-elle en cheminant sous les arbres, après avoir eu si chaud, de pénétrer dans le ... dans la ... dans *quoi ?* poursuivit-elle, quelque peu surprise de ne pouvoir trouver le mot. Je veux dire, de se trouver sous le... sous la... sous *ceci*, voyez-vous bien! Posant la main sur le tronc de l'arbre : Comment donc cela se nomme-t-il ? Je crois que ça n'a pas de nom... C'est, ma foi, bien sûr, que ça n'en a pas! »

Elle se tint coite, à réfléchir, une minute durant; puis, tout à coup, elle s'exclama : « Ainsi, ça a bel et bien fini par arriver! Et maintenant, qui suis-je ? Je veux absolument m'en souvenir, si je le puis! Je suis déterminée à en avoir le cœur net! » Mais la détermination, en l'occurrence, ne servait pas à grand'chose, et tout ce qu'elle put trouver à dire, après s'être bien torturé les méninges, ce fut : « L, je suis sûre et certaine que ça commence par une L! »

A ce moment précis, un Faon vint flâner tout près d'elle : il regardait Alice de ses grands yeux tendres, sans avoir l'air effrayé le moins du monde. « Viens!

Viens! » lui dit Alice en tendant la main et en essayant
de le caresser; mais il ne fit que reculer un peu, puis
s'arrêta pour la regarder derechef.

« Qui êtes-vous? » finit par demander le Faon.
Quelle douce voix il avait!

« Je voudrais bien le savoir! » pensa la pauvre
Alice. Elle répondit, non sans quelque tristesse :
« Pour l'instant, rien du tout. »

« Réfléchissez encore, dit le Faon; ce que vous venez
d'affirmer n'est pas admissible. »

Alice réfléchit, mais sans résultat. « Pourrais-tu, je
te prie, me dire qui tu es toi-même? demanda-t-elle
timidement. De le savoir, je crois que cela pourrait
m'aider un peu. »

« Je vous le dirai si vous voulez bien que nous
fassions ensemble quelques pas, répondit le Faon.
Ici, je ne saurais m'en souvenir. »

Ils cheminèrent donc de conserve à travers la forêt.
La fillette entourait affectueusement de ses bras le cou
du Faon au doux pelage. Ils arrivèrent ainsi sur un
autre terrain découvert, et là, brusquement, le Faon
fit un bond qui l'arracha des bras de sa compagne.
« Je suis un Faon! s'écria-t-il d'un ton de voix ravi.
Et, malheur, ajouta-t-il, vous, vous êtes un Faon
d'homme! » Une soudaine expression de crainte passa
dans ses beaux yeux bruns et, un instant plus tard, il
fuyait en bondissant de toute la détente de ses pattes.

Alice, les larmes aux yeux de dépit d'avoir perdu
si vite son cher petit compagnon de voyage, le regarda
s'enfuir. « Du moins, je sais mon nom, désormais, dit-
elle, c'est toujours une consolation. Alice... Alice... Je
ne l'oublierai plus. Et maintenant, je me le demande,
auquel de ces deux poteaux indicateurs dois-je me fier?»

Il n'était pas très difficile de répondre à cette question, car il n'y avait qu'une seule route qui s'enfonçait
à travers bois, et les poteaux indicateurs désignaient
tous deux la même direction. « J'en déciderai, se dit
Alice, lorsque la route bifurquera et que les poteaux
indiqueront deux directions différentes. »

Ceci semblait avoir peu de chances de se produire.

Alice marcha longtemps, longtemps; mais, chaque
fois que la route bifurquait, il y avait immanquable-
ment deux poteaux indicateurs montrant la même
direction. Sur l'un on lisait : « RÉSIDENCE TWIDEUL-
DEUME » et sur l'autre : « TWIDEULDIE : RÉSIDENCE ».

« Je crois bien, finit par dire Alice, qu'ils habitent
dans une seule et même maison! Comment n'y avais-je
pas pensé plus tôt... Mais il ne faut pas que je m'y
attarde. Je me bornerai à aller les voir pour leur dire :
« Comment allez-vous ? » et leur demander le chemin
par où l'on sort de la forêt. Si seulement je pouvais
arriver à la huitième case avant la tombée de la nuit! »
Elle poursuivit donc sa déambulation, tout en parlant
à part soi, chemin faisant, jusqu'à ce que, à la sortie
d'un tournant brusque, elle tombât sur deux gros petits
bonshommes, de manière si inattendue qu'elle ne put
s'empêcher de marquer un mouvement de recul. Mais,
un instant plus tard, elle avait recouvré tout son sang-
froid en comprenant que les deux petits bonshommes
ne pouvaient être que...

TWIDEULDEUME ET TWIDEULDIE

Ils étaient debout sous un arbre ; chacun d'eux avait le bras passé autour du cou de l'autre, et Alice sut les identifier immédiatement, car ils avaient, l'un le mot « DEUME » et l'autre le mot « DIE » brodés sur le devant de leur col de chemise. « Je suppose que, sur le derrière de leur col, ils ont tous deux le mot « TWI-DEUL », se dit-elle.

Ils observaient une immobilité si complète, qu'elle oublia tout à fait qu'ils étaient vivants, et elle s'apprêtait à aller regarder la partie postérieure de leur col pour savoir si le mot « TWIDEUL » y était effectivement inscrit, lorsqu'elle sursauta en entendant retentir une voix en provenance de celui qui était marqué « DEUME ».

« Si vous nous prenez pour des figures de cire, vous devriez, disait-il, payer pour avoir le droit de nous contempler, voyez-vous bien. Les figures de cire n'ont pas été faites pour qu'on les regarde sans bourse délier. En aucune façon. »

« Si, tout au contraire, ajouta celui qui était marqué « DIE », vous estimez que nous sommes vivants, vous devriez nous parler. »

« Je vous fais toutes mes excuses » ; c'est tout ce que sut dire Alice ; car les paroles de la vieille chanson résonnaient sans cesse dans sa tête, comme le tic-tac d'une horloge, et elle avait peine à s'empêcher de les réciter à haute voix :

« *Twideuldeume avec Twideuldie*
      Tenait à se battre en duel;
Twideuldeume, en effet, disait que Twideuldie
Lui avait abîmé sa nouvelle crécelle.

C'est alors qu'un sinistre et monstrueux corbeau,
      Sur eux fondant du haut du ciel,
      Tant effraya nos deux héros,
Qu'ils durent, sur-le-champ, oublier leur querelle. »

« Je sais à quoi vous pensez, dit Twideuldeume;
mais cela n'est vrai en aucune façon. »

« Si, tout au contraire, c'était vrai, poursuivit
Twideuldie, il se pourrait que ce ne fût pas faux; et si
cela n'était pas faux, ça devrait être vrai; mais comme
ce n'est pas vrai, en bonne logique, c'est faux. »

« J'étais en train de me demander, dit très poliment
Alice, quel serait le meilleur chemin à prendre pour
sortir de cette forêt; il commence à faire si sombre!
Voudriez-vous me l'indiquer, s'il vous plaît ? »

Mais les gros petits bonshommes ne firent rien que se
regarder en ricanant.

Ils ressemblaient tellement à deux grands écoliers
qu'Alice ne put s'empêcher de montrer du doigt Twideuldeume en ordonnant : « Vous, là, le premier,
répondez lorsqu'on vous interroge! »

« En aucune façon! » s'écria avec véhémence Twideuldeume, dont aussitôt la bouche se referma avec
un bruit sec.

« Espérons que nous allons avoir plus de chance
avec le suivant! » dit Alice en s'adressant cette fois à
Twideuldie, mais avec la certitude qu'il se contenterait
de crier : « Tout au contraire », ce qui ne manqua pas
d'arriver.

« Vous vous y êtes mal prise! s'écria Twideuldeume. La première chose à faire lorsque l'on va voir
quelqu'un, c'est de demander : « Comment allez-
vous ? » en lui serrant la main! » Et, là-dessus, les deux
frères se donnèrent mutuellement l'accolade tandis que

chacun d'eux, afin de lui serrer la sienne, tendait à la fillette son unique main libre.

Alice ne pouvait se résoudre à serrer en premier la main de l'un des frères, de crainte de froisser l'autre. Pour se tirer d'embarras, elle saisit les deux mains en même temps ; l'instant d'après, tous trois étaient en train de danser une ronde. Cela (elle s'en souvint par la suite) lui parut tout naturel, et elle ne fut même pas surprise d'entendre jouer de la musique ; cette musique émanait, semblait-il, de l'arbre sous lequel ils dansaient et elle était produite (pour autant qu'elle pût s'en rendre compte) par les branches se frottant les unes contre les autres, comme violons et archets.

« Mais ce que j'ai trouvé vraiment drôle (dit Alice à sa sœur lorsque par la suite elle lui raconta ses aventures) ce fut certes de me rendre compte que j'étais en train de chanter « *Dansons la Capucine...* » Je ne sais à quel moment je m'y suis mise, mais, en tout cas, j'ai eu l'impression que je chantais cela depuis très, très longtemps. »

Les deux autres danseurs étaient gros, et bientôt ils furent à bout de souffle. « Quatre petits tours, c'est assez pour une danse », articula Twideuldeume, haletant ; et ils s'arrêtèrent aussi soudainement qu'ils avaient commencé : la musique, au même instant, cessa de se faire entendre.

Ils lâchèrent alors les mains d'Alice, et la contemplèrent une minute durant : il y eut un silence assez embarrassé, Alice ne sachant trop comment engager la conversation avec des gens qu'elle ne connaissait que pour avoir dansé la ronde avec eux. « Il ne serait guère indiqué *maintenant* de leur demander : « Comment allez-vous ? » dit-elle à part soi : il semble, en tout état de cause, que nous n'en soyons plus là ! »

« J'espère que vous n'êtes pas fatigués ? » leur demanda-t-elle enfin.

« En aucune façon. Et mille fois merci de nous l'avoir demandé », répondit Twideuldeume.

« Très, très obligés ! ajouta Twideuldie. Aimez-vous la poésie ? »

« Ou..., oui, assez... du moins un certain genre de poésie, répondit Alice sans conviction. Voudriez-vous me dire quel chemin il me faut prendre pour sortir de la forêt ? »

« Que vais-je lui réciter ? » demanda Twideuldie en tournant vers Twideuldeume de grands yeux au regard empreint de solennité, et sans prêter attention à la question d'Alice.

« *Le Morse et le Charpentier*, c'est la plus longue », répondit Twideuldeume en donnant à son frère une affectueuse accolade.

Twideuldie se mit à déclamer sans plus attendre :

« Le soleil, sur la mer, brillait... »

A ce moment, Alice prit sur elle de l'interrompre : « Si votre poésie doit être vraiment très longue, dit-elle aussi courtoisement que possible, pourriez-vous tout d'abord avoir l'obligeance de me dire quel chemin... »

Twideuldie arbora son plus aimable sourire et reprit :

> *« Le soleil, sur la mer, brillait;*
> *Il brillait de tout son éclat;*
> *Il s'évertuait à calmer*
> *Et faire étinceler les flots...*
> *Et c'était, voyez-vous, très bizarre, parce que*
> *C'était au milieu de la nuit.*
>
> *La lune luisait, l'air maussade,*
> *Et, trouvant que ça n'était pas*
> *Au soleil de se trouver là*
> *Quand la journée était finie :*
> *« C'est, de sa part, disait-elle, fort impoli,*
> *De, parmi nous, venir jouer les trouble-fête! »*
>
> *La mer était mouillée, oui, mouillée au possible;*
> *De la plage le sable, sec, sec au possible;*

Vous n'auriez pas pu voir un nuage, parce que
Dans le ciel il n'y avait pas un seul nuage;
Nul oiseau n'eût volé au-dessus de vos têtes...
Parce qu'il n'y avait nul oiseau à voler.

   Or, le Morse et le Charpentier
    Marchaient l'un à côté de l'autre;
Tous deux pleuraient comme je ne sais quoi de voir
Une si accablante quantité de sable :
« Si seulement c'était une fois déblayé,
Disaient-ils, certe, alors, ce serait formidable! »

« Si sept femmes de chambre, de sept balais armées,
Le balayaient durant, tout entière, une année,
Supposes-tu, s'enquit ingénûment le Morse,
Qu'elles viendraient à bout de ce tas de poussière ? »
« J'en doute », répondit, sans plus, le Charpentier,
Tout en laissant couler quelques larmes amères.

« O Huîtres, avec nous venez vous promener!
Se mit à proposer — trop aimable! — le Morse :
Ensemble faisons une causette agréable
Tout le long, tout le long de la plage salée.
Nous ne pouvons, hélas! en emmener que quatre,
Car à chacune il faut que nous donnions la main. »

La plus vieille des Huîtres regarda le Morse,
   Mais sans proférer un seul mot;
La plus vieille des Huîtres leur cligna de l'œil
   En hochant lourdement la tête,
Par là signifiant qu'elle, elle préférait
Prudemment demeurer au sein du parc à huîtres.

   Mais quatre jeunes, désireuses,
    De se divertir, accoururent,
Le visage lavé, la veste bien brossée,
   Les souliers propres et cirés,
Et c'était, voyez-vous, très bizarre, parce que
   Ces huîtres n'avaient pas de pieds.

Quatre autres huîtres les suivirent,
Puis quatre autres huîtres encore;
Et en foule bientôt les huîtres accoururent,
D'autres encore, encore, et encore, encor d'autres,
Sautillant à travers l'écume de la vague
Et se bousculant pour atteindre le rivage.

Donc, le Morse et le Charpentier
Parcoururent à pied une lieue environ,
Puis s'assirent sur un rocher
Assez bas pour qu'on pût y poser son derrière;
Et toutes les petites huîtres s'arrêtèrent
Devant ledit rocher et se mirent en rang.

« Le moment, articula le Morse, est venu
De parler de nombre de choses :
De souliers... de bateaux... de cire à cacheter...
De choux... et puis... de rois...
Et de dire pourquoi les vagues sont bouillantes...
Et s'il est bien exact que les porcs aient des ailes. »

« Eh! attendez un peu, s'écrièrent les Huîtres,
Avant que d'engager la conversation,
Car plusieurs d'entre nous semblent tout essoufflées,
Et nous sommes si grasses! »
« Rien ne presse », leur répondit le Charpentier.
On le remercia beaucoup de sa bonté.

« Une miche de pain, fit observer le Morse,
Voilà ce que d'abord il nous faut déballer;
Du poivre et du vinaigre ensuite
Ne sont point, certe, à dédaigner;
Maintenant, si vous êtes prêtes, chères Huîtres,
Nous allons pouvoir commencer à déjeuner. »

« Mais pas à nos dépens! protestèrent les Huîtres
En blêmissant sous leur écaille.
Après tant de gentillesse, cela serait
Une noirceur abominable! »
« La nuit est, répondit le Morse, radieuse;
Le paysage est admirable.

« C'est fort gentil à vous, Huîtres, d'être venues!
*   Et vous êtes exquises! »*
*   Le Charpentier dit seulement :*
« De ce pain que voici coupe-nous d'autres tranches,
*   Et tâche d'être un peu moins sourd;*
J'ai été obligé de le dire deux fois! »

« C'est une grande honte, s'indigna le Morse,
*   Que de leur jouer pareil tour,*
Après avoir mené ces pauvrettes si loin
Et surtout les avoir fait galoper si vite! »
*   Le Charpentier dit simplement :*
*   « Tu as mis encor trop de beurre! »*

« Je pleure quand je songe à votre triste sort,
Dit le Morse, j'y compatis de tout mon cœur. »
Secoué de sanglots et versant mainte larme,
Il se saisit alors des huîtres les plus grosses,
En ayant soin pourtant de tenir son mouchoir
*   Devant ses yeux tout ruisselants.*

*   « O Huîtres, dit le Charpentier,*
Vous avez fait une agréable promenade!
Allons-nous maintenant trotter vers la maison ? »
De réponse des huîtres, il n'y en eut pas,
Et ceci n'a rien de très bizarre, parce que
Nos deux beaux compagnons les avaient dévorées [1]. *»*

« Je préfère, dit Alice, le Morse, parce que, voyez-vous bien, lui, au moins, il a ressenti un peu de pitié pour les pauvres huîtres. »

« Ça ne l'a pas empêché d'en manger plus que n'en a mangé le Charpentier, dit Twideuldie. Il tenait son mouchoir devant lui, voyez-vous bien, pour que le Charpentier ne puisse compter combien il en prenait : tout au contraire. »

---

1. Notre ami André Bay a inséré nos successives versions françaises de ce poème dans les diverses éditions de sa traduction de *Through the Looking-glass and what Alice found there. (N.d.T.)*

« Comme c'est vilain! s'exclama, indignée, Alice. Dans ce cas, je préfère le Charpentier, puisqu'il en a mangé moins que n'en a mangé le Morse. »

« Mais il en a mangé autant qu'il en a pu prendre », dit Twideuldeume.

Voilà qui était fort embarrassant. Après un moment de réflexion, Alice commença de dire : « Eh bien! *l'un et l'autre* étaient des individus bien antipathiques... » Là elle s'interrompit tout net, quelque peu inquiète d'entendre un bruit qui ressemblait au halètement, dans la forêt prochaine, d'une grosse locomotive, et qui, elle le craignait, avait toutes chances d'être produit plutôt par une bête sauvage. « Y a-t-il par ici des lions ou des tigres ? » demanda-t-elle, assez peu fière.

« Ce n'est que le Roi Rouge qui ronfle », répondit Twideuldie.

« Venez donc le voir! » s'écrièrent les deux frères en prenant, chacun par une main, Alice, pour la mener là où le Roi dormait.

« N'est-il pas *adorable ?* » demanda Twideuldeume.

En toute honnêteté, Alice ne pouvait dire qu'elle trouvât qu'il le fût. Il avait, sur la tête, un grand bonnet de nuit rouge orné d'un gland et il gisait ratatiné en une sorte de tas malpropre. En outre il ronflait bruyamment : « A s'en faire sauter le cabochon! » comme le fit remarquer Twideuldeume.

« J'ai peur qu'il ne prenne froid, à rester ainsi couché sur l'herbe humide », dit Alice, qui était une petite fille très prévenante.

« Il est présentement en train de rêver, dit Twideuldie; et de qui croyez-vous qu'il rêve ? »

« Nul ne peut deviner cela », répondit Alice.

« Allons donc! il rêve de *vous!* s'exclama Twideuldeume en battant des mains d'un air triomphant. Et s'il cessait de rêver de vous, où croyez-vous donc que vous seriez ? »

« Où je me trouve à présent, bien entendu », dit Alice.

« Jamais de la vie! répliqua, d'un air de profond mépris, Twideuldie. Vous ne seriez nulle part. Vous n'êtes qu'une espèce d'objet figurant dans son rêve! »

« Si le Roi ici présent venait à se réveiller, ajouta Twideuldeume, vous vous trouveriez soufflée — pfutt! — tout comme une chandelle! »

« Ce n'est pas vrai! s'exclama avec indignation Alice. Du reste, si, *moi*, je ne suis qu'une espèce d'objet figurant dans son rêve, j'aimerais savoir ce que *vous*, vous êtes. »

« Dito », fit Twideuldeume.

« Dito, dito! » répéta Twideuldie.

Il cria cela si fort qu'Alice ne put s'empêcher de dire :

« Chut! Vous allez le réveiller, je le crains, si vous faites tant de bruit. »

« Allons donc, comment pouvez-vous parler de le réveiller, repartit Twideuldeume, alors que vous n'êtes qu'un des objets figurant dans son rêve. Vous savez fort bien que vous n'êtes pas réelle. »

« Bien sûr que si, que je suis réelle! » protesta Alice en se mettant à pleurer.

« Ce n'est pas en pleurant que vous vous rendrez plus réelle, fit remarquer Twideuldie; et il n'y a pas là de quoi pleurer. »

« Si je n'étais pas réelle, dit Alice — en riant à demi à travers ses larmes, tant tout cela lui semblait ridicule — je ne serais pas capable de pleurer. »

« J'espère que vous ne prenez pas ce qui coule de vos yeux pour de vraies larmes? » demanda Twideuldeume sur le ton du plus parfait mépris.

« Je sais que ce qu'ils disent est inepte, pensa, en son for intérieur, Alice, et je suis bien sotte de pleurer pour cela. » Elle essuya donc ses larmes et poursuivit aussi gaiement qu'elle le put : « En tout cas, je ferais mieux de sortir de cette forêt, car, vraiment, il commence à y faire très sombre. Croyez-vous qu'il va pleuvoir? »

Twideuldeume ouvrit, au-dessus de sa propre tête et de celle de son frère, un grand parapluie, et leva les yeux vers le dôme formé par l'ustensile : « Non, je ne le crois pas, dit-il; du moins, pas là-dessous. En aucune façon. »

« Mais il peut pleuvoir *à l'extérieur* de votre abri? »

« Il peut pleuvoir... s'il veut pleuvoir, déclara Twideuldie; nous n'y voyons aucun inconvénient. Tout au contraire. »

« Les affreux égoïstes! » pensa Alice, et elle s'apprêtait à leur dire « Bonsoir » et à prendre congé d'eux, lorsque Twideuldeume bondit de dessous le parapluie et lui saisit le poignet.

« Voyez-vous *cela ?* » demanda-t-il d'une voix que la colère étranglait. Ses yeux jaunirent et se dilatèrent instantanément, tandis que d'un index tremblotant il désignait un petit objet blanc qui reposait au pied de l'arbre.

« Ce n'est qu'une crécelle », répondit Alice après avoir minutieusement examiné le petit objet blanc. Non pas une *crécerelle*, se hâta-t-elle d'ajouter, craignant que le nom de ce petit rapace ne fît peur à Twideuldeume, mais seulement une crécelle — une crécelle toute vieille et toute détériorée. »

« Je le savais! Je le savais! s'écria Twideuldeume en se mettant à trépigner et à s'arracher les cheveux. Elle est cassée, évidemment! » Sur quoi il foudroya du regard Twideuldie, qui aussitôt s'assit par terre en essayant de se dissimuler derrière le parapluie.

Alice lui mit la main sur le bras et, d'un ton conciliant, lui dit : « Vous n'avez pas besoin de vous mettre dans une telle colère pour une vieille crécelle. »

« Mais elle n'est pas vieille, cria Twideuldeume, plus furieux que jamais. Elle est toute neuve, vous dis-je... Je l'avais achetée hier... ma belle *crécelle* NEUVE! » et sa voix s'éleva jusqu'aux sommets de l'aigu.

Durant ce temps, Twideuldie faisait tous ses efforts pour refermer le parapluie en se mettant dedans : c'était là un tour de force si extraordinaire que l'attention d'Alice s'en trouva détournée de l'irascible frère. Mais il ne put mener tout à fait à bien sa tentative et il finit par rouler sur le sol, empaqueté dans l'étoffe du parapluie d'où, seule, sa tête dépassait; et il demeura couché par terre, ouvrant et fermant alternativement la bouche et les yeux, « semblable à un poisson plus qu'à toute autre chose », pensa Alice.

« Naturellement vous êtes d'accord pour une rencontre ? » demanda, d'un ton de voix plus calme, Twideuldeume.

« Je suppose que oui, répondit, l'air boudeur, son adversaire, en s'extrayant, à quatre pattes, du parapluie ; seulement, il faut que celle-ci nous aide à nous habiller, voyez-vous bien. »

Se tenant par la main, les deux frères pénétrèrent dans la forêt pour en ressortir une minute plus tard, les bras chargés de toutes sortes d'objets, tels que traversins, couvertures, carpettes, nappes, couvre-plats et seaux à charbon. « J'espère, observa Twideuldeume, que vous savez comment vous y prendre pour fixer des épingles et faire des nœuds ? Il faut que tout cet équipement s'ajuste à nous, d'une manière ou d'une autre. »

Alice, par la suite, déclara qu'elle n'avait, de sa vie, vu faire autant d'embarras pour quoi que ce fût. Il eût fallu voir la façon dont ces deux-là s'agitèrent, la quantité d'accessoires dont ils s'affublèrent, et le mal qu'ils donnèrent à la fillette en lui faisant nouer leurs ficelles et boutonner leurs boutons... « Vrai, lorsqu'ils seront prêts, ils ressembleront à des ballots de vieux habits plus qu'à toute autre chose ! » dit-elle à part soi, en assujettissant un traversin autour du cou de Twideuldie, « pour lui éviter d'avoir, comme il le disait, la tête tranchée. »

« Voyez-vous bien, ajouta-t-il très sérieusement, avoir la tête tranchée, c'est l'un des pires ennuis qui vous puissent échoir au cours d'une bataille. »

Alice se mit à rire bruyamment, mais s'arrangea pour transformer son rire en toux, de peur de froisser son interlocuteur.

« Ne suis-je pas très pâle ? » demanda Twideuldeume, en s'approchant pour qu'elle lui mît son casque (il *appelait* cela un casque, bien que c'eût plutôt l'air d'être une casserole).

« Ma foi... oui... un *petit peu* », répondit avec gentillesse Alice.

« Je suis, en général, très courageux, poursuivit-il à voix basse; seulement, aujourd'hui, il se trouve que j'ai la migraine. »

« Et moi, j'ai mal aux dents! s'exclama Twideuldie, qui avait surpris la déclaration de son adversaire. Je suis en bien pire condition que toi! »

« En ce cas vous feriez mieux de n'en pas découdre aujourd'hui », dit Alice, pensant qu'il y avait là un bon prétexte pour les amener à faire la paix.

« Il faut absolument que nous nous battions un peu, mais je ne tiens pas à ce que cela dure longtemps, dit Twideuldeume. Quelle heure est-il ? »

Twideuldie consulta sa montre et répondit : « Quatre heures et demie. »

« Combattons jusqu'à six heures; ensuite, allons dîner », proposa Twideuldeume.

« Entendu, répondit l'autre, assez tristement; et elle, elle sera notre spectatrice... Mais vous ferez bien de ne pas *trop* vous approcher, ajouta-t-il à l'intention d'Alice : en général, lorsque je suis vraiment surexcité, je tape sur tout ce que je vois. »

« Moi, je tape sur tout ce qui se trouve à portée de mon bras, et même sur ce que je ne vois pas », s'écria Twideuldeume.

Alice se mit à rire : « Vous devez taper assez souvent sur les *arbres*, je suppose », dit-elle.

Twideuldeume promena son regard autour de lui avec un sourire satisfait : « Je ne crois pas, déclara-t-il, qu'un seul arbre du voisinage restera debout lorsque nous en aurons terminé. »

« Et tout cela pour une crécelle! » s'exclama Alice, qui espérait encore leur faire un tout petit peu honte de la futilité du motif de leur combat.

« Je n'eusse pas pris l'affaire tant à cœur, dit Twideuldeume, si cette crécelle n'eût été neuve. »

« Je souhaite que vienne le monstrueux corbeau! » pensait Alice.

« Il n'y a qu'une seule épée, vois-tu bien, dit Twideuldeume à son frère : mais toi, tu peux prendre le parapluie... il est tout aussi pointu que l'épée. Hâtons-nous seulement de commencer. Il se met à faire sombre au delà du possible. »

« Et plus sombre encore que cela », renchérit Twideuldie.

Une nuit si soudaine tombait, qu'Alice crut qu'il se préparait un orage. « Le gros nuage noir que voilà ! s'exclama-t-elle. Et comme il approche vite ! Ma parole, on dirait qu'il a des ailes ! »

« C'est le corbeau », s'écria Twideuldeume d'une voix aiguë et terrifiée ; là-dessus, les deux frères prirent leurs jambes à leur cou et ils eurent disparu en un clin d'œil.

Alice, en courant, s'engagea quelque peu dans l'épaisseur de la forêt, puis elle s'arrêta sous un grand arbre. « Ce corbeau jamais ne pourra m'atteindre *ici*, pensa-t-elle ; il est bien trop volumineux pour pouvoir se frayer un passage entre les arbres. Mais je voudrais bien qu'il ne batte pas des ailes avec tant de violence... cela fait, dans la forêt, comme un vrai ouragan... Tiens ! Voici le châle de quelqu'un, qui vient d'être emporté par le vent ! »

LAINE ET EAU

Tout en parlant, elle attrapa le châle et, du regard cherchait sa propriétaire. Un instant plus tard la Reine Blanche arrivait à travers bois en courant comme une dératée, les deux bras largement déployés, pareille à une oie qui tente de prendre son envol. Alice, de façon fort civile, se porta à sa rencontre pour lui rendre son bien.

« Je suis contente de m'être trouvée là au moment opportun », dit la fillette en l'aidant à remettre son châle.

La Reine Blanche ne fit rien que la regarder d'un air désemparé et apeuré, tout en répétant à voix basse quelque chose qui pouvait être : « Tartine de beurre, tartine de beurre », et Alice comprit que s'il devait y avoir une conversation entre la Reine et elle, il lui faudrait en faire seule les frais. Elle se hasarda donc, assez timidement, à s'enquérir :

« *De parler à la Reine ai-je l'honneur insigne ?* »

« Avez-vous dit : « *Hein, Cygne ?* » repartit la souveraine. Sachez que je ne vous permets pas de me donner des noms d'oiseau ! »

Alice pensa qu'il serait inopportun d'engager une discussion avec la Reine dès le début de leur entretien; elle poursuivit donc avec le sourire : « Si Votre Majesté veut bien me dire ce qu'elle attend de moi, je ferai de mon mieux pour lui donner satisfaction. »

« Mais je n'attends rien, gémit la pauvre Reine, de vous ni de quiconque. Et, en ce qui me concerne, je crois m'être abstenue de vous faire *cygne* ou *signe!* »

C'eût été tout profit, sembla-t-il à Alice, tant était négligée la mise de son interlocutrice, si elle lui eût fait signe de venir l'habiller. « Tous ses vêtements sont mis en dépit du bon sens, dit à part soi la fillette, et elle est tout hérissée d'épingles! — Puis-je me permettre de remettre droit votre châle ? » ajouta-t-elle à haute voix.

« Je me demande ce qui peut bien clocher en ce qui le concerne! dit, d'une voix mélancolique, la Reine. Il est de mauvaise humeur, je suppose. Je lui ai mis une épingle ici, je lui en ai mis une là, mais il n'y a pas moyen de le contenter! »

« Il ne saurait rester d'aplomb, voyez-vous bien, si vous mettez les deux épingles du même côté, fit observer Alice en le lui remettant droit sans s'énerver; et, Seigneur, dans quel état sont vos cheveux! »

« Ma brosse s'est entortillée dedans! dit la Reine en poussant un soupir. Et j'ai perdu mon peigne, hier. »

Alice dégagea la brosse avec précaution, et fit de son mieux pour réparer le désordre de la royale chevelure. « Allons! vous avez meilleure mine à présent! dit-elle après avoir changé de place la plupart des épingles. Mais, vraiment, vous devriez prendre une femme de chambre. »

« Je vous prendrais, certes, à mon service, avec le plus grand plaisir, déclara la Reine. Quatre sous par semaine, et confiture tous les autres jours. »

Alice ne put s'empêcher de rire, tandis qu'elle répondait : « Je ne désire pas entrer à votre service et je n'aime guère la confiture. »

« C'est de très bonne confiture », insista la Reine.

« En tout cas, *aujourd'hui*, je n'en veux pas. A aucun prix. »

« Vous n'en auriez pas, même si vous en vouliez *à tout prix*, répliqua la Reine. La règle en ceci est formelle : confiture demain et confiture hier — mais jamais confiture aujourd'hui. »

« On doit bien quelquefois arriver à confiture aujourd'hui », objecta Alice.

« Non, ça n'est pas possible, dit la Reine. C'est

confiture tous les *autres* jours. Aujourd'hui, cela n'est pas l'un des *autres* jours, voyez-vous bien. »

« Je ne vous comprends pas, avoua Alice. Tout cela m'embrouille terriblement les idées! »

« C'est ce qui arrive lorsque l'on vit à l'envers, fit observer la Reine d'un air bienveillant : au début ça vous donne un peu le tournis... »

« Lorsque l'on vit à l'envers! répéta Alice, fort étonnée; je n'avais jamais entendu parler d'une telle chose! »

« ... mais cela présente un grand avantage, c'est que la mémoire s'exerce dans les deux sens. »

« Je suis sûre que ma mémoire, à moi, ne s'exerce que dans un seul sens, fit remarquer Alice. Je ne suis pas capable de me rappeler les événements avant qu'ils n'arrivent. »

« C'est une bien misérable mémoire que celle qui ne s'exerce qu'à reculons », fit remarquer la Reine.

« Et vous, de quelle sorte d'événements vous souvenez-vous le mieux ? » osa demander Alice.

« Oh! des événements qui se sont produits d'aujourd'hui en quinze, répondit, d'un ton désinvolte, la Reine. Par exemple, en ce moment, poursuivit-elle, tout en appliquant un grand morceau de taffetas gommé sur son doigt, il y a l'affaire du Messager du Roi. Il est actuellement en prison, sous le coup d'une condamnation; et le procès ne doit pas commencer avant mercredi prochain; quant au crime, bien sûr, il n'interviendra qu'après tout le reste. »

« Et s'il se trouvait qu'il ne commît jamais son crime ? » dit Alice.

« Alors cela n'en irait que mieux, n'est-il pas vrai ? » répondit la Reine, en assujettissant le taffetas gommé autour de son doigt à l'aide d'un bout de ruban.

Alice comprit qu'il n'y avait pas moyen de nier le fait. « Bien sûr, cela n'en irait que mieux, admit-elle, mais ce qui n'en irait pas que mieux, c'est qu'un innocent soit puni. »

« *Là*, en tout cas, vous êtes dans l'erreur, dit la Reine. Vous est-il jamais arrivé d'être vous-même punie ? »

« Oui, mais uniquement pour des fautes que j'avais commises », répondit la fillette.

« Et je sais que vous ne vous en trouviez que mieux ! » dit, d'un air triomphant, la Reine.

« Oui, mais alors j'avais vraiment commis les fautes pour lesquelles j'étais punie, dit Alice ; c'est en cela que réside toute la différence. »

« Mais si vous n'aviez pas vraiment commis ces fautes, dit la Reine, c'eût été mieux encore ; mieux encore, mieux encore, mieux encore ! » Sa voix alla s'élevant à chaque « mieux encore », pour atteindre finalement aux sommets de l'aigu.

Alice était en train de commencer de dire : « Il y a, quelque part, une erreur... » lorsque la Reine se mit à pousser des cris si perçants et si retentissants, qu'elle ne put terminer sa phrase. « Oh, oh, oh ! criait la souveraine en secouant la main comme si elle eût voulu se la détacher du bras. Mon doigt saigne ! oh, oh, oh, oh ! »

Ses cris ressemblaient si fort au sifflement d'une locomotive, qu'Alice dut se boucher les deux oreilles.

« Qu'avez-vous donc ? demanda-t-elle dès qu'elle crut avoir une chance de se faire entendre. Vous êtes-vous piqué le doigt ? »

« Je ne me le suis pas *encore* piqué, dit la Reine, mais je vais me le piquer bientôt... oh, oh, oh ! »

« Quand pensez-vous que cela va vous arriver ? » demanda Alice, qui avait grande envie de rire.

« Lorsque j'attacherai de nouveau mon châle, gémit la pauvre Reine ; la broche tout de suite s'ouvrira. Oh, oh ! » Comme elle disait ces mots, la broche s'ouvrit brusquement et la souveraine la saisit d'un geste frénétique pour essayer de la refermer.

« Prenez garde ! s'écria Alice. Vous la tenez tout de travers ! » A son tour elle saisit la broche ; trop tard : l'épingle lui avait échappé et la Reine s'était piqué le doigt.

« Ceci explique pourquoi tout à l'heure je saignais, voyez-vous bien, dit-elle, souriante, à Alice. Désormais vous comprendrez comment les choses se passent ici. »

« Mais pourquoi, *maintenant*, ne criez-vous pas ? » demanda Alice, tout en se tenant prête à se boucher derechef les oreilles.

« Ma foi, j'ai déjà poussé tous les cris que j'avais à pousser, répondit la Reine. A quoi cela servirait-il de tout recommencer ? »

A présent il faisait jour de nouveau. « Le corbeau se sera envolé, je suppose, dit Alice; je suis bien contente qu'il soit parti. Un moment, j'ai cru que c'était la nuit qui tombait. »

« Je voudrais bien, moi aussi, être contente! s'exclama la Reine. Seulement je ne peux me rappeler la règle à appliquer pour y parvenir. Vous devez être bien heureuse de vivre dans cette forêt et d'être satisfaite chaque fois qu'il vous plaît! »

« Hélas! je me sens si terriblement seule ici! » dit, d'un ton de voix mélancolique, Alice; et, à l'idée de sa solitude, deux grosses larmes lui roulèrent sur les joues.

« Oh, cessez de pleurer, je vous en supplie! s'écria la pauvre Reine en se tordant les mains de désespoir. Songez que vous êtes une grande fille. Songez au long chemin que vous avez aujourd'hui parcouru. Songez à l'heure qu'il est. Songez à tout ce que vous voudrez, mais ne pleurez pas! »

En entendant cela, Alice, à travers ses larmes, ne put s'empêcher de rire. « Etes-vous capable de vous retenir de pleurer en pensant à certaines choses ? » demanda-t-elle.

« Certes, c'est ainsi que l'on procède, répondit, péremptoire, la Reine. Nul ne peut faire deux choses à la fois, savez-vous bien. Pour commencer, voyons votre âge... quel est-il ? »

« Sept ans et demi, *très exactement*. »

« Si vous avez sept ans et demi, fit observer la Reine, pourquoi donc dites-vous : « *Treize exactement* » ? Comment voulez-vous que l'on vous croie si vous vous contredisez ainsi vous-même dans le cours d'une seule phrase ? Et maintenant je vais vous confier, à vous, quelque chose que vous devrez croire. J'ai exactement cent un ans, cinq mois et un jour. »

« Je ne puis croire pareille chose! » s'exclama Alice.

« Vraiment, dit la Reine d'un ton de voix empreint de commisération. Essayez encore une fois : prenez une profonde inspiration et fermez les yeux. »

Alice se mit à rire : « Inutile d'essayer, répondit-elle; on ne saurait absolument pas croire à l'impossible. »

« Je prétends que vous ne vous y êtes pas suffisamment exercée, dit la Reine. Lorsque j'avais votre âge, je m'y appliquais régulièrement une demi-heure par jour. Eh bien, il m'est arrivé, avant d'avoir pris le petit déjeuner, de croire jusqu'à six choses impossibles. Voilà le châle qui s'en va de nouveau! »

Tandis qu'elle parlait, la broche s'était défaite, et une soudaine rafale de vent avait emporté son châle de l'autre côté d'un petit ruisseau. La Reine, derechef, étendit les bras, s'envolant littéralement à sa poursuite, et, cette fois, elle réussit à s'en saisir toute seule. « Je l'ai attrapé! s'écria-t-elle d'un ton de voix triomphant. Maintenant je vais le ré-épingler sur moi, toute seule, vous allez voir! »

« En ce cas j'espère que votre doigt va mieux, désormais ? » dit, très poliment, Alice, en traversant à la suite de la Reine le petit ruisseau.

« Oh! beaucoup mieux, ma belle! s'écria la Reine dont la voix s'élevait dans l'aigu à mesure qu'elle parlait : beaucoup mieux, ma belle! Beaucoup mieux, ma belle! Mieux, ma belle! bé-é-le! » Le dernier mot s'acheva en un long bêlement, qui ressemblait tellement à celui d'une brebis qu'Alice sursauta.

Elle regarda la Reine qui lui sembla s'être soudain emmitouflée de laine. Alice se frotta les yeux puis la regarda de nouveau. Elle ne parvenait pas le moins du monde à comprendre ce qui s'était passé. Etait-elle bien dans une boutique ? Et était-ce vraiment... était-ce vraiment une *brebis* qui se trouvait assise derrière le comptoir ? Elle eut beau se frotter et se re-frotter les yeux, elle ne put rien voir de plus : elle était dans une petite boutique sombre, les coudes sur le comptoir, et en face d'elle il y avait une vieille Brebis, assise, en train de tricoter, dans un fauteuil, et qui s'interrompait de temps à autre pour la regarder à travers d'énormes besicles.

« Pour vous, qu'est-ce que ça sera ? » demanda enfin la Brebis en levant les yeux de dessus son tricot.

« Je ne suis pas encore *tout à fait* décidée, dit suavement Alice. J'aimerais tout d'abord jeter un coup d'œil autour de moi, si vous le permettez. »

.« Vous pouvez, si vous le désirez, jeter un coup d'œil en face de vous, un autre sur votre droite et un autre sur votre gauche, dit la Brebis; mais vous ne sauriez en jeter un *autour* de vous, à moins que vous n'ayez des yeux derrière la tête. »

Or il se trouvait que de tels yeux, Alice n'en possédait pas; aussi se contenta-t-elle de tournailler, et d'examiner les rayons à mesure qu'elle s'en approchait.

La boutique avait l'air d'être pleine de toute sorte de curieux objets... mais ce qu'il y avait de plus bizarre c'est que, chaque fois qu'elle fixait les yeux sur un quelconque rayon pour bien voir ce qu'il s'y trouvait, ce rayon-là précisément était tout à fait vide, alors que tous les rayons voisins étaient remplis à la limite de leur capacité.

« Les objets, ici, sont bien insaisissables! finit-elle par dire d'un ton de voix plaintif, après avoir poursuivi en vain, plus d'une minute durant, un gros objet brillant qui ressemblait tantôt à une poupée, tantôt à une boîte à ouvrage, et qui se trouvait toujours sur le rayon placé juste au-dessus de celui qu'elle était en train de regarder. Et celui-ci est le plus exaspérant de tous... mais voici ce que je vais faire... ajouta-t-elle, tandis qu'une idée soudaine lui venait à l'esprit. Je vais le poursuivre jusqu'au tout dernier rayon du haut. J'imagine qu'il sera bien embarrassé lorsqu'il s'agira de passer à travers le plafond! »

Mais ce projet, lui aussi, échoua : l' « objet » traversa le plafond le plus aisément du monde, comme s'il était rompu à ce tour de magie.

« Etes-vous une enfant ou un toton ? s'enquit la Brebis en prenant une autre paire d'aiguilles. Vous allez finir par me donner le tournis, si vous continuez à tournoyer de la sorte. » Elle travaillait maintenant avec quatorze paires d'aiguilles à la fois, et Alice ne put s'empêcher de la regarder avec une certaine stupeur.

« Comment diable peut-elle tricoter avec un si grand nombre d'aiguilles ? se demanda la fillette, intriguée. Plus elle va, plus elle ressemble à un porc-épic ! »

« Savez-vous ramer ? » s'enquit la Brebis, en lui tendant une paire d'aiguilles à tricoter.

« Oui, un peu... mais pas sur la terre ferme... et pas avec des aiguilles... » commençait de dire Alice, quand soudain les aiguilles dans ses mains se changèrent en avirons et elle s'aperçut que la Brebis et elle-même se trouvaient dans un petit esquif en train de glisser entre deux rives ; de sorte que tout ce qu'il lui restait à faire, c'était de ramer de son mieux.

« Plumez! » cria la Brebis, en prenant une nouvelle paire d'aiguilles.

Cette exclamation ne semblant pas appeler une réponse, Alice se tint coite et continua de souquer. Elle avait cependant l'impression que l'eau offrait une consistance bizarre, car de temps à autre les rames y restaient prises et n'en ressortaient que très difficilement.

« Plumez! Plumez! cria de nouveau la Brebis en prenant un autre jeu d'aiguilles. Si vous continuez comme cela, vous n'allez pas tarder à attraper un crabe. »

« Un amour de petit crabe! se dit Alice. Comme je serais contente! »

« Ne m'avez-vous pas entendu dire « Plumez » ? » s'écria la Brebis, furieuse, en prenant tout un paquet d'aiguilles.

« Si fait, répondit Alice; vous l'avez dit très souvent et à voix très haute. S'il vous plaît, où sont donc les crabes ? »

« Dans l'eau, naturellement, répondit la Brebis, en fichant quelques-unes des aiguilles dans ses cheveux parce qu'elle en avait déjà les mains pleines. Plumez, je vous le répète ! »

« Pourquoi donc dites-vous « Plumez » si souvent ? demanda, passablement contrariée à la fin, Alice. Il n'y a pas de volaille, que je sache, à bord de ce bateau ! »

« Si fait, répliqua la Brebis : il y a vous, qui êtes une petite oie. »

Cette apostrophe parut quelque peu blessante à Alice et, pendant une minute ou deux, la conversation s'interrompit, tandis que l'esquif continuait de glisser indolemment, tantôt parmi les bancs d'herbes aquatiques (à cause desquelles les rames, plus que jamais, s'empêtraient sous les flots), tantôt sous des arbres, mais toujours entre deux hautes rives sourcilleuses qui s'escarpaient jusqu'au-dessus de leurs têtes.

« Oh! s'il vous plaît! Il y a des joncs fleuris qui embaument, s'écria Alice, soudain extasiée. Ce n'est pas un rêve. Ils sont magnifiques! »

« Inutile de me dire « s'il vous plaît » à propos de joncs, fit la Brebis sans lever les yeux de dessus son tricot. Ce n'est pas moi qui les ai mis là où ils se trouvent et ce n'est pas moi qui les en vais retirer. »

« Non, certes, mais je voulais dire : S'il vous plaît, pourrait-on prendre le temps d'en cueillir quelques-uns ? expliqua Alice. Consentiriez-vous à arrêter le bateau pendant une minute ? »

« Comment voulez-vous que, *moi*, je l'arrête ? dit la Brebis. Si vous cessez de ramer, il s'arrêtera bien tout seul. »

Alice laissa donc l'esquif dériver au fil de l'eau jusqu'à ce qu'il vînt suavement glisser parmi les joncs balancés aux souffles du vent. Alors les petites manches furent soigneusement roulées et remontées, les petits bras plongèrent dans l'eau jusqu'au coude afin de saisir les joncs le plus bas possible avant d'en casser la tige... et pendant un moment Alice oublia tout à fait la Brebis et son tricot, tandis qu'elle se penchait par-

dessus le bordage, les yeux brillants de convoitise, le
bout de ses cheveux emmêlés trempant dans l'eau, et
qu'elle cueillait brassée après brassée les adorables
joncs parfumés.

« J'espère seulement que la barque ne va pas cha-
virer, se dit-elle. Oh! celui-là, qu'il est beau! Hélas!
je n'ai pu l'atteindre. » Et il était, certes, quelque peu
irritant (« comme si c'était fait exprès », pensa-t-elle),
de voir que, si elle réussissait à cueillir sur le passage
du bateau force joncs magnifiques, il y en avait toujours un, plus beau que tous les autres, qu'elle ne
pouvait atteindre.

« Les plus jolis sont toujours trop loin! » finit-elle
par dire avec un soupir de regret en voyant que les
joncs s'obstinaient à croître si loin d'elle. Puis, le sang
aux joues et les cheveux et les mains ruisselants d'eau,
en s'aidant des pieds et des mains, elle regagna à
reculons sa banquette et se mit à disposer avec art les
trésors qu'elle venait de trouver.

Que lui importait alors que, dès l'instant même où
elle les avait cueillis, les joncs eussent commencé à se
faner et à perdre de leur parfum et de leur beauté. Les
vrais joncs parfumés eux-mêmes, voyez-vous, ne durent
qu'un très court moment, et ceux-ci, amoncelés à ses
pieds, étant des joncs de rêve, fondaient comme neige
au soleil; mais Alice ne s'en aperçut guère, car elle avait
à réfléchir à maints autres incidents curieux.

La nacelle n'avait pas avancé beaucoup lorsque l'un
des avirons s'empêtra dans l'eau et n'en *voulut plus*
ressortir (c'est ainsi qu'Alice, par la suite, expliqua ce
qu'il était arrivé). En conséquence de ce fait, le manche
de l'aviron la frappa sous le menton et, malgré une
série de petits « Oh, oh, oh! » que la pauvre enfant se
mit à pousser, elle fut balayée de son siège et chut tout
de son long sur le monceau de joncs.

Néanmoins elle ne se fit pas le moindre mal, et se
releva presque aussitôt. Pendant tout ce temps, la
Brebis avait continué son tricot, comme si rien ne
s'était passé. « C'était un bien joli crabe que celui que
vous aviez pris tout à l'heure! » dit-elle tandis qu'Alice

regagnait sa place, bien contente de se trouver encore dans la bateau.

« Vraiment ? Je ne l'ai pas vu, répondit la fillette en regardant avec circonspection, par-dessus le bordage, l'eau sombre de la rivière. Je regrette de l'avoir laissé s'échapper... J'aimerais tellement rapporter à la maison un petit crabe. » Mais la Brebis ne répondit que par un rire méprisant et continua de faire son tricot.

« Y a-t-il ici beaucoup de crabes ? » s'enquit Alice.

« Il y a ici des crabes et toutes sortes de choses, répondit la Brebis : un très grand choix, mais il faudrait vous décider. Allons, qu'avez-vous l'intention d'acheter ? »

« D'acheter », répéta Alice d'un ton de voix mi-surpris, mi-apeuré, car les avirons, le bateau, la rivière, tout avait instantanément disparu, et elle se trouvait de nouveau dans la petite boutique sombre.

« J'aimerais acheter un œuf, s'il vous plaît, dit-elle, intimidée : Combien les vendez-vous ? »

« Dix sous l'un ; quatre sous les deux », répondit la Brebis.

« Deux œufs coûtent donc moins cher qu'un seul ? » demanda Alice, surprise, en tirant de sa poche son porte-monnaie.

« Oui, mais si vous en achetez deux, vous êtes absolument obligée de les manger tous deux », répliqua la Brebis.

« Alors je n'en prendrai qu'un seul, s'il vous plaît », dit Alice en déposant l'argent sur le comptoir. Car, en son for intérieur, elle pensait : « Il est possible qu'ils ne soient pas fameux, voyez-vous bien. »

La Brebis ramassa l'argent et le rangea dans une boîte ; puis elle déclara : « Je ne mets jamais les articles dans les mains des clients... cela serait inconvenant... Il vous faut prendre l'œuf vous-même. » Ce disant, elle alla au fond de la boutique et mit l'œuf debout sur l'un des rayons.

« Je me demande *pourquoi* cela serait inconvenant ? » pensa Alice en se frayant, à tâtons, un chemin parmi les tables et les chaises, car le fond de la boutique était sombre. « L'œuf semble s'éloigner à mesure que je m'avance vers lui. Voyons, est-ce là une chaise ? Mais, ma parole, elle a des branches! Comme c'est bizarre, de trouver ici des arbres! Et voici bel et bien un petit ruisseau! Vraiment, c'est la boutique la plus singulière que j'aie vue, de ma vie. »

Elle continua d'avancer, allant de surprise en surprise, car tous les objets se transformaient en arbres au moment où elle arrivait à leur hauteur, et elle était persuadée que l'œuf allait en faire autant.

HEUMPTY DEUMPTY

Cependant l'œuf se contenta de grossir, grossir et de prendre de plus en plus figure humaine. Lorsque Alice ne fut plus qu'à quelques pas de lui, elle vit qu'il avait des yeux, un nez et une bouche; et lorsqu'elle en fut proche à le toucher, elle vit clairement que c'était Heumpty Deumpty en personne. « Il ne saurait s'agir de quelqu'un d'autre! dit-elle à part soi. J'en suis aussi certaine que s'il avait le nom écrit au milieu de la figure! »

On eût pu l'écrire facilement cent fois sur cette énorme face. Heumpty Deumpty était assis à la turque, les jambes croisées, sur le faîte d'un haut mur (et d'un mur si étroit qu'Alice se demanda comment le bonhomme y pouvait garder son équilibre). Parce qu'il lui tournait obstinément le dos et ne prêtait pas la moindre attention à la fillette, elle pensa qu'il s'agissait peut-être d'un spécimen naturalisé.

« Et comme il ressemble en tous points à un œuf! » dit-elle à haute voix, tout en tendant les mains pour le rattraper, car elle s'attendait à tout moment à le voir tomber.

« Il est *vraiment* exaspérant d'être traité d'œuf, déclara Heumpty Deumpty après un long silence et sans regarder Alice — *vraiment* exaspérant! »

« J'ai dit, monsieur, que vous *ressembliez* à un œuf, expliqua avec gentillesse Alice. Et il existe de très jolis œufs, voyez-vous bien », ajouta-t-elle, espérant faire ainsi de sa remarque une sorte de compliment.

« Il est des gens, reprit Heumpty Deumpty en conti-

nuant de détourner d'elle son regard, qui n'ont pas
plus de bon sens qu'un nourrisson ! »

Alice ne sut que répondre à de telles paroles; cela
ne ressemblait pas du tout à une conversation, pensa-
t-elle, étant donné qu'il ne lui disait jamais un mot, à
elle; en fait, sa dernière remarque s'adressait de toute
évidence à un arbre. Elle resta donc plantée là, immobile, à se réciter tout bas :

> « *Heumpty Deumpty, tombé du haut d'un mur,*
>   *Heumpty Deumpty s'est cassé la figure.*
> *Ni les chevaux du Roi, ni les soldats du Roi,*
> *N'ont pu soulever Heumpty Deumpty pour le remettre*
>   [*droit.* »

« Le vers final est beaucoup trop long par rapport
à ceux du reste du poème », ajouta-t-elle presque à
haute voix, oubliant que Heumpty Deumpty allait
l'entendre.

« Ne restez pas à marmonner entre vos dents comme
cela, dit, en la regardant pour la première fois,
Heumpty Deumpty; faites-moi plutôt connaître votre
nom et le genre d'affaire qui vous amène ici. »

« Mon *nom* est Alice, mais... »

« Que voilà donc un nom idiot ! intervint avec
impatience Heumpty Deumpty. Qu'est-ce qu'il signifie ? »

« Est-il absolument nécessaire qu'un nom signifie
quelque chose ? » s'enquit, dubitative, Alice.

« Evidemment, que c'est nécessaire, répondit, avec
un bref rire, Heumpty Deumpty; mon nom, à moi,
signifie cette forme qui est la mienne, et qui est, du
reste, une très belle forme. Avec un nom comme le
vôtre, vous pourriez avoir à peu près n'importe quelle
forme. »

« Pourquoi restez-vous perché tout seul sur ce
mur ? » s'enquit Alice, peu soucieuse d'engager une
controverse.

« Ma foi, parce qu'il n'y a personne avec moi !
s'écria Heumpty Deumpty. Pensez-vous que je ne

connusse pas la réponse à cette question-là ? Posez-en une autre. »

« Ne croyez-vous pas que sur le sol, vous seriez plus en sécurité ? poursuivit Alice, sans avoir aucunement l'intention d'énoncer une devinette, mais seulement en raison de l'inquiétude que son bon cœur lui faisait éprouver à l'égard de l'étrange créature. Ce mur est très, très étroit ! »

« Vous posez des devinettes extravagamment faciles ! grogna Heumpty Deumpty. Bien sûr que je ne le crois pas ! Ma foi, si jamais je venais à choir du haut de ce mur... ce qui est impensable... mais enfin... admettons... A ces mots il pinça les lèvres et prit un air si solennel et si pompeux qu'Alice eut peine à s'empêcher de rire. Si donc je venais à choir, poursuivit-il, *le Roi m'a promis* — ah ! vous pouvez pâlir si cela vous chante ! Vous ne vous attendiez pas à ce que je vous dise cela, n'est-ce pas ? — *Le Roi, de sa propre bouche, m'a promis...* d'... d'... »

« D'envoyer tous ses chevaux et tous ses soldats », lui souffla, assez inconsidérément, Alice.

« Ah ! par exemple, voilà qui est un peu fort ! s'écria, en proie à une rage soudaine, Heumpty Deumpty. Vous avez écouté aux portes... et de derrière les arbres... et par les tuyaux des cheminées... sinon vous n'auriez pu avoir connaissance de ça ! »

« Je vous jure que non ! répondit, très suavement, Alice. Je l'ai lu dans un livre. »

« Ah, oui ! On peut écrire des choses de ce genre dans un *livre*, admit, d'un ton de voix plus serein, Heumpty Deumpty. C'est ce que l'on appelle une Histoire d'Angleterre, n'est-ce pas ? Maintenant, regardez-moi bien ! Vous avez devant vous quelqu'un — moi-même, ici présent — qui a adressé la parole à un Roi : peut-être ne verrez-vous jamais un autre bénéficiaire du même privilège. Et pour vous montrer que je ne suis pas fier, je vous autorise à me serrer la main ! » Là-dessus, il sourit presque jusqu'aux oreilles en se penchant en avant (tellement qu'il s'en fallut d'un rien pour que, ce faisant, il ne tombât du haut du mur) et il tendit la main à Alice. Elle la prit tout en observant avec quelque appréhension le petit bonhomme : « S'il souriait davantage, les coins de sa bouche pourraient bien se rejoindre par derrière, pensa-t-elle, et alors je me demande ce qu'il arriverait à sa tête! Elle tomberait, j'en ai grand'peur! »

« Oui, tous ses chevaux et tous ses soldats, poursuivit Heumpty Deumpty. Ils me relèveraient à l'instant même, pour sûr! Mais cette conversation va un peu trop bon train : revenons-en à l'avant-dernière remarque. »

« Je crains de ne m'en pas souvenir très bien », répondit poliment Alice.

« En ce cas nous pouvons repartir de zéro, dit Heumpty Deumpty. A mon tour de choisir un sujet... (« Il en parle comme s'il s'agissait d'un jeu! » pensa Alice). Voici donc la question à laquelle il vous faut répondre : « Quel âge avez-vous dit que vous aviez ? »

Alice fit un bref calcul et répondit : « Sept ans et six mois. »

« C'est faux! s'exclama, l'air triomphant, Heumpty Deumpty. Vous n'en avez jamais soufflé mot. »

« Je pensais que vous vouliez dire : Quel âge avez-vous ? » expliqua Alice.

« Si j'avais voulu dire cela, je l'aurais dit », répliqua Heumpty Deumpty.

Désireuse de ne pas s'engager dans une nouvelle controverse, Alice se tint coite.

« Sept ans et six mois! » répéta pensivement Heumpty Deumpty. C'est un âge bien incommode. Certes, si vous m'aviez demandé, à moi, mon avis, je vous aurais dit : « Arrêtez-vous à sept ans... mais à présent, il est trop tard. »

« Je ne demande jamais l'avis de personne au sujet de ma croissance », déclara, l'air outré, Alice.

« Trop fière, sans doute ? » demanda l'autre.

Cette insinuation accrut encore l'indignation d'Alice. « J'entends, expliqua-t-elle, qu'un enfant ne peut pas s'empêcher de grandir. »

« Un enfant ne le peut sans doute pas, répondit

Heumpty Deumpty; mais *deux* enfants le peuvent, à coup sûr. Convenablement aidée, vous eussiez pu vous arrêter à sept ans. »

« Quelle belle ceinture vous portez! » remarqua tout à coup Alice. (Ils avaient suffisamment parlé sur le thème de l'âge, estimait-elle; et s'ils devaient vraiment choisir leurs sujets de conversation à tour de rôle, c'était maintenant son tour, à elle, de le faire.) « Du moins, rectifia-t-elle après réflexion, quelle belle cravate, eussé-je dû dire... non, ceinture, plutôt... oh! je vous demande bien pardon! s'exclama-t-elle, consternée, car Heumpty Deumpty avait l'air profondément vexé, et elle commençait à regretter d'avoir abordé un tel sujet. Si seulement je savais, pensa-t-elle en son for intérieur, ce qui est cou et ce qui est taille! »

Heumpty Deumpty était manifestement furieux, encore qu'il ne soufflât mot durant une ou deux minutes. Lorsqu'il voulut reprendre la parole, on n'entendit tout d'abord sortir de son gosier qu'une sorte de gargouillement.

« Il est... *exaspérant*, finit-il par articuler, de devoir constater que certaines gens sont incapables de distinguer une cravate d'une ceinture! »

« Je sais que je me suis montrée bien ignorante », répondit Alice, d'un ton si empreint d'humilité que Heumpty Deumpty se radoucit.

« C'est une cravate, mon enfant, et une belle cravate, comme vous l'avez du reste constaté. C'est un cadeau du Roi Blanc et de la Reine Blanche. Que dites-vous de cela ? »

« Est-ce possible ? » se récria Alice, ravie de voir qu'elle avait, en fin de compte, choisi un bon sujet de conversation.

« Ils me l'ont donnée, poursuivit pensivement, en croisant les jambes et en prenant à deux mains un de ses genoux, Heumpty Deumpty, ils me l'ont donnée en présent d'an-anniversaire. »

« Je vous demande pardon ? » dit, fort intriguée, Alice.

« Vous ne m'avez pas offensé », répondit Heumpty Deumpty.

« Je veux dire : qu'est-ce qu'un présent d'an-anniversaire ? »

« C'est un présent que l'on vous donne lorsque ce n'est pas votre anniversaire, bien entendu. »

Alice réfléchit un peu. « Je préfère, finit-elle par déclarer, les présents d'anniversaire. »

« Vous ne savez pas ce que vous dites, s'écria Heumpty Deumpty. Combien de jours y a-t-il dans l'année ? »

« Trois cent soixante-cinq », répondit Alice.

« Et combien avez-vous d'anniversaires ? »

« Un seul. »

« Et si, de trois cent soixante-cinq, vous soustrayez un, que reste-t-il ? »

« Trois cent soixante-quatre, évidemment. »

Heumpty Deumpty parut sceptique.

« J'aimerais voir ça écrit noir sur blanc », déclara-t-il.

Alice ne put s'empêcher de sourire tandis qu'elle tirait de sa poche son calepin et faisait pour lui la soustraction :

$$
\begin{array}{r}
365 \\
- 1 \\
\hline
364
\end{array}
$$

Heumpty Deumpty prit en main le calepin et le regarda très attentivement : « Cela, commença-t-il de dire, me *paraît* être exact. »

« Vous le tenez à l'envers! » s'exclama Alice.

« C'est, ma foi, vrai! reconnut gaîment, tandis qu'elle lui remettait le carnet dans le bon sens, Heumpty Deumpty. Ça m'avait l'air un peu bizarre. Comme je le disais, cela me *paraît* être exact... encore que je n'aie pas présentement le temps de vérifier de fond en comble... et cela vous montre qu'il y a trois cent soixante-quatre jours où vous pourriez recevoir des présents d'an-anniversaire... »

« Certes », admit Alice.

« Et *un* jour seulement réservé aux présents d'anniversaire, évidemment. Voilà de la gloire pour vous! »

« Je ne sais ce que vous entendez par « gloire », dit Alice.

Heumpty Deumpty sourit d'un air méprisant.

« Bien sûr que vous ne le savez pas, puisque je ne vous l'ai pas encore expliqué. J'entendais par là : « Voilà pour vous un bel argument sans réplique! »

« Mais « gloire » ne signifie pas « bel argument sans réplique », objecta Alice.

« Lorsque *moi* j'emploie un mot, répliqua Heumpty Deumpty d'un ton de voix quelque peu dédaigneux, il signifie exactement ce qu'il me plaît qu'il signifie... ni plus, ni moins. »

« La question, dit Alice, est de savoir si vous avez le pouvoir de faire que les mots signifient autre chose que ce qu'ils veulent dire. »

« La question, riposta Heumpty Deumpty, est de savoir qui sera le maître... un point, c'est tout. »

Alice était trop déconcertée pour ajouter quoi que ce fût. Au bout d'une minute, Heumpty Deumpty reprit : « Ils ont un de ces caractères! Je parle de certains d'entre eux — en particulier des verbes (ce sont les plus orgueilleux). Les adjectifs, vous pouvez en faire tout ce qu'il vous plaît, mais les verbes! Néanmoins je suis en mesure de les mettre au pas, tous autant qu'ils sont! Impénétrabilité : Voilà ce que, *moi*, je déclare! »

« Voudriez-vous, je vous prie, me dire, s'enquit Alice, ce que cela signifie ? »

« Vous parlez maintenant en petite fille raisonnable, dit Heumpty Deumpty, l'air très satisfait. Par « impénétrabilité », j'entends que nous avons assez parlé sur ce sujet, et que vous feriez bien de m'apprendre ce que vous avez l'intention de faire à présent, si, comme je le suppose, vous ne tenez pas à rester ici jusqu'à la fin de vos jours. »

« C'est faire signifier vraiment beaucoup à un seul mot », fit observer, d'un ton méditatif, Alice.

« Lorsque j'exige d'un mot pareil effort, dit Heumpty Deumpty, je lui octroie toujours une rémunération supplémentaire. »

« Oh! » dit Alice. Elle était trop ébaubie pour faire aucune autre remarque.

« Ah! poursuivit, en hochant gravement la tête, Heumpty Deumpty, j'aimerais que vous les voyiez, les mots, le samedi soir, s'assembler autour de moi — pour toucher leur rénumération, savez-vous bien. »

(Alice n'osa lui demander avec quoi il les payait; je ne saurais donc moi-même vous le dire.)

« Vous m'avez l'air, monsieur, dit Alice, d'être très fort en explication de mots. Auriez-vous la bonté de m'enseigner la signification du poème *Bredoulo- cheux* ? »

« Écoutons-le donc, dit Heumpty Deumpty. Je peux expliquer tous les poèmes qui furent inventés depuis le commencement des temps — et bon nombre de ceux qui ne l'ont pas encore été. »

Ceci paraissait très prometteur; Alice récita donc la première strophe de *Bredoulocheux* :

> « *Il était reveneure; les sli tueux toves*
> *Sur l'allouinde gyraient et vriblaient;*
> *Tout flivoreux vaguaient les borogoves;*
> *Les verchons fourgus bourniflaient.* » [1]

« Cela suffit pour commencer, déclara, en l'inter- rompant, Heumpty Deumpty. Il y a force mots diffi- ciles là-dedans. *Reveneure*, c'est quatre heures de l'après-midi, l'heure où l'on commence à faire *revenir* les viandes du dîner. »

« C'est parfaitement clair, dit Alice; et *slictueux ?* »

« Eh bien, *slictueux* signifie souple, actif, onctueux. C'est comme une valise, voyez-vous bien : il y a trois significations contenues dans un seul mot. »

« Je saisis cela maintenant, répondit Alice, pensive. Et qu'est-ce que les *toves ?* »

« Eh bien, les *toves*, c'est un peu comme des blai- reaux, un peu comme des lézards et un peu comme des tire-bouchons. »

1. Voir la N.d.T., page 222.

« Cela doit faire des créatures bien bizarres. »

« Sans nul doute, dit Heumpty Deumpty ; il convient d'ajouter qu'ils font leurs nids sous les cadrans solaires et qu'ils se nourrissent de fromage. »

« Et que signifient *gyrer* et *vribler ?* »

« *Gyrer*, c'est tourner en ronflant comme un gyroscope ; *vribler*, c'est faire des trous comme fait une vrille tout en étant sujet à vibrer de manière inopportune. »

« Et l'*allouinde*, c'est, je le suppose, l'allée qui mène au cadran solaire ? » dit Alice, surprise de sa propre ingéniosité.

« Cela va de soi. On l'appelle *allouinde*, voyez-vous bien, parce qu'elle s'allonge loin devant le cadran solaire, loin derrière lui... »

« Et loin de chaque côté de lui », ajouta Alice.

« Précisément. Quant à *flivoreux*, cela signifie frivole et malheureux (encore une valise). Le *borogove* est un oiseau tout maigre, d'aspect minable, dont les plumes se hérissent dans tous les sens : quelque chose comme un lave-pont qui serait vivant. »

« Et les *verchons fourgus ?* s'enquit Alice. Si ce n'est abuser de votre complaisance. »

« Ma foi, le *verchon* est une sorte de cochon vert ; mais en ce qui concerne *fourgus* je n'ai pas d'absolue certitude. Je crois que c'est un condensé des trois participes : fourvoyés, égarés, perdus. »

« Et que signifie *bournifler ?* »

« Eh bien, le *bourniflement*, c'est quelque chose qui tient du beuglement et du sifflement, avec, au beau milieu, une espèce d'éternuement ; du reste, vous entendrez peut-être bournifler, là-bas, dans la forêt ; et quand vous aurez entendu cela une seule fois, je pense que vous serez *tout à fait* édifiée. Qui donc a bien pu vous réciter des vers si difficiles ? »

« Je les ai lus dans un livre, répondit Alice. Mais quelqu'un — c'est Twideuldie, je crois — m'a dit des vers beaucoup plus faciles que ceux-là. »

« Pour ce qui est de dire des vers, voyez-vous bien, dit Heumpty Deumpty en tendant une de ses grandes mains, au cas où l'on me défierait, je peux vous affirmer que je ne crains personne. »

« Oh, nul ne songe à vous défier sur ce terrain-là ! » se hâta de dire Alice, dans l'espoir de l'empêcher de se lancer dans sa déclamation.

« La poésie que je vais vous dire, poursuivit-il sans prêter attention à la remarque de la fillette, a été écrite uniquement en vue de vous distraire. »

Alice comprit que, dans ce cas, elle n'avait vraiment pas d'autre choix que d'écouter; elle s'assit donc en murmurant, d'un air quelque peu accablé : « Merci. »

« *En hiver, quand les prés sont blancs,*
Je chante ma chanson pour votre amusement... »

« Toutefois, je ne la chante pas, à proprement parler », commenta-t-il.

« Je le vois bien », dit Alice.

« Si vous êtes capable de *voir* si je chante ou non, c'est qu'alors vous avez le regard plus perçant que ne l'ont la plupart des êtres humains », fit remarquer, d'un ton de voix sévère, Heumpty Deumpty. Alice se tint coite.

« *Au printemps, quand les bois verdissent,*
Je tâche que le sens pour vous s'en éclaircisse. »

« Je vous remercie beaucoup de votre obligeance », dit Alice.

« *En été, quand les jours sont longs,*
Vous comprenez enfin, peut-être, ma chanson.

En automne, lorsque les frondaisons sont brunes,
Afin de la noter prenez donc votre plume. »

« Je n'y manquerai pas, si je parviens à m'en souvenir jusque-là », dit Alice.

« Inutile de continuer à faire des remarques de ce genre, riposta Heumpty Deumpty : elles n'ont ni queue ni tête, et elles me dérangent. »

« Un beau jour j'envoyai un message aux poissons :
    Je leur mandais : « Voici quels sont

Mes désirs. » Las ! les sots poissonnets de la mer
M'ont répondu tout net : « Non, monsieur, rien à
                                    [faire. »

Ils m'ont répondu net, ces insolents poissons :
« Non, non, non, non, monsieur, vraiment nous
                                    [regrettons. »

« Je crains de ne pas très bien comprendre », dit
Alice.

« La suite est plus facile », répondit Heumpty
Deumpty :

« Moi je leur écrivis derechef pour leur dire :
« Vous feriez beaucoup mieux, malheureux, d'obéir. »

Les stupides poissons m'ont répondu : « Très cher
Monsieur, ne vous mettez pas ainsi en colère. »

Je le leur ai redit et j'ai bien insisté,
Mais eux, pourtant, ils n'ont pas voulu m'écouter.

Je pris à la cuisine un solide bassin
Qui semblait convenir fort bien à mon dessein.

Mon cœur battait très fort, mon cœur tambourinait
Quand, ce bassin, je l'ai rempli au robinet.

A ce moment survint un quidam qui me dit :
« Tous les petits poissons reposent dans leur lit. »

A quoi je lui ai répondu sans sourciller :
« Alors vous feriez bien d'aller les réveiller. »

Ça, je le lui ai dit, le lui ai répété,
Puis à l'oreille enfin je le lui ai crié. »

La voix de Heumpty Deumpty devenait de plus en plus aiguë et c'est en criant à tue-tête qu'il finit de réciter la dernière strophe. Alice, frissonnante, pensa : « Pour *rien au monde*, je n'eusse voulu être le messager ! »

« Or ce quidam était orgueilleux et guindé :
Il me dit : « J'ai compris ce que vous demandez. »

Or ce quidam était guindé et orgueilleux :
Il me dit : « J'irai les réveiller, si je veux. »

Je pris un grand tire-bouchon sur l'étagère ;
Vers les petits poissons mes pas se dirigèrent.

Mais ayant constaté qu'ils s'étaient enfermés,
Je tirai et poussai et tapai et frappai.

Mais ayant constaté que leur porte était close,
J'essayais d'en tourner le loquet, lorsque chose... »

Il y eut un long silence.

« Est-ce tout ? » s'enquit timidement Alice.

« C'est tout, répondit Heumpty Deumpty. Au revoir. »

Alice trouva ses façons plutôt brusques ; mais après une invitation aussi nette à se retirer, elle comprit qu'il serait quelque peu discourtois de demeurer là. Elle se leva donc et lui tendit la main : « Au plaisir de vous revoir ! » dit-elle aussi gaiement que les circonstances le lui permettaient.

« En admettant que nous nous revoyions, je ne vous reconnaîtrai sûrement pas, répondit Heumpty Deumpty d'un ton de voix mécontent, en lui tendant un seul de ses doigts à serrer ; vous ressemblez tellement à tout le monde. »

« C'est par le *visage* que l'on se distingue les uns des autres, en général », fit remarquer, d'un ton pensif, Alice.

« Cela n'est malheureusement pas vrai en ce qui

vous concerne, répliqua Heumpty Deumpty. Votre visage ne se distingue en rien de celui d'une quelconque personne... un œil à droite, un œil à gauche... (il les situa dans l'espace à l'aide de son pouce), le nez au milieu de la figure... la bouche au-dessous du nez. C'est toujours pareil. Si vous aviez les deux yeux du même côté du nez, par exemple... ou la bouche à la place du front... cela m'aiderait un peu. »

« Ça ne serait pas joli, joli », objecta Alice. Mais Heumpty Deumpty ne fit rien que fermer les yeux et dire : « Attendez d'avoir essayé. »

Alice demeura immobile, une minute encore, à se demander s'il allait reprendre la parole; mais comme il gardait les yeux fermés et ne faisait plus du tout attention à elle, elle articula un décisif : « Au revoir! » puis, ne recevant pas de réponse, elle s'en alla tranquillement. Mais elle ne put s'empêcher de dire à part soi en s'éloignant : « De toutes les personnes abracadabrantes... (elle répéta l'adjectif à haute voix, comme si c'eût été une grande consolation pour elle que d'avoir à prononcer un mot aussi long), de toutes les personnes abracadabrantes qu'il a pu m'arriver de rencontrer... » Elle ne termina pas sa phrase, car, à ce moment, la forêt fut d'un bout à l'autre ébranlée par un formidable fracas.

LE LION ET LA LICORNE

Un instant plus tard, des soldats, au pas de charge, arrivaient à travers bois, d'abord par détachements de deux ou de trois, puis par pelotons de dix ou de vingt hommes, et finalement, par régiments si nombreux qu'ils semblaient remplir toute la forêt. Alice, de peur d'être renversée et piétinée, se posta derrière un arbre, et elle les regarda passer.

Elle se dit que, de sa vie, elle n'avait vu des soldats si mal assurés sur leurs jambes : ils trébuchaient sans cesse sur quelque obstacle, et, chaque fois que l'un deux s'écroulait, plusieurs autres lui tombaient dessus, de sorte que le sol fut bientôt jonché de petits tas d'hommes étendus.

Puis vinrent les chevaux. Sur leurs quatre pieds ils semblaient être un peu plus stables que les fantassins; mais, tout de même, ils bronchaient de temps à autre; et, chaque fois qu'un cheval bronchait, son cavalier ne manquait pas de choir instantanément. La confusion ne cessait de croître, et Alice fut fort aise d'arriver enfin à une clairière où elle trouva le Roi Blanc assis sur le sol, en train de fébrilement écrire sur son calepin.

« Je les ai envoyés là-bas, tous! s'écria, d'un ton ravi, le Roi, dès qu'il aperçut Alice. N'avez-vous pas, par hasard, ma chère enfant, en cheminant à travers bois, rencontré des soldats ? »

« Si fait, répondit Alice : plusieurs milliers, m'a-t-il semblé. »

« Quatre mille deux cent sept, c'est là leur nombre exact, dit le Roi en se reportant à son carnet. Je n'ai pu

envoyer tous les chevaux, voyez-vous bien, parce qu'il
en fallait laisser deux dans le jeu. Et je n'ai pas non
plus envoyé les Messagers qui sont tous deux partis
pour la ville. Regardez donc sur la route et dites-moi si
l'un ou l'autre d'entre eux ne revient pas. Eh bien, qui
voyez-vous ? »

« Personne », répondit Alice.

« Je donnerais cher pour avoir des yeux comme les
vôtres, fit observer, d'un ton irrité, le monarque. Etre
capable de voir Personne, l'Irréel en personne ! Et à
une telle distance, par-dessus le marché ! Vrai, tout ce
dont je suis capable, pour ma part, c'est de voir, parfois, quelqu'un de bien réel ! »

Cette réplique échappa tout entière à Alice qui, la
main en visière au-dessus des yeux, continuait d'observer attentivement la route. « Je vois à présent quelqu'un ! s'exclama-t-elle tout à coup. Quelqu'un qui
avance très lentement et en prenant des attitudes vraiment bizarres ! » (Le Messager, en effet, chemin faisant,
ne cessait de faire des sauts de carpe et de se tortiller
comme une anguille en tenant ses grandes mains écar-
tées de chaque côté de lui comme des éventails.)

« Pas bizarres du tout, dit le Roi. C'est un Messager
anglo-saxon, et les attitudes qu'il prend sont des attitudes anglo-saxonnes. Il ne les prend que lorsqu'il est
heureux. Il se nomme Haigha. » (Il prononça ce dernier
mot comme pour le faire rimer avec « Aïe, gars ! »)

« J'aime mon amant avec une H, commença de dire,
malgré elle, Alice, parce qu'il est Heureux. Je le déteste
avec une H, parce qu'il est Hideux. Je l'alimente avec...
avec... avec... du Hachis et du Houblon. On le nomme
Haigha, et il habite... »

« Dans les Highlands, poursuivit, en toute simplicité,
le Roi, sans se douter le moins du monde qu'il prenait
part au jeu, tandis qu'Alice cherchait encore un nom
de ville commençant par la lettre H. L'autre Messager
se nomme Hatta. Il m'en faut deux, voyez-vous bien...
pour faire l'aller et le retour. Un pour l'aller et un autre
pour le retour. »

« Je vous demande pardon ? » fit Alice.

« Cela n'est pas très digne, déclara le Roi, que de demander pardon lorsque l'on n'a rien fait de mal. »

« Je voulais seulement dire que je n'avais pas compris, dit Alice. Pourquoi un pour l'aller, et un autre pour le retour ? »

« Ne suis-je pas en train de vous l'expliquer ? s'écria le Roi, du ton de voix de quelqu'un qui perd patience. Il m'en faut *deux* pour aller chercher le ravitaillement : un pour y aller, et un autre pour l'y chercher. »

C'est à ce moment que le messager arriva. Beaucoup trop essoufflé pour pouvoir parler, il se contenta de gesticuler de manière incompréhensible tout en faisant au pauvre Roi les plus effroyables grimaces.

« Cette jeune personne vous aime avec une H, dit le Roi en présentant Alice dans l'espoir de détourner de lui-même l'attention du Messager. Mais ce fut en vain : les attitudes anglo-saxonnes se firent de plus en plus extravagantes tandis que les gros yeux égarés de Haigha roulaient entre ses paupières.

« Vous m'inquiétez ! dit le Roi. Je me sens défaillir. Donnez-moi vite un sandwich au hachis ! »

Sur quoi le Messager, au grand amusement d'Alice, ouvrit un sac pendu à son cou et tendit au Roi un sandwich que le monarque dévora avec avidité.

« Un autre sandwich ! » ordonna le Roi.

« Il ne reste à présent que du houblon », répondit le Messager après avoir jeté un coup d'œil à l'intérieur du sac.

« Du houblon, alors », murmura, d'une voix éteinte, le Roi.

Alice fut fort aise de constater que le houblon semblait lui redonner des forces. « Lorsque l'on se sent défaillir, il n'est rien de tel que de manger du houblon », déclara-t-il à la fillette tout en mâchonnant les cônes aromatiques.

« Je croyais, insinua Alice, que, dans ce cas, le mieux c'était que l'on vous jetât de l'eau froide au visage, ou que l'on vous fît respirer des sels. »

« Je n'ai pas dit qu'il n'y avait rien de *mieux*, répondit le Roi, j'ai dit qu'il n'y avait rien de *tel*. » Ce qu'Alice ne se risqua pas à contester.

« Qui avez-vous dépassé sur la route ? » s'enquit le Roi en tendant la main pour que le Messager lui donnât encore un peu de houblon.

« Personne », dit le Messager.

« Parfaitement exact, dit le Roi ; cette jeune fille l'a vu, elle aussi. Donc : qui marche plus lentement que vous ? Personne. »

« Tout au contraire, répondit aigrement le Messager : qui marche plus vite que moi ? Personne, j'en suis sûr. »

« C'est impossible, dit le Roi, autrement il serait arrivé ici avant vous. Quoi qu'il en soit, maintenant que vous avez repris haleine, racontez-nous un peu ce qu'il s'est passé à la ville. »

« Je vais le chuchoter », dit le Messager en se mettant les mains en porte-voix et en se penchant de manière à être tout près de l'oreille du monarque. Alice fut déçue de le voir procéder ainsi, car elle aussi souhaitait connaître les nouvelles. Mais, au lieu de chuchoter, le Messager hurla de toutes ses forces : « Ils sont encore en train de se colleter ! »

« Est-ce *cela* que vous appelez « chuchoter » ! s'écria le pauvre Roi en sursautant et en s'ébrouant. Si jamais vous recommencez, je vous ferai mettre l'œil au beurre noir. Cela m'a traversé la tête de part en part comme l'eût fait un tremblement de terre. »

« Il eût fallu que ce fût un tremblement de terre en miniature ! pensa Alice. Qui sont ces gens encore en train d'échanger des horions ? » se hasarda-t-elle à demander.

« Mais, voyons, le Lion et la Licorne, cela va de soi », répondit le Roi.

« Ils se battent pour la couronne ? »

« Cela ne fait aucun doute, dit le Roi, et ce qu'il y a de plus drôle dans l'affaire, c'est que c'est toujours de ma couronne, à moi, qu'il s'agit ! Courons vite les voir. » Et ils partirent au pas de course. Chemin faisant, Alice se remémorait les paroles de la vieille chanson :

> « *A travers la Cité, pour la sacré'couronne,*
> *Le Lion doit livrer combat à la Licorne;*
> *On leur donn' du pain bis, on leur donn' du pain blanc,*
> *On leur donn' du quat'-quarts et de la tarte aux pommes,*
> *Puis de la ville on les chasse, tambour battant.* »

« Est-ce que... celui... qui gagne... peut ceindre la couronne ? » s'enquit-elle tant bien que mal, car elle était hors d'haleine à force de courir.

« Seigneur, jamais de la vie! répondit le Roi. En voilà une idée! »

« Auriez-vous... la bonté..., dit, après avoir couru encore quelque peu, Alice, haletante, d'arrêter une minute..., le temps de... reprendre haleine ? »

« J'en aurais bien la *bonté*, répondit le Roi, mais je n'en ai pas la force. C'est qu'une minute, voyez-vous, cela passe beaucoup trop vite. Autant essayer d'arrêter un Pinçmacaque! »

Alice n'ayant plus assez de souffle pour répliquer, ils coururent tous deux encore quelques instants durant sans mot dire et ils arrivèrent enfin en vue d'un grand concours de peuple au milieu duquel le Lion et la Licorne se livraient bataille. Un tel nuage de poussière les enveloppait qu'Alice, tout d'abord, ne put distinguer les combattants : mais, à sa corne, bientôt, elle reconnut la Licorne.

Le Roi et Alice se placèrent tout près de l'endroit où Hatta, le second Messager, debout, observait le combat; d'une main il tenait une tasse de thé et, de l'autre, une tartine de beurre.

« Il vient tout juste de sortir de prison, et, le jour où on l'y a mis, il n'avait pas fini de prendre son thé, murmura, à l'oreille d'Alice, Haigha; or, là-dedans, on ne leur donne que des écailles d'huîtres... C'est pour cela, voyez-vous bien, qu'il a grand'faim et grand'soif. Comment allez-vous, cher enfant ? » poursuivit-il en passant affectueusement le bras autour du cou de Hatta.

Hatta se retourna, hocha la tête et continua de manger sa tartine de beurre.

« Avez-vous été heureux en prison, mon cher enfant ? » s'enquit Haigha.

Hatta se retourna une seconde fois, et une ou deux larmes roulèrent sur ses joues; mais il n'articula pas un seul mot.

« Parlez donc; ou auriez-vous perdu votre langue! » s'écria Haigha, impatienté. Mais Hatta ne fit rien que mastiquer son pain de plus belle et boire une nouvelle gorgée de thé.

« Parlez; ou avez-vous juré d'y mettre de la mauvaise volonté? s'écria le Roi. Où en sont-ils de leur combat?»

Dans un effort désespéré, Hatta avala un gros morceau de sa tartine : « Ils se comportent fort bien, marmonna-t-il d'une voix étouffée : chacun d'eux a mordu la poussière environ quatre-vingt-sept fois. »

« En ce cas, je suppose que l'on ne va pas tarder à apporter le pain blanc et le pain bis ? » se hasarda à demander Alice.

« Le pain les attend, répondit Hatta : je suis en train d'en manger un morceau. »

A ce moment précis, le combat s'interrompit, et le Lion et la Licorne s'assirent, haletants, tandis que le Roi annonçait : « Dix minutes de trêve; que l'on serve la collation! » Haigha et Hatta, sur-le-champ, s'empressèrent de faire circuler des plateaux de pain blanc et bis. Alice en prit un morceau pour y goûter mais elle le trouva terriblement sec.

« Je ne pense pas qu'ils reprennent le combat aujourd'hui, dit le Roi à Hatta : allez donner aux tambours l'ordre d'entrer en lice. » Et Hatta s'en fut en progressant par bonds telle une sauterelle.

Pendant une minute ou deux, Alice, silencieuse, le regarda s'éloigner. Tout à coup son visage s'éclaira : « Voyez! voyez! s'écria-t-elle en tendant allégrement le doigt. C'est bien la Reine Blanche qui court à travers la campagne! Elle vient de sortir ventre à terre de la forêt qui se trouve là-bas. Dieu! que ces Reines *savent* courir vite! »

« Nul doute qu'elle n'ait un ennemi à ses trousses, dit le Roi sans prendre la peine de se retourner. Cette forêt en est pleine. »

« Mais n'allez-vous pas vous précipiter à son secours ? » s'enquit, très surprise de le voir prendre la chose si calmement, Alice.

« Inutile, inutile! répondit le Roi. Elle court beaucoup trop vite. Autant vaudrait tenter d'attraper un Pinçmacaque. Mais si cela peut vous être agréable, je vais écrire quelque chose sur elle dans mon carnet. La chère créature! marmonna-t-il en ouvrant son calepin. Ecrit-on « créature » avec deux t ? »

A ce moment la Licorne, les mains dans les poches, nonchalamment s'approcha d'eux. « Cette fois-ci, c'est moi qui ait eu le dessus », dit-elle en jetant au passage, au monarque, un bref regard.

« Un peu... un peu, répondit, non sans quelque nervosité, le Roi. Vous n'auriez pas dû, voyez-vous bien, le transpercer de votre corne. »

« Ça ne lui a pas fait de mal », répondit, avec désinvolture, la Licorne. Elle allait s'éloigner, quand par hasard son regard tomba sur Alice : elle fit brusquement demi-tour et, d'un air de profond mécontentement, resta un bon moment à regarder la fillette.

« Qu'est-ce... que c'est... que ça ? » demanda-t-elle enfin.

« C'est une petite fille! répondit allégrement Haigha, en se plaçant devant Alice pour la présenter et en tendant les deux mains vers elle dans une attitude typiquement anglo-saxonne. Nous avons trouvé ça aujourd'hui même. C'est grandeur nature, et c'est deux fois plus vrai que nature! »

« J'avais toujours cru que c'étaient des monstres fabuleux! s'exclama la Licorne. Est-ce vivant ? »

« Ça sait parler », répondit, d'un ton de voix solennel, Haigha.

La Licorne, d'un air rêveur, regarda Alice, et ordonna :

« Parlez, mon enfant. »

Alice ne put empêcher ses lèvres d'ébaucher un

sourire tandis qu'elle disait : « Moi-même, voyez-vous bien, j'avais toujours cru que les Licornes étaient des monstres fabuleux ! Je n'avais encore jamais vu aucune Licorne vivante ! »

« Eh bien, maintenant que nous nous sommes vues une bonne fois l'une l'autre, dit la Licorne, si vous croyez en mon existence, je croirai en la vôtre. Marché conclu ? »

« Eh bien, oui, si vous le voulez », dit Alice.

« Allez, mon vieux, allez nous chercher le quatre-quarts, poursuivit, en s'adressant au Roi, la Licorne. Je ne veux pas entendre parler de votre pain bis ! »

« Certainement... certainement ! marmonna le Roi en faisant signe à Haigha. Ouvrez le sac, chuchota-t-il. Vite ! Non, pas celui-ci... il ne contient que du houblon. »

Haigha tira du sac un gros gâteau qu'il donna à tenir à Alice tandis qu'il extrayait du même sac un plat et un couteau à découper. Alice n'arriva pas à deviner comment tous ces objets avaient pu sortir du sac. Il lui sembla qu'il s'agissait d'un tour de prestidigitation.

Le Lion, cependant, les avait rejoints. Il avait l'air très las et somnolent, et il tenait les yeux mi-clos. « Qu'est ceci ? » demanda-t-il en adressant un regard clignotant à Alice et en parlant d'un ton bas et profond qui évoquait le tintement d'une grosse cloche.

« Ah ! justement, qu'est-ce que cela peut bien être ? s'écria avec vivacité la Licorne. Vous ne réussirez pas à le deviner. Moi, je n'y ai pas réussi. »

Le Lion, l'air accablé, regarda Alice : « Etes-vous un animal... ou un végétal... ou un minéral ? » s'enquit-il en bâillant après chaque mot qu'il prononçait.

« C'est un monstre fabuleux ! » s'écria la Licorne, sans laisser à Alice le temps de répondre.

« Eh bien, Monstre, distribuez-nous nos parts de quatre-quarts, dit le Lion en se couchant et en s'appuyant le menton sur les pattes de devant. Vous deux, asseyez-vous, ordonna-t-il au Roi et à la Licorne. J'exige, voyez-vous bien, que l'on fasse des parts égales. »

Le Roi était manifestement très mal à l'aise de devoir s'asseoir entre ces deux énormes créatures; mais il n'y avait pas, pour lui, d'autre place.

« Quel combat nous pourrions nous livrer pour la couronne, *maintenant !* » s'exclama la Licorne en observant sournoisement la couronne qui était tout près de tomber de la tête du pauvre Roi, tant il tremblait.

« Je gagnerais aisément », dit le Lion.

« Je n'en suis pas si sûre », répliqua la Licorne.

« Allons donc, je vous ai pourchassée victorieusement à travers toute la ville, espèce de poule mouillée ! » répondit, furieux, le Lion, en se soulevant à demi.

A ce moment, le Roi intervint pour empêcher la querelle de s'envenimer; il était fort énervé et sa voix tremblait : « A travers toute la ville ? dit-il. Cela fait un bon bout de chemin. Etes-vous passés par le vieux pont, ou par la place du marché ? Par le vieux pont, la vue est bien plus belle. »

« Je n'en sais certes rien, grommela, tout en se recouchant, le Lion. Il y avait trop de poussière pour que l'on pût voir quoi que ce fût. Combien de temps faut-il donc au Monstre pour découper ce gâteau ? »

Alice s'était assise au bord d'un petit ruisseau, le grand plat posé sur les genoux, et elle sciait avec ardeur le gâteau à l'aide du couteau à découper. « C'est exaspérant ! répondit-elle au Lion (elle commençait à s'habituer à s'entendre appeler « le Monstre »); j'en ai déjà découpé plusieurs tranches, mais elles se recollent aussitôt. »

« Vous ne savez pas comment il faut s'y prendre avec les gâteaux du Miroir, fit remarquer la Licorne. Faites-le circuler d'abord et découpez-le ensuite. »

Cela semblait absurde, mais Alice, obéissante, se leva, fit circuler le plat, et le gâteau se divisa de lui-même, cependant, en trois morceaux. « *A présent*, *découpez-le* », dit le Lion, tandis qu'elle regagnait sa place avec le plat vide.

« Je le déclare, cela n'est pas juste ! » s'écria la Licorne, tandis qu'Alice assise, le couteau à la main, se demandait avec embarras comme elle allait s'y prendre.

Le Monstre a donné au Lion une part deux fois plus grosse que la mienne! »

« Elle n'en a pas gardé pour elle, en tout cas, dit le Lion. Monstre, aimez-vous le gâteau ? »

Mais, avant qu'Alice n'eût pu lui répondre, les tambours commencèrent à battre.

D'où venait le bruit, elle était incapable de s'en rendre compte; les airs semblaient emplis du roulement des tambours qui résonnait sans arrêt dans sa tête, tant et si bien qu'elle en était complètement abasourdie. Elle se leva d'un bond et dans sa terreur elle franchit. . . . .
. . . . le ruisseau. Elle eut à peine le temps de voir le Lion et la Licorne se dresser (l'air furieux d'être contraints d'interrompre leur repas) avant que de tomber à genoux et de se boucher les oreilles pour tenter en vain de se soustraire à l'épouvantable vacarme.

« Si le roulement de ces tambours ne réussit pas à les chasser de la ville, pensa-t-elle, jamais rien ne les en pourra faire partir! »

« C'EST UN OBJET DE MON INVENTION »

Au bout d'un moment, le bruit, peu à peu, sembla décroître, et il régna bientôt un silence de mort. Alice, inquiète, leva la tête. Aux alentours ne se montrait âme qui vive, et tout d'abord elle pensa que le Lion, la Licorne et les bizarres Messagers anglo-saxons n'avaient été que l'imagerie d'un songe. Pourtant, à ses pieds se trouvait toujours le grand plat sur lequel elle avait tenté de découper le quatre-quarts. « Donc, en fin de compte, je n'ai pas rêvé, se dit-elle, à moins que... à moins que nous ne jouions tous notre rôle dans un même rêve. Seulement, en ce cas, j'espère bien que c'est mon rêve, à moi, et non pas celui du Roi Rouge! Je n'aimerais pas appartenir au songe d'autrui, poursuivit-elle d'un ton de voix plaintif : j'ai grande envie de l'aller éveiller pour voir ce qu'il arrivera! »

A cet instant, elle fut interrompue dans ses réflexions par un « Holà! Holà! Echec! » retentissant, et un Cavalier, recouvert d'une armure cramoisie, arriva au galop droit sur elle en brandissant une énorme masse d'armes. Au moment précis où il allait l'atteindre, son cheval s'arrêta brusquement : « Vous êtes ma prisonnière! » s'écria le Cavalier en dégringolant de sa monture.

Si effrayée qu'elle fût, Alice, en cet instant, eut plus peur encore pour lui que pour elle-même, et ce ne fut pas sans une certaine anxiété qu'elle le regarda se remettre en selle. Dès qu'il y fut confortablement réinstallé, il commença, pour la seconde fois, de dire : « Vous êtes ma... », mais quelqu'un d'autre criant : « Holà! Holà! Echec! » l'interrompit. Quelque peu

surprise, Alice se retourna de manière à faire face au
nouvel ennemi.

Il s'agissait, cette fois, d'un Cavalier Blanc. Il
s'arrêta net à la hauteur d'Alice et dégringola de son
cheval tout comme l'avait fait le Cavalier Rouge; puis
il se remit en selle, et les deux cavaliers restèrent à se
dévisager l'un l'autre sans mot dire. Quelque peu
effarée, Alice attachait tour à tour son regard sur chacun d'eux.

« C'est ma prisonnière, à moi, ne l'oubliez pas! »
déclara enfin le Cavalier Rouge.

« Oui, mais, moi, je suis venu à son secours! »
répondit le Cavalier Blanc.

« Puisqu'il en est ainsi, nous allons nous battre pour
savoir à qui elle sera », dit le Cavalier Rouge en prenant
son casque (qui pendait à sa selle et affectait vaguement
la forme d'une tête de cheval), et en s'en coiffant.

« Vous observerez, bien entendu, les Règles du
Loyal Combat ? » s'enquit le Cavalier Blanc en mettant
à son tour, son casque.

« Je n'y manque jamais », répondit le Cavalier
Rouge. Sur quoi, ils se mirent à s'assener mutuellement
des coups de leur masse d'armes avec une fureur si
grande, qu'Alice fut se réfugier derrière un arbre pour
se mettre à l'abri des coups.

« Je me demande ce que les Règles du Loyal Combat
peuvent bien être, se dit-elle en jetant de derrière son
arbre quelques timides coups d'œil sur le déroulement
de la bataille : l'une de ces règles semble vouloir que,
si l'un des Cavaliers touche l'autre, il le fait tomber de
cheval, et que, s'il le manque, il en tombe lui-même;
une autre règle semble exiger qu'ils tiennent leur masse
d'armes entre leurs bras, comme s'ils étaient Guignol
et Polichinelle. Quel bruit ils font lorsqu'ils dégrin-
golent. Tout comme les pincettes et le tisonnier tombant sur le garde-feu! Et comme leurs chevaux sont
calmes! Ils se laissent monter par eux et ils les laissent
choir tout comme s'ils étaient de bois! »

Une autre Règle du Loyal Combat, qu'Alice n'avait
pas remarquée, semblait exiger qu'ils tombassent

toujours sur la tête, et la bataille prit fin lorsque tous deux churent ainsi côte à côte : une fois relevés ils se serrèrent la main; puis le Cavalier Rouge enfourcha son cheval et partit au galop.

« J'ai remporté une glorieuse victoire, n'est-il pas vrai ? » dit le Cavalier Blanc, haletant, en s'approchant d'Alice.

« Je ne sais, répondit, dubitative, la fillette. En tout cas, je prétends n'être la prisonnière de quiconque. Je veux être Reine. »

« Vous le serez, lorsque vous aurez franchi le prochain ruisseau, affirma le Cavalier Blanc. J'assurerai votre sauvegarde jusqu'à l'orée de la forêt. Ensuite il faudra que je m'en revienne, voyez-vous bien. La règle du jeu ne me permet pas d'aller plus loin. »

« Merci beaucoup, dit Alice. Puis-je vous aider à ôter votre casque ? » De toute évidence il eût été bien incapable de l'ôter tout seul; néanmoins Alice parvint à dégager le Cavalier en secouant vigoureusement son casque.

« A présent, on respire », dit le Cavalier qui après avoir, des deux mains, rejeté en arrière ses longs cheveux, tourna vers Alice un visage empreint de bonté et de grands yeux très doux. La fillette pensa qu'elle n'avait jamais vu soldat de si étrange aspect.

Il avait revêtu une armure de fer-blanc qui semblait lui aller très mal, et il portait, attaché sens dessus dessous en travers des épaules, une bizarre petite boîte de bois blanc dont le couvercle pendait. Alice regarda cette boîte avec beaucoup de curiosité.

« Je vois que vous admirez ma petite boîte, dit, d'un ton bienveillant, le Cavalier. C'est un objet de mon invention... destiné à contenir vêtements et sandwiches. Je le porte sens dessus dessous, voyez-vous bien, pour que la pluie n'y puisse entrer. »

« Oui, mais ainsi le contenu en peut *sortir*, fit remarquer Alice. Savez-vous que son couvercle est ouvert ? »

« Non, je ne le savais pas, répondit le Cavalier, le visage assombri de contrariété. En ce cas, tout ce que l'on avait mis dedans a dû en tomber. Et la boîte, si elle est vide, ne sert plus à rien. Il la détacha tout en parlant, et s'apprêtait à la jeter dans les buissons, lorsqu'une pensée soudaine lui frappant, sembla-t-il, l'esprit, il préféra suspendre ladite boîte à une branche d'arbre. « Devinez-vous pourquoi je fais cela ? » demanda-t-il à Alice.

Alice hocha négativement la tête.

« Dans l'espoir que des abeilles y viendront nicher... Ainsi récolterai-je leur miel. »

« Mais vous avez une ruche — ou quelque objet ressemblant à une ruche — attachée à votre selle », dit Alice.

« Oui, c'est même une très bonne ruche dit, d'un ton de voix mécontent, le Cavalier, une ruche de la meilleure sorte. Mais pas une seule abeille ne s'en est approchée jusqu'à présent. Ce que vous voyez, à côté de la ruche, c'est une souricière. Je suppose que les souris empêchent les abeilles de venir, à moins que ce ne soient les abeilles qui éloignent les souris; je ne sais au juste. »

« J'étais en train de me demander à quoi la souricière pouvait bien servir, dit Alice. Il n'est guère probable qu'il y ait des souris sur le dos d'un cheval. »

« Cela n'est guère probable, soit, dit le Cavalier; mais s'il en venait bel et bien, tout de même, je ne voudrais pas qu'elles se missent à courir partout. »

« Voyez-vous bien, reprit-il après un moment de silence, il est toujours bon de *tout* prévoir. C'est pour cela que mon cheval porte aux pâturons des brassards de fer armés de pointes. »

« Et à quoi servent ces brassards ? » s'enquit, avec curiosité, Alice.

« A protéger contre les morsures de requins », répondit le Cavalier. C'est une invention de mon cru. Et maintenant, aidez-moi à me remettre en selle. Je vais aller avec vous jusqu'à la lisière de la forêt... Quelle est donc la destination de ce plat ? »

« Il est fait pour contenir un quatre-quarts », dit Alice.

« Nous devrions bien l'emporter avec nous, dit le Cavalier. Il sera fort commode si jamais nous trouvons un quatre-quarts. Aidez-moi à le fourrer dans ce sac. »

Cette opération demanda beaucoup de temps (encore qu'Alice tînt le sac très convenablement ouvert) parce que le Cavalier se montra très maladroit dans ses efforts pour y introduire le plat : les deux ou trois premières fois qu'il s'y essaya, il tomba lui-même dedans, la tête la première. « C'est terriblement entassé, voyez-vous bien, dit-il lorsqu'ils eurent enfin réussi à caser le plat, parce qu'il y a dans le sac nombre de chandeliers. » Et il le pendit à sa selle, déjà chargée de bottes de carottes, de pelles à feu et de maints autres objets.

« J'espère que vos cheveux tiennent bien ? » poursuivit-il, tandis qu'ils se mettaient en route.

« Comme ceux de tout le monde, ni plus ni moins », répondit, en souriant, Alice.

« Ce n'est guère suffisant, dit-il d'une voix angoissée. Le vent, ici, est terriblement fort, voyez-vous bien. Il est fort comme la soupe (et, comme elle, fatal aux cheveux). »

« Avez-vous inventé un système pour empêcher les cheveux d'être emportés par le vent ? » s'enquit Alice.

« Pas encore, répondit le Cavalier. Mais j'ai déjà un système pour les empêcher de *tomber*. »

« Je voudrais bien le connaître. »

« Tout d'abord on prend un bâton bien droit, expliqua le Cavalier. Ensuite on y fait grimper les cheveux, tel un arbre fruitier le long de son tuteur. Or, la raison pour laquelle les cheveux tombent, c'est qu'ils *pendent vers le bas :* les objets ne tombent jamais *vers le haut*, voyez-vous bien. Le système est de mon invention. Vous pouvez l'essayer si vous le désirez. »

Alice trouva que ce système n'avait pas l'air pratique. Quelques minutes durant, elle continua de marcher, silencieuse, en se torturant les méninges sur cette idée et en s'arrêtant de temps à autre pour aider le pauvre Cavalier, qui n'était certes pas très fort en matière d'équitation, à remonter à cheval.

Chaque fois que son cheval s'arrêtait (cela lui arri-

vait plus souvent qu'à son tour), le Cavalier tombait
par-devant, et chaque fois que son cheval repartait
(ce qu'il faisait généralement de manière assez brusque),
le Cavalier tombait par derrière. Cela mis à part, il se
tenait assez bien en selle, sauf qu'il avait la mauvaise
habitude de tomber aussi de côté de temps à autre; et
comme il tombait presque toujours du côté où se
trouvait Alice, celle-ci comprit très vite qu'il valait
mieux ne pas marcher trop près du cheval.

« Je crains que vous n'ayez pas une grande pratique
de l'équitation », se hasarda-t-elle à dire en l'aidant à
se relever après sa cinquième chute.

Le Cavalier parut très surpris et quelque peu froissé
de cette remarque : « Qui vous fait dire cela ? » s'enquit-il, tandis qu'il se remettait en selle en s'agrippant
d'une main aux cheveux d'Alice pour éviter de choir
de l'autre côté.

« C'est que les gens, lorsqu'ils se sont beaucoup
exercés, ne tombent pas tout à fait aussi souvent que
vous le faites. »

« Je me suis exercé à toute outrance, affirma, très
grave, le Cavalier : exercé à toute outrance! »

Alice ne trouva rien de mieux à répondre qu'un :
« Vraiment ? » mais elle le dit avec toute la cordialité
possible. Sur ce, ils continuèrent de marcher durant
quelque temps en silence. Le Cavalier, les yeux clos,
marmonnait à part soi, et Alice attendait avec anxiété
sa prochaine chute.

« En matière d'équitation, le grand art, commença
tout à coup de dire à haute voix, en faisant de grands
gestes de son bras droit, le Cavalier, le grand art, c'est
de garder... » La phrase s'arrêta là, aussi abruptement
qu'elle avait commencé, et le Cavalier, lourdement,
tomba, la tête la première, sur le sentier qu'Alice était
en train de suivre. Elle eut, cette fois, grand'peur et, en
le relevant, demanda d'une voix inquiète : « J'espère
qu'il n'y a rien de cassé ? »

« Rien qui vaille la peine d'en parler, répondit le
Cavalier, comme si le bris de deux ou trois os lui eût
semblé négligeable. En matière d'équitation, comme je

vous le disais, le grand art, c'est... d'avoir une bonne assiette. Comme ceci, voyez-vous bien... »

Il lâcha la bride, écarta les deux bras pour montrer à Alice ce qu'il voulait dire, et, cette fois, tomba tout plat sur le dos, juste sous les sabots du cheval.

« Exercé à toute outrance! continuait-il de répéter tandis qu'Alice le remettait sur pied : Exercé à toute outrance! »

« C'est vraiment trop ridicule! s'écria la fillette, perdant patience. Un cheval de bois à roulettes, voilà ce qu'il vous faudrait! »

« Les chevaux de cette sorte marchent-ils sans broncher? » demanda le Cavalier sur le ton du plus vif intérêt, tout en étreignant à pleins bras le cou de sa monture, juste à temps pour s'éviter une dégringolade de plus.

« Ils bronchent beaucoup moins que ne le fait un cheval vivant », répondit Alice, en laissant fuser un petit rire aigu, malgré tous ses efforts pour le retenir.

« J'en aurai un, murmura pensivement le Cavalier. Un ou deux... voire plusieurs. »

Il y eut alors un moment de silence; puis le Cavalier reprit : « Je suis sans rival dans le domaine de l'invention. Vous aurez sûrement remarqué, la dernière fois que vous m'avez aidé à me relever, que j'avais l'air préoccupé. »

« Votre visage, en effet, dit Alice, était empreint de gravité. »

« Eh bien, à ce moment précis, j'étais en train d'inventer un nouveau moyen de franchir une barrière... voulez-vous que je vous le fasse connaître? »

« J'en serais fort aise », répondit poliment Alice.

« Je vais vous expliquer comment l'idée m'en est venue, reprit le Cavalier. Je me suis dit, voyez-vous bien : « La seule difficulté consiste à faire passer les pieds, car pour ce qui est de la *tête*, elle est déjà assez haut placée. Je commence donc par poser la tête sur le haut de la barrière... dès lors ma tête est placée assez haut... puis je fais l'arbre droit, jambes en l'air... Dès lors mes pieds, eux aussi, sont assez haut placés, voyez-vous bien... Et ensuite, voyez-vous bien, je me retrouve de l'autre côté de la barrière. »

« Oui, je suppose qu'après avoir accompli toutes ces acrobaties, vous vous retrouveriez de l'autre côté de la barrière, dit pensivement Alice, mais ne craignez-vous pas qu'elles ne soient d'une exécution plutôt difficile ? »

« Je n'ai pas encore essayé de les accomplir, dit le Cavalier, gravement; aussi ne puis-je en parler avec certitude; mais je crains qu'elles ne soient, en effet, d'une exécution quelque peu difficile. »

Il parut si contrarié à cette idée, qu'Alice se hâta de changer de sujet de conversation. « Quel curieux casque vous avez là! s'exclama-t-elle joyeusement. Est-il, lui aussi, de votre invention ? »

Le Cavalier, tout fier, abaissa son regard vers le casque qui pendait à sa selle. « Oui, dit-il, mais j'en ai inventé un autre, bien mieux conçu que celui-ci : en forme de pain de sucre. Lorsque je le portais, s'il m'arrivait de tomber de cheval, il touchait le sol immédiatement; de sorte que je ne tombais pas de très, très haut, voyez-vous bien... Seulement il y avait un autre danger : celui de tomber *dedans*, bien sûr. Cela m'est arrivé une fois... et le pire, c'est que, avant que je n'en aie pu ressortir, l'autre Cavalier Blanc est arrivé et se l'est mis sur la tête. Il avait cru que c'était son casque, à lui! »

Le Cavalier avait pris un air si grave pour raconter cela, qu'Alice n'osa pas en rire. « J'ai bien peur que vous ne lui ayez fait du mal, dit-elle avec un tremblement dans la voix, puisque vous vous trouviez placé sur le dessus de sa tête. »

« J'ai dû lui donner des coups de pied, bien sûr, répondit, avec le plus grand sérieux, le Cavalier. Et alors il a retiré le casque... Mais il a fallu des heures et des heures pour m'en faire moi-même sortir, tant je m'y étais attaché. »

« Vous semblez confondre deux sens différents du mot « attaché », objecta Alice.

Le Cavalier hocha la tête : « Pour ma part, je m'y

étais attaché, je vous le garantis, dans tous les sens du mot. » En disant cela, il leva les mains avec fébrilité et, immédiatement, dégringola de sa selle pour tomber, la tête la première, dans un profond fossé.

Alice accourut au bord du fossé pour voir ce qu'il lui était advenu. Cette dernière chute lui avait causé une assez forte frayeur, car durant quelque temps il s'était très bien tenu en selle, et elle craignait que, cette fois, il ne se fût vraiment blessé. Mais, bien qu'elle ne pût voir rien d'autre que la plante de ses pieds, elle fut fort soulagée de l'entendre parler de son ton de voix habituel. « Dans tous les sens du mot, répétait-il, en ajoutant : mais, de sa part, c'était faire preuve d'une grande légèreté que de mettre le casque d'autrui — avec autrui dedans, par-dessus le marché ! »

« Comment pouvez-vous continuer de parler si tranquillement, alors que vous vous trouvez la tête en bas ? » s'enquit Alice en le tirant par les pieds pour le déposer en vrac au bord du fossé.

Le Cavalier parut surpris de la question : « Qu'importe la position dans laquelle se trouve transitoirement mon corps, répondit-il. Quelle qu'elle soit, mon esprit fonctionne sans défaillance. En fait, plus je me tiens la tête en bas, plus j'invente de choses nouvelles. »

« Ce que j'ai fait de plus remarquable, poursuivit-il après un moment de silence, ce fut, alors que l'on en était au plat de viande, d'inventer un nouveau pudding. »

« A temps pour qu'on le pût faire cuire pour le service suivant ? demanda Alice. Ma foi, cela, au moins, sans l'ombre d'un doute, ç'a été du travail rapide. »

« Eh bien, non, pas pour le service *suivant*, dit, d'une voix traînante et rêveuse, le Cavalier : non, certainement pas pour le *service* suivant. »

« Alors, ç'aura été pour le jour *suivant*. Je suppose que vous n'eussiez pas admis que l'on servît deux puddings au cours d'un seul et même repas. »

« Eh bien, non, pas pour le jour *suivant*, dit le Cavalier comme précédemment : certainement pas pour le *jour* suivant. En fait, poursuivit-il, la tête basse et la voix de plus en plus faiblissante, je ne pense pas que ce pudding *ait* jamais *été* confectionné. En fait, je ne crois pas qu'il *sera* jamais confectionné! Et pourtant j'avais fait preuve, en l'inventant, d'une remarquable ingéniosité. »

« Quels ingrédients comptiez-vous faire entrer dans sa composition ? » s'enquit Alice, dans l'espoir de lui remonter le moral, car le pauvre Cavalier avait l'air très abattu.

« Cela commençait par du papier buvard », répondit, dans un gémissement, le Cavalier.

« Cela ne serait pas très bon à manger, j'en ai peur... »

« Peut-être pas très bon, *nature*, déclara-t-il vivement, mais vous n'avez pas idée de la différence que cela ferait si on le mélangeait avec d'autres ingrédients : de la poudre à canon et de la cire à cacheter, par exemple. Ici, il faut que je vous quitte. » Ils venaient d'arriver à la lisière du bois.

Alice ne put s'empêcher de prendre un air désappointé : elle pensait au pudding.

« Vous êtes triste, dit le Cavalier d'un ton de voix inquiet; permettez-moi de chanter une chanson pour vous réconforter. »

« Est-elle très longue ? » s'enquit Alice, car elle avait entendu nombre de poésies, ce jour-là.

« Elle est longue, dit le Cavalier, mais elle est très, très belle. Tous ceux qui me l'entendent chanter... ou bien les *larmes* leur viennent aux yeux, ou bien... »

« Ou bien quoi ? » demanda Alice, car le Cavalier s'était brusquement interrompu.

« Ou bien elles ne leur y viennent pas, voyez-vous bien. Le nom de la chanson s'appelle : *Yeux de Morue*. »

« Ah, c'est donc là le nom de la chanson », dit Alice, en essayant de prendre intérêt à ce qu'on lui disait.

« Non, vous ne comprenez pas, répliqua le Cavalier, quelque peu contrarié. C'est ainsi que s'appelle *le nom* de la chanson. Son nom, à elle — à la chanson — en réalité, c'est *Le très vieil homme*. »

« Alors, j'eusse dû dire : c'est ainsi que s'appelle la *chanson* », rectifia Alice.

« Pas du tout : c'est autre chose. La *chanson* s'appelle *Procédés et Moyens :* mais c'est seulement ainsi qu'elle *s'appelle,* ce n'est pas la chanson elle-même, voyez-vous bien! »

« Mais qu'est donc, alors, la chanson elle-même ? », s'enquit, complètement éberluée, Alice.

« J'y arrive, dit le Cavalier. La chanson elle-même, à vrai dire, c'est *Assis sur la Barrière;* et l'air en est de mon invention. »

Ce disant, il arrêta son cheval et lui laissa retomber la bride sur le cou; puis, d'une main battant lentement la mesure, son doux et stupide visage éclairé d'un léger sourire, comme s'il se réjouissait d'entendre la musique de la chanson, il se mit à chanter.

De tous les spectacles étranges qu'elle put voir au cours de son voyage à travers le Miroir, ce fut celui-là qu'Alice se rappela toujours avec le plus de netteté. Bien des années plus tard, elle pouvait encore évoquer toute la scène, comme si elle se fût déroulée la veille : les doux yeux bleus et le bon sourire du Cavalier... le soleil couchant qui embrasait sa chevelure et qui étincelait sur son armure en un flamboiement de lumière éblouissante... le cheval qui paisiblement flânait, les rênes flottant sur l'encolure, en broutant l'herbe devant ses sabots... les ombres profondes de la forêt qui formait l'arrière-plan du tableau : tout cela, telle une eau-forte, se grava dans sa mémoire tandis que, la main en visière au-dessus des yeux, appuyée contre un arbre, elle observait l'étrange couple formé par l'homme et la bête, en écoutant, comme en songe, la mélancolique musique de la chanson.

« Mais l'air, lui, *n'est pas* de son invention, se dit-elle : c'est celui de *Te donnant tout, je ne puis faire davantage.* » Elle s'astreignit à écouter très attentivement la chanson, mais les larmes ne lui vinrent pas aux yeux pour autant :

> « *Je vais te dire ici tout ce que je puis dire;*
> *A raconter, du reste, il n'y a pas grand'chose.*
> *Un soir d'été, je vis un vieil, un très vieil homme,*
> *Assis sur la barrière.*

« *Que faites-vous ici, demandai-je, vieil homme ?*
Quel est votre métier et comment vivez-vous ? »
La réponse du vieux me passa par la tête
Aussi vite que l'eau passe à travers un crible.

Il dit : « Je vais cherchant les jolis papillons
Qui tout le long du jour dorment parmi les blés;
Puis j'en fais des pâtés — des pâtés de mouton —
Que je vends à vil prix dans les rues des cités.
Je les vends, déclara le vieillard, aux marins
Qui sur les océans tempétueux naviguent;
C'est ainsi, sachez-le, que je gagne mon pain.
Un tout petit pourboire, monsieur, je vous prie. »

Mais je songeais à un procédé permettant
De teindre en vert vif les favoris grisonnants
Et toujours se servir d'un si grand éventail
Qu'il vous dissimulât des cheveux à la taille.
Aussi, ne trouvant rien à répondre d'idoine
A ce que m'affirmait le vieux, je m'écriai :
« Allons, vite, dites-moi comment vous vivez! »
Et je lui assenai de grands coups sur le crâne.

Doucereux, il reprit le fil de son histoire :
Il exposa : « Je vais, errant, par les chemins,
Et lorsque je découvre un ruisseau de montagne,
Je le fais, sur-le-champ, flamber ainsi qu'un punch;
Et alors on en tire un produit que l'on nomme
Huile de Macassar des usines Rowlon;
Mais trois ou quatre sous, à dire vrai, c'est tout
    Ce que pour ma peine on me donne. »

Cependant je songeais à la bonne méthode
A suivre pour s'emplir l'estomac de galette,
    Et sans répit continuer
    De s'empiffrer et d'engraisser.
Je secouai alors le vieillard en tous sens
Jusqu'à l'instant où son visage en devînt bleu :
« Allons, vite, dites-moi comment vous vivez,
    M'écriai-je, et ce que vous faites! »

Il répondit : « Je chasse les yeux de morue
Parmi les frondaisons splendides des bruyères;
Et puis je les transforme en boutons de gilet
    Dans le silence de la nuit.
Et je ne les vends pas, ces boutons, à prix d'or
Ni même moyennant quelque pièce d'argent,
Mais pour un simple sou de nickel ou de cuivre,
Chez moi tout un chacun en peut acheter neuf.

Je fouis parfois pour trouver des petits-beurre,
Ou pose des gluaux pour y prendre les crabes;
Je prospecte parfois sur les tertres en fleurs
Les riches gisements d'essieux de Hansom-Cabs.
Et voilà (le vieux cligna de l'œil) la manière
Dont actuellement j'amasse ma fortune. —
Et si vous le voulez, volontiers, je vais boire
Un verre à la noble santé de Votre Honneur. »

Je l'entendis alors, car je venais enfin
De parfaire mon très ingénieux projet
Visant à dérouiller le viaduc de Menai
En le faisant bouillir longuement dans du vin.
Je le remerciai de m'avoir expliqué
La manière dont il amassait sa fortune,
Mais aussi et surtout d'avoir dit souhaiter
De pouvoir boire un verre à ma noble santé.

Et, depuis ce jour-là, si par hasard je mets
    Les doigts dedans la glu,
  Ou si étourdiment je glisse
    Le pied droit dans mon soulier gauche,
Ou encore si je me laisse tomber sur
    L'orteil un poids très lourd,
Je fonds en larmes car tout cela me rappelle
Ce singulier vieillard que j'ai jadis connu, —
Dont les traits étaient doux, la parole traînante,
Dont la chevelure était blanche comme neige,
Dont le visage ressemblait à un corbeau,
Dont les yeux brasillaient ainsi que des tisons,
Qui semblait égaré par un chagrin profond,

Qui balançait son corps d'un côté et de l'autre,
En marmottant des mots presque incompréhensibles,
Comme si sa bouche eût été pleine de pâte,
     Et qui renâclait comme un buffle, —
Il y a de cela longtemps, un soir d'été,
          Assis sur la barrière [1]. »

Tout en chantant les dernières paroles de la ballade,
le Cavalier reprit en main les rênes et orienta la tête de
son cheval en direction de la forêt d'où ils étaient
venus. « Vous n'avez que quelques mètres à faire, dit-il,
pour descendre de la colline et franchir ce petit ruisseau ; ensuite, vous serez Reine... Mais, tout d'abord,
vous allez assister à mon départ, n'est-ce pas ?
ajouta-t-il en voyant qu'Alice, l'air impatient, tournait
la tête dans la direction qu'il lui indiquait. Je n'en aurai
pas pour longtemps. Vous attendrez que je sois arrivé
au tournant de la route, voulez-vous, pour agiter votre
mouchoir ? Je crois, voyez-vous bien, que cela me don-
nera du courage. »

« Bien sûr que j'attendrai, dit Alice ; merci beaucoup de m'avoir accompagnée si loin... et merci aussi
pour la chanson... elle m'a beaucoup plu. »

« Je l'espère, répondit, l'air sceptique, le Cavalier ;
mais vous n'avez pas pleuré autant que je m'y atten-
dais. »

Ils se serrèrent la main ; puis le Cavalier s'enfonça
lentement dans la forêt. « Je suppose qu'il n'y aura pas
longtemps à attendre avant qu'il ne soit plus visible...
sur sa monture, se dit Alice en le regardant s'éloigner.
Là, ça y est ! En plein sur la tête, comme d'habitude !
Néanmoins, il se remet assez aisément en selle... Cela
tient sans doute au fait qu'il y a tant d'objets suspendus
tout autour du cheval... » Elle poursuivait ainsi son
dialogue avec elle-même, en regardant le cheval flâner
le long du chemin, et le Cavalier dégringoler, tantôt
d'un côté, tantôt de l'autre. Après la quatrième ou la
cinquième chute il arriva au tournant, et Alice agita

---

1. Même remarque qu'à la page 255, note 1. *(N.d.T.)*

vers lui son mouchoir en attendant qu'il eût disparu.

« J'espère que cela lui aura donné du courage, dit-elle en faisant demi-tour pour descendre de la colline ; et maintenant, à moi l'ultime ruisseau et la royale couronne ! Comme cela me paraît magnifique ! » Quelques pas l'amenèrent au bord du ruisseau. « La huitième case, enfin ! » s'écria-t-elle en franchissant d'un bond le petit cours d'eau...

...et en se laissant choir sur une pelouse moelleuse comme un tapis de mousse, et toute parsemée de petits parterres de fleurs. « Oh ! comme je suis contente d'être arrivée ici ! Et qu'est-ce que l'on m'a donc mis sur la tête ? » s'exclama-t-elle, consternée, en portant les deux mains à un objet très lourd qui ceignait étroitement son front.

« Comment se fait-il donc que ce soit venu là sans que je le sache ? » se demanda-t-elle en soulevant l'objet pour le poser sur ses genoux et voir ce qu'il pouvait bien être.

C'était une couronne d'or.

LA REINE ALICE

« Vraiment, c'est magnifique! s'exclama Alice. Jamais je ne me serais attendue à être Reine si tôt... Et pour dire à Votre Majesté toute la vérité, ajouta-t-elle d'un ton sévère (elle ne détestait pas se morigéner elle-même de temps à autre), il est inadmissible que vous continuiez à vous prélasser sur l'herbe comme cela! Les Reines, voyez-vous bien, doivent avoir de la dignité! »

Elle se leva donc et se mit à marcher de long en large, avec une certaine raideur d'abord, car elle redoutait que sa couronne ne tombât; mais elle se rasséréna bientôt à la pensée qu'il n'y avait personne pour la regarder. « Et du reste, dit-elle en se rasseyant, si je suis vraiment Reine, je m'en tirerai très bien au bout d'un certain temps. »

Tout ce qu'il lui arrivait était si étrange qu'elle n'éprouva pas le moindre étonnement à se trouver tout à coup assise entre la Reine Rouge et la Reine Blanche; elle eût bien aimé leur demander comment elles étaient venues là, mais elle craignait que cela ne fût plus ou moins contraire aux règles de la politesse. Par contre, il ne pouvait y avoir de mal, pensa-t-elle, à demander si la partie était terminée. « S'il vous plaît, se mit-elle à dire en adressant à la Reine Rouge un timide regard, voudriez-vous m'apprendre... »

« Parlez lorsque l'on vous adresse la parole! » dit, en l'interrompant brutalement, la Reine Rouge.

« Mais, si tout le monde observait cette règle-là, répliqua Alice, toujours prête à argumenter, c'est-à-

dire si, pour parler, l'on attendait qu'autrui vous
adressât la parole, et si autrui, pour ce faire, attendait,
lui aussi, que *vous*, vous la lui adressassiez d'abord, il
est évident, voyez-vous bien, que nul jamais ne dirait
rien, de sorte que... »

« Ridicule! s'exclama la Reine. Voyons, mon
enfant, ne comprenez-vous pas que... » Là, elle s'interrompit en fronçant les sourcils, puis, après avoir
réfléchi une minute durant, changea brusquement de
sujet de conversation : « Que prétendiez-vous dire en
vous demandant « si vous étiez vraiment Reine ? » De
quel droit vous donnez-vous un pareil titre ? Vous ne
pouvez être Reine, savez-vous bien, avant d'avoir
passé l'examen idoine. Et plus tôt nous nous y met-
trons, mieux cela vaudra. »

« Je n'ai dit que " si "! » plaida, d'un ton piteux, la
pauvre Alice.

Les deux Reines s'entre-regardèrent, et la Reine
Rouge, prise d'un léger frisson, murmura : « Elle
prétend n'avoir dit que " si "... »

« Mais elle en a dit bien plus que cela! gémit, en se
tordant les mains, la Reine Blanche. Oh! tellement,
tellement plus que cela! »

« C'est parfaitement exact, savez-vous bien, dit à
Alice la Reine Rouge. Parlez toujours le langage de la
vérité... réfléchissez avant de parler... et ensuite écrivez
ce que vous avez dit. »

« Je suis sûre que je ne voulais rien dire... » commençait de répondre Alice, mais la Reine Rouge lui
coupa la parole.

« C'est cela justement que je vous reproche! Vous
auriez certes dû vouloir dire quelque chose! A quoi,
selon vous, peut bien servir un enfant qui ne veut rien
dire ? Même un jeu de mots doit vouloir dire quelque
chose... et un enfant, je l'espère, a plus d'importance
qu'un jeu de mots. Vous ne pourriez contester cela,
même si vous tentiez de le faire à l'aide des deux
mains. »

« Ce n'est pas à l'aide des *mains* que je conteste quoi
que ce soit », objecta Alice.

« Nul n'a prétendu que vous l'ayez contesté, répliqua la Reine Rouge, j'ai dit que vous ne le pourriez contester, même si vous tentiez de le faire. »

« Elle a, dit la Reine Blanche, l'esprit ainsi tourné qu'elle veut contester *quelque chose* — seulement elle ne sait trop quoi contester ! »

« Vil et méchant caractère ! » s'exclama la Reine Rouge ; après quoi un silence pénible régna une minute ou deux durant.

La Reine Rouge le rompit en annonçant à la Reine Blanche : « Je vous invite au dîner que donne, ce soir, Alice. »

La Reine Blanche sourit discrètement et dit : « Et à mon tour, moi, je vous y invite. »

« Je ne savais pas du tout que je devais donner un dîner, dit Alice ; mais si j'en dois donner un, il me semble que c'est à moi qu'il appartient de lancer les invitations. »

« Nous vous avons donné l'occasion de les lancer, répliqua la Reine Rouge, mais sans doute n'avez-vous pas encore pris beaucoup de leçons de bonnes manières ? »

« Les bonnes manières ne s'apprennent pas à l'aide de leçons, dit Alice. Les leçons vous enseignent à faire des opérations et d'autres fariboles de ce genre. »

« Savez-vous faire une Addition ? s'enquit la Reine Blanche. Combien font un et un et un et un et un et un et un et un et un ? »

« Je me le demande, dit Alice ; je n'ai pas eu le temps d'en faire le compte. »

« Elle ne sait pas faire une Addition, trancha la Reine Rouge sans se soucier de la raison donnée par la fillette. Savez-vous faire une Soustraction ? De huit, retirez neuf. Que reste-t-il ? »

« Neuf de huit, cela ne se peut, voyez-vous bien, répondit Alice sans hésiter ; mais... »

« Elle ne sait pas faire une Soustraction, déclara la Reine Blanche. Savez-vous faire une Division ? Divisez un pain par un couteau... qu'obtenez-vous ? »

« Je suppose... » commençait de dire Alice, mais la

Reine Rouge répondit pour elle : « Des tartines de
beurre, bien entendu. Essayez de faire une autre Soustraction : Prenez un chien; ôtez-lui un os. Que reste-
t-il ? »

Alice réfléchit : « L'os ne restera pas, bien sûr, si
nous l'ôtons... le chien ne restera pas; il viendra
essayer de me mordre... et je suis certaine que, *moi*,
je ne resterai pas là, à attendre qu'il le fasse. »

« Vous pensez donc qu'il ne restera rien ? » demanda
la Reine Rouge.

« Oui, je crois que c'est là la bonne réponse. »

« Vous vous trompez, comme d'habitude, dit la
Reine Rouge; il restera la patience du chien. »

« Mais je ne vois pas comment... »

« Eh bien, écoutez un peu! s'écria la Reine Rouge.
Le chien perdra patience, n'est-il pas vrai ? »

« C'est, en effet, possible », répondit prudemment
Alice.

« Alors si le chien s'en va, s'exclama la Reine, la
patience qu'il aura perdue restera. »

Avec tout le sérieux dont elle était capable, Alice fit
observer : « Ils pourront aussi bien s'en aller chacun
de son côté. » Mais elle ne put s'empêcher de penser :
« Quelles effroyables bêtises nous sommes en train de
dire là! »

« Elle est incapable de faire la *moindre* opération! »
s'exclamèrent simultanément et avec beaucoup d'em-
phase les deux Reines.

« Et vous-même, en êtes-vous capable ? » s'enquit
Alice en se tournant brusquement vers la Reine Blanche
car elle n'aimait pas que l'on lui cherchât noise de
pareille façon.

La Reine ouvrit une bouche de poisson qui suffoque
et ferma les yeux : « Je suis, répondit-elle, fort capable
d'additionner si l'on m'en laisse le temps, mais, en
aucune circonstance, je ne saurais soustraire! »

« Bien entendu, s'enquit la Reine Rouge, vous
connaissez votre Alphabet ? »

« Bien sûr que je le connais », répondit Alice.

« Moi aussi, je le connais, murmura le Reine

Blanche. Nous le réciterons souvent ensemble, ma chère petite. Et je vais vous dire un secret : je sais lire les mots qui n'ont qu'une seule lettre ! N'est-ce pas magnifique ? Mais ne vous découragez pas. Vous y parviendrez, vous aussi, au bout de quelque temps. »

Ici la Reine Rouge, derechef, intervint : « Etes-vous forte en leçons de choses ? s'enquit-elle. Comment fait-on le pain ? »

« Je sais *cela* ! s'empressa de répondre Alice. On prend de la fleur de farine... »

« Où cueille-t-on cette fleur, demanda la Reine Blanche. Dans les jardins ou sur les haies ? »

« Mais, on ne la *cueille* pas du tout, expliqua Alice : on la *tamise*... »

« Je me demande quel rapport il peut bien exister entre un fleuve anglais et la fabrication du pain, dit la Reine Blanche. Vous ne devriez pas si souvent omettre de donner les explications nécessaires. »

« Eventons-lui la tête ! intervint la Reine Rouge, très inquiète. Elle va avoir la fièvre à force de réfléchir tellement. » Sur quoi elles se mirent toutes deux à l'éventer avec des gerbes de feuillage, jusqu'au moment où elle dut les supplier de cesser leur manège, car cela lui faisait voler les cheveux en tous sens.

« Elle est remise d'aplomb, à présent, déclara la Reine Rouge. Connaissez-vous les Langues étrangères ? Comment dit-on " Turlututu " en javanais ? »

« " Turlututu " n'est pas anglais », répondit, sans se départir de son sérieux, Alice.

« Qui donc a prétendu qu'il le fût ? » dit la Reine Rouge.

Alice crut, cette fois, avoir trouvé le moyen de se tirer d'embarras : « Si vous me dites à quelle langue appartient " Turlututu ", je vous le traduis en javanais ! » s'exclama-t-elle triomphalement.

Mais la Reine Rouge se redressa roidement de toute sa taille pour déclarer : « Les Reines ne font pas de marchés. »

« Je souhaiterais que les Reines ne posassent jamais de questions », dit à part soi Alice.

« Ne nous querellons pas, fit la Reine Blanche, inquiète. Quelle est la cause de l'éclair ? »

« La cause de l'éclair, répliqua avec assurance Alice, car elle croyait être certaine de connaître la réponse à cette question-là, c'est le tonnerre... non, non! se hâta-t-elle de rectifier : je voulais dire l'inverse. »

« Il est trop tard pour vous reprendre, dit la Reine Rouge : lorsqu'une fois on a dit quelque chose, c'est définitif, et il en faut subir les conséquences. »

« Cela me remet en mémoire... dit, les yeux baissés et en croisant et décroisant nerveusement les mains, la Reine Blanche, que nous avons eu un épouvantable orage, mardi dernier... je veux dire un de ces derniers *mardis groupés*, voyez-vous bien. »

Cette assertion déconcerta Alice : « Dans notre pays, à nous, fit-elle observer, il n'y a jamais qu'un jour à la fois. »

« Voilà un bien mesquin calendrier, dit la Reine Rouge. Chez nous, *ici*, la plupart du temps, les jours et les nuits vont simultanément par deux ou trois, et parfois, en hiver, nous avons jusqu'à cinq nuits à la fois... pour nous tenir chaud, voyez-vous bien. »

« Cinq nuits seraient-elles donc plus chaudes qu'une seule ? » se hasarda à demander Alice.

« Cinq fois plus chaudes, cela va de soi. »

« Mais elles devraient être aussi, en vertu du même principe, cinq fois plus *froides*... »

« Très juste! s'écria la Reine Rouge. Cinq fois plus chaudes *et aussi* cinq fois plus froides... tout comme je suis cinq fois plus riche, *et aussi* cinq fois plus intelligente que vous! »

Alice soupira et renonça à poursuivre la discussion : « Cela ressemble tout à fait à une devinette à laquelle il n'y aurait pas de réponse! » pensa-t-elle.

« Heumpty Deumpty, lui aussi, l'a vu, reprit à voix basse et comme à part soi, la Reine Blanche. Il est venu à la porte, un tire-bouchon à la main... »

« Pour quoi faire ? » s'enquit la Reine Rouge.

« Il a dit qu'il tenait absolument à entrer, poursuivit la Reine Blanche, parce qu'il cherchait un hippopo-

tame. Or, il se trouvait qu'il n'y avait pas d'hippopotame à la maison, ce matin-là. »

« Y en aurait-il donc, habituellement ? » s'enquit,
fort étonnée, la fillette.

« Ma foi, les jeudis seulement », répondit la Reine.

« Je connais la raison de sa présence à la porte, dit
Alice : il voulait punir les poissons, parce que... »

A cet instant la Reine Blanche reprit : « Vous ne
sauriez imaginer quel épouvantable orage ce fut là !
(« Elle ne le saura *jamais*, voyez-vous bien », dit la
Reine Rouge.) Une partie du toit s'envola, laissant
entrer un énorme tonnerre tout rond... qui se mit à
rouler à grand fracas dans la pièce... à renverser tables
et chaises!... et à me faire une peur telle que je n'étais
même plus capable de me rappeler mon propre nom! »

« Jamais, au beau milieu d'une catastrophe, je
n'essaierais de me rappeler mon nom! pensa Alice. A
quoi cela me servirait-il ? » Mais elle ne le dit pas à
haute voix, de crainte de froisser la pauvre Reine.

« Il faut que Votre Majesté l'excuse, dit à Alice la
Reine Rouge en prenant dans les siennes l'une des
mains de la Reine Blanche et en la tapotant doucement.
Elle est pleine de bonnes intentions mais, en général,
elle ne peut s'empêcher de dire des sottises. »

La Reine Blanche, l'air intimidé, regarda Alice qui
comprit qu'elle *eût dû* dire quelque chose de gentil mais,
sur l'instant, ne sut rien trouver de tel.

« Elle n'a pas reçu de véritable éducation, poursuivit la Reine Rouge; pourtant, elle a un caractère
d'une douceur angélique! Tapotez-lui la tête, et vous
verrez comme elle sera contente! » Mais Alice n'eut pas
le courage de faire ce que la Reine Rouge lui sug-
gérait.

« Un peu de gentillesse... que l'on lui fasse ses
papillotes... et l'on obtient d'elle tout ce que l'on
veut... »

La Reine Blanche poussa un profond soupir et posa
la tête sur l'épaule d'Alice. « J'ai, gémit-elle, grand
sommeil! »

« La pauvre, elle est fatiguée! dit la Reine Rouge.

Lissez-lui les cheveux... Prêtez-lui votre bonnet de nuit... et chantez-lui une berceuse. »

« Je n'ai pas de bonnet de nuit sur moi, répondit Alice en essayant d'obéir à la première de ces injonctions, et je ne connais aucune berceuse. »

« Je vais donc moi-même en chanter une », dit la Reine Rouge en entonnant sans plus attendre :

« Dodo, dodo, madame, en le giron d'Alice!
Le rôti n'est pas prêt, faisons un petit somme;
Le festin terminé, nous irons, sans malice,
Avec elle danser, tous, autant que nous sommes! »

« Et maintenant que vous en connaissez les paroles, ajouta-t-elle en posant la tête sur l'autre épaule d'Alice, chantez-la tout entière pour *moi*. Car, moi aussi, je me mets à avoir grand sommeil. » Un instant plus tard les deux Reines dormaient comme des souches en ronflant à qui mieux mieux.

« Que dois-je faire à présent ? s'exclama Alice, perplexe, en promenant son regard autour d'elle tandis que l'une des deux têtes rondes, puis l'autre, roulaient de ses épaules pour tomber comme deux lourdes masses sur ses genoux. Je ne pense pas qu'il soit jamais arrivé à quiconque d'avoir à prendre soin, simultanément, de deux Reines endormies! Non, jamais, dans toute l'histoire de l'Angleterre... D'ailleurs cela n'eût pu, voyez-vous bien, se produire, puisqu'il n'y eut jamais plus d'une Reine à la fois. Réveillez-vous donc, grosses dondons! » poursuivit-elle, perdant quelque peu patience; mais elle n'obtint pour toute réponse qu'un royal ronflement.

Le ronflement s'amplifia de minute en minute, ressemblant de plus en plus à l'air d'une chanson; finalement elle en put même distinguer les paroles et elle se mit à les écouter si attentivement que, lorsque les deux grosses têtes disparurent brusquement de son giron, c'est tout juste si elle s'en aperçut.

Elle se trouvait à présent debout devant un portail cintré, au-dessus duquel étaient tracés, en lettres de grande taille, les mots REINE ALICE, et sur chacun de ses côtés il y avait une poignée de sonnette : sur l'une il était écrit : « Sonnette des Visiteurs », et sur l'autre : « Sonnette des Domestiques ».

« Je vais attendre que la chanson soit terminée, pensa Alice, et alors je tirerai la... la... *quelle* sonnette dois-je tirer ? Poursuivit-elle, fort embarrassée. Je ne suis pas une visiteuse, et je ne suis pas une domestique. Il *devrait* y avoir une troisième poignée de sonnette, marquée « Reine », voyez-vous bien... »

A cet instant précis, la porte s'entrouvrit, et une créature à long bec passa la tête par l'entrebâillement pour dire : « Défense d'entrer avant la semaine d'après la semaine prochaine ! » Puis elle referma la porte à grand fracas.

Alice frappa et sonna en vain pendant longtemps. Enfin une très vieille Grenouille, qui jusqu'alors s'était tenue assise sous un arbre, se leva et, en clopinant, s'en vint lentement vers elle ; elle portait un habit d'un jaune éclatant et elle avait aux pieds d'énormes bottes.

« Que désirez-vous, à cette heure ? » murmura, d'une voix grave et enrouée, la Grenouille.

Alice se retourna, prête à chercher querelle au premier être qui se présenterait. « Où est le serviteur, commença-t-elle de dire, chargé de répondre à cette porte ? »

« Quelle porte ? », s'enquit la Grenouille.

Elle parlait si lentement, d'une voix si traînante, qu'Alice eut peine à réprimer un trépignement d'impatience : « Cette porte-ci, bien sûr ! »

La Grenouille, de ses grands yeux mornes, contempla la porte un long moment durant ; puis elle s'en approcha et la frotta de son pouce, comme pour voir si la peinture s'en détacherait ; ensuite, elle regarda Alice.

« Répondre à cette porte ? dit-elle. Qu'a-t-elle donc demandé ? » L'enrouement de sa voix était tel qu'Alice pouvait à peine l'entendre.

« Je ne sais pas ce que vous voulez dire », déclara la fillette.

« Je " cause " anglais, oui ou non ? reprit la Gre-

nouille. Ou bien est-ce que par hasard vous seriez
sourde ? Que vous a demandé cette porte ? »

« Rien! répondit avec impatience Alice. Voilà un
bon moment que je cogne dessus! »

« Vous n'auriez pas dû faire ça... non, non, vous
n'auriez pas dû, murmura la Grenouille. Ça la
" vesque ", voyez-vous bien. A ces mots elle monta
sur le pas de la porte et assena à celle-ci un grand coup
de pied. Laissez donc cette porte-là tranquille, dit-elle,
haletante, en retournant clopin-clopant s'asseoir sous
son arbre; et elle aussi, elle vous laissera tranquille
vous-même, voyez-vous bien. »

A ce moment la porte s'ouvrit brusquement toute
grande et l'on entendit la voix aiguë de quelqu'un qui
chantait :

« Au monde du Miroir, Alice a fait connaître :
" Je tiens le sceptre en main, j'ai le chef couronné;
Que, sans exception, du Miroir tous les êtres
Avec les deux Reines et moi viennent dîner! " »

Puis des centaines de voix entonnèrent en chœur
le refrain :

« Sans perdre un seul instant, emplissez donc les verres,
Sur la table versez le poivre et les gravois;
Mettez les chats dans l'huile et les rats dans la bière :
Soit bienvenue Alice trente fois trois fois. »

On entendit ensuite une confuse rumeur d'acclama-
tions, et Alice pensa : « trente fois trois fois, cela fait
quatre-vingt-dix fois. Je me demande si quelqu'un fait
le compte ». Au bout d'une minute, le silence se rétablit,
et le chanteur à la voix aiguë entonna le second couplet :

« O vous, gens du Miroir, dit Alice, approchez!
Me voir est un plaisir, m'écouter une joie :
C'est un insigne honneur que de boire et manger
Avec les Reines Rouge et Blanche, et avec moi! »

Puis ce fut de nouveau le chœur :

« *Qu'on emplisse les verres d'encre et de mélasse*
Ou de n'importe quoi de bon ou de cocasse,
Mêlez le sable au cidre et la moutarde au thé :
Quatre-vingt-dix fois neuf fois *salut, Majesté!* »

« Quatre-vingt-dix fois neuf fois! répéta Alice,
désespérée : Oh! n'en finira-t-on donc jamais! Mieux
vaut entrer tout de suite... » Elle entra donc et, dès
qu'elle parut, un silence de mort régna.

En traversant la grande salle, Alice jeta vers la table
un coup d'œil craintif, et elle remarqua qu'il y avait
environ cinquante convives, de toutes espèces : certains
étaient des mammifères, des batraciens ou des reptiles,
d'autres des oiseaux, et il y avait même parmi eux
quelques fleurs. « Je suis contente qu'ils soient venus
sans attendre que je le leur demande, pensa-t-elle, car
je n'eusse jamais su qui il convenait d'inviter! »

Il y avait, au haut bout de la table, trois chaises; les
Reines Rouge et Blanche occupaient deux d'entre elles,
mais celle du milieu était vide. Alice s'y assit, assez mal
à l'aise à cause du silence ambiant, attendant impa-
tiemment que quelqu'un prît la parole.

A la fin ce fut la Reine Rouge qui s'en chargea :
« Vous avez manqué la soupe et le poisson, dit-elle.
Que l'on serve le rôt! » Et les domestiques déposèrent
un gigot de mouton devant Alice, qui le contempla avec
quelque appréhension, car jamais auparavant elle
n'avait eu l'occasion de découper pareille pièce.

« Vous avez l'air un peu intimidé, dit la Reine
Rouge; souffrez que je vous présente à ce gigot de
mouton : « Alice... Mouton; Mouton... Alice ». Le
gigot se mit debout dans le plat et s'inclina devant
Alice; la fillette lui rendit son salut en se demandant si
elle devait rire ou avoir peur.

« Puis-je vous en donner une tranche ? » demanda-
t-elle en prenant en main le couteau et la fourchette,
et en tournant la tête vers l'une des Reines, puis vers
l'autre.

« Certes, non, répondit la Reine Rouge d'un ton
catégorique; il est contraire à l'étiquette de découper
quelqu'un à qui l'on a été présenté. Que l'on remporte
le gigot! » Et les domestiques l'enlevèrent, et le rempla-
cèrent sur la table par un énorme plum-pudding.

« S'il vous plaît, je ne désire pas que l'on me présente au pudding, se hâta de dire Alice; ou alors il n'y
aura plus de dîner du tout. Puis-je vous en donner une
part ? »

Mais la Reine Rouge prit un air renfrogné et grommela : « Pudding... Alice; Alice... Pudding. Que l'on
remporte le pudding! » et les domestiques l'enlevèrent
avant qu'Alice n'eût le temps de lui rendre son salut.
Néanmoins, comme elle ne voyait pas pourquoi la
Reine Rouge eût dû être la seule à commander, elle
décida de tenter une expérience. Elle ordonna : « Ser-
veur! Rapportez le pudding! » et le pudding se retrouva
immédiatement devant elle, comme par un coup de
baguette magique. Il était si gros qu'elle ne put
s'empêcher, devant lui, de se sentir un peu intimidée,
comme elle l'avait été en présence du gigot de mouton;
pourtant, elle surmonta cette faiblesse par un effort de
volonté et découpa une part de pudding qu'elle tendit
à la Reine Rouge.

« Quelle impertinence! s'exclama le Pudding. Je me
demande si vous aimeriez que l'on découpât une
tranche de vous-même, espèce de créature! »

Il parlait d'une grosse voix grasseyante et Alice, ne
sachant que lui répondre, ne put que rester assise à le
regarder, bouche bée.

« Dites donc quelque chose, intervint la Reine
Rouge : il est ridicule de laisser le pudding faire seul
les frais de la conversation! »

« On m'a récité aujourd'hui un grand nombre de
poésies, voyez-vous bien, commença de dire Alice,
quelque peu effrayée de constater que, dès l'instant
où elle avait ouvert la bouche, tandis que tous les yeux
se fixaient sur elle, il s'était fait un silence de mort; et
ce qui est fort curieux, il me semble, c'est que, dans
chacune de ces poésies, il était plus ou moins question

de poissons. Savez-vous pourquoi l'on aime tant les poissons, par ici ? »

Elle s'adressait à la Reine Rouge, qui répondit un peu à côté de la question. « A propos de poissons, déclara-t-elle avec lenteur et solennité en parlant à l'oreille d'Alice, sa Blanche Majesté connaît une adorable devinette... toute en vers... et où il n'est question que de poissons. Voulez-vous qu'elle vous la dise ? »

« Sa Rouge Majesté est bien bonne d'en faire état, murmura la Reine Blanche à l'autre oreille d'Alice, d'une voix pareille au roucoulement de la colombe. Ce serait pour moi une telle joie ! Puis-je me permettre ? »

« Je vous en prie », répondit, fort courtoisement, Alice.

La Reine Blanche eut un rire ravi et tapota la joue de la fillette. Puis elle articula :

« Le poisson, tout d'abord, il le faut attraper.
C'est facile : un enfant, je crois, s'en ferait fort.
Ensuite, ce poisson, il le faut acheter.
C'est facile : un sol y pourrait, je crois, suffire.

Ce poisson, maintenant, il le faut préparer !
C'est aisé : d'un instant seulement c'est l'affaire.
Puis alors, sur un plat il le faut disposer !
C'est aisé, car il est dessus depuis toujours.

Apportez-le-moi donc ! Je m'en veux régaler !
C'est un jeu que de mettre un tel plat sur la table.
Mais son couvercle, encor le faudrait-il ôter !
Ah ! ça, c'est difficile et j'en suis incapable !

Par quelque colle forte on le croirait fixé...
Le soulever n'est point travail de mauviette.
Des deux tâches, laquelle est la moins malaisée ?
     Tenir votre cachon poissé ?
     Ou découvrir la devinette ? »

« Réfléchissez-y pendant une minute, puis devinez, dit la Reine Rouge. Entre-temps, nous allons célébrer

votre santé... A la santé de la Reine Alice! » cria-t-elle
de toute la force de ses poumons. Tous les invités,
immédiatement, se mirent à lui porter des santés et ils
s'y prirent d'une manière très bizarre : certains d'entre
eux posèrent leurs verres renversés sur leurs têtes
comme des éteignoirs, en buvant tout ce qui leur
dégoulinait sur le visage... d'autres renversèrent les
carafons et burent le vin qui coulait le long des bords
de la table... et trois d'entre eux (qui ressemblaient
à des kangourous) grimpèrent patauger dans le plat
au gigot dont ils se mirent à laper allégrement la
sauce, « tels des cochons dans une auge ! » pensa
Alice.

« Vous devriez répondre à leurs toasts par un discours bien senti », conseilla la Reine Rouge en faisant
les gros yeux à Alice.

« Nous avons le devoir de vous soutenir, voyez-vous
bien », murmura la Reine Blanche, tandis qu'Alice se
levait, docile mais non exempte d'appréhension, pour
prendre la parole.

« Merci beaucoup, répondit-elle à voix basse; mais
je n'ai nul besoin d'être soutenue. »

« Il ne serait pas convenable que nous ne vous sou-
tinssions pas », répondit péremptoirement la Reine
Rouge. Alice essaya donc de se soumettre de bonne
grâce à leur assistance.

« Elles me poussaient, chacune de son côté, tant et
si bien, dit-elle par la suite en racontant à sa sœur
l'épisode du festin, que l'on eût dit qu'elles me voulaient aplatir telle une crêpe ! »

En fait, elle eut beaucoup de mal à se maintenir à
sa place tandis qu'elle prononçait son allocution : les
deux Reines la poussaient si fort, chacune de son côté
qu'il s'en fallut de peu qu'elles ne la projetassent dans
les airs : « Le grand mouvement d'enthousiasme qui
nous soulève... » commençait de dire Alice; et à ces
mots elle se trouva effectivement soulevée de plusieurs
centimètres; mais elle s'agrippa au bord de la table et
parvint à reprendre contact avec le plancher.

« Prenez garde à vous! cria, en lui saisissant à deux

mains les cheveux, la Reine Blanche. Il va se passer quelque chose! »

Et c'est alors (comme le raconta par la suite Alice) que toute sorte d'événements se produisirent coup sur coup. Les bougies grandirent jusqu'au plafond, prenant l'aspect d'une plantation de joncs surmontés de feux de Bengale. Quant aux bouteilles, chacune d'elles s'empara d'une paire d'assiettes qu'elle s'ajusta au goulot en manière d'ailes; puis, après s'être adjoint des fourchettes en guise de pattes, elles se mirent à voleter en tous sens : « Elles ressemblent à s'y méprendre à des oiseaux », pensa Alice, dans la mesure où l'effroyable confusion qui était en train de se répandre le lui permettait encore.

Tout à coup, un rire enroué se fit entendre tout près d'elle. Elle se retourna pour voir quelle raison avait la Reine Blanche de rire de la sorte; mais, à la place de cette dernière, c'était le gigot de mouton qui était assis sur le siège de la souveraine : « Me voici! » cria la voix de quelqu'un qui devait se trouver dans la soupière, et Alice se retourna de nouveau, juste à temps pour apercevoir le large et affable visage de la Reine lui sourire un instant par-dessus le rebord du récipient, avant de disparaître au sein du potage.

Il n'y avait pas une minute à perdre. Déjà nombre de convives gisaient à plat ventre dans les plats et la louche déambulait sur la table en direction d'Alice, en faisant signe à la fillette de s'écarter de son passage.

« Je ne peux supporter cela plus longtemps! » s'écria-t-elle, en faisant un bond et en saisissant à deux mains la nappe : une bonne traction sur celle-ci, et assiettes, plats, convives, bougies s'écroulaient avec fracas sur le plancher pour s'y entasser en un amas informe.

« Quant à vous », poursuivit-elle en se tournant, furieuse, vers la Reine Rouge, qu'elle considérait comme la cause de tout le mal... Mais la Reine n'était plus aux côtés d'Alice... Elle avait brusquement rapetissé au point de n'avoir plus que la taille d'une minuscule poupée, et elle se trouvait à présent sur la table, en train de courir joyeusement, en décrivant des cercles concentriques, à la poursuite de son propre châle, qui flottait derrière elle.

A tout autre moment, ce spectacle eût surpris Alice; mais elle était bien trop surexcitée pour être surprise de quoi que ce fût, *désormais*. « Quant à *vous*, répéta-t-elle en se saisissant de la petite créature à l'instant précis où celle-ci sautait par-dessus une bouteille qui venait de se poser sur la table, je vais vous secouer le poil jusqu'à ce que vous vous transformiez en minette, vous n'y couperez pas! »

SECOUEMENT

Elle la souleva de la table tout en parlant, et la secoua d'avant en arrière de toutes ses forces.

La Reine Rouge ne lui opposa pas la moindre résistance ; seulement, son visage se mit à rapetisser, rapetisser, et ses yeux à verdir et à s'agrandir ; puis, tandis qu'Alice continuait de la secouer, elle ne cessa de se raccourcir, d'engraisser, de s'adoucir, de s'arrondir... et...

RÉVEIL

... et, finalement, c'était bel et bien une minette.

QUI A RÊVÉ CELA ?

« Ta Rouge Majesté ne devrait pas ronronner si fort, dit Alice en se frottant les yeux et en s'adressant à la minette avec respect mais d'un ton empreint de quelque sévérité. Tu viens de me réveiller d'un rêve... oh! d'un si joli rêve! Et tu es restée avec moi tout le temps, Kitty... d'un bout à l'autre du monde du Miroir. Le savais-tu, ma chérie ? »

Les minettes (Alice en avait déjà fait la remarque) ont une très mauvaise habitude, qui est de répondre toujours par un ronronnement, quoi qu'on leur dise. « Si encore, avait soupiré la fillette, elles ronronnaient pour dire « oui » et miaulaient pour dire « non », ou si elles obéissaient à une quelconque règle, de sorte que l'on pût avoir avec elles une conversation! Mais comment pourrait-on s'entretenir avec une personne qui dit toujours la même chose ? »

En l'occurrence, la minette ne fit rien que ronronner; et il ne fut pas possible de deviner si elle voulait dire « oui » ou « non ».

Aussi, Alice effectua-t-elle des recherches parmi les pièces d'échecs qui se trouvaient sur la table, jusqu'à ce qu'elle eût retrouvé la Reine Rouge : alors, elle s'agenouilla sur le devant de foyer et plaça la minette et la Reine face à face. « Allons, Kitty! s'écria-t-elle en battant des mains d'un air triomphant, avoue que tu t'étais changée en Reine! »

« Mais elle a refusé de regarder la Reine, dit-elle à sa sœur lorsque par la suite elle lui raconta cet épisode; elle a détourné la tête et fait semblant de ne la pas voir.

Pourtant elle a eu l'air un peu honteux et c'est pourquoi je pense que c'était bien elle la Reine Rouge. »

« Tiens-toi un peu plus droite, ma chérie! s'écria,
avec un joyeux rire, Alice. Et fais la révérence tout en
réfléchissant à ce que tu vas... à ce que tu vas ronronner. Souviens-toi que cela fait gagner du temps! » Là-
dessus, elle souleva la minette dans ses bras et lui
donna un petit baiser : « Pour te féliciter d'avoir été
une Reine Rouge, vois-tu bien! »

« Blanche-Neige, mon trésor! poursuivit-elle en
regardant par-dessus l'épaule de la Minette Blanche
qui continuait à subir patiemment le supplice de la
toilette : quand donc Dinah en aura-t-elle fini avec Ta
Blanche Majesté, je me le demande. Cela doit être la
raison pour laquelle tu étais si sale dans mon rêve...
Dinah! sais-tu bien que tu es en train de débarbouiller
une Reine Blanche ? Vraiment, tu fais là preuve d'une
grande discourtoisie, et cela me surprend beaucoup,
de ta part! »

« Et en quoi *Dinah*, je me le demande, avait-elle
bien pu se métamorphoser, poursuivit-elle en s'éten-
dant confortablement sur le tapis de foyer, appuyée
sur son coude et le menton dans la main, pour observer
les minettes. Dis-moi, Dinah, ne te serais-tu pas changée en Heumpty Deumpty ? Je crois sérieusement que
tu l'as fait... Il vaudra mieux, pourtant, n'en pas parler
tout de suite à tes amis, car je n'en suis pas certaine. »

« A propos, Kitty, si tu avais été vraiment avec moi
dans mon rêve, il y avait une chose qui t'aurait sûrement plu : c'est que l'on m'y a récité un nombre
incroyable de poésies, toutes sur les poissons! Demain
matin, ce sera une vraie fête pour toi : tandis que tu
prendras ton petit déjeuner, je te réciterai *Le Morse
et le Charpentier*, et alors tu pourras t'imaginer que tu
manges des huîtres, ma chérie! »

« Maintenant, Kitty, réfléchissons : qui a rêvé tout
cela ? C'est une question très sérieuse, ma chérie, et tu
ne devrais *pas* continuer à te lécher la patte comme tu
le fais... Comme si Dinah ne t'avait pas lavée ce
matin! Vois-tu bien, Kitty, cela ne peut être que moi

ou le Roi Rouge. Il figurait dans mon rêve, bien sûr...
mais alors, moi aussi, je figurais dans le sien! *Etait-ce*
le Roi Rouge, Kitty ? Tu étais son épouse, ma chérie,
tu dois donc le savoir... Oh! Kitty, je t'en prie, aide-
moi à y voir clair! Je suis sûre que ta patte peut
attendre! » Mais l'exaspérante minette ne fit rien
qu'entreprendre de se lécher l'autre patte en affectant
de n'avoir pas entendu la question.

Et *vous*, qui donc croyez-vous que c'était ?

Au fil d'une onde calme et lisse,
Le bateau indolemment glisse,
Imbu d'ineffables délices.

Chacune des trois douces sœurs.
Enchantée, écoutant l'histoire,
Est blottie auprès du conteur.

Le soleil à l'horizon sombre;
L'écho s'assourdit et le sombre
Automne étend déjà son ombre.

Mais toujours me hante l'image
D'Alice endormie, en voyage
Parmi d'étranges paysages.

Cependant qu'auprès du conteur,
Ecoutant la magique histoire
Se pelotonnent les trois sœurs.

Rêvant, rêvant au sans pareil
Pays des Monts et des Merveilles
Où brille un nocturne soleil.

Laissant s'enfuir l'heure trop brève
Dans l'or du beau jour qui s'achève...
Vivre, ne serait-ce qu'un rêve ?

LA CHASSE AU SNARK

Délire en huit épisodes ou crises

PRÉFACE

Si jamais — et pareille occurrence est furieusement possible — si jamais l'on allait accuser l'auteur de ce bref mais instructif poème d'écrire des inepties, cette accusation, j'en suis convaincu, serait fondée sur le vers (p. 347) :

« Et puis l'on confondait gouvernail et beaupré. »

En prévision de cette pénible éventualité, je n'en appellerai pas (comme je le pourrais) d'un air indigné à mes autres écrits pour prouver que je suis incapable d'un tel comportement ; je n'insisterai pas (comme je le pourrais) sur le puissant dessein moral du poème lui-même, sur les principes arithmétiques que l'on y inculque avec tant de prudence, ni sur ses nobles enseignements en matière d'Histoire Naturelle ; — je prendrai le parti plus prosaïque d'expliquer tout bonnement comment les choses advinrent.

D'une sensibilité presque maladive touchant les apparences, l'Homme à la Cloche avait l'habitude de faire démonter le beaupré deux ou trois fois par semaine, à fin de revernissage ; et plus d'une fois il arriva qu'au moment de le remettre en place, pas un de ceux qui étaient à bord ne put se rappeler à quel bout du navire il appartenait. Tous savaient qu'il eût été parfaitement inutile de consulter là-dessus l'Homme à la Cloche. Il s'en serait simplement référé à son Code Naval, et aurait déclamé sur un ton pathétique des instructions de l'Amirauté que jamais aucun d'eux n'avait été capable de comprendre. Aussi cela se terminait-il généralement par un arrimage de fortune, en travers du gouvernail. Le timonier [1] avait coutume d'assister à l'opération les larmes aux yeux : *lui*, il savait que c'était là une radicale erreur, mais, hélas! l'article 42 du Code : « *Personne ne parlera à l'Homme de Barre* », l'Homme à la Cloche avait jugé bon de le compléter par ces mots : « *et l'Homme de Barre ne parlera à personne* ». Aussi toute protestation de sa part était-elle hors de question et, jusqu'au jour du vernissage suivant, était-il impossible de gouverner. Durant ces déconcertantes périodes, le vaisseau, d'ordinaire, voguait à reculons.

Etant donné que ce poème présente certains rapports avec la ballade du *Bredoulochs*, je ne voudrais pas laisser échapper l'occasion de répondre à une question qui, souvent, m'a été posée, à savoir : comment prononcer *slictueux toves* ? L'*u* de *slictueux* est long, comme celui de *délictueux;* et *toves* se prononce de manière à rimer avec *quinquenoves*. De même, le premier *o* de *borogoves* se prononce comme l'*o* de *rose*. J'ai entendu des gens qui tentaient de lui donner le son des *o* de *Cologne*. Telle est l'humaine perversité [2].

Cela paraît être aussi le moment d'attirer l'attention sur les autres mots difficiles contenus dans le poème. La théorie de Heumpty Deumpty — celle des deux significations incluses dans un mot comme dans une valise — me semble pouvoir, dans chaque cas, fournir l'explication correcte.

Prenez, par exemple, les deux mots : « fumant » et

---

1. Emploi habituellement tenu par le Garçon d'Etage, qui y trouvait un refuge contre les plaintes incessantes du Boulanger, relatives à l'astiquage insuffisant de ses trois paires de chaussures. (L.C.)

2. Dans le même ordre d'idées, rappelons que la lettre *e*, lorsqu'elle est la dernière lettre d'un mot français placé à la fin d'un vers, est toujours muette. Par conséquent *mais le*, au 22e vers de la page 352, se prononce *mêle* et rime avec *dentelle; ou de*, au 3e vers de la page 354, se prononce *oudd* et devrait rimer avec *coude;* et *salez-le*, au 5e vers de la page 357, se prononce *sale aile* et rime avec *essentielle. (N.d.T.)*

« furieux ». Persuadez-vous que vous voulez les prononcer tous deux, mais restez indécis quant à l'ordre dans lequel vous les allez articuler. Maintenant, ouvrez la bouche et parlez. Si vos pensées penchent si peu que ce soit du côté de « fumant », vous direz « fumant-furieux »; si elles dévient, ne serait-ce que de l'épaisseur d'un cheveu, du côté de « furieux », vous direz « furieux-fumant »; mais si vous avez — don des plus rares — un esprit parfaitement équilibré, vous direz « frumieux ».

Ainsi, lorsque Pistol prononça les fameuses paroles :

« *Sous quel Roi, dis, Pouilleux ? Parle ou meurs* [1] »,

à supposer que le juge Shallow eût tenu pour assuré que c'était soit William, soit Richard, mais sans toutefois être en mesure de sortir de cette alternative, de telle sorte qu'il n'eût pas de raison de dire l'un des noms avant l'autre, peut-on douter un instant que, plutôt que de mourir, il ne se fût écrié : « Rilchiam! » ?

---

1. Shakespeare, *Henri IV, Seconde Partie. (N.d.T.)*

« furieux ». Persuadez-vous que vous voulez les prononcer tous deux mais restez indécis quant à l'ordre dans lequel vous les allez articuler. Maintenant, ouvrez la bouche et parlez. Si vos pensées penchent un peu vers ce son qui vient de « furibond » ne vous direz « furibond, furieux », si elles dévient ne serait-ce que de l'épaisseur d'un cheveu du côté de « furieux » en vous direz « furieux-furibond », mais si vous avez — don des plus rares — un esprit parfaitement équilibré, vous direz « furieux ».

Ainsi lorsque Pistol prononce les fameuses paroles :

« Sous quel roi, die, Bezonian ? Parle ou meurs ! »[1]

à supposé que le juge Shallow eut tenu par sa vie qu'il s'agissait soit de William soit de Richard, mais sans tomber foiscre en mesure de tout décrire attentive, de telle sorte qu'ni eut pas de façon de dire l'un des noms avant l'autre, peut-on douter qu'un instant que, plutôt que de mourir, il ne se fut écrié « Rilchiam ! » ?

LE DÉBARQUEMENT

« *Le bon coin pour le Snark!* » *cria l'Homme à la*
Tandis qu'avec soin il débarquait l'équipage,   [*Cloche,*
En maintenant, sur le vif de l'onde, ses hommes,
Chacun par les cheveux suspendu à un doigt.

« *Le bon coin pour le Snark! Je vous l'ai dit deux fois :*
Cela devrait suffire à vous encourager.
Le bon coin pour le Snark! Je vous l'ai dit trois fois :
Ce que je dis trois fois est absolument vrai. »

L'équipage, au complet, comprenait un Garçon
D'Etage, un marchand de Bonnets et Capelines,
Un Avocat, pour aplanir leurs différends,
Un Courtier en Valeurs, pour chiffrer leur fortune.

Un Marqueur de Billard, d'une étonnante adresse,
Plus que sa juste part eût peut-être gagné;
Mais par chance un Banquier, à grands frais engagé,
Jalousement veillait sur toutes leurs espèces.

Un Castor, qui arpentait le pont-promenade,
Ou, assis sur l'avant, faisait de la dentelle,
Les avait (disait l'Homme à la Cloche) souvent
Du naufrage sauvés — nul ne savait comment.

Il y avait un homme connu pour tout ce qu'
Il avait oublié de transporter à bord :
Sa montre, ses bijoux, son ombrelle, ses bagues,
Et les hardes acquises en vue du voyage.

Il possédait quarante-deux malles, bien pleines,
Chacune portant peint lisiblement son nom;
Hélas! comme il avait oublié de le dire,
Elles étaient encor sur la grève, en souffrance.

De ses hardes la perte importait fort peu, puisque
Lors de son arrivée il portait sept vestons
Et trois paires de chaussures; mais le pis est qu'
Il avait oublié totalement son nom.

Il répondait à « Hep! » ou à n'importe quel
Eclat de voix : à « Zut alors! », à « Nom d'un chien! »,
A « Au-diable-son-nom! », à « Comment-qu'il-s'ap-
                                              [pelle! »,
Mais préférablement à « Trucmuche-Machin! »

Pour ceux qui souhaitaient plus de verdeur verbale,
Notre héros, au choix, portait d'autres surnoms :
Pour ses sympathisants, c'était « Bouts-de-Chandelle »,
Et pour ses adversaires « Sacré-vieux-Croûton ».

« Physique déplaisant, chétive intelligence,
(Disait, parlant de lui, souvent, l'Homme à la Cloche),
Mais courage parfait! Et c'est là, je le pense,
Ce qui manque le plus quand on chasse le Snark. »

Il aimait taquiner l'hyène, en répondant
A son regard d'un signe de tête impudent;
Il se promena même, un jour, avec un ours,
Bras dessus, bras dessous : « afin de le distraire... »

Soi-disant Boulanger, il s'avoua, trop tard —
Et ça mit hors de lui le pauvre Homme à la Cloche —
Spécialiste en gâteaux de noce — pour lesquels
La matière première, on s'en doute, manquait.

Le dernier de l'équipe exige une remarque
Spéciale, encor qu'il eût l'air horriblement
Sot : comme il n'avait rien d'autre en tête que « Snark »,
Le brave Homme à la Cloche le prit sur-le-champ.

Venu comme Boucher, il déclara, très grave,
Quand on eut navigué durant une semaine,
Qu'il ne tuait que les Castors. L'Homme à la Cloche
Blêmit, puis resta quasi muet d'épouvante.

Tout tremblant, il finit, pourtant, par expliquer
Qu'il n'y avait, à bord, qu'un unique Castor;
Et que c'en était un à lui, apprivoisé,
De qui l'on ne saurait que déplorer la mort.

Notre Castor, venant à ouïr la remarque,
Protesta, hors de lui et les larmes aux yeux,
Que même le bonheur d'aller chasser le Snark
Ne pourrait compenser un coup aussi affreux!

Il conseilla très fort le transfert du terrible
Boucher sur un autre vaisseau, solution
Qui, pour l'Homme à la Cloche, était incompatible
Avec les plans tracés pour l'expédition.

Ayant déjà beaucoup de mal à naviguer
Avec une cloche et un bateau seulement,
Pour sa part il craignait de devoir décliner
L'honneur de commander un second bâtiment.

Le mieux, pour le Castor, était donc d'acheter,
Au décrochez-moi-ça, une cotte de mailles,
Pensait le Boulanger; et puis de s'assurer
Sur la Vie auprès d'un cabinet en renom :

Le Banquier l'affirmait, en offrant, pour un prix
Raisonnable, de louer, ou, encor, de vendre
Deux excellents contrats, l'un Contre l'Incendie,
Et l'autre Contre les Ravages de la Grêle.

Depuis ce triste jour, chaque fois, néanmoins,
Que le cruel Boucher était dans les parages,
Le Castor s'appliquait à regarder au loin
Et affectait une réserve inexplicable.

SECONDE CRISE

LE DISCOURS
DE L'HOMME A LA CLOCHE

L'Homme à la Cloche, lui, tous aux nues le portaient :
Un si noble maintien, tant d'aisance, de grâce !
Et cet air solennel ! On le devinait sage,
Rien qu'à l'expression de son mâle visage !

Il avait, de la mer, acheté une carte
Ne figurant le moindre vestige de terre ;
Et les marins, ravis, trouvèrent que c'était
Une carte qu'enfin ils pouvaient tous comprendre.

« De ce vieux Mercator, à quoi bon Pôles Nord,
Tropiques, Equateurs, Zones et Méridiens ? »
Tonnait l'Homme à la Cloche ; et chacun de répondre :
« Ce sont conventions qui ne riment à rien !

« Quels rébus que ces cartes, avec tous ces caps
Et ces îles ! Remercions le Capitaine
De nous avoir, à nous, acheté la meilleure —
Qui est parfaitement et absolument vierge ! »

Certes, c'était charmant ; mais, vite, ils découvrirent
Que le Chef qui, si bien, détenait leur confiance,
N'avait, sur la façon de traverser les mers,
Qu'une idée, et c'était de secouer sa cloche.

Toujours grave et pensif, les ordres qu'il donnait
Suffisaient, certes, à affoler l'équipage.
S'il criait : « Tribord toute, et tout droit sur bâbord ! »
Que diable alors le timonier devait-il faire ?

Et puis l'on confondait gouvernail et beaupré ;
Ce qui, l'Homme à la Cloche le fit remarquer,
Souvent arrive sous les climats tropicaux,
Quand un navire est, pour ainsi dire, « ensnarké ».

Surtout, le gros point noir fut la marche à la voile,
Et notre Homme à la Cloche, affligé et perplexe,
Dit avoir espéré, le vent soufflant plein Est,
Que le navire, au moins, ne courrait pas plein Ouest !

Mais, le péril passé, nos amis débarquèrent
Enfin, avec valises, cantines et sacs ;
Pourtant, d'abord, on fut peu charmé du décor
Qui n'était que crevasses et rochers à pic.

Sentant que le moral baissait, l'Homme à la Cloche,
D'une voix musicale, se mit à redire
Les bons mots réservés pour les temps de détresse :
Mais l'équipage, lui, ne fit rien que gémir.

Distribuant le grog d'une main généreuse,
Il convia chacun à s'asseoir sur la grève ;
Et l'on dut convenir qu'il avait grande allure,
Cependant que, debout, il faisait son discours.

« Amis, concitoyens, Romains, écoutez-moi ! »
(Tous, étant friands de belles citations,
Lui portant sa santé, poussèrent trois hourras,
Tandis qu'il resservait de larges rations.)

« Nous avons navigué des mois et des semaines
(Par mois, quatre semaines, veuillez en prendre acte),
Mais hélas ! jusqu'ici (la chose est bien certaine)
Nous n'avons attrapé jamais la queue d'un Snark !

Nous avons navigué des semaines, des jours
(Par semaine, sept jours, on peut vérifier),
Mais de Snark, de vrai Snark, pour l'amour de nos
                                              [cœurs,
Nous n'en avons point, jusqu'à présent, contemplé !

Allons, écoutez, les gars, que je vous répète
Les cinq indubitables caractéristiques
Auxquelles, en tous lieux, vous pourrez reconnaître
Les véritables Snarks garantis authentiques.

Dans l'ordre, prenons-les. Tout d'abord, la saveur,
Le goût, maigre et perfide, mais croquignolet :
Ainsi qu'un habit trop étroit de la ceinture,
Avec je ne sais quel fumet de Feu follet.

Son dada de se lever tard, vous avouerez
Qu'il le pousse trop loin, si je dis que, souvent,
Pour déjeuner, le Snark attend l'heure du thé,
Et qu'il ne dîne guère avant le jour suivant.

Ensuite, sa lenteur à saisir les finesses.
En sa présence, si vous plaisantez un jour,
Le Snark soupirera comme une âme en détresse,
Et jamais, jamais il ne rit d'un calembour.

La quatrième est sa passion des cabines
De bains qu'il véhicule avec lui constamment ;
Il y voit un appoint à la beauté des sites —
Opinion sujette à caution vraiment.

La cinquième est l'ambition. Il faut ensuite
Vous décrire en détail les traits de chaque sorte,
En distinguant ceux qui ont des plumes, et mordent,
De ceux portant moustaches et jouant des griffes.

Car, si les Snarks communs sont sans méchanceté,
Je crois de mon devoir, à présent, de le dire,
Certains sont des Boujeums... » Alarmé, il se tait,
Car notre Boulanger vient de s'évanouir.

LE RÉCIT DU BOULANGER

On le ranime avec des muffins, de la glace;
Avec de la moutarde et avec du cresson;
Avec de bons conseils et de la confiture;
On le ranime en lui posant des devinettes.

Lorsqu'enfin il revint à lui et put parler,
Il offrit de conter sa lamentable histoire;
Sur quoi l'Homme à la Cloche s'écria : « Silence! »
Et, très surexité, fit sa cloche tinter.

Ce fut le grand silence! Pas un hurlement —
Tout juste quelques meuglements ou grognements —
Quand le nommé « Ohé! » retraça son destin
De misère, sur un ton antédiluvien.

« Mes père et mère étaient, bien que pauvres, honnêtes... »
« Saute tout ça! cria l'Homme à la Cloche en hâte.
Une fois qu'il fait noir, pour le Snark plus d'espoir :
Nous n'avons certes pas une minute à perdre! »

« Je saute quarante ans, dit le Conteur, en pleurs,
Et en viens, tout de suite et sans autre remarque,
Au jour où vous m'avez pris à bord du navire
Afin que je vous aide à pourchasser le Snark.

« Un oncle à moi, très cher (dont je porte le nom),
Me dit lorsque j'allai lui faire mes adieux... »
« Saute l'oncle très cher! » cria l'Homme à la Cloche,
En faisant retentir rageusement sa cloche.

« *Il me dit donc, reprit le plus bénin des hommes,*
Si ton Snark est un Snark, bon : ramène-le mort
Ou vif; tu le peux servir garni de légumes
Verts, ou bien t'en servir en guise de frottoir.

Tu peux, pour le traquer, t'armer de dés à coudre,
De fourchettes, de soin, d'espoir; tu peux l'occire
D'un coup d'action de chemin de fer; tu peux
Le charmer avec du savon et des sourires... »

(« *C'est de cette façon, s'écria, péremptoire,*
L'Homme à la Cloche, ouvrant vite une parenthèse,
C'est ainsi, de tout temps on me le fit savoir,
Que des Snarks la capture doit être tentée! »)

« *Mais, oh, rayonnâtre neveu, gare le jour*
Où ton Snark sera un Boujeum! Parce qu'alors
Soudain, tout doucement, toi, tu disparaîtras,
Et jamais, jamais plus on ne te reverra! »

« *C'est cela, c'est cela qui me tourmente quand*
Je repense, ô mon oncle, à vos sages paroles;
Et mon cœur ne ressemble à rien tant qu'à un bol
Jusqu'au bord plein de lait caillé tout tremblotant! »

« *C'est cela, c'est cela...* » — « *On connaît le refrain!* »
Repartit, indigné, le brave Homme à la Cloche.
Et le Boulanger dit : « *Rien qu'une fois encore :*
C'est cela, c'est cela, c'est cela que je crains!

« *J'engage avec le Snark, chaque nuit, dans les brumes*
Du songe, un extravagant combat; je le sers
Sous des voûtes obscures, garni de légumes
Verts, ou bien je m'en sers en guise de frottoir.

Mais si jamais je rencontre un Boujeum, alors,
Moi qui vous parle, hélas! (je n'en suis que trop sûr),
Soudain, tout doucement, je devrai disparaître,
Et c'est là notion que je ne puis admettre! »

LA CHASSE

L'air suffèche, et le front plissé, le Capitaine
Lui dit : « Qu'attendiez-vous pour parler de la sorte ?
Il est fort maladroit, à présent, de le faire
Quand le Snark frappe, pour ainsi dire, à la porte ?

« Nous serions tous navrés, je le dis sans ambages,
Si jamais, jamais plus on ne vous revoyait;
Mais, mon ami, pourquoi au début du voyage,
Ne nous point avoir dit ce qui vous tracassait ?

« Il est fort maladroit de le faire à présent;
Comme déjà je crois l'avoir fait remarquer. »
Et le nommé « Hep! » de répondre en soupirant :
« Je vous l'ai dit, à peine étions-nous embarqués.

« Accusez-moi de meurtre — ou de manque de sens
Commun (Qui, parmi nous, n'a parfois ses faiblesses ?)
Mais le soupçon le plus ténu de faux semblant,
Jamais ne fut compté au nombre de mes crimes.

« Je l'ai dit en hébreu, l'ai dit en allemand,
L'ai dit en grec, l'ai dit aussi en hollandais,
Mais j'avais oublié (c'est fort contrariant)
Que la langue que tous vous parlez, c'est l'anglais! »

« Navrant! dit le Capitaine dont le visage
A chaque mot s'était un peu plus allongé;
Mais, maintenant que tout est bien élucidé,
Discuter plus longtemps serait vraiment peu sage.

« *La fin de mon discours (cria-t-il à ses hommes),*
Vous l'entendrez si je la prononce jamais.
Mais le Snark n'est pas loin, répétons-le encore!
C'est votre glorieux devoir de le traquer!

« *De le traquer, armés d'espoir, de dés à coudre,*
De fourchettes, de soin; d'essayer de l'occire
Avec une action de chemin de fer; ou de
Le charmer avec du savon et des sourires!

« *Car le Snark est un drôle que l'on ne peut guère*
Capturer selon les méthodes ordinaires.
Faites tout le possible, et tentez l'impossible;
Nulle chance aujourd'hui ne doit être gâchée!

« *Car l'Angleterre attend... Je m'abstiens de poursuivre :*
La formule est banale, encore que pompeuse;
Et j'aimerais vous voir déballer ce qu'il faut
Pour aller au combat congrûment équipés. »

Alors, endossant un chèque en blanc (qu'il barra),
Le Banquier en billets son argent convertit.
Le Boulanger, soigneux, peigna ses favoris
Et de ses sept vestons secoua la poussière.

Le Courtier en Valeurs et le Garçon d'Etage,
A tour de rôle affûtaient une bêche; mais le
Castor continua de faire sa dentelle,
Sans montrer pour leur Snark le plus mince intérêt.

Encor que l'Avocat, tentant de faire appel
A sa fierté, en vain entreprît de citer
De fort nombreux cas, où faire de la dentelle,
Au droit infraction avait constitué.

Avec férocité le Marchand de Bonnets
Méditait un nouvel arrangement de nœuds,
Tandis que, d'une main tremblante, le Marqueur
De Billard se frottait de bleu le bout du nez.

Mais le Boucher, nerveux, arborant une mise
Soignée — une fraise et des gants beurre frais —, dit
Avoir l'impression d'aller à un dîner,
Ce qui, selon le Chef, n'était que vantardise.

« Présentez-moi, dit-il, ce sera très charmant,
Si nous le rencontrons, un jour, étant ensemble! »
L'Homme à la Cloche, avec sagesse hochant la tête,
L'air vague, répondit : « Ça dépendra du temps. »

Le Castor, en tous sens, se mit à galompher,
En voyant le Boucher si craintif et troublé;
Le Boulanger lui-même, ce lourdaud stupide,
Fit un effort notable pour cligner de l'œil.

« Sois un homme! cria, outré, l'Homme à la Cloche,
Tandis que le Boucher éclatait en sanglots :
S'il venait, le Jeubjeub, ce frénétique oiseau,
Nous ne serions pas trop nombreux pour la besogne! »

Cinquième Crise

LA LEÇON DU CASTOR

Ils le traquaient, armés d'espoir, de dés à coudre,
De fourchettes, de soin; ils tentaient de l'occire
Avec une action de chemin de fer; ou de
Le charmer avec du savon et des sourires.

Lors le Boucher conçut un projet ingénu
Autant qu'ingénieux de sortie autonome,
Et il fit choix d'un lieu non fréquenté par l'homme,
Savoir : une vallée inquiétante et nue.

Mais au Castor la même idée était venue :
Il avait choisi tout juste le même lieu;
Par un signe ou un mot pourtant aucun des deux
Ne trahit son dégoût et sa déconvenue.

Chacun d'eux croyait qu'il ne pensait qu'au « Snark », —
L'éventualité de glorieux exploits —   [*qu'à*
Et aucun d'eux ne laissait voir qu'il remarquât
Que l'autre, lui aussi, prenait ce chemin-là.

Mais la vallée devint de plus en plus étroite,
Et le soir s'obscurcit et l'air se fit plus froid,
Jusqu'à ce que (pressés par un commun effroi)
Tous deux ils cheminassent enfin côte à côte.

Alors un cri perçant fit frissonner le ciel,
Et ils comprirent qu'un danger planait sur eux;
Notre Castor pâlit jusqu'au bout de la queue,
Et le Boucher lui-même se sentit tout drôle.

Il revécut le temps de sa lointaine enfance —
Ce beau temps de naïf bonheur et d'innocence —
Le son lui rappelait, de façon si précise,
La pointe d'un crayon qui sur l'ardoise grince!

« *C'est la voix du Jeubjeub! tout à trac s'écria*
Celui que l'on nommait, d'ordinaire : " Ganache ".
Comme dirait, ajouta-t-il, l'Homme à la Cloche,
Je viens de formuler cet avis une fois.

« *C'est le cri du Jeubjeub! Comptez, je vous en prie,*
Vous constaterez que je vous l'ai dit deux fois.
C'est le chant du Jeubjeub! la preuve en est acquise,
Pourvu que seulement je le dise trois fois. »

Notre Castor avait soigneusement compté,
A chaque mot prêtant une attentive oreille :
Mais il perdit courage et, navré, bournifla
Lorsque, de nouveau, la phrase fut répétée.

Il comprit qu'en dépit de ses vaillants efforts,
Il n'avait réussi qu'à embrouiller son compte,
Et qu'il allait falloir se creuser la cervelle
Pour, de tête, reconstituer le total.

« *Deux à un ajoutés : si, au moins, gémit-il,*
On pouvait faire ça sur les doigts et les pouces! »
Songeant, l'œil larmoyant, qu'en ses jeunes années
Il avait négligé l'étude du calcul.

« *On peut rattraper ça, dit le Boucher, je pense.*
On doit rattraper ça, j'en suis persuadé.
On va rattraper ça! Du papier et de l'encre,
Les meilleurs qu'on ait le temps de se procurer. »

Le Castor apporta du papier, un buvard,
Des plumes, de l'encre à profusion, tandis
Que des êtres hideux, sortant de leurs repaires,
Epiaient nos héros de leurs yeux arrondis.

Le Boucher, absorbé, ne les remarqua guère,
Alors qu'écrivant, une plume à chaque main,
Il expliquait tout en un style populaire
Que le Castor pouvait assimiler fort bien.

« Trois étant le sujet sur quoi nous raisonnons —
C'est un chiffre des plus commodes à poser —
Nous ajoutons sept à dix, puis multiplions
Le total par, de huit, mille diminué.

« Le résultat ainsi obtenu, voyez-vous,
Nous le divisons par neuf cent quatre-vingt-douze;
Nous soustrayons dix-sept : la réponse doit être
Absolument exacte et parfaitement juste.

« Expliquer ma méthode serait un plaisir,
Alors que je la vois, très claire, dans ma tête,
Si j'en avais le temps, si vous étiez moins bête —
Mais il y a encor bien des choses à dire.

« En un instant j'ai vu ce qui, jusqu'à ce jour,
Restait enveloppé dans un épais mystère;
Sans majoration de prix, je vous vais faire,
In extenso, d'Histoire Naturelle, un cours. »

Le Boucher poursuivit, de joyeuse façon
(Oubliant trop les règles de la bienséance,
Et qu'instruire les gens sans présentation,
Dans le Monde eût passé pour une inconvenance) :

« Le Jeubjeub est, bien sûr, un oiseau frénétique,
Puisqu'il vit en état d'incessante colère.
En fait de vêtements ses goûts sont excentriques :
Il a plusieurs siècles d'avance sur la mode.

« Mais il sait reconnaître un ami rencontré;
Il n'accepte jamais le moindre pot-de-vin,
Et se tient à la porte, aux bals de charité,
Pour quêter — bien que lui-même ne donne rien.

« *De sa chair la saveur est fort supérieure*
A celle du mouton, des huîtres ou des œufs;
Certains le gardent dans une jarre d'ivoire,
D'autres le mettent dans des barils d'acajou.

« *Bouilli dans la sciure, à la colle salez-le;*
Relevez-le de sauterelles, de bolduc;
Sans oublier jamais la chose essentielle,
Qui est de préserver sa forme symétrique. »

Volontiers le Boucher eût, jusqu'au lendemain
Parlé, mais il sentit qu'il fallait en finir,
Et pleura de délice en essayant de dire
Qu'il tenait le Castor pour un très cher ami.

Tandis que l'autre avouait, avec des regards
Plus éloquents que les larmes, qu'il venait d'en
Apprendre en dix minutes plus que tous les livres
N'en peuvent enseigner en soixante-dix ans.

Ils revinrent, la main dans la main. Désarmé
(Un instant) par l'émotion, le Capitaine
Dit : « Nous voilà payés des fâcheuses journées
Que nous passâmes dessus les mers incertaines! »

Des amis tels que ces ennemis en devinrent,
S'il y en eut jamais, on en a peu connus;
L'hiver comme l'été, c'était invariable :
Jamais l'on ne pouvait rencontrer l'un sans l'autre.

Et lorsque s'élevaient des querelles — ainsi
Que souvent il arrive, en dépit qu'on en ait —
Le chant du Jeubjeub leur revenait à l'esprit
Et cimentait leur affection à jamais!

SIXIÈME CRISE

LE RÊVE DE L'AVOCAT

*Ils le traquaient, armés d'espoir, de dés à coudre,
De fourchettes, de soin; ils tentaient de l'occire
Avec une action de chemin de fer; ou de
Le charmer avec du savon et des sourires.*

*Mais l'Avocat, las de prouver que le Castor
Avait tort de vouloir faire de la dentelle,
S'endormit et, en songe, vit la créature
Qui depuis si longtemps lui hantait la cervelle.*

*Il rêva qu'il siégeait en un tribunal sombre,
Où le Snark, portant robe, perruque et rabat,
Monocle à l'œil, tentait de défendre un verrat
Qu'on accusait d'avoir déserté son étable.*

*Les Témoins démontraient, sans erreur ni lacune,
Que l'étable était vide au moment du constat;
Et le Juge expliquait sans fin le point de droit,
En un doux, monotone et souterrain murmure.*

*L'accusation jamais n'avait été claire;
Il semblait que le Snark eût ouvert le débat,
Parlant durant trois heures, sans qu'on devinât
Ce que l'infortuné verrat avait pu faire.*

*Puis les Jurés s'étant fait leur conviction
(Avant qu'on ne lût l'acte d'accusation),
Parlaient tous à la fois, de sorte qu'aucun d'eux
Ne saisit un seul mot de l'exposé des autres.*

Le Juge dit : « Sachez... »; mais le Snark cria : « Bah!
La loi dont il s'agit tombe en désuétude!
Disons-le, mes amis, la question entière
Est liée à un droit seigneurial ancien.

« En fait de Trahison, le verrat semblerait
Avoir prêté la main, mais sans encourager;
Et la charge d'insolvabilité s'effondre
Si l'on m'autorise à plaider « non redevable ».

« La Désertion, je ne la conteste mie;
Mais j'en crois la culpabilité annulée
(Tout au moins quant aux frais qu'entraîne ce procès)
Par l'alibi probant qui a été fourni.

« Le sort d'un malheureux, maintenant, de vos votes
Dépend. » Se rasseyant là-dessus, l'orateur
Demanda que le Juge consultât ses notes
Et récapitulât brièvement l'affaire.

Mais le Juge avoua ne le point savoir faire;
Aussi fut-ce le Snark qui récapitula,
Et récapitula si bien qu'il dépassa
De loin tout ce que les Témoins avaient pu dire!

Au moment du verdict, les Jurés déclarèrent
Que le mot était trop ardu à épeler,
Et que le Snark, ils l'osaient espérer, d'ailleurs,
De cette tâche encor voudrait bien se charger.

Le Snark s'en chargea donc, bien que, selon ses dires,
Les travaux de ce jour l'eussent anéanti :
Tous les Jurés, lorsqu'il dit : « COUPABLE! », gémirent,
Et quelques-uns d'entre eux churent évanouis.

Puis le Snark prononça la sentence, le Juge
Etant bien trop nerveux pour proférer un mot :
Dès qu'il se fut levé, il se fit un silence
Tel qu'on eût entendu une mouche voler.

« *Travaux forcés, lut-il, à perpétuité...*
Paiera quarante livres, *ensuite, d'amende...* »
Le Jury applaudit, mais le Juge dit craindre
Que l'arrêt ne fût point légalement fondé.

Et des Jurés la joie eut à se modérer,
Quand le geôlier, pleurant, leur avoua qu'en fait
Cet arrêt n'aurait pas le plus léger effet,
Le verrat étant mort depuis plusieurs années.

L'air dégoûté, le Juge leva l'audience;
Mais Maître Snark, encore qu'un peu consterné,
En tant qu'homme de loi chargé de la défense,
Jusqu'au bout ne cessa, lui, de vociférer.

A l'avocat rêvant, ces cris, de proche en proche,
Semblèrent en clarté gagner à chaque instant,
Jusqu'à son réveil au glas rageur d'une cloche
Qu'à son oreille l'Homme à la Cloche tintait.

Septième Crise

LE SORT DU BANQUIER

Ils le traquaient, armés d'espoir, de dés à coudre,
De fourchettes, de soin; ils tentaient de l'occire
Avec une action de chemin de fer; ou de
Le charmer avec du savon et des sourires.

Et le Banquier, soudain se montrant si hardi
Que cela fut pour tous un sujet de remarques,
S'élançant en avant, à leur vue se perdit
Dans l'ardeur de son zèle à découvir le Snark.

Mais comme il le traquait, armé de dés à coudre,
Un Pinçmacaque, tel l'éclair, surgit soudain
Pour s'en prendre au Banquier qui, dans son désespoir,
Hurla, sachant, hélas! que fuir eût été vain.

Il lui offrit une forte ristourne : un chèque
(Payable « au porteur ») de sept livres et demie;
Mais, tendant simplement le cou, le Pinçmacaque
Derechef menaça le Banquier de ses griffes.

Sans répit, comme les frumieuses mâchoires
Férocement claquaient partout autour de lui,
L'homme sauta, bondit, lutta, se débattit,
Jusqu'à ce qu'il tombât, défaillant, sur le sol.

Le Prédateur s'enfuit quand parurent les autres,
Accourus à l'appel affolé du Banquier;
L'Homme à la Cloche dit : « C'est ce que je craignais! »
Et solennellement il fit tinter sa cloche.

A peine pouvaient-ils, en cet homme au visage
Noir, trouver quelques traits connus auparavant;
Sous l'effet de la peur, en outre, son gilet —
Phénomène incroyable — était devenu blanc!

A l'effroi de tous ceux qui, ce jour-là, le virent,
Il se leva en grande tenue de soirée,
Et tenta, au moyen de grimaces, de dire
Ce que sa langue ne pouvait plus exprimer.

Rassis, il se plongea les doigts dans les cheveux
Et chanta, sur des airs flivoreux, des mots dont
L'inanité dénonçait son insanité,
Tout en entrechoquant deux castagnettes d'os.

« Il se fait tard : abandonnons-le à son sort!
S'exclama, pris de panique, l'Homme à la Cloche.
Nous perdons notre temps : si nous flânons encor,
Nous n'attraperons pas de Snark d'ici la nuit! »

HUITIÈME CRISE

LA DISPARITION

Ils le traquaient, armés d'espoir, de dés à coudre,
De fourchettes, de soin; ils tentaient de l'occire
Avec une action de chemin de fer; ou de
Le charmer avec du savon et des sourires.

Ils tremblaient à l'idée de revenir bredouilles,
Et Messire Castor, enfin intéressé,
Se mit à sautiller sur le bout de sa queue,
Car le couchant déjà était couleur de rouille.

L'Homme à la Cloche dit : « C'est lui, Machinchouette!
Comme un dément, il crie, oh! écoutez-le donc!
Il agite les mains, il balance la tête :
Sans nul doute il aura découvert quelque Snark! »

Ecarquillant les yeux, tandis que le Boucher
Disait : « Ce fut toujours un sacré plaisantin! »
Ils le virent, joyeux, leur héros innommé,
Leur Boulanger, au faîte d'un rocher voisin.

Sublimement dressé, l'espace d'un instant.
L'instant d'après, hélas! cette folle figure
(Comme en convulsions) s'abîmait dans un gouffre,
Tandis qu'ils écoutaient, anxieux, haletants.

« C'est un Snark! » tel fut le son qui d'abord frappa
Leurs oreilles, semblant, pour être vrai, trop beau.
Puis ce fut un torrent de rires, de hourras,
Puis, de mauvais augure, les mots : « C'est un Bou... »

Et puis, plus rien. Certains crurent, dans l'air, ouïr
Un soupir divagueur, équivoque et lassé,
Qui pouvait être : « ... jeum! » Les autres prétendirent
Que c'était seulement la brise qui passait.

Jusqu'à la nuit, chassant, ils cherchèrent en vain
Une plume, un bouton, un indice quelconque
Qui permît d'affirmer qu'ils foulaient le terrain
Où le Boulanger avait rencontré le Snark.

Au milieu de ce mot qu'il essayait de dire,
Au milieu de sa joie et de son rire fous,
Soudain, tout doucement, il avait disparu, —
Car ce Snark, c'était un Boujeum, figurez-vous.

ALICE RACONTÉE AUX PETITS ENFANTS

LE LAPIN BLANC

Il était une fois une petite fille qui s'appelait Alice : et cette petite fille fit un rêve très curieux.

Aimeriez-vous savoir de quoi elle rêva ?

Eh bien, voici ce qu'il arriva *en premier lieu*. Un Lapin Blanc vint à passer en courant ventre à terre ; et, au moment même où il allait croiser Alice, il s'arrêta et tira de son gousset sa montre[1].

N'était-ce pas *là* une drôle de chose ? Avez-vous jamais vu, de vos yeux vu, un Lapin possédant une montre, et un gousset où mettre cette montre ? Evidemment, lorsqu'un Lapin possède une montre, il lui faut bien un gousset pour l'y mettre : il ne serait guère convenable qu'il la transportât dans sa bouche ; et quant à ses mains, il en a besoin, parfois, pour courir.

N'a-t-il pas de jolis yeux roses (je pense que *tous* les Lapins Blancs, sans exception aucune, ont les yeux roses) ; et des oreilles roses ; et un joli veston brun ; et l'on peut tout juste entrevoir son mouchoir rouge qui dépasse de la poche de son veston : et que dire de sa cravate bleue et de son gilet jaune ? Il est vraiment vêtu d'une manière *exquise*.

« Oh, là là, oh, là là ! dit le Lapin, je vais être en retard ! » *En quel lieu* allait-il être en retard, c'est ce que je me demande ? Eh bien, voyez-vous, il devait aller rendre visite à la Duchesse (vous verrez bientôt une image de la Duchesse, assise dans sa cuisine) : or la

---

1. Les illustrations en couleurs ici décrites, mais non reproduites, correspondent à l'action d'*Alice racontée aux petits enfants*.

Duchesse était une vieille dame d'humeur fort maus-sade ; et le Lapin *savait* qu'elle serait très fâchée s'il la faisait attendre. Aussi le pauvre animal avait-il peur autant que père et mère (Ne voyez-vous pas comme il tremble ? Secouez seulement un peu le livre, de droite et de gauche, et vous ne tarderez pas à le voir trembler), car il pensait que la Duchesse, pour le punir, allait lui faire trancher la tête. C'est ainsi que la Reine de Cœur procédait lorsqu'elle était en colère contre les gens (vous verrez une image *d'elle* aussi, bientôt) : du moins avait-elle l'habitude de *donner l'ordre* de leur trancher la tête, et elle *croyait* toujours que c'était chose faite, alors qu'on ne la leur tranchait jamais *pour tout de bon*.

Ainsi donc, quand le Lapin Blanc partit en courant, Alice voulut voir ce qu'il allait lui arriver : elle se lança donc à sa poursuite ; et elle courut, courut jusqu'à ce qu'elle allât tomber tout droit dans le terrier du lapin.

Et c'est alors qu'elle fit vraiment une très longue chute. Elle tomba, tomba, tomba au point qu'elle commençait à se demander si elle allait traverser le Monde *de part en part*, pour en ressortir de l'autre côté !

C'était tout à fait comme un puits très profond : seulement il n'y avait pas d'eau dedans. Si quelqu'un, *dans la réalité*, faisait une pareille chute, il se tuerait, c'est fort probable : mais vous savez que cela ne fait pas le moindre mal, que de tomber *en rêve*, parce que, tout le temps que vous *pensez* tomber, en réalité, quelque part dans votre for intérieur, vous êtes en train de mentir, saine et sauve, et profondément endor-mie ?

Quoi qu'il en soit, cette terrible chute se termina enfin, et Alice se retrouva au fond du terrier, sur un amas de branchages et de feuilles mortes. Mais elle n'était pas meurtrie le moins du monde, et elle sauta sur ses pieds et se remit à courir à la poursuite du Lapin.

Ce fut ainsi que commença le curieux rêve d'Alice. La prochaine fois que vous verrez un Lapin Blanc, essayez d'imaginer que *vous*, vous *allez* faire un curieux rêve, tout comme la chère petite Alice.

COMMENT ALICE DEVINT GRANDE

Donc, après avoir dégringolé au fond du terrier du Lapin, et parcouru au pas de course une très longue distance sous terre, Alice se retrouva tout à coup dans une vaste salle tout entourée de portes.

Mais toutes ces portes étaient fermées : aussi, voyez-vous, la pauvre Alice ne put sortir de la salle ; et cela l'attrista beaucoup.

Néanmoins, au bout d'un moment, elle s'approcha d'une petite table tout en verre et à trois pieds (il y a *deux* des pieds sur l'image, et seulement le *commencement* de l'autre pied, voyez-vous ?), et, sur la table, il y avait une petite clef : et elle fit le tour de la salle pour essayer, avec cette clef, d'ouvrir l'une quelconque des portes.

Pauvre Alice ! La clef n'ouvrait *aucune* des portes. Mais enfin elle vit devant elle une porte minuscule : et ah ! comme elle fut heureuse de constater que la clef entrait dans le trou de sa serrure !

Elle ouvrit donc la porte minuscule, et se baissa pour regarder par cette porte, et que pensez-vous qu'elle vit ? Oh, le magnifique jardin ! Et elle avait si grande envie d'y entrer ! Mais la porte était *bien* trop petite pour le lui permettre. Elle ne pouvait s'y faufiler, pas plus que *vous*, vous ne pouvez vous faufiler par un trou de souris !

La pauvre Alice referma donc la porte, et reposa la clef sur la table : et, cette fois-ci, elle trouva tout autre chose sur ladite table (à présent, regardez de nouveau l'image), et que pensez-vous que c'était ? C'était une petite bouteille, sur laquelle était collée une étiquette portant les mots : « BOIS-MOI ».

Elle y goûta : et c'était délicieux ; elle se mit donc en devoir d'en vider le contenu d'un trait. Et c'est alors qu'il lui arriva une bien curieuse chose ! Vous ne devinerez jamais ce que c'était : il va donc falloir que je vous le dise. Elle se mit à rapetisser, rapetisser, au point d'être finalement réduite à la taille d'une petite poupée !

Alors elle se dit : « *A présent*, j'ai la taille qu'il faut avoir pour passer par la petite porte ! » Et elle y courut. Mais lorsqu'elle fut devant la porte, celle-ci était fermée, et la clef posée sur la table, qu'elle ne pouvait atteindre ! N'était-il pas dommage qu'elle eût refermé la porte à clef ?

Eh bien, ce qu'elle trouva ensuite, ce fut un petit gâteau : et les mots « MANGE-MOI » étaient écrits dessus. Bien entendu, elle entreprit sur-le-champ de le manger. Et que pensez-vous qu'*alors* il lui advint ? Non, vous ne le devinerez pas ! Il va de nouveau falloir que je vous le dise.

Elle grandit, grandit, grandit. Elle devint plus grande qu'elle n'était auparavant ! Plus grande que ne l'est *aucun* enfant ! Plus grande que ne l'est aucune grande personne ! Plus grande, plus grande, toujours plus grande ! Regardez seulement l'image, et vous *verrez* à quel point elle grandit !

Qu'eussiez-vous le mieux aimé être, vous demandez-vous : une petite Alice minuscule, pas plus grande qu'un chaton, ou bien une Alice gigantesque, dont la tête se cognerait sans cesse contre le plafond ?

LA MARE DE LARMES

Peut-être pensez-vous qu'Alice dut être très contente, lorsqu'elle eut mangé le petit gâteau, de découvrir qu'elle grandissait si démesurément ? Puisque, bien entendu, il lui eût été assez facile, *à présent*, de prendre la petite clef posée sur la table de verre, et d'ouvrir la porte minuscule.

Eh bien, naturellement, elle eût pu faire *cela* : mais à quoi bon ouvrir la porte alors qu'elle ne pouvait passer *par* cette porte ? Elle en était plus que jamais incapable, la pauvre! Elle eût pu, à la rigueur, en se mettant la tête par terre, tout contre le sol, s'arranger pour *regarder* par cette porte, d'un seul œil! Mais c'était là *tout* ce qu'elle eût pu faire. Rien d'étonnant si la pauvre grande enfant s'assit et pleura comme si son cœur se brisait.

Donc, elle pleura, pleura, pleura. Et ses larmes ruisselèrent jusqu'au milieu de la salle, comme une profonde rivière. Et bientôt il y eut là une grande Mare de Larmes, s'élevant jusqu'à mi-hauteur des murs de la salle.

Et elle eût pu y rester jusqu'aujourd'hui, si le Lapin Blanc n'était venu à traverser la salle alors qu'il allait rendre visite à la Duchesse. Il était vêtu le plus magnifiquement du monde, et il tenait une paire de gants de chevreau blanc d'une main et un petit éventail de l'autre : et il ne cessait de marmonner à part soi : « Oh, la Duchesse, la Duchesse! Oh, ne va-t-elle pas être furieuse, si je l'ai fait attendre! »

Mais il n'avait pas vu Alice, savez-vous. Et quand

elle se mit à dire : « S'il vous plaît, Monsieur... », sa voix sembla venir du plafond de la salle, tant sa tête était haut perchée. Et le Lapin en éprouva une terrible frayeur : il laissa tomber les gants et l'éventail et se sauva en courant de toute la vitesse de ses pattes.

Et c'est alors qu'il se produisit une chose à dire vrai *très* étrange. Alice ramassa l'éventail et se mit à s'éventer avec celui-ci; et, voyez-vous, elle redevint toute petite; en l'espace d'une minute, elle n'était plus guère que de la taille d'une souris!

A présent, regardez l'image, et vous ne tarderez pas à deviner ce qu'il advint ensuite. Cela ressemble tout à fait à la mer, n'est-ce pas ? Mais, *en réalité*, c'est la Mare de Larmes — tout entière née des larmes d'*Alice*, voyez-vous bien!

Et Alice est tombée dans la Mare; et la Souris y est tombée aussi : et les voici, toutes deux, en train de nager.

Alice n'est-elle pas jolie, alors qu'elle traverse à la nage l'image ? Vous pouvez apercevoir ses bas bleus, dans les profondeurs de l'onde.

Mais pourquoi la Souris en nageant s'éloigne-t-elle avec une telle hâte, d'Alice ? Eh bien, la raison en est qu'Alice s'était mise à parler de chats et de chiens; et qu'une Souris *déteste* toujours entendre parler de chats et de chiens!

Supposez que *vous*, vous soyez en train de nager, dans une mare formée de vos propres Larmes : et imaginez que quelqu'un se mette à vous parler, à vous, de livres de classe et de flacons de médicaments, ne vous enfuiriez-vous pas à la nage aussi vite que vous le pourriez ?

LA COURSE A LA COMITARDE

Quand Alice et la Souris se furent extraites de la Mare de Larmes, elles étaient, bien entendu, très mouillées; tout comme une foule d'autres singulières créatures, qui y étaient tombées, elles aussi. Parmi elles il y avait un Dodo (c'est le grand oiseau que l'on voit, au premier plan, s'appuyant sur une canne); et un canard; et un Lori (qui est juste derrière le canard, et laisse errer son regard par-dessus la tête de celui-ci); et un Aiglon (qui est à gauche du Lori); et plusieurs autres bêtes.

Or, la plupart d'entre elles ne savaient pas comment elles pourraient s'y prendre pour être de nouveau sèches. Mais le Dodo — oiseau très sage — leur dit que le meilleur moyen de se sécher c'était de faire une course à la Comitarde. Et en quoi pensez-vous que *cela* consistât ?

Vous ne le savez pas ? Eh bien, vous êtes une petite ignorante! A présent, soyez attentive et je remédierai bientôt à votre ignorance!

D'abord, il vous faut une *piste de course*. Elle doit dessiner une *sorte* de cercle, mais sa forme n'a pas beaucoup d'importance, dès l'instant que l'on y peut tourner en rond un bon bout de temps avant qu'elle ne se referme sur elle-même.

Ensuite, il vous faut disposer tous les coureurs, *çà et là*, sur la piste : peu importe *où* vous les mettez, du moment que vous ne les entassez pas trop les uns sur les autres.

Enfin, vous n'avez pas besoin de dire : « Un, deux,

trois, partez! » Vous les laissez tous se mettre à courir quand il leur plaît, et abandonner la course quand bon leur semble.

Donc toutes ces créatures, Alice et les autres, effectuèrent leur course circulaire jusqu'à ce qu'elles fussent redevenues tout à fait sèches. Et c'est alors que le Dodo déclara que *tout le monde* avait gagné, et que *tout le monde* devait avoir des prix!

Naturellement, c'était *Alice* qui devait distribuer les prix. Et elle n'avait rien à distribuer si ce n'est quelques bonbons qu'elle se trouvait avoir en poche. Il y en avait tout juste un pour chacun. Et il n'y avait pas de prix pour Alice.

Que croyez-vous donc que l'on fît? Il ne restait à Alice que son dé à coudre. A présent, regardez l'image, et vous verrez ce qu'il advint.

« Passez-le par ici! », dit le Dodo.

Puis le Dodo prit le dé à coudre et le rendit à Alice en disant : « Nous vous prions d'accepter cet élégant dé à coudre! » Et alors toutes les autres créatures applaudirent.

N'était-ce pas *là* une drôle de façon de lui offrir un cadeau? Supposez que l'on veuille vous donner, à vous, un présent d'anniversaire; voudriez-vous voir l'un des vôtres aller à votre coffre à jouets, y prendre votre plus jolie poupée, et vous dire : « Tiens, ma chérie, voici pour toi un beau cadeau d'anniversaire! », ou bien préféreriez-vous que l'on vous offre quelque chose de vraiment nouveau, quelque chose qui, jusqu'à l'instant présent, ne vous appartenait pas encore?

BILL, LE LÉZARD

Maintenant, je vais vous parler des Aventures qui arrivèrent à Alice dans la maison du Lapin Blanc.

Vous rappelez-vous que le Lapin avait laissé tomber ses gants et son éventail, lorsqu'il avait éprouvé une telle peur en entendant la voix d'Alice, qui semblait descendre du ciel ? Eh bien, évidemment, il ne pouvait aller rendre visite à la Duchesse *sans* ses gants et son éventail : aussi, au bout d'un moment, revint-il les chercher.

Entre-temps, le Dodo et toutes les autres curieuses créatures étaient parties, et Alice restait à errer çà et là, toute seule.

Que pensez-vous donc que fit le Lapin ? A dire vrai, il la prit pour sa servante, et se mit à lui donner des ordres : « Marianne! dit-il, allez, à l'instant même, à la maison, me chercher une paire de gants et un éventail! Allez vite! »

Il est possible qu'avec ses yeux roses il n'ait pas eu une très bonne vue : car je suis certain qu'Alice n'a pas l'*air* d'une servante; qu'en pensez-vous ? Cependant, comme c'était une très gentille petite fille, elle ne se vexa pas le moins du monde, mais courut à la maison du Lapin de toute la vitesse de ses jambes.

Ce fut pour elle une chance que de trouver la porte ouverte : car, si elle avait eu à sonner, je présume que la *vraie* Marianne serait venue ouvrir la porte; et qu'elle n'aurait *jamais* laissé Alice entrer. Et je suis certain que ce fut pour elle une véritable chance alors qu'elle montait au trot l'escalier, que de ne pas rencontrer la vraie Marianne : car j'ai bien peur que celle-ci n'eût alors pris Alice pour une voleuse!

Ainsi, elle finit pas trouver le chemin de la chambre du Lapin : et là, il y avait, posée sur la table, une paire de gants, et elle s'apprêtait à prendre ces gants et à repartir, lorsqu'elle vit sur la table une petite bouteille. Naturellement, l'étiquette de cette bouteille portait les mots : « BOIS-MOI! » Et, bien entendu, Alice but quelques gorgées de son contenu!

Eh bien, je pense que ce fut *plutôt* une chance qu'elle l'eût fait : ne le croyez-vous pas ? Car, si elle n'avait rien bu du tout, toute cette merveilleuse aventure dont je vais vous entretenir ne serait jamais arrivée. Et *cela* n'eût-il pas été regrettable ?

Vous commencez à vous habituer si bien aux Aventures d'Alice, que j'oserai dire que vous pouvez deviner ce qu'il arriva ensuite. Si vous ne le pouvez pas, je vais vous le raconter.

Elle grandit, grandit, grandit. Et au bout de très peu de temps, la pièce était pleine d'*Alice :* exactement de la même façon qu'un pot est plein de confiture! Il y avait de l'*Alice* jusqu'au plafond : et de l'*Alice* dans chaque coin de la pièce!

La porte s'ouvrait vers l'intérieur : si bien qu'il n'y avait pas la place pour l'ouvrir; de sorte que, quand le Lapin, las d'attendre, vint lui-même chercher ses gants, il ne put évidemment pas entrer.

Que pensez-vous qu'alors il fit ? (A présent, nous en arrivons à l'image.) Il fit grimper Bill, le Lézard, au haut du toit de la maison, et il lui dit de descendre dans la cheminée. Mais il se trouva qu'Alice avait un de ses pieds dans l'âtre : si bien que, lorsqu'elle entendit Bill descendre par la cheminée, elle donna un tout petit coup de pied, et Bill s'en fut voler très haut dans les cieux!

Pauvre petit Bill! Ne le plaignez-vous pas ? Comme il dut avoir peur!

LE CHER PETIT TOUTOU

Eh bien, cela n'a pas l'air d'être un Toutou si *petit* que ça, qu'en dites-vous ? Mais c'est qu'alors, voyez-vous, Alice était devenue vraiment très petite : et c'est ce qui fait paraître le Toutou si grand. Quand Alice eut mangé l'un de ces petits gâteaux magiques qu'elle avait trouvés dans la maison du Lapin Blanc, cela la fit, sur-le-champ, devenir toute petite, de sorte qu'elle put passer par la porte ; autrement elle n'eût *jamais* pu ressortir de la maison. N'eût-ce pas été dommage ? Car alors elle n'eût pas rêvé tous les autres événements curieux que nous allons trouver dans ce récit.

Ainsi, c'était vraiment, voyez-vous bien, un *tout petit* Toutou. N'est-il pas *mignon* ? Et remarquez comme il aboie après le petit bâton qu'Alice lui tend ! Vous pouvez constater qu'elle avait toujours un peu peur de lui, car elle s'est mise à l'abri derrière ce grand chardon, de crainte que l'animal ne la renversât en courant. Cela eût été aussi fâcheux pour *elle*, qu'il le serait pour *vous* d'être renversée par une charrette attelée de quatre chevaux !

Avez-vous, chez *vous*, un petit Toutou ? Si oui, j'espère que vous êtes toujours gentille avec lui et que vous lui donnez de bonnes choses à manger.

J'ai connu, une fois, quelques petits enfants à peu près aussi grands que vous ; ils avaient un petit chien qui leur appartenait ; et ce chien s'appelait Pompon. Et voici ce qu'ils me racontèrent au sujet de la fête d'anniversaire de ce dernier.

« Un jour, voyez-vous, nous nous sommes souvenus

que c'était l'anniversaire de Pompon. Et nous avons
dit : « Préparons, pour Pompon, une jolie fête d'anniversaire, comme celle que l'on donne pour nos propres
anniversaires ! » Et nous nous sommes creusé la tête :
« Voyons, qu'est-ce que *nous*, nous aimerions le mieux
recevoir pour nos anniversaires ? » Et nous nous
sommes creusé encore un peu plus profondément la
tête. Et enfin nous nous sommes, tous ensemble écriés :
« Mais c'est de la bouillie de farine d'avoine, évidemment ! » Aussi, bien sûr, nous avons pensé qu'il était
tout à fait certain que Pompon, lui aussi, aimerait cette
bouillie.

« Nous sommes donc allés trouver la cuisinière, et
l'avons priée de préparer une pleine soucoupe de délicieuse bouillie de farine d'avoine. Et alors nous avons
fait entrer Pompon dans la maison, et nous lui avons
dit : « Maintenant, Pompon, cela va être ta fête d'anniversaire ! » Nous nous attendions à voir Pompon sauter
de joie : mais il n'en fit rien, absolument rien !

« Nous avons donc placé la soucoupe par terre
devant lui et nous lui avons dit : « Allons, Pompon,
ne fais pas le glouton ! Mange ça gentiment, en bon
chien que tu es ! »

« Mais Pompon s'est contenté de goûter la bouillie
du bout de la langue : et puis il a fait, oh, une horrible
grimace ! Et alors, savez-vous, il a tellement *détesté* ça
qu'il n'a pas voulu en manger une lippée de plus ! Nous
dûmes donc lui fourrer la bouillie au fond du gosier
à l'aide d'une cuiller ! »

Je me demande si Alice va donner de la bouillie à
ce petit Toutou-là ? Je ne crois pas qu'elle *puisse* le
faire, car elle n'en a pas apporté. Je ne vois sur l'image
aucune soucoupe.

LE VER A SOIE BLEU

Aimeriez-vous savoir ce qu'il arriva à Alice après qu'elle se fut éloignée du Toutou ? C'était, voyez-vous, un animal bien trop gros pour qu'*elle*, elle pût jouer avec lui. (Je ne crois pas que, *vous*, vous prendriez plaisir à jouer avec un jeune Hippopotame, qu'en dites-vous ? Vous vous attendriez sans cesse à être aplatie comme une galette sous son gros pied si pesant!) Aussi Alice fut-elle bien contente de pouvoir prendre la fuite à un moment où il détournait d'elle son regard.

Donc, elle se mit à errer à l'aventure, en se demandant ce qu'elle pourrait faire pour reprendre sa taille normale. Bien sûr, elle savait qu'il lui fallait manger ou boire *quelque chose* : c'était la règle, voyez-vous; mais elle ne pouvait deviner *quoi*.

Cependant, elle arriva bientôt devant un grand champignon, qui était de si haute taille qu'elle ne pouvait jeter un coup d'œil par-dessus son sommet, à moins de se hausser sur la pointe des pieds. Et, en faisant cela, que pensez-vous qu'elle vit ? Quelque chose à qui, j'en suis sûr, de toute votre vie, vous n'avez jamais parlé!

C'était un grand Ver à soie bleu.

Je vous dirai bientôt de quoi parlèrent Alice et le Ver à soie : mais jetons tout d'abord sur l'image un regard attentif.

Ce curieux objet, posé devant le Ver à soie, s'appelle un « houka » : on s'en sert pour fumer. La fumée passe par ce long tube qui s'enroule plusieurs fois sur lui-même, comme un serpent.

Et voyez-vous son long nez et son menton ? Ou du moins, ce qui, chez le Ver à soie, *ressemble* tout à fait — n'est-il pas vrai ? — à un nez et à un menton. Mais, en réalité, il s'agit de deux de ses jambes. Vous savez qu'un Ver à soie possède une *multitude* de jambes : vous pouvez apercevoir quelques autres d'entre elles, un peu plus bas.

Quel ennui ce doit être pour le Ver à soie, que de recompter chaque soir un si grand nombre de jambes, pour s'assurer qu'il n'en a perdu aucune !

Et quel ennui *aussi* cela doit être que d'avoir à décider *quelle* jambe il est préférable de mouvoir la première. Je pense que *si vous*, vous aviez quarante ou cinquante jambes, et si vous vouliez aller en promenade, vous mettriez tant de temps à vous demander quelle jambe il conviendrait de mouvoir avant les autres, que vous n'iriez jamais vous promener !

Et de quoi Alice et le Ver à soie *parlèrent*-ils, je me le demande ?

Eh bien, Alice dit à son interlocuteur combien il était déconcertant d'être tantôt d'une taille et tantôt d'une autre.

Et le Ver à soie lui demanda si la taille qu'elle avait, à l'instant présent, lui donnait satisfaction.

Et Alice dit qu'elle eût aimé être un *tout petit peu* plus grande — huit centimètres étant une taille si *pitoyable* pour une petite fille ! (Mesurez donc huit centimètres — à peu près la longueur de votre médius — à partir du bas du mur, et vous verrez quelle était sa taille.)

Et le Ver à soie lui dit qu'un des côtés du champignon la ferait *grandir*, et que l'autre côté la ferait *rapetisser*.

Alice en prit donc deux petits morceaux qu'elle se mit à grignoter, en s'arrangeant pour être d'une taille raisonnable avant que de s'en aller rendre visite à la Duchesse.

LE BÉBÉ-COCHON

Aimeriez-vous entendre parler de la visite qu'Alice fit à la Duchesse ? Ce fut une visite très intéressante, je vous le garantis.

Bien entendu, pour commencer, elle frappa à la porte : mais personne ne vint la lui ouvrir; il lui fallut donc l'ouvrir elle-même.

A présent, si vous regardez l'image, vous verrez exactement ce que vit Alice quand elle pénétra à l'intérieur de la maison.

La porte, voyez-vous, donnait directement sur la cuisine. Assise au milieu de la pièce, la Duchesse berçait le Bébé. Le Bébé hurlait. La soupe bouillait sur le feu. La Cuisinière touillait la soupe. Le Chat — c'était un Chat *du Cheshire* — souriait en montrant les dents, comme le font toujours les Chats du Cheshire. Tous ces événements se produisaient à l'instant même où Alice entra.

La Duchesse possède un joli bonnet et une jolie robe, n'est-ce pas ? Mais j'ai bien peur qu'elle *n'ait pas* un très joli *visage*.

Le Bébé — eh bien, j'ose dire que vous avez vu *nombre* de bébés plus ravissants que *celui-là* : et plus gentils, aussi. Quoi qu'il en soit, regardez-le bien et nous verrons si vous le reconnaissez, la prochaine fois qu'il vous arrivera de le rencontrer !

La Cuisinière — eh bien, il est *possible* que vous ayez vu de plus charmantes cuisinières une fois ou deux dans votre vie.

Mais je suis à peu près sûr que vous n'avez *jamais*

vu de *Chat* plus délicieux que le nôtre! *Est-ce que je me trompe?* Et *n'aimeriez-vous pas* avoir un Chat à vous, tout pareil à celui-ci, pourvu d'adorables yeux verts, et souriant avec tant de gentillesse?

La Duchesse se montra très grossière vis-à-vis d'Alice. Rien d'étonnant à cela. Alice n'avait-elle pas traité son *Bébé* de « .Cochon! » Et ce *n'était pas* un Cochon, bien sûr. Et elle donna à la Cuisinière l'ordre de trancher la tête à Alice : ce que, bien entendu, la Cuisinière ne fit pas; et enfin, elle lui lança le Bébé à la volée. Alice attrapa le Bébé, et l'emmena avec elle; et je pense que c'était là ce qu'elle pouvait faire de mieux.

Elle partit donc à l'aventure, à travers bois, emportant la vilaine petite créature. Et ce n'était pas une mince affaire que de la garder dans ses bras, tant elle gigotait. Mais finalement, elle découvrit que la méthode *efficace*, c'était de la tenir solidement par le pied gauche et l'oreille droite.

Mais n'allez surtout pas, mon Enfant, vous aviser de tenir ainsi un Bébé! Il n'y a pas beaucoup de Bébés qui *aiment* à être dorlotés de cette manière-là!

Donc le Bébé ne cessait de grogner, de plus en plus fort, si bien qu'Alice dut lui dire, le plus sérieusement du monde : « Si vous devez vous changer en *Cochon*, mon cher, je n'aurai plus en rien affaire avec vous. Veuillez y prendre garde! »

Finalement, elle abaissa son regard sur le visage du Bébé, et que pensez-vous qu'il fût arrivé à celui-ci? Regardez l'image, et voyez si vous le pouvez deviner.

« Certes, ce qu'Alice tenait dans ses bras, cela ne ressemblait guère à un Bébé, n'est-ce pas? »

Ah, j'étais sûr et certain que vous ne voudriez pas le reconnaître, bien que je vous aie dit de le regarder attentivement. Mais oui, c'est bien le Bébé. Il s'est changé en un petit *Cochon!*

Alice le mit à terre et le laissa s'éloigner au trot à travers bois, en se disant : « C'était un *très* vilain *Bébé* : mais cela fait, en somme, un assez joli *Cochon*. »

N'êtes-vous pas d'accord avec elle?

LE CHAT DU CHESHIRE

Toute seule, toute seule! Pauvre Alice! Pas de Bébé, pas même un *Cochon* pour lui tenir compagnie!

Aussi pouvez-vous être sûre qu'elle fut vraiment très contente lorsqu'elle vit le Chat du Cheshire perché sur un arbre, au-dessus de sa tête.

Ce chat avait, sans nul doute, un très charmant sourire : mais regardez quelle multitude de dents il possède! Est-ce qu'Alice n'est pas un tout petit peu effarouchée de lui voir toutes ces dents ?

Certes, un *tout petit peu*. Mais croyez-vous, il avait des dents et l'on n'y pouvait rien : et, à supposer qu'il fût de mauvaise humeur, il était préférable de lui sourire. Aussi se montra-t-elle, dans l'ensemble, *ravie*.

Est-ce qu'Alice n'a pas l'air très comme il faut, la tête si haut levée et les mains dans le dos, tout comme si elle était sur le point de réciter au Chat ses leçons!

Et cela me le remet en mémoire : il y a une petite leçon que je veux vous apprendre, à vous personnellement, tandis que nous regardons l'image d'Alice et du Chat. Surtout, n'en prenez pas ombrage, ma chère Enfant! C'est vraiment une *toute petite* leçon.

Voyez-vous cette Gueule-de-Lion qui pousse tout près de l'arbre ? Et savez-vous pourquoi l'on nomme cette fleur Gueule-de-Lion ? Peut-être pensez-vous qu'elle a quelque chose à voir avec le Lion ? Eh bien non! La gueule de lion n'a jamais ressemblé à une fleur.

Le mot couramment employé pour désigner cette fleur est « Gueule-de-Loup ». Votre maman ne vous

appelle-t-elle pas tantôt « ma petite fleur », et tantôt
« mon petit loup » ? Ce qui prouve que l'on peut
ressembler à la fois à un loup et à une fleur. Et c'est
justement là le cas de la Gueule-de-Loup.

Maintenant, la leçon est terminée et nous allons nous
reposer une minute, le temps de reprendre nos esprits.

Eh bien ? Vous sentez-vous de nouveau en bonnes
dispositions ? Pas trace de mauvaise humeur ? Pas le
moindre pli d'amertume aux commissures des lèvres ?
Alors nous allons continuer.

« Minet du Cheshire! », fit Alice. (N'était-ce pas là
un joli nom pour un Chat ?) « Voudriez-vous me dire
quel chemin je dois prendre pour sortir d'ici ? »

Et le Chat du Cheshire lui dit quel chemin elle devait
prendre si elle voulait rendre visite au Chapelier, et
quel pour aller voir le Lièvre de Mars. « Ils sont fous
tous les deux! », conclut le Chat.

Et alors le Chat disparut, tout comme la flamme d'une
chandelle lorsqu'elle s'éteint!

Alice se mit donc en route pour aller voir le Lièvre
de Mars. Et, en cours de route, elle vit de nouveau le
Chat! Et elle lui dit qu'elle n'aimait pas le voir apparaître et disparaître si vite.

Alors, cette fois, le Chat disparut très lentement, en
commençant par la queue et en finissant par le sourire.
N'était-ce pas une étrange chose qu'un sourire de
Chat sans aucun Chat ? Aimeriez-vous en voir un ?

Si vous cornez cette feuille, vous verrez Alice en
train de regarder le Sourire : et elle n'a pas du tout
l'air plus effrayé que quand elle regardait le Chat,
n'est-il pas vrai ?

LE THÉ CHEZ LES FOUS

Voici le Thé chez les Fous. Vous constaterez qu'Alice a pris congé du Chat du Cheshire, et qu'elle est allée voir le Lièvre de Mars et le Chapelier, comme le Chat du Cheshire le lui avait conseillé : et elle les a trouvés prenant le thé sous un grand arbre, avec un Loir assis entre eux deux.

Seuls ces trois-là avaient pris place à table, mais il y avait une multitude de tasses à thé disposées tout le long de celle-ci. Vous ne pouvez pas voir toute la table, bien sûr, mais sur la seule portion de table que vous voyez, il y a neuf tasses, en comptant celle que le Lièvre de Mars tient en main.

Voici le Lièvre de Mars, avec ses longues oreilles et les brins de paille mêlés au pelage de sa tête. Les brins de paille indiquaient — je ne sais pourquoi — qu'il était fou. Ne vous mettez jamais des brins de paille dans les cheveux, de crainte que les gens ne vous croient folle !

Il y avait, au haut bout de la table, un joli fauteuil vert, qui avait l'air d'avoir été fait tout exprès pour Alice : elle alla donc s'asseoir dedans.

Puis elle eut une longue conversation avec le Lièvre de Mars et le Chapelier. Le Loir ne disait pas grand-chose. Voyez-vous, il était, la plupart du temps, plongé dans un profond sommeil, et il ne s'éveillait de temps à autre que pour un bref instant.

Tant qu'il dormait, il était très utile au Lièvre de Mars et au Chapelier, car il avait une jolie tête ronde aussi douce qu'un oreiller; ils pouvaient donc y poser leurs coudes, et prendre appui dessus, et se parler ainsi le plus commodément du monde. Vous n'aimeriez guère, n'est-ce pas, que les gens prennent votre tête, à vous, pour un oreiller ? Mais si vous vous trouviez plongée, comme l'est le Loir, dans un profond sommeil, vous ne le sentiriez pas : je suppose donc que vous n'en auriez cure.

Je crains bien qu'ils n'aient pas donné à Alice grand'chose à manger et à boire. En tout cas, au bout d'un moment, elle se servit elle-même du thé et une tartine de pain beurrée; seulement, je ne vois pas très bien où elle put *prendre* le pain et le beurre; et elle n'avait pas d'assiette pour y mettre sa tartine. Nul ne semble avoir d'assiette, excepté le Chapelier. Je pense que le Lièvre de Mars devait en avoir une, lui aussi : car, lorsqu'ils eurent tous avancé d'une place (telle était la règle du jeu à ce curieux thé), et qu'Alice dut aller prendre la place du Lièvre de Mars, elle découvrit qu'il venait de renverser le pot à lait dans son assiette. Je suppose donc que son assiette et le pot à lait sont cachés derrière la grande théière.

Le Chapelier avait l'habitude de transporter des chapeaux à vendre : jusqu'à celui qu'il a sur la tête, qui est à vendre. Vous voyez qu'il porte une étiquette indiquant son prix — un « 10 » et un « 6 » — ce qui signifie « dix shillings et six pence ». N'est-ce pas là une drôle de façon de vendre des chapeaux ? Et ne porte-t-il pas une magnifique cravate ? Une si jolie cravate jaune, ornée de gros pois rouges ?

Il vient de se lever pour dire à Alice : « Vous avez besoin d'une coupe de cheveux ! » C'était une remarque assez impolie, ne trouvez-vous pas ? Et croyez-vous qu'elle ait *vraiment* besoin d'une coupe de cheveux ? Je pense que les siens sont d'une longueur raisonnable — tout juste de la longueur qu'il faut.

LE JARDIN DE LA REINE

Voici un petit coin du magnifique jardin dont je vous ai parlé. Vous constaterez qu'Alice a finalement fait en sorte de devenir toute petite, pour pouvoir passer par la petite porte. Je suppose qu'elle était à peu près de la taille d'une souris dressée sur ses pattes de derrière : donc, évidemment, le rosier représenté sur l'image est un *très* petit rosier : et les jardiniers, eux aussi, sont de *très* petits jardiniers.

Quels drôles de petits hommes ce sont là! Mais sont-ce bien des hommes, selon vous? Je pense que cela doit être plutôt des cartes vivantes, pourvues seulement d'une tête, de bras, et de jambes, de sorte qu'elles *ressemblent* à de petits hommes. Et que font-ils, je me le demande, avec cette peinture rouge? Eh bien, voyez-vous, comme ils l'ont dit à Alice, la Reine de Cœur voulait avoir, à cet endroit précis, un rosier fleuri de roses *rouges :* et ces pauvres petits jardiniers avaient fait une grave erreur en y plantant un rosier producteur de roses *blanches;* et ils avaient grand'peur, parce que la Reine allait sûrement être furieuse et donnerait l'ordre de leur trancher, à tous, la tête!

C'était une Reine d'une férocité terrible, et c'était toujours ainsi qu'elle procédait, quand elle était en colère contre les gens : « Qu'on leur tranche la tête! » ordonnait-elle. On ne leur tranchait pas *vraiment* la tête, bien sûr, car nul ne lui obéissait jamais : mais c'était là ce qu'elle *disait* toujours.

A présent, n'êtes-vous pas capable de deviner ce que les pauvres petits jardiniers essayent de faire? Ils essayent de peindre les roses en *rouge*, et ils se hâtent terriblement afin d'en avoir terminé avant que la Reine n'arrive. Ainsi, *peut-être* la Reine ne découvrira-t-elle pas que c'était là, tout d'abord, un rosier *blanc* : et alors *peut-être* les petits hommes n'auront-ils pas la tête tranchée!

Vous voyez qu'il y avait sur l'arbre *cinq* grosses roses blanches — quel travail que de les peindre toutes en rouge! Mais ils en ont peint déjà trois et demie, à présent, et si seulement ils ne s'interrompaient pas pour bavarder!... Au travail, petits hommes, *au travail!* Sinon, la Reine va venir avant que vous n'en ayez fini! Et si elle trouve la moindre rose *blanche* sur le rosier, savez-vous ce qu'il adviendra? Elle dira : « Qu'on leur tranche la tête. » Au travail, mes petits hommes! Hâtez-vous, hâtez-vous!

La Reine est arrivée! Et *n'est-elle pas* en colère? Oh, ma pauvre petite Alice!

LE QUADRILLE DES HOMARDS

Avez-vous déjà joué au Croquet ? On y joue avec de grosses boules de bois, peintes de différentes couleurs, que l'on doit faire rouler; et des arceaux de fil de fer, par lesquels on doit faire passer les boules; et de grands maillets de bois à longs manches avec lesquels on tape sur les boules.

A présent, regardez l'image, et vous verrez qu'*Alice* vient de jouer au Croquet.

« Mais il n'est *pas possible* qu'elle ait joué avec ce grand je-ne-sais-quoi rouge que l'on voit dans ses bras! Voyons, comment peut-elle saisir le maillet ?

Eh bien, ma chère enfant, ce grand je-ne-sais-quoi rouge (son vrai nom est « *un Flamant* »), c'est cela, le maillet! Dans ce Jeu de Croquet, les boules étaient des *hérissons* vivants — vous le savez, un hérisson sait se rouler en boule — et les maillets des *Flamants* vivants!

Donc Alice se repose du Jeu un instant : le temps de bavarder avec cette bonne vieille Duchesse : et, évidemment, elle tient son maillet sous le bras, afin de ne le pas perdre.

« Mais je ne pense pas que la Duchesse *soit* une bonne vieille, le moins du monde! Alors qu'elle traite son bébé de *Cochon*, et qu'elle veut faire trancher la tête à Alice! »

Oh, ce n'était que par plaisanterie qu'elle parlait de trancher la tête à Alice; et quant au Bébé... eh bien c'était vraiment un cochon, voyez-vous! Et regardez seulement le *sourire* de la Duchesse! Il est plus large que toute la tête d'Alice : et pourtant, vous n'en pouvez voir que la moitié !

Quoi qu'il en soit, elles n'avaient bavardé que très peu de temps quand la Reine vint chercher Alice pour l'emmener voir le Griffon et la Tortue « fantaisie ».

Vous ne savez pas ce que c'est qu'un Griffon ? Fort bien ! Savez-vous *quoi que ce soit ?* La question est là. En tout état de cause, regardez l'image. Cette créature à la tête rouge, aux griffes rouges et aux écailles vertes, c'est le *Griffon.* A présent, vous êtes fixée.

Et l'autre, c'est la *Tortue « fantaisie ».* Elle a une tête de veau, car c'est avec la tête de veau que l'on fait le *potage à la tortue « fantaisie ».* A présent, vous le saurez.

« Mais que font-ils, à tourner comme des totons autour d'Alice ? »

Eh bien, je pensais qu'au moins vous sauriez *cela !* Ils dansent le *Quadrille des Homards.*

La prochaine fois que vous, vous rencontrerez un Griffon et une Tortue « fantaisie », je parie qu'ils le danseront pour *vous,* si vous le leur demandez gentiment. Seulement, ne les laissez pas *trop* vous approcher, sinon ils vous marcheront sur les pieds, comme ils firent sur ceux de la pauvre Alice.

QUI A DÉROBÉ LES TARTES?

Avez-vous jamais su comment la Reine de Cœur faisait les tartes? Et pouvez-vous me dire ce qu'il est advenu de celles-ci?

« *Bien sûr* que je peux vous le dire! « La Chanson ne nous renseigne-t-elle pas à ce sujet?

Notre Reine de Cœur, elle avait fait des tartes
Tout au long d'un beau jour d'été;
Mais le Valet de Cœur a dérobé ces tartes
Et les a toutes emportées!

Eh bien, oui, c'est là ce que dit la *Chanson*. Mais il ne convenait absolument pas de punir le pauvre Valet, simplement parce qu'il existait une *Chanson* sur lui. Il fallait le faire prisonnier, lui mettre des chaînes aux poignets, et le mener devant le Roi de Cœur, pour qu'il y eût un procès régulier.

Maintenant, si vous regardez la grande image placée au début de ce livre, vous verrez quelle grandiose instance est un procès, quand le Juge est un Roi.

Le Roi est très majestueux, n'est-ce pas? Mais il n'a pas l'air très *heureux*. Je pense que cette grosse couronne, posée au sommet de sa perruque, doit être très lourde et très incommode. Mais il doit, voyez-vous, porter *l'une et l'autre*, pour que les gens sachent bien qu'il est à la fois Juge et Roi.

Et la Reine *n'a-t-elle pas* l'air contrarié? Elle peut voir sur la table le plat contenant ces tartes qu'elle a eu tant de mal à confectionner. Et elle peut voir le méchant Valet (remarquez-vous les chaînes qui pendent à ses poignets ?) qui les lui déroba : aussi n'est-il pas, je pense, étonnant qu'elle se sente *quelque peu* contrariée.

Le Lapin Blanc se tient auprès du Roi. Il lit à haute voix la Chanson qui révèle à tout le monde quel méchant Valet est le Valet de Cœur : et les Jurés (vous pouvez voir deux d'entre eux, la Grenouille et le Canard, au banc des Jurés) doivent décider si ledit Valet est « coupable » ou « non coupable ».

A présent, je vais vous parler de l'accident qui arriva à Alice.

Voyez-vous, elle était assise tout près du Banc des Jurés; et elle était citée comme témoin. Vous savez ce qu'est un « témoin » ? Un « témoin », c'est une personne qui a vu le prisonnier faire ce dont il est accusé, ou qui tout au moins connaît *quelque chose* ayant son importance dans le procès.

Mais *Alice* n'avait pas vu la Reine *faire* les tartes; et elle n'avait pas vu le Valet *dérober* les tartes; et, en fait, elle ne savait rien à ce sujet : dans ces conditions, pourquoi diable voulait-on qu'elle fût témoin, c'est ce que je ne saurais, certes, vous dire !

Quoi qu'il en soit, on voulait effectivement qu'elle le fût. Donc le Lapin Blanc souffla dans sa longue trompette, et cria à tue-tête : « Alice! » Alors Alice, dans sa hâte, fit un grand bond. Et alors...

Et alors, que pensez-vous vraiment qu'il advint ? Eh bien, sa jupe s'accrocha au Banc des Jurés et le renversa, et tous les pauvres petits Jurés en dégringolèrent!

Voyons si vous les pouvez reconnaître tous les douze. Vous savez qu'il fallait qu'ils fussent douze pour constituer un Jury. Je vois la Grenouille, et le Loir, et le Rat, et le Furet, et le Hérisson, et le Lézard, et le Coq nain, et la Taupe, et le Canard, et l'Ecureuil, et un Oiseau criard, au long bec, placé tout juste derrière la Taupe.

Mais cela ne fait que onze : il nous faut trouver une créature de plus.

Oh! voyez-vous une petite tête blanche, émergeant de derrière la Taupe, et juste au-dessous du bec du Canard ? Cela fait bien douze : le compte y est.

Mr. Tenniel dit que l'oiseau criard est un *Cigogneau* (bien entendu, vous savez ce que c'est qu'un Cigogneau ?) et que la petite tête blanche est celle d'un *Souriceau*. N'est-il pas *adorable* ?

Alice les releva très précautionneusement et j'espère qu'ils n'avaient pas eu grand mal!

L'AVALANCHE DES CARTES

Oh là là, oh là là! Qu'est-ce que tout cela qui dégringole ? Et qu'est-ce qu'il arrive à Alice ?

Eh bien, je vais tout vous dire à ce sujet, dans la mesure où je le puis. Le procès finit de la façon suivante : le Roi voulait que les Jurés déclarassent le Valet de Cœur *coupable* ou *non coupable* — ce qui signifie qu'ils devaient dire s'il avait dérobé lui-même les tartes, ou si c'était quelqu'un d'autre qui les avait prises. Mais la méchante *Reine* voulait que l'on décidât de son *châtiment*, avant toute autre chose. Ce n'était pas du tout équitable, n'est-ce pas ? Car, voyez-vous, à supposer qu'il n'eût jamais *pris les tartes*, alors, bien entendu, il ne devait pas être châtié. Aimeriez-vous à être punie pour quelque chose que vous n'auriez pas fait ?

Et c'est pourquoi Alice s'écria : « Sottises que tout cela ! »

Et c'est pourquoi la Reine dit : « Qu'on lui tranche la tête ! » (La phrase qu'elle prononçait toujours, quand elle était en colère.)

Et c'est pourquoi Alice répondit : « Qui se soucie de votre avis, à vous autres ? Vous n'êtes qu'un jeu de cartes ! »

Et c'est pourquoi ils se mirent *tous* très en colère, et prirent leur vol dans les airs, pour retomber tous sur Alice, comme une avalanche.

Et je pense que vous ne devinerez *jamais* ce qu'il arriva ensuite. Ce qu'il arriva ensuite, ce fut qu'Alice s'éveilla de son étrange songe. Et elle découvrit que les cartes n'étaient que quelques feuilles tombées de l'arbre, que le vent lui avait plaquées contre le visage.

Ne serait-ce pas délicieux que de faire, tout comme Alice, un curieux rêve ?

Voici, pour cela, la marche à suivre. Etendez-vous sous un arbre, et attendez qu'un Lapin Blanc, montre en main, vienne à passer : fermez alors les yeux et faites semblant d'être cette chère petite Alice.

Au revoir, Alice chérie, au revoir !

ALICE A LA SCÈNE

... Maint jour nous avons ensemble ramé sur cette tranquille rivière — les trois petites demoiselles et moi — et maint conte de fées fut improvisé en leur honneur — soit qu'il y eut des moments où le narrateur était « en veine » et où la folle du logis venait spontanément l'inspirer, soit qu'en d'autres instants la Muse excédée ne pût être mise en marche qu'à coups d'aiguillon et ne continuât courageusement son chemin que parce qu'il lui fallait dire quelque chose plutôt que parce qu'elle avait quelque chose à dire. Pourtant, de ces innombrables contes, aucun ne se trouva mis par écrit : ils prenaient vie et mouraient, tels les éphémères, en l'espace d'un seul après-midi d'été, jusqu'au jour où le hasard voulut qu'une des auditrices présentât une requête afin que le conte fût tracé noir sur blanc à son intention. Il y a bien des années de cela, mais je me souviens très clairement, maintenant que j'écris ces lignes, comment, dans une tentative désespérée en vue d'inventer une nouvelle sorte de démonologie, j'avais, pour commencer, envoyé mon héroïne plonger, la tête la première, au fond d'un terrier de lapin, sans avoir la moindre idée de ce qu'il allait advenir ensuite. Et c'est ainsi que, pour plaire à l'enfant que j'aimais (je ne me souviens d'avoir obéi à aucun autre mobile), je calligraphiai en manuscrit, et illustrai de mes grossières compositions personnelles — en rébellion contre toutes les lois de l'Anatomie et de l'Art (car je n'ai jamais pris aucune leçon de dessin) — le livre que je viens de publier en fac-similé. En le transcrivant, je l'enrichis de maintes idées nouvelles, qui semblaient se développer d'elles-mêmes sur le tronc originel; et bien d'autres encore vinrent s'y adjoindre lorsque, plusieurs années après, je le récrivis entièrement en vue de sa publication : mais (il peut intéresser certains lecteurs d'*Alice* de le savoir) chacune des idées en question et presque chacun des mots du dialogue *me vinrent spontanément.* Il arrivait parfois qu'une idée me vînt à l'esprit la nuit, m'obligeant à me lever et à battre le briquet afin d'en pouvoir prendre note; parfois, qu'au cours d'une solitaire promenade hivernale, je dusse m'arrêter et, les doigts à demi gelés, jeter sur le papier quelques mots propres à empêcher l'idée nouveau-née de périr. Mais, quel que fût le moment et quelles que fussent les circonstances de sa venue, cette venue était spontanée. Je ne puis déclencher mes facultés d'invention ainsi qu'un mouvement d'horlogerie que l'on remonte volontairement : et je ne crois pas qu'aucun écrit *original* (et quelle autre sorte d'écrit mériterait d'être conservée ?) fut jamais composé ainsi. Si vous prenez place, sans passion et sans inspiration, dans votre fauteuil, et si vous arrivez à vous convaincre d'écrire durant un certain nombre d'heures, vous produirez tout simplement (du moins suis-je certain, pour ma part, de produire tout simplement) l'une de ces élucubrations qui remplissent, dans la mesure où j'en puis juger, les deux tiers de la plupart de nos magazines. Faciles à écrire; exténuantes à lire. On appelle cela du « délayage », et c'est, à mon sens, l'une des plus détestables innovations de la littérature moderne. *Alice* et le *Miroir* sont presque entièrement faits de pièces et de morceaux, d'idées détachées qui me vinrent à l'esprit spontanément. Il est possible qu'elles aient été pauvres; mais, du moins était-ce ce que j'avais de mieux à offrir : et je ne puis désirer que l'on écrive de moi plus haut éloge que les mots d'un Poète, écrits à propos d'un Poète :

> *« Il voulut nous donner ce qu'il avait de mieux :*
> *Gardant pour lui le pire et donnant le meilleur. »*

J'ai vagabondé loin de mon sujet, je le sais : pourtant accordez-moi encore une minute pour me permettre de relater un petit incident emprunté à mon expérience personnelle. Je marchais à flanc de coteau, seul, par une splendide journée d'été, lorsque soudain se présenta à mon esprit un vers — un seul vers isolé — : « *Car ce Snark, c'était un Boujeum, figurez-vous.* » Sur l'instant je ne sus pas ce que signifiait ce vers : ce qu'il signifie, je ne le sais pas davantage à présent; mais je le notai par écrit; et, un peu plus tard, me vint à l'esprit le reste de la strophe, dont il se trouva être le dernier vers : et c'est ainsi que, petit à petit, à mes moments perdus au cours de l'année ou des deux années qui suivirent, se constitua de bric et de broc le reste du poème, ladite strophe étant son ultime strophe. Et depuis lors, de temps à autre, je reçois des lettres courtoises de lecteurs inconnus qui veulent savoir si *La Chasse au Snark* est une allégorie, ou si elle contient quelque morale cachée, ou si c'est une satire politique : et à toutes les questions de ce genre, je ne puis donner qu'une seule réponse : « *Je ne sais pas!* » Et maintenant, je retourne à mon texte et je ne divaguerai plus.

Sors donc de la foule des ombres du passé où tu étais reléguée, *Alice*, enfant de mes rêves. Bien des années se sont écoulées depuis cet après-midi d'été « tout en or » qui te donna naissance, mais je peux l'évoquer presque aussi clairement que si c'était hier : le bleu, au-dessus de nos têtes, d'un ciel sans nuage; le miroir des eaux sous nos pieds; le bateau poursuivant sa paresseuse dérive, le tintement de l'eau tombant goutte à goutte des avirons, tant bien que mal manœuvrés par des bras engourdis; et (seule brillante lueur de vie de toute cette somnolente scène) les trois ardents visages, affamés de nouvelles du pays des fées, et qui ne voulaient pas s'entendre dire « non »; des lèvres de qui l'injonction : « Racontez-nous une histoire, on vous en prie », avait toute la sévère immuabilité du Destin!

Que fus-tu, Alice de mes rêves, dans les yeux de ton père nourricier ? Comment brossera-t-il ton portrait ? Aimante, d'abord, aimante et gentille : aimante comme un chien (excusez le caractère prosaïque de la comparaison, mais je ne connais nul amour terrestre qui soit aussi pur et aussi parfait que celui-là) et gentille comme un faon ; puis courtoise — courtoise envers tous les êtres, supérieurs ou inférieurs, grandioses ou grotesques, Rois ou Vers à soie, comme si elle-même fût une fille de Roi et si ses habits fussent tissés d'or : puis, pleine de confiance, prête à accepter les pires invraisemblances avec cette foi profonde que seuls connaissent les rêveurs ; et, pour finir, curieuse, extravagamment curieuse, et dotée de cette ardente joie de vivre qui n'est ressentie que durant les heureuses heures de l'enfance, alors que tout est neuf et beau, et que Péché et Chagrin ne sont que des mots — des mots vides et dépourvus de signification !

Et le Lapin Blanc, que dire de *lui* ? A-t-il été conçu dans la ligne d'*Alice*, ou doit-on considérer qu'il est là pour faire contraste avec elle ? Pour faire contraste, sans nul doute. A la place de sa jeunesse, à elle, de son audace, de sa vigueur et de la vive franchise de ses intentions, lisez « entre deux âges », « timoré », « faible », « inquiet » et « chipoteur », et vous aurez un peu de ce que j'ai voulu qu'il fût. Je pense que le Lapin Blanc doit porter des lunettes. Je suis sûr qu'il a la voix chevrotante, que ses genoux tremblotent et que tout son air suggère une totale incapacité de faire peur à une oie !

Mais je ne puis espérer que même le courtois éditeur du *Théâtre* m'accorde la moitié de la place dont j'aurais besoin (à supposer que la patience de mon lecteur tînt bon) pour analyser l'une après l'autre chacune de mes marionnettes. Permettez-moi de choisir, dans les deux livres, un Royal Trio : la Reine de Cœur, la Reine Rouge et la Reine Blanche. Il fut certes malaisé pour ma Muse que l'on attendît d'elle qu'elle chantât *trois* Reines, dans un registre aussi restreint, et pourtant en donnant à chacune d'elles sa propre personnalité. Chacune, bien entendu, devant conserver, à travers toutes ses excentricités, une certaine *dignité* royale. Cela, c'était essentiel. Et, en fait de traits distinctifs, je me dépeignis à moi-même la Reine de Cœur comme une sorte de personnification de la colère ingouvernable — d'une fureur aveugle et sans but. La Reine Rouge, je l'ai dépeinte, elle aussi, comme une Furie, mais d'un autre type : sa colère, à elle, doit être froide et calme ; elle doit être pointilleuse et rigide, mais non pas méchante ; pédante au dernier degré, la quintessence de toutes les institutrices. Pour finir, la Reine Blanche parut, à ma rêveuse imagination, gentille, stupide, grasse et pâle ; désarmée comme un nourrisson ; et empreinte de cet air ralenti, divagueur, égaré, qui suggère l'imbécillité, mais sans jamais y tomber tout à fait ; cela serait, je pense, fatal à tout effet comique qu'autrement elle pourrait produire. Il y a un personnage qui lui ressemble étrangement dans le roman de Wilkie Collins, *Sans Nom :* par deux sentiers différents qui convergent, nous avons en quelque sorte atteint au même idéal, et Mrs. Wragg et la Reine Blanche pourraient être des sœurs jumelles...

NOTE CONCERNANT
UNE DEVINETTE D'ALICE

Des demandes de renseignements m'ont été si souvent adressées, afin de savoir si l'on pouvait imaginer une réponse à la Devinette du Chapelier (voir *Les Aventures d'Alice au Pays des Merveilles*), que je ferais sans doute bien de consigner par écrit ce qui me paraît être une réponse congrue, à savoir : « Parce qu'il peut produire quelques notes, encore qu'elles ne fussent rien moins que claires ; et parce qu'on ne le met jamais le derrière devant. » Ceci, toutefois, n'est dit que réflexion faite ; la Devinette, telle qu'elle fut à l'origine inventée, n'avait pas de réponse du tout.

1896

A MRS. HARGREAVES (ALICE LIDDELL)

Christ Church, le 21 décembre 1883.

Chère Mrs. Hargreaves,

Peut-être le jour le plus court de l'année n'est-il pas *tout à fait* le moment le mieux approprié au rappel des longues et rêveuses après-midi d'été d'autrefois, mais, en tout cas, si recevoir ce livre vous procure la moitié du plaisir que j'éprouve à vous l'envoyer, ce sera vraiment un succès.

En vous souhaitant, en ces heureuses journées, tout le bonheur possible, je suis

sincèrement vôtre
C. L. Dodgson.

A MRS. HARGREAVES (ALICE LIDDELL)

1-3-1885.

Ma chère Mrs. Hargreaves,

J'imagine que la présente lettre, après tant d'années de silence, va vous parvenir presque comme une voix d'entre les morts; pourtant ces années-là n'ont pas réussi à affaiblir en quoi que ce fût la clarté de mon souvenir des jours où nous correspondions. Je commence à éprouver combien la mémoire défaillante d'un vieil homme est infidèle en ce qui concerne les récents événements et les nouveaux amis (par exemple, je me suis lié d'amitié, voici quelques semaines, avec une très charmante petite fille d'environ douze ans, avec qui je fis une promenade; et, maintenant, je ne parviens plus à me rappeler aucun de ses nom et prénoms!), mais l'image en mon esprit est plus vivace que jamais de celle qui fut, à travers tant d'années, mon idéale amie-enfant. Depuis votre temps, j'ai eu des vingtaines d'amies-enfants, mais avec vous, ce fut tout différent.

Cependant, ce n'est pas pour dire tout cela que je vous écris cette lettre. Voilà ce que je veux vous demander : Verriez-vous un inconvénient à ce que l'on publiât en fac-similé le cahier manuscrit original (que vous possédez toujours, je le suppose) des « Aventures d'Alice » ? L'idée de cette publication ne m'est venue que l'autre jour. Si, toute réflexion faite, vous en veniez à conclure que vous préféreriez que l'on s'en abstînt, cela mettrait fin au projet. Si, au contraire, vous me donniez une réponse favorable, je vous serais grandement obligé de bien vouloir me prêter le cahier (je pense qu'un envoi par lettre recommandée donnerait toute sécurité) afin que je puisse envisager les possibilités de réalisation. Cela fait vingt ans que je n'ai vu ce manuscrit, de sorte que je ne suis nullement certain que les illustrations ne vont pas se révéler si horriblement mauvaises qu'il serait absurde de les reproduire.

Il n'est pas douteux que j'encoure l'accusation de vulgaire narcissisme en publiant un tel ouvrage. Mais je ne m'en soucie le moins du monde, sachant qu'il n'existe pas chez moi pareille faiblesse; simplement, considérant l'extraordinaire popularité qu'ont eue les volumes (nous avons vendu plus de 120 000 exemplaires des deux livres), je pense qu'il doit y avoir un grand nombre de personnes qui aimeraient voir *Alice* sous sa forme originale.

> Votre ami de toujours
> C. L. Dodgson.

A MRS. HARGREAVES (ALICE LIDDELL)

Christ Church, Oxford, le 11 novembre 1886.

Merci, ma chère Mrs. Hargreaves, de m'avoir permis d'insérer « Hôpitaux » dans la Préface de votre livre. En faisant exécuter ce malheureux fac-similé, il m'est arrivé, *sur* terre, presque autant d'aventures qu'il en était advenu, *sous* terre, à votre homonyme!

Tout d'abord, le graveur sur zinc londonien, que l'on m'avait recommandé comme capable de photographier le livre, page par page, et de préparer les zincogravures, refusa d'entreprendre le travail à moins que je ne lui confiasse le volume, ce à quoi je m'opposai formellement. Mon sentiment étant que le moindre des scrupules, en contrepartie de la grande gentillesse que vous avez eue de me prêter un livre aussi rare, voulait que l'on ne permît pas qu'il risquât d'être seulement *effleuré* par la main d'un ouvrier. En vain lui proposai-je de venir résider à Londres avec le livre, et de demeurer chaque jour à l'atelier, afin de le mettre en place pour la photographie et d'en tourner les pages comme on me le demanderait. Il prétendit que ce n'était pas faisable parce que « l'on photographiait dans cet atelier des œuvres d'autres artistes, qui, en aucun cas, ne devaient être vues du public ». Je m'engageai à ne rien regarder en dehors de mon propre livre; mais ce fut inutile : nous ne parvînmes à aucun accord.

Puis l'on me recommanda un certain Mr. X, excellent photographe, mais dirigeant une si petite affaire qu'il me faudrait le payer d'avance, par à-valoir successifs, pour lui permettre d'acheter les plaques de zinc : et *lui* voulait bien venir à Oxford, et effectuer le travail ici-même. Donc, tout fut fait en mon atelier et je fus constamment là, prêt à tourner les pages.

Mais sans doute vous en ai-je suffisamment raconté sur mes ennuis d'éditeur ? Mr. X exécuta un jeu de négatifs de premier ordre, qu'il emporta afin de faire exécuter les clichés correspondants. Ces clichés, il les livra tout d'abord assez régulièrement, et il sembla que l'on pût raisonnablement prévoir la sortie du livre pour Noël 1885.

Le 18 octobre 1885, j'envoyai votre livre à Mrs. Liddell, qui m'avait dit que vos sœurs s'apprêtaient à vous rendre visite et pourraient vous le rapporter. J'espère qu'il vous est bien parvenu ?

Peu de temps après — bien que j'eusse payé d'avance pour la totalité des clichés — leur livraison, tout à coup s'interrompit, alors que vingt-deux pages me restaient dues, et Mr. X... disparut!

Je crois qu'il se cachait pour échapper à ses créanciers. Nous le recherchâmes en vain. Les choses demeurèrent en l'état, des mois durant. A un certain moment, je songeai à engager un détective pour le retrouver, mais l'on m'assura que « les détectives étaient tous des coquins ». L'autre parti à prendre paraissait être de vous emprunter à nouveau le livre et de faire re-photographier les pages manquantes. Mais j'étais fort peu désireux de vous priver une seconde fois du volume, et redoutais aussi le risque de perte du fait de la Poste, l'envoi, même recommandé, ne me semblant pas offrir une sécurité absolue.

En avril, mon photograveur rendit visite à Macmillan et lui laissa *huit* clichés, puis, de nouveau, il s'évanouit dans la nature.

Cela nous laissait avec quatorze pages (réparties à travers le volume) toujours manquantes. J'attendis encore quelque temps, puis je mis l'affaire entre les mains d'un avoué, qui bientôt retrouva l'homme mais n'obtint de lui que des promesses. « Vous n'aurez jamais les clichés, me dit l'avoué, si vous ne lui faites peur en l'assignant devant un magistrat. » Je consentis, à contrecœur, à suivre son conseil. Il me fallut remettre la citation à... (là où vit cet homme exaspérant), ce qui entraîna pour moi deux voyages depuis Eastbourne, l'un pour effectuer la citation (ma présence personnelle étant nécessaire), et l'autre pour me rendre au tribunal avec l'avoué, au jour fixé pour l'audience. Le défendeur ne se présenta pas. Le juge déclara donc qu'il instruirait l'affaire en son absence. Puis je passai un mauvais quart d'heure dans le box des témoins, où je dus prêter serment et subir l'interrogatoire d'un assez féroce greffier qui semblait penser qu'en me houspillant suffisamment, il allait bientôt pouvoir me convaincre de faux témoignage ! Il me fallut faire au magistrat un petit cours sur la photo-zincogravure, et le pauvre homme déclara que l'affaire était si compliquée qu'il lui fallait la renvoyer à huitaine. Mais, cette fois, afin de garantir la présence de notre insaisissable défendeur, il lança contre lui un mandat d'amener, donnant au commissaire l'ordre de s'assurer de sa personne et de le loger en prison, la veille du jour où l'affaire devait être appelée. La nouvelle de cette décision, effectivement, effraya si bien notre homme qu'il livra les quatorze négatifs (il n'avait pas exécuté les clichés) avant l'échéance fatidique. Je me félicitai d'entrer en leur possession, même si cela comportait l'obligation de payer une seconde fois pour faire graver les quatorze plaques, et je retirai ma plainte.

Les quatorze clichés furent promptement exécutés et remis à l'imprimeur ; pour finir, tout rentra dans l'ordre : et j'espère voir bientôt l'ouvrage terminé et être en mesure de vous en envoyer un exemplaire tout à fait hors série (relié de parchemin blanc, à moins que vous ne préfériez une reliure d'un autre style) vers la fin de ce mois-ci.

Croyez-moi toujours

sincèrement vôtre,
C. L. Dodgson.

jamais je l'eusse, me dit-il avoué, je vous ne lui laisse
peut en l'assignant devant un magistrat... Je conseille
à contrecœur, à suivre son conseil. Il ne fallut remplir
la citation... (Ça ou sur cet homme exaspérant, ce qui
entraîne pour moi deux voyages depuis Eastbourne)
l'un pour effectuer la citation (ma présence personnelle
étant nécessaire), et l'autre pour me rendre au tribunal
avec l'homme, au jour fixé pour l'audience. Le défendeur ne se présentant pas. Le juge déclara donc qu'il instruirait l'affaire en son absence. Puis je passai un
mauvais quart d'heure dans le box des témoins, tandis
que le prêteur sournois et subtil l'interrogeait de à un assez
tendre profiter qui ser bien présenté en motif qu'il lait
suffisamment, il fallait lui ôter pouvoir me convaincre
de faux témoignage. Il me fallait tant que magistrat un
peu fine sur la photo-zincogravure... et le naïve
homme déclara que l'affaire était si compliquée qu'il
lui fallait renvoyer à huitaine. Mais, cette fois, afin
de garantir la présence de notre inaississable défendeur,
il lança contre lui un mandat d'amener, donnant au
commissaire l'ordre de s'assurer de sa personne et de le
fourrer en prison, là, celle-ici jour, ou l'affaire devant être
appelée. La nouvelle de cette décision, effectivement,
effraya si bien cet homme qu'il livra les quatorze
réunis (mais avait par exclure les coûtes) avant
l'échéance juridique. Je ne fus pas d'entrer en leur
possession même, si cela comportait l'obligation de
payer une seconde fois pour faire graver le quatorze plaquet, ce qu'eut qu'à planter.

Les quatorze clichés furent promptement exécutés et
remis à l'imprimeur... pour finir, tout rentra dans
l'ordre, j'espère voir bientôt l'ouvrage terminé et
être en mesure de vous envoyer un exemplaire tout
à fait hors série... Cela de parler un blanc... Nous que
vous me crédériez une reliure d'un autre style vers la
fin de ce mois-ci.

Croyez-moi toujours

Sincèrement vôtre,

C. L. Dodgson

POUR FRANCISER
LES JEUX DE LANGAGE D'« ALICE »

Outre les quelque vingt-trois poèmes qui y sont inclus et dont la difficulté de translation en notre langue est celle de tous les textes étrangers écrits en vers rimés classiques, il y a dans *Alice's Adventures in Wonderland* et dans *Through the Looking-Glass and what Alice found there*, plus de quatre-vingts facéties de langage (phrases à double sens, quiproquos, fautes volontaires, mots-valises, calembours, etc.) qui ne sauraient s'accommoder d'une traduction littérale. Estimant que l'adaptation insuffisamment élaborée et souvent inintelligible de ces passages facétieux était — avec la prosaïsation des poésies et la dégradation stylistique du reste du texte — l'une des principales cause de l'insuccès persistant de l'œuvre de Lewis Carroll auprès des enfants français, nous nous sommes efforcé, dans nos récentes versions des deux Alice, de trouver à chacun desdits passages un équivalent acceptable, excluant le recours, en bas de page, à la fâcheuse N.d.T. : « Jeu de mots intraduisible. »

Le chapitre premier des *Aventures d'Alice*, « Descente dans le terrier du Lapin », ne présente qu'une seule difficulté de transposition, relativement mineure. Parlant des gens qui vivent de l'autre côté du globe terrestre et qu'elle imagine marchant la tête en bas, Alice y confond deux mots anglais de prononciation presque identique : « *Antipodes* » et « *Antipathies* ». Aucune homophonie n'existant en français entre ces deux substantifs, nous avons jugé que l'erreur correspondante la plus probable pouvant être commise par un enfant français, serait d'appeler les gens en question les Anti-podistes, mot désignant, en fait, ces acrobates qui exécutent des tours d'adresse ou d'agilité en se servant exclusivement de leurs jambes et de leurs pieds. Nous avons donc fait dire à l'héroïne : « Comme ce serait drôle de ressortir parmi ces gens qui marchent la tête en bas! Les Antipodistes, je crois... »

Au début du chapitre II, « La Mare de Larmes », Alice commet une seconde bévue, consistant à infliger à l'adjectif *curious* (curieux) la forme comparative *curiouser*, qui est un impardonnable barbarisme. La seule faute analogue couramment commise par les jeunes cancres français nous a paru être le superlatif pléonastique « plus pire », dont ils usent pour exprimer une abomination majeure (Exemple : « L'algèbre, c'est encore « plus pire » que la géométrie. ») Nous avons donc cru devoir rendre le barbarisme anglais « Curiouser and curiouser! » par ce barbarisme fran-çais de nature sinon de sens analogue : « De plus en plus pire! »

Le mot « caucus », dans le titre et dans le texte du chapitre III, « A caucus race and a long tale », n'avait jamais fait l'objet, à notre connaissance, d'aucune tentative d'élucidation en notre langue, les traducteurs d'*Alice* nous proposant tous une sibylline « course à la Caucus », alors que « caucus », en anglais, signifie : comité électoral; clique politique. Il nous a paru évi-dent qu'il convenait d'appeler la course en question : « Une Course à la Comitarde », titre repris depuis lors par un amateur de traduction toute faite.

Au cours, encore de ce chapitre III, la Souris, invitée par Alice à raconter sa vie, objecte : « *Mine is a long and a sad tale* » (« Mon histoire est longue et triste! ») Distraite par la vue de l'appendice caudal de son inter-locutrice, et en raison de la parfaite homophonie des deux phrases, Alice comprend : « *Mine is a long and sad tail!* » (« Ma queue est longue et triste ! ») Sans avoir à modifier en rien le sens du passage, nous avons pu, en français, recréer l'équivoque en prêtant à la Souris pour réponse : « *C'est que... c'est long et triste* » et pour repartie à Alice : « Vos *queues*, à vous autres souris, sont longues, sans doute, mais pourquoi dire qu'elles sont tristes ? »

Un peu plus avant dans le même chapitre, Alice s'imagine que la souris a parlé d'un nœud *(a knot)* alors que celle-ci s'est contentée de dire : « *I had not!* » (Je n'en ai rien fait.) Ici, nous avons pu rétablir le jeu de mots original en coupant la parole à la Souris au milieu d'une phrase : « — *Hein ? ne...* » articula d'un ton sec la Souris, furieuse. — *Un nœud ?* fit Alice, toujours prête à rendre service et jetant autour d'elle des regards scrutateurs. Oh! laisse-moi t'aider à le défaire! »

Le chapitre IV : « *The Rabbit sends in a little Bill* » comporte, dans son titre même, un calembour, puisque ce titre indifféremment signifie : « Le Lapin fait intervenir un petit personnage nommé Bill » ou « Le Lapin envoie une petite facture ». Nous y avons introduit, en français, un jeu de mots équivalent, en rendant *sends in* par « fait donner », qui veut dire aussi bien « fait dénoncer » que « fait intervenir » : « Le Lapin fait donner le petit Bill. »

Tout au long du chapitre V, « Advice from a Carterpillar », on remarquera que nous avons substitué, à la Chenille de toutes les précédentes versions, un Ver à soie ou Bombyx. A la réflexion il nous a, en effet, paru important que l'invertébré fumeur de houka qui donne de si bons conseils à l'héroïne carrollienne, appartienne au genre masculin, Alice, dans le texte anglais, l'appelant, par trois fois au moins : « Sir » (Monsieur).

Au début de ce chapitre V, Carroll joue sur l'ambiguïté de l'impératif : « *Explain yourself* » (Expliquez-vous; littéralement : Expliquez-vous vous-même). C'est le Ver à soie qui donne cet ordre à Alice, laquelle lui répond : « *I can't explain myself, I'm afraid, sir, because I'm not myself, you see* » (Mot à mot : « Je crains, monsieur, de ne pouvoir m'expliquer moi-même, car, voyez-vous, je ne suis pas moi-même. ») S'expliquer soi-même étant un anglicisme rédhibitoire, nous avons dû, pour retrouver en notre langue l'équivalent du jeu de mots d'origine, modifier légèrement le sens du passage :

« Qu'entendez-vous par là ? » demanda, d'un ton sévère, le Bombyx. « Expliquez-moi un peu quelle idée vous avez en tête. » — « Je crains, monsieur, de ne pouvoir vous expliquer quelle idée j'ai en tête », répondit Alice, « car voyez-vous, je ne suis pas certaine d'avoir encore toute ma tête. »

Quelques pages plus loin, le Ver à soie ayant demandé à Alice quelle taille elle souhaitait avoir et s'étant entendu répondre par la fillette : *« Oh! I'm not particular as to size; only one doesn't like changing so often, you know. »* (Littéralement : « Oh! pour ce qui est de la taille, je ne suis pas difficile; la seule chose que je n'aime pas, savez-vous, c'est d'en changer si souvent... »), assez peu courtoisement lui réplique : *« I don't know. »* (« Non, *je ne sais pas.* ») Nous avons pensé rendre, en français, ce dialogue plus naturel et plus plaisant en remplaçant le verbe « savoir » par le verbe « voir » suivi (comme fréquemment chez Jarry) de l'adverbe « bien » :

« Oh! pour ce qui est de la taille, je ne suis pas difficile, se hâta de répondre Alice; la seule chose que je n'aime pas, c'est d'en changer si souvent, voyez-vous bien. » — « Non, répliqua le Ver à soie, je ne *vois pas bien...* »

Vers la fin du même chapitre, Alice venant de lui annoncer que le bébé de la Duchesse s'est métamorphosé en cochon, le Chat du Cheshire demande à la petite fille : *« Did you say pig or fig ? »* (« Avez-vous dit cochon ou figue ? ») La presque homophonie étant évidemment ici plus importante que le sens littéral des mots prononcés, nous avons cru devoir, dans la question du chat, remplacer le mot « figue » par le vocable français dont la prononciation se rapproche le plus de celle de « cochon », à savoir : « pochon »; le Chat, dans notre version, demande donc à Alice : « Avez-vous dit cochon ou pochon ? » Ainsi, en notre langue aussi bien que dans l'original, une seule consonne différencie les deux mots dont la ressemblance a causé la perplexité du Chat.

Un peu plus loin, ayant vu le sourire du Chat persister dans l'arbre après la disparition du reste de
l'animal, Alice s'émerveille : « *Well! I've often seen
a cat without a grin* », *thought Alice;* « *but a grin
without a cat! It's the most curious thing I ever saw in
all my life!* » Ici, le seul souci de parvenir à une syntaxe
sans équivoque nous a imposé un jeu de mots qui ne se
trouve pas dans le texte anglais : « Ma foi! pensa Alice,
il m'était souvent arrivé de voir un chat sans souris
(ou sourire); mais ce souris de chat sans chat! c'est
bien la chose la plus curieuse que j'aie contemplée, de
ma vie! »

Avec le chapitre VII, « Un thé chez les fous » — qui
constitue sans doute, à tous égards, l'épisode le plus
remarquable du chef-d'œuvre de Lewis Carroll — les
difficultés commencent à devenir plus fréquentes et
plus sérieuses. Le Chapelier ayant posé à Alice une
devinette à laquelle lui-même avoue ignorer la réponse,
la fillette ne lui envoie pas dire qu'il aurait sûrement
mieux à faire de son temps que de le gaspiller *(« waste
it »)* à poser des devinettes auxquelles il n'y a pas de
réponse. A quoi le Chapelier, jouant sur le fait que
l'anglais emploie le *it* pour désigner une chose et le
him pour désigner une personne, réplique : « *If you
knew Time as well as I do, you wouldn't talk about
wasting it. It's him.* » (Littéralement (ou presque) : « Si
vous connaissiez le temps aussi bien que je le connais
moi-même, vous ne parleriez pas de le gaspiller comme
une chose. Le Temps est une personne.)

Quelques lignes plus loin, Alice, voulant prouver au
Chapelier qu'elle connaît bien, elle aussi, l'entité temps,
lui dit : « *I know I have to beat time when I learn music.* »
(Littéralement : « Je sais qu'à mon cours de musique
il me faut battre le temps. ») A quoi le Chapelier
répond : « *Ah! that accounts for it. He won't stand
beating.* » (Ah! dit le Chapelier, voilà qui explique tout.
Le Temps n'admet pas d'être battu. ») Afin d'éviter ce
« battre le temps » qui est un anglicisme (en français,

l'on dit : « battre la mesure ») nous avons, dans notre version, remplacé le verbe « battre » par le verbe « marquer », parfaitement compatible avec le substantif « temps », dont le maintien était, en l'occurrence, essentiel :

« Peut-être bien que non, répondit, avec prudence, Alice, mais à mon cours de musique on m'a appris à marquer le temps. » — « Ah! dit le Chapelier, voilà qui explique tout. Le Temps n'admet pas qu'on le veuille marquer comme le bétail. »

A deux ou trois pages de là, le Lièvre aimablement propose à Alice : *« Take some more tea »* (mot à mot : « Prenez un peu plus de thé » — façon britannique de dire : « Reprenez donc un peu de thé. ») Alice, à qui l'on n'avait jusqu'alors rien offert, en bonne logicienne, objecte : *« I've had nothing yet, so I can't take more. »* (Littéralement : « Je n'en ai pas encore pris du tout; je ne saurais donc en prendre davantage. ») Sur quoi le Lièvre de Mars, avec une logique apparemment meilleure encore que celle de son interlocutrice, lui réplique : *« You mean you can't take less; it's very easy to take more than nothing. »* (« Vous voulez dire que vous n'en sauriez prendre *moins;* il est très facile de prendre *plus* que rien. ») Là aussi, pour tenter de restituer au dialogue la rigueur grammaticale et logique de l'original, nous avons dû en réajuster très légèrement les termes :

« Reprenez donc un peu de thé », proposa, d'un air pénétré, à Alice, le Lièvre de Mars. — « Je n'ai encore rien pris du tout, repartit-elle, d'un ton de voix offensé, je ne saurais donc *reprendre* de rien. » — « Vous voulez dire que vous ne sauriez reprendre de *quelque chose,* dit le Chapelier, quand il n'y a *rien,* cela ne doit pas être très facile que de reprendre de ce rien. »

Vers la fin de cet admirable « Thé chez les fous », le Loir étant en train de raconter l'extravagante histoire des trois petites sœurs qui vivent au fond d'un puits de mélasse et y apprennent à dessiner et à extraire, Alice se hasarde à demander : « D'où extrayaient-elles de la mélasse ? » et le Loir de lui répondre : *« You can draw water out of a water-well; so I should think you could draw treacle out of treacle-well — eh, stupid ? »* (Littéralement : « On extrait de l'eau d'un « puits d'eau »; je pense donc que l'on peut extraire de la mélasse d'un puits de mélasse, hein, pauvre idiote ? ») Ce « puits d'eau », à notre sens, étant insolite et inélégant, sinon pléonastique, nous n'avons pas hésité à le remplacer dans notre version par un puits de pétrole, — après nous être, bien entendu assuré que nous ne commettions pas ainsi un anachronisme [1] : « On extrait du pétrole d'un puits de pétrole; je pense donc, que l'on peut extraire de la mélasse d'un puits de mélasse, hein, pauvre idiote ? »

Quelques lignes plus avant, jouant sur les deux sens du verbe *to draw*, le Loir explique à Alice que les trois petites filles ne se contentaient pas d'*extraire* de la mélasse, mais qu'elles *dessinaient* aussi toutes les choses dont le nom commence par la lettre M : *« such as mouse-traps, and the moon, and memory, and muchness — you know you say things are « much of a muchness » — did you ever see such a thing as a drawing of a muchness ? »* (Littéralement (ou presque) : « Telles les souricières, la lune, la mémoire, la quantité — vous savez que l'on dit de certaines choses qu'elles sont quantité négligeable [2] —; avez-vous jamais vu un dessin représentant une quantité ? ») Pour donner à ce passage un équivalent français approximatif, nous avons pris le parti de ne conserver, de la liste originale des choses prétendûment dessinées par les trois petites filles, que la lune, de remplacer par conséquent la lettre M par la lettre L, les souricières par des lance-pierres, la mémoire par la lucidité et la quantité par... la lurette :

« Elles apprenaient aussi à dessiner, poursuivit le Loir en bâillant et en se frottant les yeux car il avait grand sommeil; et elles dessinaient toute sorte de

1. Selon le Grand Larousse encyclopédique, le premier puits de pétrole aurait été foré par Drake, à Titusville (Pennsylvanie) en 1859, c'est-à-dire six ans avant la publication d'*Alice*.

2. *« Much of a muchness »*, en réalité, signifie « chou vert et vert chou ».

choses... tout ce qui commençait par une L... » —
« Pourquoi par une L ? » s'enquit Alice. — « Pourquoi
pas ? » répondit le Lièvre de Mars. Alice se tint coite.
Le Loir, cependant, avait fermé les yeux et il commençait à somnoler ; mais, le Chapelier l'ayant pincé,
il se réveilla en poussant un petit cri plaintif et poursuivit : « ... qui commençait par une L, tels les lance-
pierres, la lune, la lucidité, la lurette — vous savez que
l'on dit de certains événements plus ou moins éloignés
dans le passé, qu'ils se sont produits il y a belle
lurette —; avez-vous jamais vu un dessin représentant une lurette ? »,

Au début du chapitre VIII, « Le terrain de croquet de
la Reine », Carroll joue sur deux autres mots à double
sens, dont l'un, *club*, désigne aussi bien une masse
d'arme qu'un as de trèfle, et dont l'autre, *diamond*,
signifie diamant et as de carreau. Pour que le texte
français, comme l'original, exprime simultanément ces
deux sens, la seule solution nous a paru être de *prendre
club* et *diamond* dans leur première acception (masse
d'arme et diamant) et de donner à chacun des objets
ainsi désignés la forme évoquée par le second sens du
mot d'origine correspondante : celle d'un as de trèfle
au premier, d'un as de carreau au second :

« D'abord venaient dix soldats porteurs de masses
d'armes en forme d'as de trèfle... venaient ensuite dix
courtisans : ceux-ci portaient des habits constellés de
diamants taillés en forme d'as de carreau... »

Un peu plus avant dans le même chapitre, les soldats,
qui n'ont pu mettre la main sur ceux qu'ils devaient
exécuter, grâce à l'ambiguïté de l'expression « *to be
gone* » arrivent à éluder, sans que l'intéressée s'en avise,
avise, une question terriblement embarrassante de la
Reine : « *Are their heads off ?* » *shouted the Queen.* —
*Their heads are gone, if it please your Majesty ! the
soldiers shouted in reply.* » (Textuellement : « Les a-t-on
bien décapités ? » cria la Reine. — « Leurs têtes s'en sont
allées, s'il plaît à votre Majesté », répondirent les soldats. ») Dans notre version, c'est en introduisant dans
le dialogue l'expression ambiguë : « perdre la tête »

que nous avons tenté de retrouver l'équivalent du jeu de mots d'origine :

« Leur a-t-on bien tranché la tête ? » s'enquit, à tue-tête, la Reine. — « Ils ont bel et bien perdu la tête, s'il plaît à votre Majesté », répondirent, à tue-tête, les soldats. »

Le chapitre IX, « Histoire de la Tortue « fantaisie », est, de loin, le plus riche du livre, en jeux de mots et en facéties verbales diverses. Nous avons été, croyons-nous, le premier à donner à la *Mock Turtle* — la Tortue « fantaisie » — son véritable nom français. En effet, si la *turtle soup* anglaise est une authentique soupe à la tortue, la *mock turtle soup* n'est qu'une vulgaire soupe à la tête de veau, donc une fausse soupe, un *ersatz* de soupe à la tortue. Or, l'on sait que la loi, en France, impose aux industriels de l'alimentation, chaque fois que le produit par eux proposé au consommateur a été remplacé, dans les flacons, boîtes ou emballages qui devraient le contenir, par un *ersatz*, l'obligation, sur leurs étiquettes, de faire suivre le nom dudit produit de la mention « fantaisie », apparemment propre à dénoncer la tromperie, mais ne la dénonçant, en fait, qu'aux seuls initiés. C'est ainsi que l'on trouve couramment, dans le commerce, du kirsch « fantaisie », fait d'une quelconque eau-de-vie parfumée à la cerise chimique, du sirop d'orgeat « fantaisie » ne contenant par la moindre goutte de lait d'amandes, du homard « fantaisie » qui n'est que du vulgaire crabe tourteau, etc. Le potage à la tortue sans tortue, si on le fabriquait en France, s'appellerait donc « Potage à la tortue " fantaisie " » et non pas « Potage à la tortue à tête de veau », « Potage à la fausse tortue » ou « Potage à la simili-tortue », comme le donneraient à supposer les diverses traductions d'*Alice* dont nous avons pu prendre connaissance.

Au début de ce même chapitre IX, la Duchesse, qui a la manie de trouver à tout ce qu'elle dit ou entend dire, une morale, après avoir fait allusion à une prétendue « mine de moutarde » sise dans le voisinage, découvre à ce fait une « morale » qui lui fournit l'occasion de

jouer sur les deux sens (en français : « mine » et
« mien ») du mot anglais *« mine »* : *« The more there is
of mine, the less there is of yours. »* (« Plus il y a du
mien (ou : plus il y a de la mine), moins il y a du vôtre »),
sentence à laquelle, pour obtenir en notre langue un jeu
de mots analogue à celui du texte original, nous n'avons
eu qu'à substituer le dicton : « Il ne faut jamais juger
les gens sur la mine. »

Le jeu de mots suivant est basé sur une similitude de
prononciation entre *« tortoise »* (tortue) et *« taught us »*
(« nous enseignait »). « Pourquoi, s'enquiert Alice,
appeliez-vous *« Tortoise »* (tortue vulgaire) la *« Turtle »*
(tortue marine). Et la Tortue « fantaisie » de répondre :
« We called him Tortoise because he taught us. » (Littéralement (ou presque) : « Nous l'appelions la Tortue
vulgaire parce qu'elle nous dispensait un enseignement
(vulgaire).) Dans la version française, nous nous
sommes permis de substituer au calembour d'origine,
une facétie verbale un peu facile, certes, mais assez
bien, croyons-nous, dans l'esprit des mots-valises
carrolliens : « Nous l'appelions la Tortoise parce que
tous les mois elle nous faisait passer sous la toise. »

« Un peu plus loin, la Tortue « fantaisie » énumère
à Alice les matières, elles aussi « fantaisie » que l'on
était censé apprendre à son école sous-marine. A cette
étrange école on ne vous enseignait pas la lecture
(reading) et l'écriture *(writing)*, mais *reeling and
writhing* (l'art de dégoiser et de se contorsionner);
on y étudiait, en arithmétique, non pas l'addition
(addition), mais *ambition* (l'ambition); non pas la
soustraction *(subtraction)*, mais *distraction* (la distraction); non pas la multiplication *(multiplication)*
mais *uglification* (l'art d'enlaidir); non pas la division
(division), mais *derision* (la dérision); on vous y enseignait non pas l'histoire *(history)* et la géographie *(geo-
graphy)*, mais *mystery* (le mystère) et *seaography* (la
sous-l'eau-graphie); non pas le dessin *(drawing)*, mais
drawling (l'art de parler d'une voix traînante); non
pas le croquis *(sketching)* et la peinture à l'huile
(painting in oils), mais *stretching* (l'art de bander ou

d'étirer) et *fainting in coils* (l'art de se lever en s'évanouissant); non pas le latin *(latin)* et le grec *(greek)*, mais *laughing* (l'hilarité) et *grief* (le chagrin)!

Pour tenter, en français, de trouver, à chacun de ces calembours, un équivalent acceptable, nous avons évidemment dû prendre, avec le sens littéral, un minimum de libertés :

« Que vous y enseignait-on ? » s'enquit Alice. — « Pour commencer, bien entendu, l'Alésure et les Fritures, répondit la Tortue " fantaisie ". Puis les différentes parties de l'Arithmétique : l'Ambition, la Distraction, la Mortification et la Dérision. » — « Je n'avais jamais entendu parler de la Mortification, se hasarda à dire Alice. Qu'est-ce que c'est ? » — Le Griffon leva les deux pattes pour manifester sa surprise : « Quoi ? Jamais entendu parler de mortifier ! » s'exclama-t-il. « Vous savez ce que c'est que vivifier, je suppose ? » — « Oui, dit d'un air dubitatif Alice : cela veut dire... rendre... n'importe quoi... plus vivant... » — « En ce cas, poursuivit le Griffon, si vous ne savez pas ce que c'est que mortifier, c'est que vous êtes une fieffée bêtasse. » — Ne se sentant pas encouragée à poser d'autres questions à ce sujet, Alice se tourna vers la Tortue « fantaisie » et lui dit : « Qu'aviez-vous à apprendre encore ? » — « Eh bien, il y avait les listes noires, répondit la Tortue " fantaisie ", en comptant les sujets sur ses battoirs — Liste noire ancienne et Liste noire moderne, ainsi que la Sous-l'eau-graphie; puis le Larcin — le Professeur de Larcin était un vieux congre qui venait une fois par semaine. Lui, il nous enseignait la technique du Larcin ainsi qu'à Escroquer d'après nature et à *Feindre à la Presque* [1] » « Qu'est-ce que c'est que *Feindre à la Presque ?* » demanda Alice. — Ma foi, je ne saurais vous en faire la démonstration moi-même, répondit la Tortue " fantaisie ", car je ne simule pas assez bien pour cela. Quant au Griffon, il ignore tout de cet art. » — « Je n'ai pas eu le temps de m'y initier, expliqua le

---

1. *Feindre à la Presque* est une trouvaille de notre regretté ami Jean Cocteau.

Griffon. J'étudiais les classiques sous la férule d'un maître qui n'était autre qu'un vieux cancre. » — « Je n'ai jamais suivi ses cours, dit, dans un soupir, la Tortue " fantaisie ". Il enseignait, disait-on, le Patin et le Break. »

Trois lignes plus loin, la Tortue « fantaisie » ayant affirmé à Alice que la durée des cours qu'elle suivait était de dix heures le premier jour, de neuf heures le suivant, et ainsi de suite, et la fillette s'étant étonnée de ce singulier emploi du temps, son interlocutrice, jouant sur l'homophonie de *lessons* (cours, leçons) et de *lessen* (rapetisser), lui explique : « *That's the reason they are called lessons : because they lessen from day to day.* » En français, nous avions le choix entre deux jeux de mots équivalents : « On appelle ça des cours parce qu'ils deviennent de jour en jour plus courts » ou « on appelle ça des leçons parce que peu à peu nous les délaissons. » A l'instar — le « joint » ici étant trop évident pour n'avoir pas été d'ores et déjà découvert — à l'instar donc d'un au moins de nos devanciers, nous avons opté pour la première de ces solutions.

Le chapitre x, « Le Quadrille des Homards », nous offre plusieurs jeux de mots inspirés par les noms des poissons : « *Thank you* », said Alice, « *it's very interesting. I never knew so much about a whiting before. — I can tell you more than that if you like* », said the Gryphon. « *Do you know why it's called a whiting ? — I never thought about it* », said Alice. « *Why ? — It does the boots and shoes* », the Gryphon replied very solemnly. *Alice was throughly puzzled.* « *Does the boots and shoes !* » she repeated in a wondering tone. « *Why, what are your shoes done with ?* » said the Gryphon. « *I mean, what makes them so shiny ?* » *Alice looked down at them, and considered a little before she gave her answer.* « *They are done with blacking, I believe* » — « *Boots and shoes under the sea* », the Gryphon went on in a deep voice, « *are done with whiting. Now you know.* » (Littéralement : « Merci, dit Alice, c'est très intéressant. Je n'en avais jamais tant appris sur le merlan ! » — « je peux vous en apprendre sur lui bien davantage si vous le désirez, affirma le Griffon. Mais, d'abord, savez-vous pourquoi on le nomme le merlan ? » — « Je ne me suis jamais posé la question, avoua Alice. Pourquoi donc, je vous prie ? » — « Parce qu'il fait les bottes et les chaussures », repartit, avec beaucoup de solennité, le Griffon. Cette réponse déconcerta complètement Alice. « Il fait les bottes et les chaussures! » répéta-t-elle d'un ton de voix qui trahissait la plus vive surprise. » — « Réfléchissez, reprit le Griffon : avec quoi fait-on vos chaussures, à vous ? J'entends : qu'est-ce qui les rend si brillantes ? — Alice baissa les yeux vers ses souliers, et réfléchit quelque peu avant de répondre : « On les fait avec du cirage, j'imagine. » — « Les bottes et les chaussures qui sont sous la mer, vous le saurez désormais, poursuivit le Griffon, on les fait avec du merlan blanc d'Espagne. »)

Comme on le voit, Carroll, dans ce dialogue, joue sur les deux sens de *whiting*, qui signifie « merlan » en même temps que « blanc d'Espagne » (le contraire de *blacking* : cirage noir). En l'adaptant, nous n'avons pu résister à la tentation de jouer sur les deux sens — car il en a deux aussi en français — du mot « merlan » : le sens courant « poisson de mer » et l'argotique (artisan ou garçon coiffeur) :

« Je peux vous en apprendre sur lui bien davantage si vous le désirez, affirma le Griffon. Mais, d'abord, savez-vous pourquoi on le nomme le merlan ? » — « Je ne me suis jamais posé la question, avoua Alice. Pourquoi donc, je vous prie ? » — « Parce qu'il coupe les cheveux aux autres poissons », repartit, avec beaucoup de solennité, le Griffon. Cette réponse décontenança complètement Alice. « Il coupe les cheveux aux autres poissons! » répéta-t-elle d'un ton de voix qui trahissait la plus vive surprise. — « Réfléchissez, reprit le Griffon. Ne vous est-il jamais arrivé d'entendre quelque barbillon dire : « Je vais chez le *merlan*, me faire tailler le goémon » ? Alice réfléchit avant de répondre : « Je ne me souviens pas d'avoir entendu prononcer rien de semblable. » — « Vous tâcherez de vous en souvenir désormais », répliqua le Griffon.

Quelques lignes plus bas, Carroll joue sur l'homophonie des mots *porpoise* (marsouin) et *purpose* (dessein) :

« *If I had been the whiting* », *said Alice, whose
thoughts were still running on the song, I'd have said to
the porpoise*, « *Keep back, please : we don't want you
with us!* » — « *They were obliged to have him with
them* », *the Mock Turtle said* : « *no wise fish would go
anywhere without a porpoise.* » — « *Wouldn't it really ?* »
said Alice in a tone of great surprise. — « *Of course
not* », *said the Mock Turtle* : « *why, if a fish came to me,
and told me he was going a journey, I should say,
« with what porpoise ?* » — « *Don't you mean purpo-
pose ?* », *said Alice.* » (Littéralement : « A la place du
merlan, fit observer Alice, que ses pensées ramenaient
toujours aux paroles de la chanson, j'aurais dit au
Marsouin : «Arrière, je vous prie : nous ne voulons pas
de vous avec nous! » — Ils étaient obligés de l'emmener, dit la Tortue « fantaisie » : « aucun poisson de bon
sens n'irait nulle part sans marsouin. » — « Vraiment ? » dit Alice du ton de quelqu'un qui est très
surpris. — « Certes », dit la Tortue « fantaisie » :
« Voyez-vous, si quelque poisson venait me voir, moi,
pour m'annoncer son départ en voyage, je lui deman-
derais à coup sûr : « Avec quel marsouin *(porpoise) ?* »
— « Ne voulez-vous pas dire « dessein » *(purpose) ?* »
s'enquit Alice.)

En français, après avoir dû, pour les besoins du jeu
de mots, changer le marsouin en thon, nous nous
sommes offert le luxe d'introduire dans le dialogue
plusieurs calembours supplémentaires :

« A la place du merlan, fit observer Alice, que ses
paroles ramenaient toujours aux paroles de la chanson,
j'aurais dit au thon : « Reculez un peu, je vous prie!
Nous n'avons nul besoin d'être pressés par vous de la
sorte! » — « On ne pouvait se permettre de lui parler
si cavalièrement, dit la Tortue " fantaisie "; ne savez-
vous donc pas quel est le rôle du *thon ?* » « Cela aussi,
hélas! je l'ignore », dit Alice en prenant un air de
grande humilité. — « Eh bien, voyez-vous, lorsqu'il

est bon, c'est lui qui décrète ce qui se doit faire en société, répondit, d'un air solennel, le Griffon. Par exemple, le bon *thon* exige qu'une *raie* partage la chevelure des petites filles en deux parties égales. Il ne leur permet pas, par contre, de fréquenter les *bars* et de dire au *dauphin*, s'il boit trop : *c'est assez!* » — « Vous voulez dire : " *cétacé ?* " s'enquit Alice. »

Le chapitre XI, « Qui a dérobé les tartes », ne contient qu'un seul jeu de mots-quiproquo, lequel, exceptionnellement, se trouve rendu en français par une traduction presque littérale :

« *It began with the tea* », the Hatter replied. — « *Of course twinkling begins with a T* » said the King sharply. « *Do you take me for a dunce ? Go on!* » :

« Dans cette histoire-là, tout commence par le thé », expliqua le Chapelier. — « Bien entendu, *tout* commence par un *t*, répliqua le Roi d'un ton acerbe. Me prenez-vous pour un âne ? Continuez! »

Le XIIe et dernier chapitre, enfin, « La déposition d'Alice », ne contient, lui aussi, qu'un seul jeu de mots, et passablement laborieux, celui-là. Au cours de son exégèse du poème qu'il cherche à utiliser comme pièce à conviction contre l'accusé-Valet, le Roi-juge tombant sur le vers :

« *Before she had this fit.* » (« dès avant qu'elle n'eût cette attaque de nerfs ») demande à la Reine : « *You never had fits, my dear, I think ?* » (« Vous n'avez jamais eu d'attaque de nerfs, je pense, chère amie ? » Et, la Reine ayant répondu par la négative, il s'exclame : « *Then the words don't fit you.* » (Littéralement : « Alors les mots en question ne concernent pas votre personne. ») Dans notre version, nous avons dû faire dire au Roi, s'adressant à la Reine :

« Si vous ne craignez pas les *attaques de nerfs*, vous ne devriez pas non plus vous soucier des *attaques d'un hère* — autrement dit, d'un valet. »

Sa remarque amphigourique étant accueillie par un silence de mort : « C'est un jeu de mots! », ajoute, d'une voix courroucée, le Roi; et tout le monde d'éclater de rire.

« Plus « stupide » qu'Alice », selon l'avis autorisé
d'une des jeunes lectrices à qui Lewis Carroll destinait
ses deux livres, *De l'autre côté du Miroir* est aussi plus
pauvre qu'elle en calembours et en facéties verbales
« intraduisibles ». Pourtant, c'est dans *De l'autre
côté...* que l'on trouve le filon carrollien le plus riche
en mots inventés ou « mots-valises », à savoir le fameux
poème « Bredoulocheux » *(« Jabberwocky »)*, inséré
vers la fin du Chapitre Premier mais dont la strophe
initiale seule est « expliquée » par Heumpty-Deumpty
au milieu du chapitre VI. On se souvient de cette première strophe, qui est aussi la dernière, puisqu'elle se
trouve répétée à la fin du poème :

> « *Twas brillig, and the slithy toves*
> *Did gyre and gimble in the wabe;*
> *All mimsy were the borogoves,*
> *And the mome raths outgrabe.* »

Donc, selon Heumpty-Deumpty, *brillig* veut dire
quatre heures de l'après-midi (« l'heure où l'on commence à faire revenir les viandes du dîner »), *slithy*
signifie à la fois *lithe* (souple, agile) et *slimy* (onctueux); les *toves* tiennent du blaireau, du lézard et du
tire-bouchon; *to gyre* signifie tourner comme un gyroscope; *to gimble*, c'est faire des trous comme en fait une
vrille; la *wabe* est une allée qui s'en va loin dans tous
les sens; *mimsy* veut dire à la fois *flimsy* (frivole) et
miserable (malheureux); le *borogove* est un oiseau
maigre, semblable à un lave-pont qui serait vivant;
mome (from home ?) veut dire fourvoyé, égaré, perdu;
un *rath* est un cochon vert; enfin *to outgrabe* veut dire
beugler et siffler tout en éternuant. En nous fondant sur
ce glossaire plus ou moins « fantaisie » (car l'auteur
d'*Alice* a donné de cette strophe, dans *The rectory
umbrella*, une exégèse sensiblement différente de celle-
ci) nous avons cru pouvoir reconstituer en français ce
premier quatrain :

« *Il était reveneure; les slictueux toves*
Sur l'allouinde gyraient et vriblaient;
Tout flivoreux vaguaient les borogoves;
Les verchons fourgus bourniflaient [1]. »

Pour la traduction des mots inventés *frumious* (frumieux), *vorpal* (vorpalin), *manxome* (manxiquais),
Tumtum (Tépé), *uffish* (suffèche), *whiffling* (ruginiflant),
tulgey (toufteté), *to burble* (barigouler), *galumphing*
(galomphant), *beamish* (rayonnois), *frabjous* (frableux),
to chortle (gloufer), qui se trouvent dans les cinq autres
strophes de « *Jabberwocky* », faute de disposer d'une
exégèse analogue à celle effectuée par Heumpty-
Deumpty sur la première strophe, nous avons dû, soit
nous fonder sur leur étymologie apparente, soit —
compte tenu des exigences du mètre et de l'assonance
— nous fier à notre seule intuition.

Le chapitre II, « Le jardin des fleurs vivantes »,
contient un seul jeu de mots, passablement « inepte ».
Alice ayant demandé aux fleurs parlantes du jardin en
question comment le Chêne pourrait les protéger en
cas de danger, s'entend répondre par la Rose : « Il peut
aboyer », et une Pâquerette d'ajouter : « *It says "Bough-*
Wough!" : that's why its branches are called boughs »
(Littéralement : il fait « Ouah! Ouah! », c'est pourquoi
l'on appelle ses branches des rameaux.) Le jeu de mots
sur *boughs* (rameau) et *bough-wough* (ouah! ouah!)
cessant évidemment d'en être un dès que l'on traduit
les deux mots en notre langue, nous avons dû en
trouver un autre, ni plus ni moins puéril que celui de
Lewis Carroll :
« Mais que pourrait-il faire en cas de danger ? »
s'enquit Alice. — « Il pourrait se dé-chêner », dit la
Rose. — « Cela lui arrive parfois, confirma une Pâque-

1. Nos amis André Bay et Jacques Papy ont inséré notre
version française de ce poème dans les diverses éditions de leurs
traductions respectives de *Through the Looking glass and What*
Alice found there. C'est pourquoi, et bien qu'ils aient courtoisement signalé cet emprunt au moyen d'une note, ladite version a
souvent été attribuée, à tort, à l'un ou à l'autre d'entre eux.

rette. Si on le met hors de lui, il cesse sur-le-champ d'être un chêne et l'on peut donc dire alors qu'il se dé-chêne ! »

Le chapitre III, « Insectes du Miroir », présente plusieurs calembours intéressants. Le premier suppose une confusion entre *horse* (cheval) et *hoarse* (enroué) dont la prononciation est identique. Alice, en wagon de chemin de fer, ayant entendu une voix enrouée ordonner : « Changez de machine », remarque : « On dirait un cheval. » Et une petite voix de lui chuchoter aussitôt à l'oreille : « *You might make a joke on that — something about "horse" and "hoarse", you know.* » (Littéralement : « Vous pourriez fabriquer un jeu de mots à ce propos... quelque chose sur « cheval » et « enroué », voyez-vous). Nous n'avons eu qu'à modifier à peine le sens des deux phrases pour leur donner en français un équivalent passable :

« On croirait un cheval en colère qui hennit », se dit Alice. Et une toute petite voix de lui chuchoter à l'oreille : « Vous pourriez fabriquer un jeu de mots à ce propos... Quelque chose sur " hennir " et " en ire ", voyez-vous bien. »

A quelques lignes de là, un autre jeu de mots se fonde sur l'homophonie de « *wood* » (forêt) et de « *I would* » (je voudrais). Alice dit au Moucheron : « *I was in a wood just now — and I wish I could get back there!* » (« J'étais dans la forêt il n'y a qu'un instant, et je voudrais pouvoir y retourner!), et le Moucheron de lui répondre : « *You might make a joke on that : something about "you would if you could", you know.* » (« Vous devriez fabriquer un jeu de mots à ce propos : quelque chose sur « Vous voudriez si vous pouviez », voyez-vous.) Prenant avec le sens littéral un minimum de liberté, notre version fait dire à Alice : « J'étais dans la forêt il n'y a qu'un instant et je voudrais bien pouvoir y retourner. Je n'ai que faire de ce voyage par chemin de fer ! » A quoi le Moucheron répond : « Vous devriez fabriquer un jeu de mots à ce propos : quelque chose sur " chemin à faire " et " chemin de fer ", voyez-vous bien. »

Deux pages plus loin, à la demande du Moucheron, Alice énumère les noms des insectes qu'elle connaît : le *Horse-fly* (le taon; mot à mot : la mouche à chevaux); la *Dragon-fly* (la libellule ou demoiselle; mot à mot : la mouche-dragon); le *Butter-fly* (le papillon; mot à mot : la mouche-en-beurre); noms auxquels, du tac au tac, son interlocuteur oppose ceux des insectes « fantaisie » correspondants : la *Rocking-horse-fly* (la mouche-à-cheval-à-bascule); la *Snap-dragon-fly* (la mouche à dragon-du-punch); la *Bread-and-butter-fly* (la mouche-en-tartine-de-beurre). Nous avons adapté ce passage en français en ne nous écartant du texte original que dans la stricte mesure où la re-création des mots inventés-calembours nous y contraignait :

« Eh bien, il y a le Taon [1] », commença de dire, en comptant les noms sur ses doigts, Alice. — « Parfait, dit le Moucheron. Tournez les yeux vers ce buisson; vous y verrez, si vous regardez bien, un *Mirli-taon*. Il est fait de roseau et de baudruche, et il est affligé d'une voix nasillarde et ridicule. » — « De quoi se nourrit-il ? » s'enquit Alice avec beaucoup de curiosité. « De rébus et de vers mi-sots [2], répondit le Moucheron. Poursuivez la lecture de votre liste. » Alice examina le Mirli-taon avec grand intérêt et se persuada que l'on venait de le repeindre, tant il paraissait brillant et rutilant; puis elle reprit : « (ensuite il y a la Libellule ou Demoiselle. » — « Tournez les yeux vers la branche qui se trouve au-dessus de votre tête, dit le Moucheron : vous y verrez un Damoiseau. Sa chevelure le fait ressembler à une jeune dame et ses ailes à un oiseau. » — « Et de quoi se nourrit-il ? » s'enquit Alice comme elle l'avait fait pour l'insecte précédemment mentionné. — « De brioche et de massepain, répondit le Moucheron. Et il nidifie dans les tourelles des châteaux. » — « Ensuite il y a le papillon, dit encore Alice après avoir examiné l'insecte chevelu tout en murmurant à part soi : « Je me demande si c'est pour cela que

---

1. Selon Littré, *taon* se prononce *ton*.
2. Communément appelés : vers de *mirli-taon*.

tant de Demoiselles rêvent d'épouser un Damoiseau :
parce qu'elles aiment la brioche et la vie de château. »
— « En train de ramper à vos pieds, dit le Moucheron
(Alice recula ses pieds, passablement effrayée), vous
pouvez observer un " papapillon [1] " et un " Grand-
Papapillon [2] ". Le " Papapillon " est un Papillon père
de famille, tandis que le " Grand-Papapillon " est un
" Papapillon " très âgé. »

Quelques lignes encore plus loin, le Moucheron
expose à Alice les avantages qu'il y aurait pour elle à
perdre son nom. « Ainsi, prétend-il, votre gouvernante
ne pourrait plus vous appeler pour vous faire réciter
vos leçons. » Alice n'en est pas convaincue : « Si,
réplique-t-elle, ma gouvernante ne parvenait pas à se
remémorer mon nom, elle m'appellerait " Miss "
comme le font les servantes. » Or il se trouve que
« *Miss* », substantif, signifie « Mademoiselle » tandis
que le verbe « *to miss* » veut dire : manquer, sécher. Le
Moucheron a donc beau jeu de répliquer : « *Well, if she
said "Miss" and didn't say anything more, of course
you'd miss your lessons. That's a joke.* » (Littéralement :
« Eh bien, si elle disait "*Miss*" (séchez) sans rien
ajouter, vous sécheriez, bien entendu, vos leçons. C'est
un jeu de mots. »)

En français, nous avons obtenu un quiproquo analogue par simple suppression d'une virgule :

« Cela ne se passerait pas ainsi, j'en suis sûre, dit
Alice ; ma gouvernante ne me dispenserait pas de mes
leçons pour autant. Si elle ne parvenait pas à se remémorer mon nom, elle me crierait : « ... vous, là-bas,
voulez-vous répondre, Mademoiselle! » — « Eh bien,
si elle vous demandait : « Voulez-vous répondre Mademoiselle », sans rien ajouter d'autre, repartit le Moucheron, vous lui répondriez purement et simplement :
" Mademoiselle " et vous n'auriez donc pas à réciter
vos leçons. C'est un jeu de mots. »

---

1 et 2. Il est fait mention de ces deux curieux insectes dans un
poème de notre regretté ami Jean Arp : « Bestiaire sans prénom »
(*Jours effeuillés*, Gallimard, 1966).

Le chapitre IV, « Twideuldeume et Twideuldie », ne présente qu'une seule difficulté d'adaptation. Elle concerne la crécelle de Twideuldeume, abîmée par Twideuldie. Apercevant ce petit objet blanc au pied d'un arbre et faisant part de sa trouvaille à ses compagnons, Alice croit devoir préciser qu'il s'agit d'une simple crécelle *(rattle)* et non pas d'un *rattle snake* (serpent à sonnette). En français, pour justifier la précaution oratoire d'Alice et sa crainte d'un quiproquo, nous avons dû remplacer ce serpent à sonnette par une *crécerelle*, oiseau rapace dont le nom s'apparente évidemment davantage au mot *crécelle* que celui du serpent à sonnette :

« Ce n'est qu'une crécelle », répondit Alice après avoir minutieusement examiné le petit objet blanc. Non pas une *crécerelle*, se hâta-t-elle d'ajouter, craignant que le nom de ce petit rapace ne fît peur à Twideuldeume, mais seulement une crécelle — une crécelle toute vieille et toute détériorée. »

Le début du chapitre V, « Laine et Eau », présente un quiproquo causé par l'homophonie de *addressing* (adressant) et *a-dressing* (habillant, habillement). Alice rencontrant la Reine Blanche, lui demande : « Est-ce bien à la Reine Blanche que je m'adresse ? » Et son interlocutrice de lui répondre : « Eh bien, si vous appelez cela m'habiller *(a-dressing)*, ce n'est pas du tout comme cela que je vois la chose » *(So she began rather timidly : « Am I adressing the White Queen ? » — Well, yes, if you call that a-dressing », the Queen said. « It isn't my notion of the thing, at all. »)* Le quiproquo, en anglais, nous semble manquer de naturel, Carroll ayant dû faire appel, pour qu'il ait lieu, à une fôrme archaïque du participe présent du verbe *to dress*. Celui que nous lui avons substitué en français n'est guère plus laborieux :

Alice se hasarda donc, assez timidement, à s'enquérir : « *De parler à la Reine ai-je l'honneur insigne ?* »

« Avez-vous dit : " *Hein, Cygne ?* " repartit la souveraine. Sachez que je ne vous permets pas de me donner des noms d'oiseau ! »

Au cours du même chapitre, la Reine ayant demandé à Alice son âge et s'étant entendu répondre : « *I'm seven and a half exactly.* » (J'ai sept ans et demi exactement), reprend sèchement la fillette : « *You needn't say "exactually"; I can believe it without that.* » (Littéralement : « Vous n'avez pas besoin de dire " exactuellement "; je peux vous croire sans cela.) L'intérêt humoristique de la traduction littérale nous ayant paru assez difficilement saisissable, nous avons cru devoir lui substituer un quiproquo un peu plus plausible :

« Pour commencer, voyons votre âge... quel est-il ? » — « Sept ans et demi, très exactement. » — « Si vous avez sept ans et demi, fit observer la Reine, pourquoi donc dites-vous : " treize exactement " ? Comment voulez-vous que l'on vous croie si vous vous contredisez ainsi vous-même dans le cours d'une seule phrase ? »

Non loin du début du chapitre VII, « Le Lion et la Licorne », Alice, pour qui le nom du Messager anglosaxon (Haigha), semble évoquer un souvenir précis (celui, peut-être, de quelque *nursery rhyme* ignorée de nous dont ce Haigha serait le héros ?) se livre à un jeu verbal qui se pratique peut-être encore en France comme en Angleterre et selon les règles duquel, apparemment, il s'agit, après avoir choisi un nom de personnage, de prêter à ce personnage un certain nombre d'attributs et de compléments commençant tous par son initiale : « *I love my love with an H* », *Alice couldn't help beginning*, « *because he is happy. I hate him with an H* », *because he is Hideous. I fed him with — with — with Ham-sandwiches and Hay. His name is Haigha, and he lives...* » — « *He lives on the Hill* », *the King remarked simply.* » (Textuellement : « J'aime mon amant avec une H, commença de dire, malgré elle, Alice, parce qu'il est Heureux. Je le déteste avec une H, parce qu'il est Hideux. Je l'alimente avec... avec... avec... des sandwiches au Jambon et du Foin. On le nomme Haigha, et il habite... » — « Il habite sur la colline, poursuivit, en toute simplicité, le Roi... »

Dans la version française, nous avons pu conserver à Haigha ses attributs Heureux et Hideux qui tous deux commencent par une H. Par contre, nous avons dû remplacer le Jambon par du Hachis, le Foin par du Houblon et la Colline par... les Highlands :

« J'aime mon amant avec une H, commença de dire, malgré elle, Alice, parce qu'il est Heureux. Je le déteste avec une H, parce qu'il est Hideux. Je l'alimente avec... avec... avec... du Hachis et du Houblon. On le nomme Haigha, et il habite... » — « Dans les Highlands, poursuivit, en toute simplicité, le Roi... »

Le chapitre VIII, « C'est un objet de mon invention », contient une plaisanterie fondée sur les deux sens (« solidement fixé » et « rapide ») du mot *fast*. Le Cavalier explique à Alice qu'étant tombé la tête la première dans son grand casque en forme de pain de sucre, il fallut à ses sauveteurs des heures et des heures pour l'en faire ressortir : « *I was as fast as — lightning, you know.* » (Littéralement : « J'étais aussi solidement fixé (ou : aussi rapide) que l'éclair. ») A quoi Alice objecte : « *But that's a different kind of fastness* » (Littéralement : « Mais c'est d'une autre sorte de *fastness* qu'il s'agit), pour s'entendre répondre par le Cavalier : « Pour moi, c'était la *fastness*, je peux vous l'assurer, dans toutes ses acceptions. » Nous avons résolu le problème d'adaptation que posait cette facétie verbale, en jouant sur les deux sens — le physique et le moral — du mot « attaché ».

« Il a fallu des heures et des heures pour m'en faire moi-même sortir, tant je m'y étais attaché. » — « Vous semblez confondre deux sens différents du mot « attaché », objecta Alice. — Le Cavalier hocha la tête. « Pour ma part, je m'y étais attaché, je vous le garantis, dans tous les sens du mot. »

Le chapitre IX, « La Reine Alice », nous offre un double quiproquo fondé sur l'homophonie de *flour* (farine) et de *flower* (fleur) ainsi que sur celle de *ground* (moulu) et de *ground* (terrain). La Reine Rouge demande à Alice : « *How is bread made ?* » (« Comment fait-on le pain ? ») — « *I know that!* » *Alice cried eagerly.* « *You take some flour.* » (« Je sais cela », s'écria avec vivacité Alice : « On prend de la farine...) — « *Where do you pick the flower ?* » *the White Queen asked.* « *In a garden, or in the hedges ?* » (Où cueille-t-on cette fleur ? » s'enquit la Reine Blanche : « Dans un jardin ou sur les haies ? ») — « *Well, it isn't picked at all* », *Alice explained :* « *it's ground...* » (Mais on ne la cueille pas du tout, s'exclama Alice : « On la moud... ») — « *How many acres of ground?* » *said the White Queen.* « *You must not leave on so many things.* » (« Combien d'acres de terrain ? » dit la Reine Blanche. « Vous devriez donner des explications plus complètes. »)

Dans la version française nous avons tenté de recréer le double quiproquo en remplaçant la farine par de la fleur de farine et le verbe moudre par le verbe tamiser :

« Comment fait-on le pain ? » — « Je sais *cela!* s'empressa de répondre Alice. On prend de la fleur de farine... » — « Où cueille-t-on cette fleur, demanda la Reine Blanche. Dans les jardins ou sur les haies ? » — « Mais, on ne la cueille pas du tout, expliqua Alice : on la *tamise...* » — « Je me demande quel rapport il peut bien exister entre un fleuve anglais et la fabrication du pain, dit la Reine Blanche. Vous ne devriez pas si souvent omettre de donner les explications néces-saires. »

Vers les dernières pages du même chapitre, l'ultime vers du poème-devinette sur l'huître présente deux mots-valises apparentés à *discover* (découvrir) et dans la composition desquels entrent *dish* (plat) et *cover* (couvrir) :

« *which is easiest to do,*
Un-dish-cover the fish, or dishcover the riddle ? »

Faute de trouver en français, à ces deux mots-valises, un équivalent satisfaisant, nous nous sommes résigné à leur substituer une anodine contrepèterie sur le « poisson caché » dont il est question dans le poème :

Des deux tâches, laquelle est la moins malaisée ?
Tenir votre cachon poissé ?
Ou découvrir la devinette ? »

Enfin, il nous a fallu adapter quelque peu la préface (en prose) et la postface (en vers) de *De l'autre côté du Miroir*, qui, bien que ne contenant pas de jeux, à proprement parler, de mots, présentaient toutes deux des difficultés particulières de transposition. Dans l'ouvrage original, le second paragraphe de la préface donnait en effet au lecteur des directives précises quant à la façon de prononcer *slithy* (slictueux), *gyre* (gyraient), *gymble* (vriblaient) et *rath* (verchons), directives qui ne pouvaient valoir, évidemment, que pour ces vocables à sonorité anglo-saxonne. Dans la version française, les instructions correspondantes concernent « slictueux », « allouinde » et « parce que » (lorsque cette locution conjonctive se trouve placée à la fin du vers, auquel cas nous estimons qu'elle doit se prononcer « parceuk »). Par ailleurs nous avons cru devoir ajouter à notre version de ladite préface un troisième paragraphe indiquant, outre la signification nautique du verbe « plumer » — qui n'est guère connue que des spécialistes du canotage — celle de la locution argotique imaginaire « attraper un crabe », laquelle est censée traduire l'anglais « to catch a crab » et, comme lui, vouloir dire : « Engager (par maladresse) l'aviron dans l'eau assez profondément pour qu'il se trouve placé, la pelle vers le bas, en position verticale. » Grâce à ce stratagème, nous avons pu introduire dans notre texte, en transcendant l'anglicisme à première vue inévitable, la traduction littérale d'une locution anglaise sans équivalent dans notre langue. En ce qui concerne la postface en vers acrostiches dont les lettres initiales, justaposées, formaient les trois noms : ALICE PLEASANCE LIDDELL, nous sommes parvenus, sans trop nous écarter du sens littéral, à reproduire le petit tour de force carrollien jusqu'au cinquième vers inclusivement, c'est-à-dire jusqu'à l'E final d'*Alice :*

A   Au fil d'une onde calme et lisse,
L   La nacelle indolente glisse,
I   Imbue d'ineffables délices.
C   Chacune des trois douces sœurs,
E   Enchantée d'écouter l'histoire,
    Est blottie auprès du conteur...

On nous excusera de n'avoir pas tenté de poursuivre ce jeu aussi vain qu'ardu jusqu'à la fin du poème,
qu'il nous a été assez difficile déjà de transcrire en octo-
syllabes classiques non acrostiches !

Ainsi, en en francisant radicalement la forme sans —
du moins l'espérons-nous — en altérer de manière
sensible l'esprit, avons-nous tenté de donner une idée
des facéties carrolliennes de langage, au lecteur français non angliciste. Sans doute pourra-t-on juger
quelque peu laborieuses ou, comme on dit, « tirées par
les cheveux », certaines de nos adaptations. Mais la
plupart des jeux de mots originaux seraient passibles
du même reproche, la plaisanterie, chez l'auteur de *La
Chasse au Snark*, étant volontiers empreinte de ce
« gâtisme hautain » dont parle Cocteau à propos des
calembours de Marcel Duchamp et où souvent se
réfugie cette forme assez équivoque d'humour que
les Anglais appellent le *Nonsense*.

Henri PARISOT

TABLE DES MATIÈRES

PUBLICATIONS NOUVELLES

SÉNÈQUE
Lettres à Lucilius (1-29) (599).

SHAKESPEARE
Henry V (658). La Tempête (668). Beaucoup de bruit pour rien (670).

SMITH
La Richesse des nations (626 et 598).

STAEL
De l'Allemagne (166 et 167). De la littérature (629).

STEVENSON
L'Ile au Trésor (593). Voyage avec un âne dans les Cévennes (601).

STRINDBERG
Tschandala (575).

TÉRENCE
Théâtre (609).

THACKERAY
Barry Lyndon (559). Le Livre des snobs (605).

Vous trouverez chez votre libraire le catalogue complet des livres de poche
GF-Flammarion et Champs-Flammarion.

GF — TEXTE INTÉGRAL — GF

92/02/M0380-III-1992 — Impr MAURY Eurolivres SA, 45300 Manchecourt.
Nº d'édition 13637. — 2e trimestre 1979. — Printed in France.